VIRGINIA IRONSIDE

Nein! Ich geh nicht
zum Seniorenyoga!

Buch

Marie Sharp wohnt mit ihrem Kater Pouncer in einem Londoner Vorort. Seit einiger Zeit blüht die Beziehung zu ihrem geschiedenen Mann David wieder auf, die beiden treffen sich in regelmäßigen Abständen. Sohn Jack lebt zwar einige Kilometer entfernt, aber ihr neunjähriger Enkel Gene ist häufig zu Besuch und bringt sie stets auf den neuesten Stand der technischen Entwicklungen. Alles in allem führt Marie am Silvesterabend, an dem sie ihr neues Tagebuch beginnt, ein ruhiges, sortiertes Leben. Doch im Laufe des folgenden Jahres erwarten Marie einige Turbulenzen ... In den ersten Wochen ersetzt sie auf Genes Drängen des Enkels ihr altes Handy durch ein modernes iPhone, der attraktive, aber eigenartige Esoteriker und Buchhändler Robin wird ihr Untermieter, und sie wird Opfer eines Einbruchs, dem sie auf die Spur geht. Und dann wird Marie von alten Bekannten eingeladen, diese in Indien zu besuchen – und nach wochenlangen ausführlichen Planungen macht sie sich tatsächlich auf den Weg ins große Abenteuer.

Virginia Ironside
Nein! Ich geh nicht zum Seniorenyoga!

Das Tagebuch der Marie Sharp

Aus dem Englischen
von Sibylle Schmidt

GOLDMANN

Die englische Originalausgabe erschien 2016 unter dem Titel
»No Thanks! I'm Quite Happy Standing« bei Quercus Editions Ltd, London.

Sollte diese Publikation Links auf Webseiten Dritter enthalten, so
übernehmen wir für deren Inhalte keine Haftung, da wir uns diese
nicht zu eigen machen, sondern lediglich auf deren Stand zum
Zeitpunkt der Erstveröffentlichung verweisen.

Dieses Buch ist auch als E-Book erhältlich.

Verlagsgruppe Random House FSC® N001967

1. Auflage
Taschenbuchausgabe Februar 2019
Copyright © der Originalausgabe by Virginia Ironside
Copyright © der deutschsprachigen Ausgabe 2017
by Wilhelm Goldmann Verlag, München,
in der Verlagsgruppe Random House GmbH,
Neumarkter Str. 28, 81673 München
Umschlaggestaltung: UNO Werbeagentur, München
Umschlagmotiv: Franziska Biermann, Agentur Susanne Koppe,
www.auserlesen-ausgezeichnet.de
Redaktion: Ulla Mothes
AG · Herstellung: kw
Satz: Buch-Werkstatt GmbH, Bad Aibling
Druck und Bindung: GGP Media GmbH, Pößneck
Printed in Germany
ISBN: 978-3-442-48825-4
www.goldmann-verlag.de

Besuchen Sie den Goldmann Verlag im Netz

Für Kate, Sukie und Christian

JANUAR

1. Januar

Als ich heute Morgen um acht Uhr aufstand, war ich erstaunt, dass Gene, mein heißgeliebter Enkel, mich nicht schon längst geweckt hatte. Wenn er sonst bei mir übernachtete, kam er immer ganz früh angetappt und wollte kuscheln und eine Geschichte hören. Aber irgendwie hat er sich in letzter Zeit verändert. Er ist jetzt neun und hat offenbar einen dieser sonderbaren Wachstumsschübe durchlaufen, denn binnen weniger Wochen hat er sich von einem bereits recht vernünftigen Kind zu einem Beinahe-Teenager entwickelt.

Ich erinnere mich noch lebhaft, wie das damals bei meinem Sohn Jack, Genes Papa, vonstattenging. Im einen Moment wollte er noch geknuddelt werden, und im nächsten schob er mich von sich weg, als sei ich eine liebeshungrige Freundin, die er schleunigst loswerden wollte. Wenn ich ihm einen Kuss gab, wischte er ihn wahrhaftig mit der Hand ab und versuchte ihn am nächstbesten Stück Stoff loszuwerden, als handle es sich um Schleim.

Nachdem ich in meinen Morgenmantel geschlüpft war, spähte ich ins Arbeitszimmer, wo Gene immer auf dem Klappbett schläft. Und tatsächlich schlummerte er noch selig – vermutlich weil er gestern wegen Silvester so lange aufgeblieben war. Als ich das schlafende Kerlchen betrachtete, konnte ich plötzlich erkennen, wie er als Mann aussehen würde. Im Nu wird er im Stimmbruch sein und vollkommen unpassende Mädchen mit Ritznarben am Handgelenk, gruselig kahlen Stellen auf der Kopfhaut und Ringen in der Nase nach Hause bringen. Und statt friedlich am Küchentisch Delfine auszumalen, wird er seine Zeit zweifellos damit zubringen, einschlägige Zigaretten aus illegalen Substanzen zu drehen und währenddessen auf sein iPhone zu starren.

David, mein Exmann, mit dem ich halb wieder zusammen bin, halb aber auch nicht – ach Gott, wie soll ich das erklären? Wir waren echt gute Freunde, aber vor zwei Jahren machte David mir vor Weihnachten wieder Avancen, und wir taumelten ins Bett, und ich muss sagen, ich fand das alles sehr erfreulich. Seither kommt er ab und an vom Land nach London, und ich besuche ihn auch. Wir haben es nett zusammen, kuscheln und gönnen uns ein bisschen Sex, wenn uns der Sinn danach steht, und eigentlich ist das alles ideal so. Dieses schöne Gefühl, jemanden an der Seite zu haben, aber ohne Gezanke à la »Es war am Mittwoch« – »Nee, das war doch Donnerstag!« – »Wer erzählt die Geschichte denn nun eigentlich?«, womit man sich herumschlagen muss, wenn man verheiratet ist. Ich erinnere mich allzu deutlich an derlei Unterhaltungen aus der Zeit, als wir noch ehelich vereint unter einem Dach kampierten.

Also jedenfalls – David. Er kam Silvester zu meiner Drinks-Party und brachte Gene mit. Seine Eltern, Jack und Chrissie, waren zu einem großen Fest eingeladen und fanden es einfacher, Gene bei mir unterzubringen, als einen Sitter zu organisieren. David überreichte mir als Neujahrsgeschenk ein Buch über den indischen Aufstand von 1857 – an sich eine reizende Geste, aber ich fühlte mich etwas eingeschüchtert, weil Geschichte nicht so mein Ding ist. David meinte jedoch, es läse sich äußerst spannend, ich werde also zumindest einen Versuch machen.

Ansonsten hatte ich nur ein paar Leute aus dem Viertel eingeladen, mit der Ansage, sie sollten um halb neun kommen und vorher gegessen haben. Außerdem erklärte ich, da wir ja nun alle schon so alt seien und lieber früh zu Bett gingen, könnten wir Mitternacht auch gern vorverlegen.

Doch sogar ich, die ich grundsätzlich sehr zeitig zu Bett gehe, war dann doch einigermaßen verdattert, als Marion und Tim, meine alten Freunde, die ein paar Häuser weiter wohnen und gerade erst gekommen waren, eine Minute vor zehn verkündeten, heute sei um zweiundzwanzig Uhr Mitternacht, denn sie hätten morgen wegen eines Familienbesuchs eine extrem anstrengende Fahrt nach Cornwall vor sich.

Als alle anderen Gäste lautstark protestierten, übertönte Penny, meine beste Freundin, den Tumult, indem sie kreischte: »Nee, hört mal, wir können doch mehrmals das neue Jahr feiern!« Dabei entkorkte sie eine Sektflasche von den dreien, die sie großzügigerweise mitgebracht hatte. »Wir köpfen eine um zehn, eine um elf und die letzte um Mitternacht. Lasst uns jeweils zur runden Stunde anstoßen!«

»Und vielleicht machen wir so weiter bis in die frühen Morgenstunden«, schrie Melanie von nebenan. Sie hatte sich schon ihrer Schuhe entledigt und saß im Schneidersitz auf dem Boden – was ich, die ich bald neunundsechzig werde, nicht mehr hinkriege und, offen gestanden, auch früher schon nicht so toll fand. Umgeben von diversen abgelegten Tüchern und mit einem glitzernden Turban auf dem Haupt glich Melanie heute einem Sultan. »Ich liebe euch alle, in diesem Jahr und im nächsten und in allen kommenden Jahren. Fühlt euch geküsst! Ihr seid meine Familie. Meine Lieben. Auf uns!«

Ich fand das reichlich übertrieben und sah mit hochgezogenen Brauen meinen alten Freund James an, der aber nicht reagierte, sondern auch schrie »Auf uns!« und sein Glas hob. Womit ich mir vorkam wie die böse Fee bei der Kindstaufe – eine Rolle, die ich eigentlich unbedingt vermeiden wollte. Schließlich sollte man doch im Alter gütiger und nicht bissiger und verbitterter werden, oder? Womöglich bin ich gerade im Begriff, mich in eins dieser biestigen alten Weiber zu verwandeln, die an der Bushaltestelle die Leute vor sich mit ihrem Stock verscheuchen und dabei kreischen: »Ich bin achtzig, lasst mich durch!«

David jedoch bemerkte meinen Blick und verdrehte seinerseits die Augen, und ich war dankbar, dass er bereitwillig den garstigen Troll zu meiner bösen Fee spielte.

Aber alles in allem war es ein wirklich schöner Abend. Als David abends um sechs mit Gene eintraf, erstellten wir erst einmal eine Schlafordnung; ich dachte mir, es sei vielleicht etwas merkwürdig für Gene, seine Großeltern am Neujahrsmorgen zusammen in einem Bett vorzufinden, da er das noch nie erlebt hatte. Deshalb wurde David oben im Gästezimmer untergebracht und stellte für Gene in meinem Arbeitszimmer das Klappbett auf.

»Ich hab Mum und Dad gesagt, ich seh sie erst im nächsten Jahr wieder«, verkündete Gene zur Begrüßung mit triumphaler Miene. Wie ich als Kind – und vermutlich wir alle – glaubte er wohl, diese Bemerkung sei nagelneu und unheimlich witzig. Was sie ja beim ersten Mal auch irgendwie ist.

Als Gene ins Wohnzimmer gefegt kam, mit Schuhen an den Füßen, die verblüffend groß aussahen, fiel mir auf, wie kräftig er plötzlich wirkte. Er hatte sogar schon regelrecht männliche Schultern, was ich ziemlich bestürzend fand. Und zu dem erwachsenen Aussehen trug überdies sein neues Handy bei, das er mir unbedingt vorführen wollte. Als ich mein altes graues Nokia zum Vorschein brachte, schüttelte Gene entschieden den Kopf. Ich muss auch tatsächlich zugeben, dass es eher an Gegenstände erinnert, die man in einem Achtzigerjahre-Museum in Glaskästen bestaunen kann.

»Oma!«, sagte Gene indigniert. »So ein Handy hat heute doch kein Mensch mehr. Damit kannst du ja nicht mal Fotos machen. Und du hast keine Apps.«

»Vielleicht kauf ich mir bald ein neues«, erwiderte ich – was ich schon seit fünf Jahren verkünde, obwohl ich nicht die geringste Absicht habe, so eine Anschaffung jemals zu tätigen. Was Technik angeht, ziehe ich nämlich jetzt endgültig den Schlussstrich. E-Mail – ja. Skype – zur Not. Aber ein iPhone – das geht nun wirklich zu weit.

»Ja, kauf dir ein neues!«, sagte Gene begeistert. »Das iPhone7. Dann können wir snappen und chatten, und du kannst streamen und WhatsApp haben und über die Cloud synchronisieren. Ich kann dir zeigen, wie das geht.«

»Er hat recht, Liebling – äh, Marie«, sagte David, der gerade herunterkam. Ein bedrohliches Klappern und Rumsen war von oben zu vernehmen gewesen, während er das Klappbett aufgestellt hatte, akustisch unterlegt von Jahresendgesängen aus Pfarrer Emmanuels evangelischer Kirche ein Haus weiter. (Man schmetterte gerade *Oh Happy Day,* aber ich wusste, dass nach Pfarrer Emmanuels anschließender Predigt über Hölle und Verdammnis an diesem Tag niemand mehr froh und glücklich sein würde.) »Ganz ehrlich, du würdest dich garantiert sofort anfreunden mit einem iPhone. Sogar ich hab eins. Und Penny und Marion, Mel und sogar Tim, stell dir das mal vor. Tim, der dussligste Mann der Welt!«

»Ist Tim wirklich so furchtbar dusslig?«, fragte Gene verblüfft.

»Nein, dein Großvater macht nur Witze«, antwortete ich hastig. »Aber Tim ist Buchhalter, da ist man eben ein bisschen – ruhiger.«

»Der ist ein noch älterer Sack als ich«, fügte David hinzu.

»Ah«, sagte Gene. »Hab's kapiert. Ein megadussliger alter Sack.«

David und ich johlten vor Lachen über seinen trockenen Tonfall und amüsierten uns, weil Gene auf unseren Humor eingestiegen war. Natürlich wusste ich bereits, dass mein Enkel ungeheuer humorvoll war, seit er mit sechs Monaten immer wieder eine Decke über sich gelegt und sich dann kringelig gelacht hatte, wenn er sie wegzog. Aber es ist stets beruhigend zu wissen, dass man mit seiner Einschätzung richtigliegt.

Alle drei waren wir bestens gelaunt, als wir das improvisierte Abendessen verspeisten, das ich vorbereitet hatte. Dann stellten wir Wein und Gläser bereit, bestrichen als Häppchen dunkle Brotscheiben mit Butter, belegten sie mit Räucherlachs und schnitten sie in Quadrate. Die gräulichen Stücke vom Lachs warfen wir meinem Kater Pouncer zu, der das Geschehen mit lebhaftem Interesse verfolgte. Danach machten Gene und ich es uns im Wohnzimmer gemütlich und plauderten bis zum Eintreffen der Gäste über gute Vorsätze fürs neue Jahr.

»Diesmal verzichte ich darauf«, erklärte ich, als ich mich auf meinem wundervollen grünen Sofa am Feuer ausstreckte und mir ein Glas schön kalten Sekt zu Gemüte führte. »Weil ich die guten Vorsätze nämlich nie in die Tat umsetze.«

»Aber ich habe einen«, verkündete David, der gerade hereinkam, nachdem er – wie süß von ihm! – nach dem Abendessen abgewaschen hatte. Er schaute mich ziemlich bedeutsam an, und einen Moment lang dachte ich erschrocken, er wolle vielleicht bei mir einziehen. Doch dann spazierte er zum Glück wieder hinaus, um Aschenbecher zu holen, da in meinem Haus Rauchen durchaus erlaubt ist, und ich dachte nur: hoffentlich nicht! Mir gefällt nämlich die Situation, wie sie jetzt ist, viel zu gut. David ist die meiste Zeit in seinem Haus auf dem Land, baut Dämme gegen Hochwasser, beschneidet Bäume, kultiviert seinen Obstgarten und räumt den Dachboden auf; nur dann und wann ist er übers Wochenende bei mir, und das finde ich prächtig so. Sobald wir uns dem Punkt nähern, an dem wir uns anranzen würden, verzieht sich einer von uns beiden wieder nach Hause, und so bleiben wir beste Freunde.

»Was hast du denn für Vorsätze, mein Schatz?«, fragte ich Gene, der jetzt Dillzweiglein auf dem Räucherlachs verteilte. Die Häppchen waren arrangiert auf einer sehr hübschen Platte, die auf dem Tisch in der Mitte des Wohnzimmers stand – eine Platte, möchte ich hinzufügen, die ich selbst vor geraumer Zeit getöpfert und bemalt habe, als ich noch an der Schule Kunst unterrichtete.

Gene überlegte und sagte dann: »Ich will unbedingt ein Tattoo. Das darf ich erst mit sechzehn, aber der Bruder von einem Freund von mir hat sich eins mit Zirkel und Tinte selbst gemacht, und jetzt können seine Eltern nix mehr dagegen tun. Das ist echt super!«

»Aber Schätzchen, ein Tattoo! Bloß nicht!«, rief ich entsetzt aus. »Das wäre grässlich.«

»Was für ein Tattoo hat denn der Bruder deines Freundes?«, erkundigte sich David, der wieder zurückgekehrt war, interessiert.

»Einen Augapfel«, antwortete Gene. »Augäpfel findet der irgendwie krass.«

David und ich blickten uns einigermaßen verstört an.

»Aber ich will einen Totenschädel als Tattoo«, erklärte Gene. »Und so ein echt krankes Messer. Alle Jungs an der Oberschule haben Messer. Und dann will ich im neuen Jahr mal Rauchen probieren. Dad sagt, ich dürfe nie mit dem Rauchen anfangen, aber ich hab ihn neulich draußen im Garten rauchen sehen, als er dachte, keiner merkt's. Und wenn er heimlich raucht, kann ich das doch auch mal ausprobieren. Danach hör ich dann wieder auf.«

David lachte, aber ich war erleichtert, als es klingelte und die ganze Bande hereingestapft kam, sich über die Kälte beklagte und auf den Kamin zusteuerte.

Marion und Tim waren wie eh und je: Marion trug nicht die geringste Spur von Make-up, Tims Krawatte saß schief, und beide grummelten, sie müssten unbedingt noch die Autoreifen prüfen. Penny förderte ihre Sektflaschen zutage und stellte sie in den Kühlschrank, Melanie schwenkte ihr Mitbringsel, ein absonderliches Gebilde aus Draht und Federn. Sie behauptete, es sei ein Traumfänger, der Albträume verhindere. Aber ich war mir durchaus nicht sicher, ob es sich nicht um ein Voodoo-Totem handelte, mit dem Mel mich dazu bringen wollte, ihr bei Sitzungen des Anwohnervereins bedingungslos zuzustimmen. (Sie hat es nämlich immer noch nicht verkraftet, dass ich mich vor zwei Jahren geweigert habe, meine Haustür in der Farbe zu streichen, die Mel allen vorschreiben wollte.)

James – der mittlerweile in Somerset mit einem Mann zusammenlebt, den er über eine Internet-Partnervermittlung für schwule Bauern kennengelernt hat – brachte mir eine zauberhafte eingetopfte Amaryllis, deren Knospe kurz davor war, sich zu einer prachtvollen Blüte zu entfalten. »So wie wir alle im neuen Jahr«, sagte James dazu. Dann entdeckte er Gene und rief aus: »Ist das etwa Gene? Du bist ja ein richtiger junger Mann geworden! Bald wirst du die ersten Herzen brechen. Ich hab dich vor ein paar Jahren zum letzten Mal gesehen – und nun schau dich nur an!«

Gene wurde puterrot, grinste und schüttelte James die Hand.

Nach etwa einer Stunde bestand David darauf, alte Kassetten mit Rockmusik herauszukramen, die ich in den Sechzigern aufgenommen hatte – ja, wahrhaftig: Kassetten! Und ich besitze sogar noch ein Gerät, mit dem man sie abspielen kann. Nachdem wir den Küchentisch beiseitegerückt hatten, wurden David und ich überredet, ein paar unserer alten Tänze aufs Parkett zu legen. Gene sah zu und rief: »Das sieht echt cool aus, Opa! Bei dir auch, Oma.« Dann fing Tim zu twisten an und schwenkte seinen dicken Hintern wie die Elefanten in *Dumbo*, während Marion umherhüpfte, als tanze sie um den Maibaum, und Mel James belagerte, offenbar noch immer in dem Bestreben, ihn zur Heterosexualität zu bekehren – was etwa so viel Erfolgsaussicht hat, als wolle man einer Kaulquappe Rumbatanzen beibringen.

Danach führte uns Gene – angespornt durch ein halbes Glas Sekt, das wir ihm genehmigt hatten – Breakdance vor, und wir standen alle um ihn herum und klatschten im Rhythmus. Was mich an die Szene erinnerte, als John Travolta in *Saturday Night Fever* seine Tanznummer abzieht. Wir johlten und pfiffen, als Gene dann zum Ende kam, erhitzt und ein bisschen verlegen, aber sichtlich sehr zufrieden mit sich selbst.

Irgendwie gelang es mir, bis elf durchzuhalten, doch dann hatte ich schlagartig das Gefühl, als habe mir jemand mit einem Hammer auf den Kopf gehauen. Nachdem ich noch eine Flasche Sekt aufgemacht, mich versichert hatte, dass David bereit war, bis Mitternacht aufzubleiben, und ihm noch eingeschärft hatte, dass Gene nicht unten einschlafen dürfe, weil er inzwischen zu schwer ist, um die Treppe raufgetragen zu werden, taumelte ich ins Bett.

Später
Hatte ich eigentlich erwähnt, dass David noch alles aufgeräumt hatte, nachdem alle Gäste gegangen waren? Wie lieb von ihm. Gene und er wachten dann morgens gerade auf, als ich diesen letzten Absatz schrieb, und nach dem Frühstück gingen wir in den Park, wo Gene mehrere Rotkehlchen fütterte und dabei wiederholt sagte: »Schau, Oma, wenn du jetzt ein iPhone7 hättest, könntest du mich mit den Rotkehlchen fotografieren.«

Was mich ordentlich nervte – ich spürte nämlich, wie mein felsenfester Entschluss, mich niemals ins Reich der iPhones zu begeben, ins Wanken geriet. Denn natürlich hätte ich allzu gern ein Foto von Gene mit den Rotkehlchen gehabt. Na ja, danach nahmen wir jedenfalls einen kleinen Lunch in einem Café an der Holland Park Avenue zu uns, das zum Glück geöffnet hatte, und später brachte David Gene nach Hause und fuhr nach Somerset zurück.

»Ich komm dann am nächsten Wochenende wieder, ja?«, sagte David zum Abschied.

Doch ich fürchte, ich habe da was vermasselt, weil ich nämlich antwortete: »Ach, das brauchst du nicht, ich komme ja zu meinem Geburtstag am 15. zu dir.« Dann fühlte ich mich ziemlich mies, weil David so enttäuscht aussah.

»Also, alles Gute fürs neue Jahr, Liebling«, erwiderte er, aber ich spürte, dass ich ihn gekränkt hatte. Deshalb umarmte und küsste ich ihn noch mal und flüsterte ihm »Ich liebe dich« ins Ohr, wiewohl ich, ehrlich gesagt, immer nicht sicher bin, ob ich das wirklich meine, wenn ich es zu jemandem sage. Das ist so eine schwierige Aussage, auch wenn man es tatsächlich empfindet. Ich liebe David wirklich, aber sobald ich das ausspreche, klingt es irgendwie falsch. Echt seltsam.

Wie üblich vermisste ich Gene dann sehr, aber es gelang mir dennoch, mir allein einen netten Abend zu machen, indem ich mir im Fernsehen eine Doku über ein paar Teenager ansah, die wegen des Ritualmordes an drei Jungen neunzehn Jahre im Gefängnis verbracht hatten und dann entlassen worden waren, als sich herausstellte, dass vermutlich der grauenhafte Stiefvater die Tat begangen hatte. Mir standen Tränen in den Augen, als ich da gemütlich auf dem Sofa saß, mit Pouncer auf dem Schoß, der sich behaglich eingerollt hatte. Im wahren Leben ist das natürlich eine schauerliche Geschichte, und ich hatte ein schlechtes Gewissen, weil ich die Sendung so ungemein kathartisch fand.

Später
Mitten in der Nacht aufgewacht, weil ich geträumt hatte, ein alter Schulfreund von mir habe sich in eine sehr kleine männlich wirkende Frau verwandelt und um meine Hand angehalten. Sie gehörte einer Sekte namens Church of Scoby an und überredete mich, ein Kind mit ihr zu haben. Dazu mussten wir in einem Vorort von Cardiff einen Jungvogel fangen. Just in dem Moment, in dem ich merkte, dass ich den Zug nach Wales versäumt hatte, wachte ich zum Glück auf, und um diesen ganzen wirren Sektenkram aus meinem Kopf zu vertreiben, sitze ich jetzt im Nachthemd hier und tippe.
So viel zu dem Traumfänger.

5. Januar

»*Ecstasy mit über 50! Die Alten spinnen*«, erklärt Drogenpapst (»Hetzkurier«)

Offenbar haben fünfundzwanzig Prozent älterer Menschen Ecstasy probiert, diese Pillen, nach deren Einnahme man sich angeblich fantastisch fühlt und die gesamte Menschheit liebt. Besonders beliebt bei Raves. (Wo natürlich hauptsächlich junge Leute auftauchen, nicht die Über-Fünfzigjährigen; die führen sich das Zeug im Schutze ihrer vier Wände zu Gemüte und schauen sich dabei *Downton Abbey* an.) Ich will mir das schon seit Jahren mal erlauben – Ecstasy, nicht *Downton Abbey* –, habe aber keine Ahnung, wie ich da rankommen soll. Vermutlich könnte mir das traurigerweise am ehesten Gene erklären, obwohl er erst neun ist. Wirklich eine Katastrophe, wenn man sich vorstellt, dass Großmütter heutzutage ihre Enkel als Dealer benutzen.

Doch als ich im Eckladen gerade Teppichreiniger für die Partyfolgen erstand, wen traf ich da praktischerweise? Sheila, unsere ortsansässige Drogenhändlerin, allen bekannt als Sheila die Dealerin. Da ich sie nicht direkt darauf ansprechen wollte, weil wir alle offiziell von ihrem Gewerbe nichts wissen dürfen, wies ich auf die Schlagzeile des »Hetzkuriers« hin, der zwischen den anderen Zeitungen im Ständer ausgestellt war.

»Wenn ich das doch auch mal probieren könnte«, sagte ich in scherzhaftem Tonfall. »Klingt absolut großartig. Aber Leute wie ich haben natürlich keine Ahnung, wie man da rankommt. Bist du auch eine von diesen Über-Fünfzigjährigen, die Ecstasy nehmen, Sheila? Man weiß ja heutzutage nie, was die Leute so alles treiben.«

»Ich fahr nur auf Tabak ab«, antwortete Sheila reichlich schmallippig, wie ich fand. »Steh nicht auf dieses neumodische Zeugs. Man weiß ja nie, was da alles drin ist. Aber wenn du das wirklich probieren willst, kann ich mich mal umhören. In der Siedlung drüben kriegt man alles. Aber du willst was richtig Gutes, nicht irgend'n Schrott, oder?«

Da ich quasi beweisen kann, dass diese Frau zu Hause haufenweise Säcke voller Heroin und Kokain herumstehen hat – von anderen unsäglichen Substanzen wie LSD und Ketamin ganz zu schweigen – und es in ihrer Küche wahrscheinlich wimmelt von diesen Kröten, die junge Leute angeblich ablecken, um high zu werden (die Frau tut schon was für ihren Namen), hatte ich eigentlich fast damit gerechnet, dass sie auf der Stelle aus ihrem fleckigen geblümten Hauskittel ein paar Pillen zutage fördern würde. Aber vermutlich möchte man als Drogendealerin doch eher im Verborgenen arbeiten, und Sheilas Gerede von wegen sie führe nur auf Tabak ab sollte neugierige Schnüffelnasen wie mich wohl von der Spur ablenken. (Apropos Tabak: Mir wurde förmlich schwindlig von Sheilas eigener Ausdünstung – einer berauschenden Duftmischung aus altem Kohl, Zigarettenqualm, Schmieröl und Tabak, die so durchdringend war, dass ich schon vom Einatmen beinahe high wurde.)

Ich stellte noch klar, dass es mir wirklich ernst war mit meinem Wunsch. Dann eilte ich nach Hause, wo ich zu meinem Erstaunen Melanie vor der Haustür vorfand, mit einem Brief in der Hand.

»Tut mir ungeheuer leid«, sagte sie, als ich aufschloss und sie ins Haus ließ. »Dieser Brief ist bei mir gelandet, und ich habe ihn aus Versehen aufgemacht, weil ich nicht auf die Adresse geguckt hatte. Der Postbote hat ihn falsch eingeworfen. Und dann«, fügte sie bedeutungsschwanger hinzu, »konnte ich nicht umhin, ihn zu lesen. Er ist von Brad und Sharmie, die dich nach Indien einladen! Wenn du fährst – kann ich dann mitkommen?«

»Augenblick«, sagte ich und schloss die Tür hinter ihr. »Ich hab den Brief doch noch nicht mal gelesen.«

Es machte mir nichts aus, dass Melanie ihn geöffnet hatte, denn das war mir selbst auch schon oft passiert. Aber ihn dann auch noch zu lesen! Das ging wohl doch etwas zu weit. (Es zu gestehen jedenfalls.)

Melanie folgte mir in die Küche. »Weißt du, mein Sohn lebt doch dort«, sagte sie, »und du und ich, wir könnten ein paar Tage mit Brad und Sharmie in Delhi verbringen, und dann holt mein Sohn mich ab, und ich fahre mit ihm nach Kerala, um meine Enkelkinder zu sehen, und dann würden wir beide uns wiedertreffen und zusammen zurückfliegen. Das wäre wunderbar!«

Melanie ist nach den Amerikanern Brad und Sharmie in das Haus nebenan gezogen. Seit sie hier ist, kommt es mir immer vor, als habe Mel einen unsichtbaren Schlauch am Körper, den sie jederzeit an mich anschließen kann, um mir jegliche Energie oder Willenskraft abzusaugen. Ich setzte mich und las den Brief.

Liebe Marie,
bestimmt hast du dich längst gefragt, was aus uns geworden ist. Ich hoffe sehr, dass du dich noch an die beiden Verrückten aus den USA erinnerst, die so dreist waren, sich ein Jahr lang neben dir einzuquartieren. Aber hey, es gibt uns noch, und wir sind jetzt in dieses entzückende kleine Haus in Delhi gezogen – was sich GAR NICHT mit Shepherd's Bush vergleichen lässt, aber dennoch sehr gemütlich ist. Brad liebt seine neue Arbeit, und ich verbringe die eine Hälfte meiner Zeit mit Alice – von der ich dich natürlich ganz lieb grüßen soll – und die andere mit einer Tätigkeit in einem Waisenhaus an der Stadtgrenze. Hättest du nicht vielleicht Lust, uns zu besuchen und eine Woche oder so bei uns zu wohnen? Und besonders toll wäre, wenn du Pinsel und Skizzenbuch mitbringen und wieder solche wunderschönen Bilder von Bäumen malen könntest. Wir lieben die Bilder von den Londoner Bäumen, die wir von dir haben, Marie! Alle schwärmen davon, und hier gibt es einige grandiose Baumexemplare, die förmlich danach schreien, von dir gemalt zu werden. Wir hoffen sehr, dass du ja sagst! Indien ist ein faszinierendes Land, und wir können dir tolle Sachen zeigen. Wir hoffen, es geht dir gut.
Alles Liebe, Sharmie, Brad und Alice

Alice hatte in Schnörkelschrift unterschrieben und ein Smiley über das i gemalt – was mich bei Erwachsenen eigentlich kolossal nervt, bei Alice fand ich es jedoch reizend.

»Und, was meinst du?«, fragte Melanie ungeduldig. »Bist du bereit? Lass uns in die Terminkalender gucken.«

»Ich muss mir das erst überlegen«, sagte ich ziemlich herablassend. »Das kann ich jetzt nicht entscheiden, ich hab zu viel an der Backe.«

»Was denn? Sag es mir, vielleicht kann ich dabei helfen«, rief Melanie aus, wühlte im Rest meiner Post, den ich mit reingebracht hatte, und fing doch wahrhaftig an, eine Postkarte zu lesen.

»Melanie! Ich habe alle Hände voll zu tun«, erklärte ich und überlegte, wie ich sie davon überzeugen konnte, dass ich ungeheuer vielbeschäftigt war. »Ich erwäge gerade, einen neuen Untermieter ins Haus zu nehmen, und habe überdies jede Menge Probleme, die geklärt werden müssen«, log ich. Doch sobald ich den Mund zuklappte, merkte ich, dass ich lieber noch ausweichender hätte sein sollen.

»Ich habe genau den Richtigen für dich!«, rief Melanie aus. »Einen absoluten Schatz. Ich habe ihn vor Weihnachten in einem Seelenheilungsretreat kennengelernt. Er sucht nach einer Unterkunft, und ich hatte sowieso schon vor, dich zu fragen.«

»Später, später«, erwiderte ich und kam mir dabei wie ein gestresster Hollywood-Regisseur vor, der hoffnungsvolle Drehbuchautoren aus seinem Büro scheucht. »Ich werd's mir überlegen. Ich überleg mir alles. Aber nicht jetzt …«

Und so gelang es mir schließlich, sie loszuwerden.

Allerdings – Indien? Ziemlich aufregende Vorstellung. Ich hatte nicht erwartet, je wieder von Brad und Sharmie zu hören, weil ich annahm, sie seien wie alle Amerikaner – um einen herum wie ein Schwarm Mücken, solange sie in der Nähe sind, und spurlos verschwunden, sobald sie weiterziehen. Man hat mir mal gesagt, das habe was mit deren Pioniergeist zu tun. Weil die Amerikaner immer weiterwanderten und sich neue Gebiete des großen Landes aneigneten, mussten sie zu allen anderen Pionieren unterwegs freundlich sein. Deshalb reden sie heute noch in Bussen und Zügen mit Fremden und schließen schnell Freundschaft – die sich dann aber als flüchtig erweist. Ich hatte angenommen, dass auch ich nur eine weitere Pionierin auf Brads und Sharmies Reise gewesen sei, aber offenbar verhielt sich das bei den beiden anders. Ihre Freundschaft wirkte sehr aufrichtig, was ich äußerst erfreulich fand.

Ebenso wie die Aussicht auf einen Aufenthalt in Indien, wo ich noch nie gewesen war. Vor meinem inneren Auge sah ich Gottheiten mit vielerlei Gliedmaßen, Elefanten, Frauen, die Schalen auf dem Kopf balancieren und leuchtend bunte Saris tragen, das alles vor dem Hintergrund des Taj Mahal. Oder aber arme Kinder mit Hungerbäuchen, bedeckt von Fliegen, wie in den Spendenbettelbriefen, die ich jede Woche kriege. Und dann gibt es natürlich noch das Bollywood-Indien – Hochzeiten für Millionen Pfund, Juwelen und schwarzhaarige Männer mit flammenden Augen, die Liebeslieder vom Balkon eines Palasts herunterschmettern. Bestimmt sind alle drei Vorstellungen total idiotischer Schwachsinn.

Ich war so aufgeregt, dass ich Penny anrief und sie auf einen Drink zu mir bat.

»Lass uns doch zusammen hinfahren«, schlug sie vor, als sie es sich auf dem Sofa bequem machte. »Ich wollte immer schon nach Indien. Und lange Flüge allein sind scheußlich. Außerdem bin ich in letzter Zeit oft deprimiert, dann hätte ich was, worauf ich mich freuen könnte.«

»Wieso bist du deprimiert?«, fragte ich erstaunt. Penny ist normalerweise ziemlich ausgeglichen.

»Ach, ich weiß nicht genau«, antwortete sie. »Zum Teil sicher wegen der Jahreszeit, aber zum Teil auch ... Tja, ich glaube, dass du wieder mit David zusammen bist, macht mich jetzt nicht direkt eifersüchtig, aber ich fühl mich wohl ein bisschen außen vor. Ich freue mich wirklich riesig für dich, aber mir wird dadurch umso klarer, dass ich eben allein bin. Ich weiß, du sagst immer, es sei klasse, Single zu sein, aber wenn man älter wird, ist es nicht mehr so toll, oder? Neulich bin ich nachts mit so heftigem Herzklopfen aufgewacht, dass ich dachte, ich kriege einen Infarkt. Und dann fiel mir auf, dass ich nicht mal wüsste, wen ich auf dem Anmeldebogen bei ›zu benachrichtigen‹ eintragen sollte.«

»Aber du hast doch deine Tochter«, wandte ich ein. »Und außerdem wärst du nicht allein, weil du mich angerufen hättest und ich dich begleitet hätte.«

Penny kippte sich den Inhalt ihres Glases in den Rachen und goss sich nach. »Das weiß ich ja. Aber es ist trotzdem was anderes, nicht?«

Ja, ich wusste, was sie meinte. Es ist etwas anderes, und ich muss auch gestehen, dass es ein großer Trost für mich ist, David an meiner Seite zu wissen. Ich fühlte mich unwohl, weil es Penny deshalb schlecht ging, wusste aber, dass ich nichts dagegen tun konnte.

»Okay, dann lass uns zusammen nach Indien reisen«, sagte ich. Das würde Penny aufmuntern, und ich selbst legte außerdem keinen gesteigerten Wert darauf, allein durch die Slums von Delhi zu tapern. »Aber ich muss dich warnen. Melanie hat sich schon darauf kapriziert, auch mitzukommen, und ich habe nicht die geringste Ahnung, wie ich sie abwimmeln kann.«

»Ach herrje!«, rief Penny aus. »Obwohl – warum eigentlich nicht? Wir könnten doch die ganze Bande fragen. Melanie, Marion, Tim ... und James auch.«

Ich fragte mich, ob David auch gern mitreisen würde, wollte aber nichts dazu sagen, um nicht auch noch Salz in Pennys Wunde zu streuen.

Später

Als ich David anrief und ihn fragte, ob er mitkommen wolle, muss ich gestehen, dass ich etwas erleichtert war, als er sagte, er könne nicht.

»Ich glaube eher nicht, dass es mich dort noch mal hinzieht«, sagte er. »Und ich bin mir durchaus nicht sicher, ob du dich in Indien wohlfühlen wirst, Liebling. Es ist etwas, nun ja, wie soll ich sagen – drastisch. Und du bist doch so ein empfindsamer Mensch. Aber wenn du bei reichen Amerikanern lebst, wirst du wahrscheinlich vom Schlimmsten verschont bleiben.«

»Die beiden wünschen sich, dass ich dort Bäume male«, berichtete ich.

»Das würdest du bestimmt großartig machen. Und es gibt wirklich ziemlich eigentümliche Bäume«, fügte er hinzu. »Am eindrucksvollsten sind die Banyanbäume mit ihren verrückten Wurzeln. Aber dann gibt es auch noch die Teufelsbäume, die Affenbrotbäume, die Jacarandas und natürlich wundervolle riesige Eukalyptusbäume ... Und du solltest dir unbedingt eine Pappelfeige ansehen. Buddha saß darunter, als er die Erleuchtung hatte, der Stamm ist bizarr ...«

»Woher weißt du das alles?«, fragte ich, wieder einmal verwundert über die Fähigkeit von Männern, Fakten abzuspeichern.

»Ich kenne mich dort gut aus, Liebling«, antwortete er. »Weißt du nicht mehr? Ich habe doch vor einiger Zeit in Indien diese Baumreise gemacht, mit Sandra. In Goa hat sie dann Ali kennengelernt. Ach so, da wir gerade von ihr reden – werdet ihr auch nach Goa fahren? Das ließe sich gut an Delhi anschließen. Goa ist zauberhaft, ideal zum Chillen. Dann könntest du auch mal schauen, ob mit Sandra alles okay ist. Ich habe wochenlang nichts von ihr gehört.«

»Chillen? Was soll das denn sein?«, fragte ich.

»Abhängen und entspannen«, sagte David. »Komm schon, das müsstest du doch wissen.«

»Für mich bestimmt nicht das Richtige«, erwiderte ich und spürte, wie das Erbe meiner schottischen Großmutter durchbrach. »Rumhängen und entspannen bekommt mir nicht. Du weißt doch, dass ich zwanghaft in Bewegung bleiben muss. Als Nächstes versuchst du womöglich noch, mir irgendwelche Wellnessprogramme aufzuschwatzen.«

»Entschuldige«, sagte David. »Ich bin nur grade der Witwe Bossom auf der Straße begegnet« – das ist die Person, die sofort versucht hatte, sich David zu krallen, nachdem Sandra das Feld geräumt hatte – »und du weißt ja, dass sie immer von solchen Sachen labert. Hat mich wohl etwas angesteckt. Aber Sandra ist jetzt bestimmt am Dauerchillen, weil Ali offenbar am Strand lebt, wo er versucht, mit Fischen und Perlenketten Geld zu verdienen, wenn er nicht gerade Reifen flickt. Kannst du dir was Deprimierenderes vorstellen? Aber was soll's, das war das Leben, das Sandra sich gewünscht hat. Und aus mir wäre nie so ein Strandfreak geworden.«

Sandra war die junge Frau, mit der David nach unserer Trennung zusammen gewesen war. Vor zwei Jahren wurde er von Sandra verlassen, weil sie sich in diesen goanischen Strandjüngling verguckt hatte, der ihr das Blaue vom Himmel herunter versprach und ein Kind mit ihr haben wollte. Nachdem Sandra seit einiger Zeit weder auf E-Mails noch auf Anrufe reagierte, fing David an, sich Sorgen um sie zu machen. An sich interessiert es mich nicht im Mindesten, was mit ihr los ist, weil ich sie immer schon ziemlich dämlich fand. Aber nach ihr zu suchen wäre ein guter Vorwand für eine Rundreise. Deshalb sagte ich, das sei eine hervorragende Idee, die ich der ganzen Bande vorschlagen wolle.

Andererseits: Wieso bin ich, die ich nichts über Affenbrot-,

Banyan- und Eukalyptusbäume weiß, so dreist, jemanden als dämlich zu verurteilen? Wie war das gleich mit dem Glashaus?

David wies mich darauf hin, dass morgen Dreikönigstag sei.

»Die Witwe Bossom kam eigens vorbei, um mich daran zu erinnern«, berichtete er glucksend, was mich mächtig wurmte. Würde die ihn denn nie in Ruhe lassen? Die Vorstellung, dass sie ihn immer noch bedrängt, ist mir ausgesprochen zuwider. Aber obwohl ich ganz und gar nicht abergläubisch bin, sorgte ich doch dafür, sämtliche Weihnachtsdeko noch beizeiten verschwinden zu lassen. Den künstlichen Baum verstaute ich in seinem Karton wie eine grüne Mumie, die Karten nahm ich allesamt vom Kaminsims. Obwohl ich mir inzwischen offen gestanden überlege, den ganzen Kram mitsamt der Lichterkette gar nicht mehr wegzuräumen. Denn das Weihnachtsfest scheint jetzt immer schneller wieder stattzufinden, je älter ich werde.

8. Januar

Gerade einen Zweig vertrocknete Stechpalme hinter einem Bild gefunden, das ich vor dem Dreikönigstag nicht von der Wand genommen hatte, sowie eine Weihnachtskarte, die sich hinter einem meiner Staffordshire-Porzellanhunde auf dem Kaminsims verkrümelt hatte.

Ob das nun bedeutet, dass das Haus für den Rest dieses Jahres verflucht ist?

Später
Wunderbares Wetter heute – die Wintersonne flutet durchs kahle Geäst der Bäume im Garten –, und weil alle noch Urlaub haben, ist es mucksmäuschenstill in der Stadt. Ich zog den Mantel an und ging in den Garten, um ein paar trockene Blät-

ter vom Weg zu kehren. Pouncer spazierte auf der Mauer auf und ab wie ein Wachposten auf Patrouille und ließ sich gelegentlich nieder, um sich die Pfoten zu lecken. Dann hockte er eine Weile reglos da und zuckte nur manchmal mit den Schultern und legte die Ohren an, als erinnere er sich urplötzlich an irgendeine fiese Beleidigung.

Musste reingehen, weil das Telefon klingelte, und als ich abnahm, drang ein begeisterter Redeschwall von Marion an mein Ohr.

»Was hat es mit dieser Indienreise auf sich?«, fragte sie. »Kann ich auch mitkommen? Mel sagt, ihr wollt im April hinfahren und macht schon Pläne. Das klingt toll! Ich wollte immer schon mal auf dem Hippie-Trail unterwegs sein.«

»Wir machen keine Hippie-Reise und wollen auch nicht chillen«, erwiderte ich einigermaßen patzig. »Brad und Sharmie wünschen sich, dass ich Bäume für sie male. Und ich weiß das überhaupt erst seit ein paar Tagen! Aber klar, Süße, wenn ich es wirklich mache und du gern mitwillst, dann können wir ja alle zusammen fahren.«

Musste das Gespräch abrupt beenden, weil jemand wie wild an die Tür hämmerte. Herein stürzte Mel, umgeben von einer Patschuliölwolke, bewaffnet mit Landkarten und Fotobüchern über Indien. Dann förderte sie aus ihren Taschen zwei kleine Gipsfiguren zutage – Buddha und die abscheuliche leuchtend blaue Kali mit den vielen Gliedmaßen.

»Die beiden sollen während unserer Planung über uns wachen«, verkündete Mel. »Sie werden uns Glück bringen.«

Morgens hatte ich einen Blick auf Mels Facebook-Seite geworfen, auf der heute stand: *Das Herz hat seine eigene Sprache. Das Herz kennt Millionen von Wörtern.* Was mich jetzt ziemlich verstimmte, denn Mels doofes Herz hätte ja ein paar dieser Wörter dazu benutzen können, mich vorher anzurufen, anstatt einfach so hereinzuplatzen. Ich hatte nämlich vorgehabt, meine Heizkörper zu entlüften, und mich schon darauf gefreut, wie ein Profihandwerker mit meinem Spezialschlüssel durchs Haus zu marschieren, dem Zischen zu lauschen und die Wärme in den Radiatoren zu spüren, wenn das Wasser wieder reinströmte. Das konnte ich nun natürlich vergessen.

»Am zweiten April fliegen wir nach Delhi«, verkündete Mel. »Ich hab sehr günstige Flüge gefunden. Und dann kannst du bei Brad und Sharmie bleiben, während Marion und ich – und Penny, wenn sie auch mitkommen möchte – in einem zauberhaften Ferienhaus wohnen, das ich entdeckt habe. Am besten wäre es, wenn du die Impftermine vereinbarst, weil du dich mit diesem Medizinzeug gut auskennst«, erklärte Mel, »und ich … ich kümmere mich um die Flüge und die Visa.«

Mittlerweile hatte Mel im Wohnzimmer die Schuhe abgestreift und sich im Schneidersitz auf den Boden gepflanzt. Sie kam mir vor wie eine viktorianische Forscherin, und ich muss sagen, dass ihre Begeisterung durchaus liebenswert und ansteckend war. Schließlich blickte sie von ihrer Landkarte auf.

»Ach und Mar, ich hatte dir doch von diesem Typen erzählt, der ein Zimmer sucht. Ich hab ihn gestern bei einem schamanischen Workshop getroffen. Willst du dir den alten Knaben nicht wenigstens mal angucken?«

Offenbar heißt der Bursche Robin, ist um die sechzig und so was wie ein alter Hippie, dem der alternative Buchladen in der Golborne Road gehört, nicht weit von der Portobello. Derzeit wohnt Robin noch in der Wohnung über seinem Laden, aber da die Mieten steigen, möchte er bis Jahresende in eine günstigere Bleibe weiter westlich ziehen. Damit er in Ruhe suchen und seine Wohnung in der inzwischen total angesagten Straße für viel Geld vermieten kann, würde er gern bei mir unterkommen, bis er was Neues gefunden hat.

Melanie scheint recht versessen auf ihn zu sein. Sie meint, er sei sehr intelligent und belesen und ließe sich nicht von »Scheinwelten« täuschen. Und er könne auf unsere beiden Häuser aufpassen, während wir in Indien seien, fügte sie noch hinzu. Morgen wolle sie mit Robin mal vorbeikommen.

»Solange er nicht versucht, mich zu vedischer Medizin zu bekehren«, bemerkte ich trocken. Damit hatte ich nämlich vor einem Jahr eine grässliche Erfahrung gemacht. So ein Ayurveda-Arzt sagte, ich solle die Zunge rausstrecken. Dann machte er sich ein paar Notizen, verschrieb mir Pillen, mit denen es mir elendiglich schlecht ging, und knöpfte mir einen Riesenbatzen Geld ab.

10. Januar

Ehemaliger Royal Marine an hartgekochten Eiern erstickt! Bei Wettessen in Pub drei zugleich in den Mund gestopft (»Hetzkurier«)

Als ich das las, nahm ich mir fest vor, mein Essen nicht mehr so runterzuschlingen. Weil ich nun alt bin und immer so furchtbar viel zu tun habe – und wohl auch weniger Nahrung brauche als früher, vermute ich –, habe ich es mir in letzter Zeit nämlich angewöhnt, das Mittagessen im Stehen in der Küche einzunehmen. Dabei stopfe ich mir auch wie dieser Typ Zeug in den Mund, bevor ich den vorherigen Bissen überhaupt richtig gekaut und geschluckt habe. Nicht selten musste ich deshalb schon zur Spüle hasten und Wasser trinken, um nicht zu ersticken – und das alles gänzlich ohne Eieresswettbewerb.

Ich hatte Melanie gesagt, sie solle heute mit Robin vorbeikommen, damit ich ihn in Augenschein nehmen könne, und heute Abend klingelte sie bei mir. Es ist wirklich eigentümlich: Ich brauche inzwischen viel länger, um die Treppe runterzukommen, und wenn jemand an der Haustür ist, bin ich meist ausgerechnet oben. Dann tappe ich nach unten und halte mich dabei sorgsam am Geländer fest, und just, wenn ich unten ankomme, wird meist noch mal furchtbar laut und lange geklingelt, worauf ich jäh zusammenzucke, die Tür aufreiße und damit den Menschen draußen fast zu Tode erschrecke. Um dieses unerquickliche Türdrama zu vermeiden, bin ich dazu übergegangen, wie eine irre Alte zu brüllen: »Komme! Komme! Nur die Ruhe!«

Meine Ungehaltenheit verflüchtigte sich jedoch auf der Stelle, als ich Robin erblickte, der neben Melanie stand. Er ist einer dieser kultivierten alten Hippies von der besten Sorte: groß und schlaksig und etwas gebeugt, aber mit leuchtend blauen Augen und humorvollem Lächeln. Er musterte mich mit charmanter Miene, und ich war auf Anhieb entzückt – zumindest bis er vor sich hin murmelnd über die Schwelle trat und dabei so bizarr mit den Händen fuchtelte wie Joe Cocker, wenn er *With a Little Help From My Friends* sang.

»Er macht das Schwellenritual«, raunte Melanie mir zu.

»Muss er das jedes Mal machen, wenn er ein fremdes Haus betritt?«, raunte ich beunruhigt zurück.

»Nein, nur beim ersten Mal«, antwortete Melanie. »Damit segnet er das Haus und schützt sich vor unglücklichen oder boshaften Geistern, die vielleicht hier ihr Unwesen treiben.«

»Ich hoffe doch, er hält mich nicht für einen unglücklichen ...«

»Nein, natürlich nicht«, versicherte mir Mel. »Da geht es um Menschen, die vielleicht früher mal hier gelebt haben. Also, Robin – das ist meine Freundin Mar.«

»Marie«, korrigierte ich und schüttelte Robin die Hand.

»Ich hoffe, es macht Ihnen nichts aus«, sagte er mit liebenswürdigem Lachen. »Viele meiner Freunde halten mich für komplett plemplem. Aber ich finde, schaden kann es nie, und vielleicht hilft es ja ein paar armen Seelen, endlich Ruhe zu finden. So!«, fügte er dann hinzu, atmete im Flur tief ein und sah sich um. »Ich spüre es bereits! Dieses Haus hat eine wunderbar heitere und friedvolle Atmosphäre. Das kann ich wirklich über wenige Häuser sagen, versichere ich Ihnen. Es ist voller Lachen, Herzenswärme, Kreativität und Liebe!«

Angesichts der Tatsache, dass dieses Haus von mir bewohnt wird, die ich mein Leben mit albernen Ängsten zubringe – wie der Annahme, dass ich dement sei, weil mir der Vorname von Churchill nicht mehr einfällt –, konnte ich Robin eigentlich nicht beipflichten. Aber es war ein reizendes Kompliment, weshalb ich beschloss, über das Schwellenritual hinwegzusehen.

Wir nahmen einen kleinen Lunch-Salat zu uns, und als Robin danach seine unvermeidlichen Nahrungsergänzungspillen zum Vorschein brachte, war er höflich genug, sie herumzureichen wie Zigaretten – gute Manieren, vermutlich erlernt im Eliteinternat. Melanie bediente sich, aber ich hatte nicht die Absicht, von irgendwem sonderbare Pillen anzunehmen.

»Ah, verstehe, Sie brauchen so was nicht«, sagte Robin und warf mir ein strahlendes, wissendes Lächeln zu. »Sie sind eine alte Seele, das spüre ich.«

»So alt nun auch wieder nicht«, erwiderte ich etwas pikiert.

»Je älter man innerlich ist, desto jünger ist man äußerlich. Yin und Yang«, fügte Robin sofort hinzu. »Sie müssen mir das Zimmer übrigens gar nicht zeigen – ich weiß jetzt schon, dass es mir gefallen wird. Aber ich will Sie keinesfalls unter Druck setzen. Mel hat mir die Lage erklärt. Ich würde nur gern hier wohnen, bis ich was anderes gefunden habe – ein paar Monate vielleicht. Und ich zahle immer mit Dauerauftrag. Übrigens bin ich mir sicher, dass wir beide uns schon aus einem anderen Leben kennen …«

Später

Auwei, ich komme mir ziemlich albern vor. Aber ich habe mich tatsächlich dazu hinreißen lassen, Robin das Zimmer sofort zu vermieten. Normalerweise bestehe ich bei neuen Untermietern auf einer Probezeit, aber Robin ist so ein Schatz, dass ich ihm einfach nicht widerstehen konnte. Und er ist auch ziemlich attraktiv. Ich meine, ich habe ja David, aber da ich nicht die ganze Zeit mit ihm zusammen bin, wäre es recht nett, ab und an mal ein klein wenig mit Robin zu flirten. So was tut dem guten alten Ego immer gut. Außerdem wird Robin ja nicht ewig hier wohnen, wie er selbst sagt. Aber als wir an einem Bücherregal vorbeikamen, war er so begeistert von der Literatur, die er darin entdeckte – »Anna Kavan! Arthur Koestler! Julian MacLaren-Ross! Jocelyn Brooke! Denton Welch! Was für eine erlesene und anspruchsvolle Sammlung Sie haben. Das sind auch meine Lieblingsautoren« –, dass ich wirklich beinahe glaubte, wir wären uns in einem früheren Leben schon mal begegnet.

Obwohl ich gar nicht an frühere Leben glaube, möchte ich hinzufügen.

13. Januar

Sitze im Morgenmantel mit meinem Laptop am Kamin und schreibe. Pouncer träumt offenbar was Furchtbares, denn seine Ohren sind komplett nach hinten geklappt. Vielleicht sollte ich mal Melanies Traumfänger an Pouncer ausprobieren – aber wie ich meinen Kater kenne, würde er das Ding wohl für einen Vogel halten und in Stücke reißen.

Penny war gerade zum Abendessen hier; sie ist ausgesprochen scharf auf diese Indiengeschichte. Ich muss gestehen, dass ich mir kurzzeitig immer wieder wünsche, niemandem davon erzählt zu haben, denn es wird eine sagenhaft klischeehafte Angelegenheit à la »Vier alte Damen auf Abenteuerreise in Indien« werden. Wir planen, drei Wochen dort zu sein, was mir schrecklich lang vorkommt, aber für zwei Wochen würde sich so eine weite Reise gar nicht lohnen. Bin aber entzückt, dass Penny mitkommt, denn nur mit Melanie, die sich auf Schritt und Tritt mit gefalteten Händen verbeugen und »Nastase« sagen wird, und mit Marion Gutmensch, die dort bestimmt andauernd über das Elend jammert, würde es wohl nicht sehr lustig werden. Ich vermute auch, dass man dort nicht so leicht an Alkohol kommt, was gut ist für Penny (habe leider feststellen müssen, dass sie selbigem zurzeit sehr zugeneigt ist).

Morgen jedenfalls fahre ich zu David und werde einen schönen Tag haben. David will mich zum Abendessen ausführen, und wenn wir vorher noch Zeit haben, schauen wir auf ein paar Drinks bei James rein. Da er ja von seinem verstorbenen Partner Hughie jede Menge Geld geerbt hat, trinkt James nur noch Champagner. Und den vermutlich eimerweise, seit er ins gottverlassene Fakeley gezogen ist, um mit Owen zusammenzuleben. (Während Owen die Farm bewirtschaftet, betätigt sich James offenbar im Stil von Derek Jarman und Andy Goldsworthy als »Naturkünstler«. Was sicher mein Lügentalent auf die Probe stellen wird, wenn ich James' »Werke« dann zu Gesicht bekomme.)

Ich freue mich auf ein Wiedersehen mit Owen. Ich fand ihn sehr nett, als James ihn uns in London vorstellte. Und dass ich ihn nett finde, ist auch die Wahrheit, weil ich mein Tagebuch nicht belüge. Na ja, nur manchmal, wenn ich meine Gedanken selbst zu gemein finde; es wäre schließlich schrecklich, wenn nach meinem Tod jemand meine Tagebücher lesen und merken würde, was für eine abscheuliche, niederträchtige Kreatur ich in Wirklichkeit bin.

Habe regelrecht Sehnsucht nach David. Wir haben zwar telefoniert, aber ich habe ihn ja seit Neujahr nicht mehr gesehen.

Später
Gerade ist Robin eingezogen – um einiges später als geplant. Fühlte mich etwas daneben, als ich ihn im Morgenmantel empfing. Doch da der Mann mich künftig oft in dieser Aufmachung sehen wird, kann er den Schock auch ruhig gleich verdauen. Außerdem ist mein Morgenmantel ein durchaus glamouröses Kleidungsstück. Weil ich darin so viel Zeit verbringe, trage ich eine Art Operngewand, in der Hoffnung, dass die kunstvolle Stickerei und der wunderbar gearbeitete Kragen sowie die prachtvollen Manschetten von meinem zerknautschten Frühmorgengesicht oder meiner schlaffen Spätabendfratze ablenken können. (Und früh am Morgen kann bei mir durchaus bis zwölf Uhr mittags heißen.)

Wunderte mich ziemlich, dass Robin mit so wenigen Sachen ankam. Er sagt, das meiste habe er gelagert oder für die neuen Mieter in seiner Wohnung zurückgelassen. Aber er brachte einen Mandalateppich mit (der heißt offenbar so wegen seines runden Musters, das irgendwas mit heiliger Geometrie zu tun hat, hat Robin mir erklärt). Und er hatte jede Menge alte Bücher, Papier, Bleistifte, Zeicheninstrumente und seltsamerweise einen Zauberstab dabei. Als ich den in der Schachtel sah, hielt ich ihn für einen Zweig und sagte: »Das kann ich sicher wegwerfen, oder?« Worauf Robin mir die Schachtel entsetzt aus der Hand nahm und erklärte, der Stab habe magische Kräfte, und er habe ihn am Tag der Sonnenwende von einem Baum in Glastonbury geschenkt bekommen.

»Von einem Baum?«, fragte ich etwas beunruhigt.
»Ja«, antwortete Robin. »Einem sehr engen Freund von mir.«
Und dabei ließen wir es dann bewenden.

Momentan hört Robin Walgesänge, die ich ziemlich grausig finde. Aber ich werde mich im Lauf der Zeit bestimmt daran gewöhnen.

Später
Gerade kam Robin runter und fragte nach dem WLAN-Passwort. Als ich ihm die Zahlen nannte, schien er auf seinem Handy irgendeine Berechnung anzustellen.
»Was machst du da?«, fragte ich.
Er blickte auf und sah mich lächelnd an. »Ach, nur ein bisschen Numerologie. Keine Sorge – diese Zahl ist unbedenklich. Ich wollte nur vermeiden, die Echsen auf den Plan zu rufen.«
Echsen?

14. Januar

Bevor ich Robin nach den Echsen fragen konnte, kündigte er an, dieses Wochenende bei einem Bewusstseinserweiterungsworkshop in Hastings zu sein. Was ich etwas ärgerlich fand, weil ich meine Untermieter immer gern im Haus habe, um Einbrecher abzuschrecken, während ich verreist bin. Aber Robin versprach, ein Räucherritual mit Salbei zu machen, bevor er aufbrach, wonach das Haus angeblich komplett geschützt sei. Darüber war ich nicht allzu glücklich, weil ich fürchtete, dass er dabei überall Asche verstreuen würde. Robin versicherte mir jedoch, es sei rein symbolisch und ganz und gar unbedenklich.

Später
War tagelang nicht mit meinem zauberhaften Fiat 500 unterwegs und hoffte, dass er nicht so eingerostet sein würde wie ich, wenn ich eine Zeitlang keinen Spaziergang gemacht habe.

Als ich aus dem Fenster blickte und Ausschau hielt nach meinem hübschen Auto, glitzerte es so leuchtend blau wie immer (war allerdings, wie ich bestürzt feststellte, gesprenkelt mit Vogeldreck, weil ich es dummerweise unter einem Baum geparkt hatte). Aber ob wohl sein Innenleben gut in Schuss war? Womöglich hatte die Batterie jegliche Hoffnung aufgegeben und war wie ein Hund auf dem Grab seines Herrn einfach verschieden.

Doch es war alles paletti. Ich verstaute meinen Koffer – in den ich auch das Geburtstagsgeschenk von Penny gepackt hatte –, ließ mich auf dem Fahrersitz nieder und brauste los.

David wiederzusehen war großartig; er wirkte allerdings sehr enttäuscht, als ich sagte, ich würde nur zwei Nächte bleiben.

»Ich hatte gedacht, wir könnten übermorgen zum Glastonbury Tor fahren«, sagte er. »Weißt du noch, wie wir vor unserer Hochzeit da hochgestiegen sind?«

Natürlich wusste ich das noch. Und ich erinnerte mich auch sehr genau daran, dass David mir auf dem Gipfel den Heiratsantrag gemacht hatte. Weshalb mir jetzt besonders viel daran gelegen war, dem Glastonbury Tor *keinen* Besuch abzustatten.

»Ein andermal«, erwiderte ich, recht kurz angebunden. Danach war die Stimmung etwa fünf Minuten lang etwas angespannt, aber es gelang uns schließlich, die atmosphärische Störung zu vergessen, während wir versuchten, eine Aubergine im Ofen zu backen, um Baba Ghanoush zu machen. Was uns beiden bislang kein einziges Mal geglückt war und auch diesmal nicht gelang. Wie üblich hatten wir am Ende eine matschige Pampe, die wie verfaulende Froschzungen schmeckte.

15. Januar

Mein Geburtstag! Wir hatten eine kuschelige Nacht zusammen und erwachten beide bestens gelaunt.

David schenkte mir eine interessant aussehende DVD über eine in Vergessenheit geratene New Yorker Fotografin namens Vivian Maier, mit einer Karte, auf der stand: *Heute bist du fünfundzwanzigtausendzweihundertachtundneunzigeinhalb Tage alt*. Von Penny hatte ich handgemachte Zwetschgenmarmelade bekommen – keine Ahnung, wo sie die erstanden hatte, aber sie schmeckte absolut köstlich. Auf Pennys Karte stand: *Älterwerden ist nichts für Feiglinge!*

Vor dem Mittagessen rief Jack an, um zu gratulieren, und Gene war auch dran und wollte wissen, ob mir die Karte gefiele, die er mir geschickt hatte.

»Ich habe keine Karte bekommen«, sagte ich.

»Aber ich hab sie dir doch aufs Handy geschickt, Oma!«

»Ach Schatz, du weißt doch, dass mein Handy ein altes Nokia ist. Damit kann ich so was nicht empfangen!«

Am anderen Ende entstand ein Schweigen. »Das ist aber komisch«, sagte Gene schließlich. »Bist du auch ganz sicher?«

»Ja, bin ich«, antwortete ich, recht enttäuscht. »Na ja, vielleicht sollte ich mir zum Geburtstag selbst ein neues Handy schenken. Was hältst du davon?«

»Ja, cool, und dann schick ich dir die Karte noch mal«, erwiderte Gene.

Die Lüge war unvermeidlich. Ich brachte es einfach nicht übers Herz, ihm zu gestehen, dass ich mir nie und nimmer ein iPhone zulegen würde. Und alles, was mit einem kleingeschriebenen Buchstaben beginnt, auf den dann – noch monströser – ein Großbuchstabe folgt, ist ganz gewiss der allerletzte Notnagel.

Später
Es war wirklich ein wunderbarer Abend. Der Besuch bei James und Owen musste allerdings gestrichen werden, denn wir konnten nicht viel trinken, weil wir mit dem Auto unterwegs waren, und hatten außerdem eine Reservierung im Restaurant. Aber David führte mich in die Alte Feuerwache aus, was derzeit in Shampton in aller Munde ist. Shampton, früher ein ganz gewöhnliches Städtchen auf dem Lande, zieht nun aus irgendwelchen Gründen solche Leute an, die ansonsten in Notting Hill leben. Die einstigen Fleischer, Gemüsehändler und Geschäfte, in denen man noch Nägel einzeln erstehen konnte, sind Lifestyle-Läden gewichen, in denen man Kissen, bizarre Lampen und riesige Fotos von einer Aubergine oder Quitte vor schwarzem Hintergrund angeboten bekommt.

Am Stadtrand gibt es eine Kunstgalerie in einem großen rechteckigen Gebäude – was früher vermutlich mal die Alte Schuhlederfabrik oder irgendwas in der Art war – inmitten von abscheulichen Gärten, die ein holländischer Gartenarchitekt verbrochen hat. Da befindet sich ein Fleck grauer Gräser bei einem Fleck brauner Gräser neben grünlichen Gräsern unweit schwarzer Gräser. Dann kommt man zu einer Kiesfläche, hinter der man auf ein weites Areal mit beigen Gräsern stößt. Früher gab es mal diesen Lavendeltrend, inzwischen sind es Gräser. Kann ich nicht nachvollziehen.

In der Alten Feuerwache bekamen wir einen Tisch in der Mitte, direkt neben der Rutschstange.

»Entschuldige, aber ich hab keinen anderen mehr bekommen«, sagte David. »Na ja, so merkt man jedenfalls, dass hier wirklich früher die Feuerwehr am Werk war.«

»Du musst auch nicht befürchten, dass ich hier Poledancing mache«, erwiderte ich. »Dafür bin ich mit neunundsechzig wirklich zu alt. Wahnsinn, wenn ich mir das überlege.«

»Für mich wirst du niemals alt sein«, sagte David.

»Weil du so alt bist, dass du mich nicht mehr richtig erkennen kannst.« Ich legte meine Hand auf seine. »Komisch, oder, dieser Trend zu alten Gebäuden? Letztes Jahr habe ich in einer alten Essigfabrik zu Abend gegessen.«

»Ja, es gibt hier auch noch die alte Pferdeklinik«, sagte David. »Und die alte Leichenhalle im Keller ...«

»Meinst du, wenn Gene neunundsechzig ist, wird er im Alten Atomkraftwerk oder im Alten Kletterzentrum essen gehen?«

»Haben Sie heute Geburtstag?«, fragte unvermittelt die Frau am Nebentisch und beugte sich zu uns herüber. Wie sich herausstellte, handelte es sich um die gefährliche Witwe Bossom, Davids Stalkerin. »Herzlichen Glückwunsch!«

Ich lächelte möglichst erfreut und bedankte mich höflich.

»Wie schnell die Jahre vergehen, nicht wahr«, äußerte die Witwe Bossom. In ihren blond gefärbten Haaren steckte eine Sonnenbrille – abends! –, und ihre eng anliegende Hemdbluse war für eine Frau ihres Alters eindeutig zu weit aufgeknöpft. Mit einem Blick unter den Tisch stellte ich fest, dass sie eine eng sitzende Jeans mit Leopardenmuster trug, die in Wildlederstiefel gesteckt war. Gertenschlank war die Witwe nicht gerade, und ihr Outfit hinterließ den Eindruck, als würde sie demnächst aus ihren Kleidern platzen – der Busen zuvorderst. Die Stimme war rau und kehlig und klang nach ausgiebigem Gin-Tonic-Konsum.

»Wie schön, dass ihr beide immer noch so gute Freunde seid«, bemerkte sie herzlich; über den Wahrheitsgehalt der Herzlichkeit war ich mir allerdings nicht im Klaren. »Und wie ich höre, vertieft ihr eure Freundschaft sogar gerade weiter. Also, wenn man mich mit meinem Exmann in ein Zimmer stecken würde, könnte ich für nichts garantieren, Scheiße noch mal! Entschuldigt meine Ausdrucksweise.«

Sie musterte mich prüfend – wobei sie vermutlich zu begreifen versuchte, was David an mir fand – und ließ dann ein charmantes Lächeln aufblitzen. »Kommt doch morgen auf einen Drink zu mir«, schlug sie vor. »Ich kenne David ja sehr gut – wir sind auch alte Freunde, nicht wahr?« Sie nickte ihm mit Verschwörermiene zu und tätschelte ihm den Arm. »Aber ich möchte Sie zu gern besser kennenlernen – seine Exfrau. Alle Freunde von David sind auch meine Freunde!«

»Marie muss wohl leider morgen schon wieder weg«, erwiderte David wie aus der Pistole geschossen. »Aber vielen Dank, Edwina, das ist sehr nett von dir. Ein andermal.«

Er blickte auf die Speisekarte, und ich warf der Witwe ein entschuldigendes Lächeln zu.

»Lalewas ulewuns belewestelewellelewen«, sagte David breit grinsend zu mir, »belewevolewor silewie ulewuns nolewoch weileweitelewer ilewin eilewein Gelewesprälewäch velewerwilewickelewelt.« Ich fand es hinreißend, dass er plötzlich zur Löffelsprache übergegangen war. Die hatte er in der Schulzeit mit seinen Freunden trainiert, damit sie von den Lehrern nicht verstanden wurden. Jack hatte die Löffelsprache auch gelernt, und in seiner Kindheit hatten wir uns zu dritt bei allerlei Löffelgesprächen prächtig amüsiert.

»Ich dachte, sie sei Witwe«, raunte ich David zu.

»Ihr erster Mann ist gestorben, aber sie leidet immer noch unter der Trennung von ihrem zweiten Ehemann, von dem sie geschieden ist. Die Ärmste«, fügte David hinzu, was ich äußerst überflüssig fand.

Ich verzog das Gesicht.

»Ach, sie ist ganz okay«, sagte er. »Und noch ziemlich attraktiv, findest du nicht? Eigentlich hat sie das Herz auf dem rechten Fleck.«

Attraktiv? Herz auf dem rechten Fleck? Das wagte ich zu bezweifeln, behielt meine Meinung aber für mich.

Wie überall in der ländlichen Gastronomie war das Essen überteuert und übertrieben. Auf dem Land scheint man noch nicht begriffen zu haben, dass man in London seit Jahrzehnten keine Gemüseberge mit Schnittlauch obendrauf serviert. Aber David und ich hatten dennoch einen schönen Abend, und ehrlich gesagt, tat es mir schon irgendwie leid, dass ich am nächsten Tag wieder abfahren wollte. An sich war ich ja nicht dazu gezwungen, aber ich wollte einfach nicht in diesen alten Trott reingesogen werden. Ich finde es zurzeit so wunderschön mit David, dass ich nicht riskieren möchte, wieder in dieses blöde Fahrwasser zu geraten, das beim letzten Mal zur Trennung geführt hat.

Später
Übrigens fiel mir noch ein, dass die Witwe Bossom – als sie mit ihrem ziemlich pferdegesichtigen Begleiter aufbrach – hinter David trat und ihm auf, wie ich fand, übertrieben vertrauliche Weise die Schultern knetete. Danach verpasste sie ihm einen schmatzenden Abschiedskuss und winkte mir herzlich zu.

16. Januar

Etwas ganz Furchtbares ist passiert. Ich fuhr munter und fröhlich nach Hause, dachte mir, dass neunundsechzig doch gar kein so übles Alter ist, und hörte dabei das entspannendste Radioprogramm unter der Sonne, nämlich die Gartenfragestunde. Da geht es ausschließlich um die richtige Pflanzzeit für Setzlinge, und man macht sich Gedanken, ob Rhododendren in sandigem oder lehmigem Boden besser gedeihen. Nebenbei schmiedete ich Pläne für die Indienreise. Zu Hause parkte ich den Wagen, lud mein Landbrot und andere Köstlichkeiten aus, die ich unterwegs bei einem Bauernhof erstanden hatte, schloss die Haustür auf und stellte fest, dass bei mir eingebrochen worden war!

So viel zu Robins Räucherritual!

Sobald ich ins Haus kam, wusste ich, dass etwas nicht stimmte, weil es so bitterkalt war. Zuerst dachte ich, dass ich vielleicht ein Fenster offen gelassen hatte. Aber dann merkte ich, dass jemand das Fenster in der Tür zum Garten eingeschlagen und allerlei gestohlen hatte. Ich war so zittrig, dass ich mich setzen musste. Dann bekam ich Angst, dass der Einbrecher (oder – wie Jack, der sich sehr politisch korrekt ausdrückt, vermutlich betont hätte – die Einbrecher*in*) womöglich noch im Haus war, lief rüber zu Melanie und brach in Tränen aus. Ziemlich dämlich von mir, ich weiß, aber ich stand eben unter Schock.

»Was ist denn los, Mar?«, fragte Melanie und legte mir den Arm um die Schultern. »Es hat doch wohl hoffentlich nichts mit Robin zu tun? Oder hattest du einen Unfall?«

»B-bei mir ist eingebrochen worden!«, schluchzte ich. »Ich kam grade von David zurück, und ...«

»Wir müssen sofort nachschauen, ob der Einbrecher noch da ist«, verkündete Melanie und schnappte sich eine große schwere Messingschale. Das Ding benutzt Mel ansonsten, um sonderbare Töne zu erzeugen, wenn sie gestresst ist. »Damit können wir den erst mal unschädlich machen.«

Wir gingen rüber, und ich muss sagen, dass Melanie beeindruckend mutig war. Sie marschierte durch alle Räume, riss die Schränke auf und schrie: »Komm raus, du Dreckskerl!« Unter die Betten schaute sie auch, und sie bestand sogar darauf, im Garten hinter allen Büschen und Sträuchern nachzusehen. Ich muss zu meiner Schande gestehen, dass ich noch immer zitterte wie Espenlaub und mich in die Küche setzen und auf meinen Atem konzentrieren musste.

»Hat er deinen Schmuck gestohlen?«, fragte Mel, als sie wieder reinkam. »Schau lieber nach. Und hast du schon die Polizei angerufen?«

Mein Schmuck war zum Glück noch da; viel hätte der Einbrecher ohnehin nicht erbeutet. Die einzigen wertvollen Schmuckstücke, die ich besitze, sind eine Brosche von meiner Mutter, eine Perlenkette, die ich von meiner Patin zur Taufe bekommen habe, und Ohrringe, die David mir zur Hochzeit geschenkt hatte. Den Ehering habe ich nicht mehr. Nach unserer Scheidung arbeitete ich eine Zeitlang in einem Porzellanladen. Durch den ganzen Stress hatte ich so sehr abgenommen, dass mein Hochzeitsring mir vom Finger glitt, als ich für jemanden einen Tortenständer einpackte, und danach spurlos verschwunden blieb. Der Einbrecher hatte aber allerhand Kleinkram mitgenommen, der mühelos zu transportieren war.

Ich rief bei der Polizei an, und man sagte mir, morgen käme jemand vorbei. Morgen! Was soll das denn wohl nützen? Dann rief ich einen Glasnotdienst, um die Scheibe ersetzen zu lassen, und Marion und Penny waren so lieb, zum Abendessen zu kommen, damit ich nicht allein war. Penny brachte ein Raumspray mit, das sie für Weihnachten angeschafft hatte.

»Normalerweise mach ich so was ja nicht, aber es wäre schon gut, die energetischen Ausdünstungen dieses Kerls zu beseitigen, oder?«, sagte sie. In einer Hand hielt sie ihr Weinglas, aus dem sie immer wieder einen Schluck trank, in der anderen die Spraydose. Beim ersten »Pfffft« ergriff Pouncer, der sich während des ganzen Dramas unter dem Sofa versteckt hatte und gerade erst wieder aufgetaucht war, rasant die Flucht. Wenn Katzen sprechen könnten, wäre er ein wichtiger Augenzeuge gewesen. Vermutlich hielt Pouncer Pennys Spray für irgendeinen neumodischen Kater, der sein Revier markierte – was in gewisser Weise ja auch zutraf.

17. Januar

»Ganz gewöhnlicher Einbruch«, bemerkte der blutjunge Polizist, als er endlich angetanzt kam. »Früher waren sie auf elektronische Geräte scharf. Aber seit die besser gekennzeichnet sind, lassen sie eher kleine, weniger wertvolle Dinge mitgehen, die man auf dem Flohmarkt an der Portobello Road gut verhökern kann.«

Ich hatte eine Liste zusammengestellt: eine Tischuhr, ein neuer Werkzeugkasten, die beiden Staffordshire-Kaminhunde, die ich mit vierzehn für ein paar Pence ergattert hatte, ein kleiner Silberaschenbecher. Am schlimmsten war für mich der Verlust eines zauberhaften Fotos, das der berühmte Cecil Beaton 1965 beim Chelsea Arts Ball von meinem geliebten Freund Hughie gemacht hatte, der damals als Lawrence von Arabien verkleidet war. Der Einbrecher hatte es wohl eher auf den Rahmen abgesehen. Aber für mich war der Verlust des Fotos besonders traurig, denn James – der damals mit Hughie zusammen gewesen war – hatte es mir nach Hughies Tod als Andenken geschenkt, und wahrscheinlich gibt es keine weiteren Abzüge.

Jedenfalls erwartete ich, dass der Polizist auf allen vieren herumkriechen und den Fußboden mit einer Lupe inspizieren, für Fingerabdrücke alles einpinseln und von uns allen DNA-Proben nehmen würde. Aber er tat nichts dergleichen, sondern erklärte lediglich, wir könnten ja beim Portobello-Trödelmarkt nach meinen Sachen Ausschau halten.

»Falls Sie was finden, können Sie uns anrufen«, fügte er noch beiläufig hinzu. »Aber vermutlich hätten Sie mehr Erfolg, wenn Sie's zurückkaufen.« Das ist doch der reine Hohn. Und noch übler: Als ich mit meiner Versicherung sprach, teilte man mir freundlich mit, laut meiner Police müsse der Mindestwert eines entwendeten Gegenstandes fünfhundert Pfund betragen. Also ergibt es gar keinen Sinn, das zu melden, denn die Sachen waren vermutlich zusammengenommen nicht mal so viel wert.

18. Januar

Durch Videokamera entlarvt! Diebe fotografieren Grundrisse mit iPhone (»Hetzkurier«)

Mein lieber David. Keine Ahnung, weshalb ich ihn nicht gleich angerufen habe. Sobald ich ihm von dem Einbruch berichtet hatte, kam er sofort her und war richtig wütend. Seltsam, dass Männer sich dann immer so aufregen. Ich fühlte mich schwächlich und weinerlich, während David aufgebracht herumstapfte. Ich weiß, dass man so was eigentlich nicht sagt – aber manchmal kommt es mir schon vor, als seien Männer und Frauen unglaublich unterschiedlich.

»Wozu war denn dieser Robin gut?«, schnaubte David. »Er hat das Haus ausgeräuchert, sagst du? Wieso um alles in der Welt glaubst du, dass das was nützt?«

»Ach, er ist sehr überzeugend«, antwortete ich lächelnd. »Du wirst ihn bestimmt mögen. Er ist ein echter Goldschatz!«

Im selben Augenblick kam Robin herein und entschuldigte sich sofort, als er David erblickte.

»Oh, tut mir leid, Marie, ich dachte du seist allein«, sagte Robin, stellte sich David vor und hielt ihm die Hand hin.

»Und ich bin David«, erwiderte David – ziemlich argwöhnisch, wie ich fand. »Ich bin absolut empört über diesen Einbruch! Waren Sie denn nicht hier? Hätten Sie das nicht verhindern können? Marie ist eine alleinstehende Frau, wissen Sie!«

»Ich war auf einem Bewusstseinserweiterungswochenende«, antwortete Robin.

»Also, es nützt ja wenig, wenn Sie Ihr Bewusstsein erweitern, während unterdessen das Haus geplündert wird«, erklärte David schroff.

Robin blickte äußerst bestürzt.

»Wenn Marie hier gewesen wäre, hätte man sie womöglich überfallen!«, fügte David hinzu.

»Aber Marie war doch gar nicht hier«, erwiderte Robin verwirrt.

»Genau deshalb wurde ja eingebrochen, David«, warf ich ein. »Und Robin ist hier auch nicht als Wachmann angestellt, sondern er ist mein Untermieter.«

David setzte sich an den Küchentisch, schlug die Zeitung auf, starrte darauf und sagte kein Wort mehr.

Robin schien mich etwas fragen zu wollen, sagte dann aber: »Ach, ich frag dich morgen« und verschwand.

David legte die Zeitung beiseite und bemerkte kopfschüttelnd: »Du hast eine seltsame Vorstellung von einem Goldschatz.«

»Ach, nun komm schon, Liebling. Robin kann doch nichts dafür.«

»Vermutlich nicht. Tut mir leid, wenn ich etwas ruppig war. Ich war wohl einfach entsetzt über die Vorstellung, dass hier eingebrochen wird und niemand da ist, um dich zu beschützen.«

Ich wechselte das Thema, indem ich ihm von der Schlagzeile des »Hetzkurier« erzählte, über die er sich aber gleich lustig machte.

»Liebling, ich liebe dich wirklich von Herzen – aber ich glaube kaum, dass jemand Interesse an deinem Hausgrundriss hat«, sagte David und sah sich in dem etwas unaufgeräumten Wohnzimmer um. »Ich meine, man merkt doch, dass hier keine Kostbarkeiten zu holen sind. Außer natürlich«, er zog mich neben sich und legte mir den Arm um die Schultern, »du selbst. Und du warst nicht hier.«

»Ah, du bist ein raffinierter alter Schmeichler«, erwiderte ich und schob ihn lächelnd von mir weg. »Aber trotzdem: Danke fürs Kompliment.«

Nach dem Abendessen sahen wir fern und erfuhren doch wahrhaftig durch die Nachrichten, dass laut einer beunruhigenden Statistik die Wahrscheinlichkeit eines Einbruchs um das Zehnfache erhöht ist, wenn zuvor schon einmal eingebrochen wurde. Das scheint daran zu liegen, dass die Schurken dann die Sicherheitsschwachpunkte des Hauses bereits kennen. Ich stöhnte gequält.

»Was du brauchst«, sagte David ernsthaft, »ist ein Mann im Haus. Meinst du nicht auch?«

Ich spürte, wie es mir bei dieser Bemerkung kalt den Rücken hinunterlief, und sagte rasch: »Aber Robin ist doch hier.«

»Das ist kein Mann!«, versetzte David. »Sondern irgendein sonderbarer Scharlatan, der hier irgendwelchen Hokuspokus betreibt, der nichts nützt. Im Gegenteil: Diese Räucherei hat den Einbrecher vermutlich überhaupt auf das Haus aufmerksam gemacht, anstatt ihn abzuhalten.«

»Ach, Robin ist wirklich in Ordnung«, entgegnete ich. »Ich mag ihn.«

David sah fuchsteufelswild aus und gab lediglich ein lautes verächtliches Schnauben von sich.

FEBRUAR

1. Februar

Habe seit Tagen nichts mehr geschrieben, weil mich der Einbruch so verstört hatte, dass ich mich wie gelähmt fühlte. Jedes Mal wenn ich draußen war und wieder nach Hause kam, brach mir an der Tür der Angstschweiß aus, und ich fing an zu zittern. Und sobald ich im Haus war, wurde ich von merkwürdigem Grauen heimgesucht. So verrückt es auch klingt: Ich überprüfte zwanghaft jede Schublade und jeden Schrank, weil ich mich versichern musste, dass ich nicht irgendwas übersehen hatte, was mir fehlte, und dann eines Tages denken würde, der Einbrecher sei wieder hier gewesen.

Im Grunde wäre es mir erheblich lieber gewesen, der Kerl wäre eines Tages mit einer Liste der begehrten Gegenstände an der Tür erschienen, hätte höflich draußen gewartet, sich dann artig für das ganze Zeug bedankt und wäre auf Nimmerwiedersehen verschwunden. Das hätte ich vollkommen in Ordnung gefunden. Denn es war vor allem das Gefühl der Machtlosigkeit, das Gefühl, dass jemand in mein Zuhause, in meine Intimsphäre, eingebrochen war, das mich so verstörte.

Robin war natürlich auch total entsetzt. Und obwohl der Einbrecher (vielleicht waren es ja auch mehrere gewesen) nichts von seinen Sachen gestohlen hatte, fühlte sich Robin für das furchtbare Ereignis verantwortlich.

»Ich habe überall geräuchert, Marie«, sagte er, als er, lang und schlaksig, in der Wohnzimmertür stand und die Hände rang. »Aber ich habe die Gartentür ausgelassen. Keine Ahnung, warum. Ich habe nur die Fenster und die Haustür geschützt. Ich bin an allem schuld. Man kann nie genug gegen das Böse gewappnet sein. Heute Abend werde ich den ganzen Vorgang wiederholen, damit wirklich niemand mehr eindringen kann. Und wenn du nichts dagegen hast, würde ich auch später eine kleine Austreibung machen, damit sämtliche schädlichen Energien und bösen Geister, die womöglich von dem Einbrecher zurückgeblieben sind, vertrieben werden.«

Später
Heute Abend brachte Robin eine Spezialessenz mit, die er in seinem Laden verkauft – aus dem Amazonas-Regenwald natürlich – und mixte ein Elixier. Robin meint, sein Ausräuchern sei wegen der Echsen in der Nähe fehlgeschlagen, und natürlich fragte ich ihn jetzt, was für Echsen er denn wohl meine. Dabei erfuhr ich, dass es sich nicht um solche Echsen mit Schlupflidern handelt, die im Zoo stundenlang reglos herumhocken und denen seltsamerweise ein neuer Schwanz wächst, wenn der alte abhandenkommt. Sondern um Echsen, die von dem Fußballer David Icke entdeckt wurden, der auch glaubt, dass die Welt von denen regiert wird. Wenn man der englischen Königin, dem Herzog von Edinburgh oder allen Rothschilds (vor allem Rothschilds) das Gesicht abreißen würde, sähe man darunter angeblich ein außerirdisches Wesen in Gestalt einer riesigen Echse – Mitglied der internationalen Echsenelite, die über die ganze Welt herrscht.

Was für ein Schwachsinn.

Jedenfalls goss Robin dann das Elixier in ein laternenartiges Gefäß, zündete das Öl an, das er draufgegossen hatte, und schwenkte das Ding zu lauten Gesängen, während er durchs ganze Haus wanderte, um es von »negativen Energien« zu reinigen.

Ganz ehrlich: Danach hätten nicht nur übelwollende Geister hier nicht hausen wollen, sondern gar niemand mehr. Jedes einzelne Zimmer stank nämlich absolut grauenhaft. An sich wollte ich vorschlagen rauszugehen, um frische Luft zu schnappen. Doch ich fürchtete, dass Robin mich dann für einen bösen Geist halten würde, den es aus dem Haus getrieben hatte. Deshalb verkroch ich mich in mein Schlafzimmer, riss das Fenster auf und atmete dort so lange die feuchte Luft ein, bis ich mir einbildete, in Kürze den Kältetod zu sterben.

2. Februar

Muss allerdings sagen, dass ich mich beim Aufwachen heute Morgen um Welten besser fühlte und überhaupt kein Grauen mehr empfand, als ich vom Asia-Supermarkt zurückkam, wo ich für 1,59 ein Glas Granatapfelmelasse erstanden hatte, für das ich im benachbarten Trendviertel Notting Hill 6,50 hätte berappen müssen.

An dieser Austreibungsgeschichte kann doch eigentlich nichts dran sein. Oder etwa doch?

Nach dem Frühstück
Ich hatte mir gerade mein Bad eingelassen, als mir auffiel, dass in der Toilette nebenan das Klopapier ausgegangen war. Holte ein paar Rollen aus dem Schränkchen im Badezimmer, wobei mir eine Rolle in die Wanne fiel. Und sich natürlich sofort vollsaugte.

Was mich vor die unerquickliche Entscheidung stellte, ob ich die tropfnasse Rolle nun wegwerfen und dabei fünfzig Pence einbüßen oder aber sie auf dem Heizkörper deponieren sollte, wo sie im Lauf der nächsten Tage trocknen würde. Die Knickrigkeit siegte, und so thront die Klopapierrolle nun auf dem Heizkörper und gleicht jedes Mal, wenn ich daran vorbeigehe, einem unförmigen Schwamm. Ich hoffe, dass sie sich in einigen Tagen in eine Art Marienstatue verwandelt hat, sodass ich sie auf Facebook stellen kann.

Apropos Facebook: Als ich zuletzt auf Marions Seite schaute, fand ich dort das vollständige Gedicht *Spuren im Sand,* in dem es darum geht, dass die Verfasserin immer zwei Paar Fußabdrücke im Sand sah – ihre eigenen und die von Jesus –, außer wenn sie verzweifelt war. Als sie Jesus fragte, weshalb er sie ausgerechnet in der Not verlassen habe, antwortete er wohl, dass er sie getragen habe, wenn es ihr schlecht ging. Typisch männliche Ausrede, würde ich mal sagen. Ich denke, er ist einfach abgehauen, weil er wie die meisten Männer beim Anblick von Tränen Schiss bekommen hat.

Nur mein guter alter David macht so was natürlich nicht.

Als ich nach dem Tod meines geliebten Archie so verzweifelt war, fragte ich mich übrigens, ob ich vielleicht in Kirchen Trost finden könnte. Doch ich fand nicht nur keinerlei Trost, sondern kam mir sogar vor wie C. S. Lewis, der schrieb, als er auf Unterstützung von oben hoffte und an die Himmelspforte klopfte, habe keiner geantwortet, sondern er habe deutlich gehört, wie innen jemand den Riegel vorschob.

3. Februar

Haselsträucher ausdünnen, Mahonien zurückschneiden und am allerwichtigsten: Sie sollten mit viel Feuerdorn den Februar heiterer gestalten. Die Gartenexpertin des »Hetzkurier«.

??????

Muss aber erst mal berichten, was sich im Januar noch alles ereignet hat.

Trotz Robins Ankündigung weiterer Räucherrituale fand ich qualmenden Salbei nicht ausreichend, um mein Haus zu schützen, und rief deshalb eine Firma für Alarmanlagen an. Kurz darauf stand ein Angestellter vor meiner Tür, ein Schlüsselband mit einem Ausweis um den Hals. Wie üblich wies das Foto nicht das geringste bisschen Ähnlichkeit mit der vor mir stehenden Person auf.

Diese Bänder sind mir alles andere als geheuer. Ich habe immer Angst, dass man mir – sobald ich mich vorbeuge, um das Foto zu überprüfen – das Ding um den Hals schlingt und droht, mich zu erdrosseln, wenn ich nicht sofort den Code zum Haussafe preisgebe. Ganz im Stil dieses grauenhaften Stammes, der im Indien des neunzehnten Jahrhunderts auf Schritt und Tritt Menschen mit einer Garotte meuchelte; darüber wird in dem Buch berichtet, das David mir geschenkt hat.

Zurück zu dem Alarmanlagenmann, dessen Bericht mich das Fürchten lehrte. Mit Spezialschlössern, Gittern an sämtlichen Fenstern, Wärmesensoren in jedem Zimmer und der Entfernung sämtlicher Sträucher vor dem Haus (»Perfektes Versteck für Einbrecher«, bemerkte der Experte. »In Häuser mit Sträuchern im Garten wird fünfundzwanzig Prozent öfter eingebrochen als in Häuser mit frei übersehbaren Rasenflächen«) würde ich an die zweitausend Pfund berappen müssen. Zum Glück erwähnte ich Pouncer, und als der Mann sagte, der Kater müsse jedes Mal in einen Raum ohne Sensoren gesperrt werden, wenn ich das Haus verließe, war diese Option vom Tisch. Darauf reduzierte sich auch gleich der Preis, und der Mann meinte, einige Zimmer könne man auslassen. Als ich noch erwähnte, die Sträucher würde ich eigenhändig abhacken, belief sich die geschätzte Summe nur noch auf 1000 Pfund. Wobei »nur« der falsche Ausdruck ist, denn mir standen angesichts dieser Kosten immer noch die Haare zu Berge. Aber ich glaube dennoch, dass mir wesentlich wohler sein wird, wenn ich mich elektronisch verbarrikadieren kann.

»Hat hier in der Gegend eine Einbruchserie gegeben in letzter Zeit«, berichtete der Mann, als er aufbrach. »Der Bursche hat überall genau solche Sachen mitgehen lassen wie bei Ihnen – die keinen großen materiellen Wert besitzen, den Besitzern aber viel bedeutet haben. Neulich hat er das einzige Foto von einem kleinen Mädchen gestohlen, das nur einen Tag alt wurde, bloß wegen dem Rahmen. Das Paar hatte kein anderes Andenken an die Kleine. Oder bei einer alten Dame ist ihr schlichter goldener Ehering verschwunden, die einzige Erinnerung an ...«

»Danke, mehr möchte ich nicht hören«, erwiderte ich. »Ehrlich gesagt bedaure ich mich selbst grade schon genug und muss jetzt nicht noch andere bemitleiden.«

Später
Fühlte mich furchtbar, als ich dem Alarmmann Robins Zimmer zeigte – um zu checken, ob man da einsteigen kann – und dabei auf einen säuberlich ausgelegten Kreis getrockneter Blätter trat, in dessen Mitte ein Häufchen Asche lag. Ich kann nur hoffen, dass es sich dabei nicht um die Überreste irgendeines unglückseligen Geists handelt, dem Robin nach einer nächtlichen Beschwörung den Garaus gemacht hat.

Es stank fürchterlich nach Räucherstäbchen in dem Zimmer, und ich bekam auf der Stelle Kopfschmerzen. Auf der Kommode schien Robin eine Art Schrein eingerichtet zu haben, mit einem Teelicht auf einer Untertasse mit Wasser vor einem Marmeladenglas, in dem eine Blume schwamm – das Ganze vor dem Spiegel, auf den er einen sechszackigen Stern gezeichnet hatte. Diverse Messingglöckchen lagen herum, inmitten verstreuter Blütenblätter.

Muss Robin sagen, dass er die Kerzen ausmachen soll, wenn er weggeht. Es reicht ja wohl schon, ausgeraubt zu werden, da muss nicht auch noch das Haus abbrennen.

6. Februar

Gestern nach Brixton gefahren, um auf Gene aufzupassen, weil Jack und Chrissie ausgehen wollten. Chrissie war oben, um sich aufzubrezeln, und als Jack den Wasserkocher einschaltete, fragte er: »Wie ist denn jetzt eigentlich die Lage zwischen dir und Dad, Mum? Seid ihr nun wieder zusammen oder nicht?«

Ich druckste ein bisschen herum und sagte, irgendwie schon, dann aber auch wieder nicht, und wir seien zwar beste Freunde und liebten uns aufrichtig, aber ich fände es besser, nicht mehr zusammenzuleben, weil ich dann nicht gezwungen wäre, mich wieder von ihm zu trennen. Worauf Jack erwiderte, ich würde doch spinnen, und David fände das bestimmt total verwirrend. Was ich bestätigte.

»Hmmm«, machte Jack, was mich bewog zu fragen: »Wieso, hat er was gesagt?«

»Nicht so direkt«, antwortete Jack, was also ja hieß. In diesem Moment kam Gene mit seinem Handy runter und wollte mir unbedingt die Raffinessen dieser Gerätschaft demonstrieren.

»Es hat sogar eine Stimme, Oma«, erklärte er. »Du kannst ihm Fragen stellen. Schau. Liebst du mich?«, sagte er zu dem Handy, was ich als eine etwas absonderliche Frage empfand.

»Ich verstehe diese Frage nicht«, antwortete eine Stimme aus dem Telefon, und wir brachen alle in schallendes Gelächter aus.

»Und guck«, fuhr Gene fort und strich auf dem Handy herum, »ich kann jetzt uns beide auf dem Sofa fotografieren« – Tatsache, schon waren wir abgelichtet – »und mit dieser App kann ich dir genau sagen, wo du bist.«

Verblüffenderweise zeigte uns das Handy jetzt die richtige Adresse an.

»Aber das hast du doch bestimmt eingegeben«, wandte ich ein.

»Nein, das weiß es von ganz allein. Es würde uns überall sagen können, wo wir sind. Hammer, oder?«

»Aber ich weiß immer, wo ich bin«, sagte ich verdattert. »Wieso muss das Handy es mir dann auch noch sagen?«

»Na ja«, erwiderte Gene stirnrunzelnd, »mal angenommen, du bist, ähm, na ja, mitten im Amazonasdschungel, und wilde Bären wollen dich fressen – oder nee, die gibt's da nicht. Also Krokodile. Dann wüsste das Handy, wo du bist.«

»Ja, und?«

»Dann könnten wir kommen und dich retten, Oma!«, verkündete Gene. »Wir würden wissen, wo du bist. Könnte natürlich schon zu spät sein. Aber dann würden wir zumindest deine Überreste finden. Und du würdest ein ordentliches Begräbnis kriegen.«

»Danke, mein Schatz«, erwiderte ich trocken. »Das war immer schon mein größter Wunsch: ein ordentliches Begräbnis.«

Dann führte Gene mir vor, wie wir uns beim Telefonieren sehen könnten, wenn ich so ein Handy hätte, und erklärte, wir könnten uns dann auch Fotos und Videos über Snapchat schicken.

»Zerstören sich selbst«, fügte er hinzu, was ich ausgesprochen rätselhaft fand.

Er war so lieb, mir das Gerät zum Herumspielen zu überlassen, als er schlafen ging (er will keine Gutenachtgeschichte mehr, was ich traurig finde). Es nützte aber nichts, denn es gelang mir nicht mal, das Ding einzuschalten. Erfolglos drückte ich an einigen Tasten herum. Aber als ich mir in der Küche Kaffee machte, war vom Sofa plötzlich Genes Stimme zu vernehmen. »Liebst du mich?«, fragte sie.

Grundgütiger, ich hatte wohl irgendwas eingeschaltet, und nun wiederholte das schreckliche Teil im Halbstundenabstand die Frage. Schließlich stopfte ich es unter ein Kissen und versuchte fernzusehen. Zum Glück gab es eine exzellente Doku über Elvis Presley, den ich auch in meinem hohen Alter immer noch anbete wie eine Gottheit. Weshalb es mir einigermaßen gelang, das verstörende Geraune zu ignorieren, das plötzlich zwischen *Jailhouse Rock* und *Hound Dog* zu vernehmen war.

Als Chrissie und Jack nach Hause kamen, lachte Chrissie, als sie Genes Stimme hörte, und brachte sie wie durch Zauberhand zum Schweigen, indem sie mit dem Finger über das Display strich. »Du solltest dir so ein iPhone anschaffen, Marie«, sagte sie. »Bestimmt wärst du binnen Kurzem vernarrt in das Ding.«

Und ich dachte, na ja, vielleicht – aber wirklich nur ganz vielleicht – gehe ich morgen mal in den Apple-Store und schau mir so was an. Selbstverständlich nicht mehr. Nur mal schauen.

7. Februar

In meiner Jugend habe ich mal eine Veranstaltung von Billy Graham besucht. Das war mächtig aufwühlend. Obwohl ich auch damals kein bisschen religiös war, musste ich mich enorm beherrschen, nicht aufzuspringen und meine Seele dem Herrn zu verschreiben. Graham war sagenhaft mitreißend.

Und als es mir damals eine Zeitlang richtig schlecht ging, liebäugelte ich mit einer Sekte namens »The Process«. Ich kannte einige Leute, die dazugehörten, und obwohl sie mit wehenden Umhängen und riesigen Schäferhunden durch London streiften und Aleister Crowley gewidmete Schriften herausgaben, fand ich die Leute witzig und mochte sie. Deshalb begab ich mich zu einem Einstandstreffen in einem Haus in der Park Lane. Mithilfe einer Uhr demonstrierte ein besonders ansehnliches Mitglied der Sekte, dass es vollkommen sinnlos war, die Zeiger zu verschieben, wenn die Uhr dauernd falschging. Man konnte sie nur reparieren, indem man sich das Laufwerk vornahm. Dann verkündete der Bursche: »Jetzt ist der richtige Moment für dich, zu uns zu stoßen. Wir wollen dein ganzes Geld und dein uneingeschränktes Engagement – JETZT!«

Hin- und hergerissen nagte ich an meiner Lippe, hastete jedoch dann hinaus, verfolgt von Verwünschungen und Warnungen, dass ich nun verflucht sei.

Diese zwei Ereignisse erwähne ich nur, um klarzumachen, wie schwer es ist, mich zu irgendetwas zu verführen. Aber bis dato war ich noch nie in einem Apple-Store gewesen.

Heute habe ich mich dorthin gewagt, nur mal zum Schauen. Und das teilte ich auch dem lächelnden Mann mit, der mich an der Tür empfing und hereinbat. Allerdings gab er dabei einem Kollegen ein Handzeichen, dass er sich meiner annehmen sollte.

»Andrew wird Sie betreuen«, sagte der Lächelnde. Und Andrew war tatsächlich ganz reizend. Er führte mich zu einem Display mit iPhones und fragte, welche Farbe ich am schönsten fände, und ich sagte »Silber, aber ich will nur mal schauen ...«, worauf Andrew einer Kollegin ein Zeichen gab und die strahlende Greta mich zu einem Tisch führte und mich bat, Platz zu nehmen.

»Ihr Lieblingsmodell wird gleich da sein«, verkündete Greta. »Dauert keine Minute.«

»Ihnen ist aber hoffentlich klar, dass ich kein neues Handy möchte«, sagte ich entschieden. »Ich wollte mir die iPhones nur mal ansehen. Es steht überhaupt nicht zur Debatte, dass ich hier heute irgendetwas kaufe.«

»Selbstverständlich«, erwiderte Greta, sah aber dabei aus, als wolle sie mich nur bei Laune halten. »Viele Menschen fürchten sich vor einem Smartphone. Aber das ist gar nicht nötig. Meine Mutter hat auch so eines, und sie liebt es.«

Was ich eher nicht beruhigend fand, weil ihre Mutter vermutlich so alt war wie Jack.

In diesem Augenblick trat ein Ausbund an Charme in Erscheinung – Gary. Sehr groß und gutaussehend, mit coolem Bart und Ohrring. Sportlich, braungebrannt und selbstbewusst wirkte er, als käme er geradewegs aus dem australischen Outback. Kein Mann, dem man etwas abschlagen mochte. Gary hielt eine kleine Schachtel in der Hand, die er so ehrfürchtig und behutsam auf dem Tisch platzierte wie ein Zauberkünstler sein Kartendeck. Dann bat er darum, mein Nokia sehen zu dürfen, und als ich es zutage förderte, war sogar er völlig verblüfft.

»So was hab ich ja noch nie gesehen!«, äußerte er, etwa wie ein Mann, der gerade mit einem Metalldetektor in einem Kürbisfeld einen römischen Münzschatz entdeckt hat. »Solide kleine Geräte. Ich glaube, meine Großmutter hatte auch so eins.« In diesem Moment wurde eine ältere Kundin, die sich gerade eine App oder irgendwas zulegen wollte, auf uns aufmerksam und beugte sich über mein Handy. »Ach nein! Wie niedlich! Ich hatte früher auch mal so eins. Aber jetzt bekommen Sie ein fantastisches Handy«, fügte sie hinzu. »Ihr Leben wird sich von Grund auf ändern.«

Ich fragte mich unwillkürlich, ob das ein abgekartetes Spiel war und die Frau in Wirklichkeit zum Laden gehörte.

»Ich kaufe keins«, verkündete ich hartnäckig. Worauf sich

alle milde Blicke zuwarfen, als sei ich ein Kind, das seine Milch nicht trinken will.

Während dieses Gesprächs hatte Gary mit einer Hand mein Nokia geöffnet, die SIM-Karte rausgenommen und um meine Kreditkarte gebeten. »Sie bekommen gleich Ihre PIN. Und hier können Sie schon mal Ihre Bank-PIN eingeben.«

»Aber ...«, stammelte ich, »zuerst will ich es mir noch überlegen!«

»Selbstverständlich«, sagte Gary. »Ich mache Sie jetzt mit Ihrem neuen iPhone bekannt.«

Im Nu war die Schachtel geöffnet und mein Nokia durch ein sonderbares silbrig schimmerndes rechteckiges Gerät ersetzt, das man abwischen und streicheln musste. Und das ich wirklich und wahrhaftig mit meinem Fingerabdruck öffnen konnte! Nach einer kurzen Einführung wurde ich zur Tür geleitet. Als ich rausging, kam es mir vor, als winke mir ein ganzes Apple-Komitee zum Abschied mit Taschentüchern nach. »Bis bald, Marie! Wir haben dich lieb und sind immer für dich da. Viel Spaß!«

Jetzt bin ich ordentlich durcheinander. Mein altes Nokia haben sie mir mitgegeben, aber es ist nur noch eine graue Hülle, einer Leiche gleich. Wenn ich versuche, es einzuschalten, regt es sich nicht mehr. Wahnsinn, diese Apple-Leute. Die könnten die Weltherrschaft übernehmen. Kommt mir vor, als sei ich wie eine Kuh im Schlachthof auf einer Rampe vorwärtsgetrieben, betäubt und ohne Umschweife gekillt worden. Nun gut, ich wurde nicht geschlachtet, fühle mich aber völlig verändert.

Zu Hause konnte ich nicht mehr aufhören, an dem verdammten Ding rumzufummeln. Ich schaltete es immer wieder an und aus und versuchte rauszufinden, was passierte, wenn ich auf die Symbole drückte. Es hat sogar meine Schritte auf dem Heimweg gezählt! Und kennt meinen Namen! Und als ich Gene eine

SMS schrieb, um ihm von meinem Kauf zu berichten, sagte es fast alles voraus, was ich eingeben wollte.

Als ich »L« drückte, schlug es mir sofort »Lieber« vor. Offenbar muss ich von allen Wörtern nur den ersten Buchstaben eingeben, und wie durch Zauberei erscheint das Wort, als könne das Ding meine Gedanken lesen. Am Ende gab ich »U« ein, und prompt bekam ich »Umarmung« angeboten, ohne mich weiter bemühen zu müssen. Und bei »M« tauchte »Marie« auf. Das ist einerseits fantastisch, aber andererseits fühle ich mich etwas gedemütigt, denn das Teil benimmt sich, als sei alles, was ich zu sagen hätte, furchtbar vorhersehbar. Wenn ich also die Witwe Bossom als Labertasche bezeichne, gilt das ebenso gut für mich, denn Apple findet wohl, dass ich auch nur Phrasen und Floskeln absondere, wie überhaupt die gesamte Menschheit.

Hätte Tolstoi *Anna Karenina* auf einem Smartphone verfasst – hätte er dann nur A eingeben müssen, um »Alle« zu schreiben, gefolgt von g für »glücklichen« und F für »Familien« und so fort? Dann hätte ihm die Maschine in Nullkommanix den ersten Satz geliefert, und das gesamte Werk wäre in einer halben Stunde fertig gewesen.

Habe das grade probiert mit dem Satz aus *Stolz und Vorurteil: Es ist eine allgemein anerkannte Wahrheit, dass ein Junggeselle im Besitz eines schönen Vermögens nichts dringender braucht als eine Frau.* Und das iPhone hat sich eindrucksvoll geschlagen und mir nach »allgemein anerkannte« sofort »Wahrheit« angeboten. Offenbar sprechen wir tatsächlich alle in vorhersehbaren Floskeln. Es gibt wohl tatsächlich nichts Neues unter der Sonne. Albernerweise habe ich das Austen-Zitat versehentlich an David geschickt. Der Satz wurde plötzlich grün und sauste mit einem merkwürdigen Laut davon. Um zu verhindern, dass David das als Wink mit dem Zaunpfahl versteht, rief ich sofort an. Er sagte, er fände es rührend, dass ich ihn für vermögend halten würde. Dann fügte er noch hinzu, eigentlich fände er es schade, dass es kein Wink mit dem Zaunpfahl sei. Mir war etwas unbehaglich zumute.

Später
Das Klopapier war endlich getrocknet, und heute Abend habe ich versucht, es zu benutzen. Leider hat sich die Rolle inzwischen in eine Art Klumpen verwandelt, und den Anfang zu finden ist so nervig wie bei verklebtem Tesafilm. Und sobald ich dann doch an ein Blatt rankomme, ist es merkwürdig starr und deformiert. Der Boden in der Toilette ist mit weißen Papierfetzen übersät. Grundgütiger, es wird Wochen dauern, bis ich die Rolle aufgebraucht habe. Und dieser ganze Aufwand nur für fünfzig Pence.

9. Februar

Heute früh wütend in den Garten gestapft, weil ich dachte, der Rasen sei mit Klopapierfetzen übersät – wie auch immer die dahingekommen sein mochten. Doch dann stellte ich fest, dass es sich um Schneeglöckchen handelte, und war schlagartig nicht mehr fuchsteufelswild, sondern gerührt und bezaubert. Als ich verzückt die hübschen Pflänzchen betrachtete, hörte ich hinter mir ein Hüsteln. Robin stand in der Tür, offenbar damit beschäftigt, einen Joint zu drehen. Zumindest nahm ich an, dass es ein Joint war. Ich winkte Robin zu mir, und wir bewunderten die Blumen gemeinsam. Doch als ich ihm von meinem Vorhaben berichtete, aus Sicherheitsgründen die Sträucher vor dem Haus wegzuschneiden, wirkte mein Untermieter äußerst beunruhigt. Wir waren inzwischen reingegangen und saßen bei einer Tasse Kaffee in der Küche.

»Musst du sie denn wirklich entfernen?«, fragte Robin, nahm einen tiefen Zug von seinem Joint und blinzelte.

»Ja«, antwortete ich entschieden. »Angeblich sind die geradezu ideal als Versteck für Einbrecher. Du könntest mir nicht zufällig dabei helfen, oder?«

Robin schaute mich panisch an. »Ich möchte lieber kein lebendes Wesen töten«, sagte er. »Aber da du nun mal entschlossen zu sein scheinst, wäre es wohl immer noch besser, ich mache es, als wenn irgendein gefühlloser Rüpel sie brutal abhackt. Ich werde sie zumindest um Verzeihung bitten, bevor ich sie abschneide.«

»Um Verzeihung bitten?«, wiederholte ich. »Weshalb das denn?«

»Weil ich ihr Leben beende. Du würdest doch auch nicht einfach abgehackt werden wollen, oder? Aber keine Sorge. Ich spreche nur ein kleines Gebet, dann ist alles gut. Willst du es jetzt gleich machen?«

Und so stopfte ich riesige Mengen Äste und Zweige in Müllsäcke, während Robin mit Schmackes zu Werke ging. Zuvor hatte er sich vor den Sträuchern verneigt und gesagt, er erweise ihnen Achtung. Im Handumdrehen war der Garten gelichtet. Was überdies den Vorteil hat, dass es nun im Wohnzimmer viel heller ist. Robin versicherte mir, dass – obwohl die Sträucher es bedauerten, entfernt zu werden – ihre zurückbleibenden Freunde nun viel besser wachsen und gedeihen könnten, weil sie mehr Wasser und Licht bekämen.

Ich muss schon sagen: Obwohl Robin auch bereits sechzig ist, sah er, erhitzt vom Hacken und bedeckt mit Blätterresten, ein wenig wie Tarzan aus. Ob man wohl so schlank bleibt, wenn man massig Dope raucht und viel meditiert? Manchmal kommt mir Robin wie ein vornehmer Sadhu vor.

Als ich berichtete, dass wir nach Indien reisen würden, beneidete er uns, fragte aber zum Glück nicht, ob er mitkommen könne. Ich war eisern entschlossen, dass jemand in meiner Abwesenheit das Haus hüten müsse. Robin versprach aber, uns eine Liste mit heiligen Orten zu machen, die wir unbedingt besuchen müssten, darunter auch einen Schrein mit einem unsichtbaren Gott.

»Aber sind denn nicht alle Götter unsichtbar?«, fragte ich und kam mir dabei ziemlich ahnungslos vor. »Am besten«, fügte ich gleich hinzu, »erklärst du das alles Melanie. Die ist viel interessierter an solchen Dingen als ich.«

»Das Faszinierende an diesem Schrein«, sagte Robin mit geheimnisvollem Lächeln, »ist, dass er ebenso unsichtbar ist wie die Gottheit. Aber man kann ihn spüren.«

Hörte sich für mich ein bisschen an wie *Des Kaisers neue Kleider*. Aber ich bin in dieser Hinsicht eben ziemlich unbeleckt.

10. Februar

Heute ist mir was echt Komisches passiert. Ich war in meinem Lädchen an der Ecke, um Milch zu kaufen, und der indische Besitzer, Mr Patel, sagte zu mir: »Sie sehen heute prächtig aus, junge Frau!« Und ich hörte mich antworten: »Vielen Dank. Sie aber auch. Wissen Sie eigentlich, dass ich schon fast siebzig bin?«

Warum um alles in der Welt habe ich das gesagt? Gehört das zu den Sachen, die man im Alter einfach unwillkürlich so daherplappert? Oder wollte ich Werbung für mein Facelifting machen? Ich finde es immer ganz furchtbar, wenn ein älterer Mensch zu mir sagt: »Ich bin schon achtzig, müssen Sie wissen!« und ich dann nicht die geringste Ahnung habe, was ich darauf erwidern soll. »Meinen Glückwunsch«? Oder: »Dann naht wohl bald das Ende«? Und nun bringe ich selbst mein Gegenüber in diese äußerst unangenehme Lage.

Und es ist auch extrem kindisch, so was zu sagen. Ich kann ja verstehen, wenn Gene betont, dass er neuneinhalb ist (obwohl ich eigentlich finde, er ist jetzt alt genug, um auf diese halben und Vierteljahre zu verzichten, die ihm früher noch so wichtig waren). Aber bei älteren Menschen macht das doch den Eindruck, als könnten sie auf nichts Wertvolles mehr an sich verweisen als auf ihr fortgeschrittenes Alter. Was soll das? »Ich bin fast siebzig?« Ich winde mich förmlich vor Peinlichkeit beim Gedanken an diese Bemerkung. Außerdem ist siebzig nun heutzutage nicht einmal ein besonders hohes Alter. Ich meine, ich konnte wohl kaum erwarten, dass Mr Patel begeistert Beifall klatscht.

Fühle mich ausgesprochen bescheuert.

Später
David rief an, um ein bisschen zu plaudern, aber als ich ihm von Robins tollem Einsatz bei den Sträuchern erzählte, herrschte erst einmal eisiges Schweigen am anderen Ende. Schließlich sagte David recht patzig: »Aber das hätte doch ich machen sollen! Warum hast du denn nicht gewartet? Ich hätte das Zeug im Handumdrehen weggeschafft, ohne diesen idiotischen Verzeihungsunfug! Das sind doch bloß Büsche, um Himmels willen!«

Knifflige Lage. Denn obwohl ich einerseits eher Davids Einstellung vertrete, finde ich doch Robins Haltung, dass man alles Leben achten soll, verständlich und nachvollziehbar.

Also wirklich – Männer! Freud stellte sich die Frage, was Frauen wohl wollen – aber was wollen Männer? Eindeutig nicht immer nur »das eine«.

Manchmal sind sie mir wirklich ein Rätsel.

12. Februar

Wir Indienreisenden haben uns in dem nepalesischen Restaurant ein paar Häuser weiter getroffen. Das Essen ist zwar eher mies, sehr altbackener Stil, aber der Wirt ist reizend und kümmert sich so lieb um uns, dass die Kost zweitrangig ist. Viele Inhaber von Restaurants merken nicht, dass es beim Essengehen nicht nur um die Gerichte, sondern auch um nette kleine Gesten geht: das Zurechtrücken des Stuhls, in Seerosenform gefaltete Servietten, ein freundliches Gespräch, ein Orangenschnitz nach dem Mahl, Lächeln und Behaglichkeit – all das macht Freude. Und bei diesem Nepalesen ist die Atmosphäre so angenehm, dass das Essen nachgerade beiläufig wird.

Tim hatte einen gewaltigen Atlas mitgebracht, und wir stellten die Plastikblumen und die in einer Messingschale schwimmende Kerze beiseite und klappten ihn auf. Dann fingen wir wie echte Forschungsreisende an, unsere Route zusammenzustellen, schrieben Listen, studierten unsere Terminkalender und notierten mögliche Zeiträume. Tims Atlas stammte leider aus seiner Schulzeit, weshalb Indien noch als Teil des British Empire rosa markiert war. Erscheint mir absurd, dass wir Briten offenbar noch in meiner Kindheit über die halbe Welt herrschten. Penny war etwas angeschickert und erklärte, sie habe zum Lunch schon auswärts gegessen. Zum Abendessen genehmigte sie sich jetzt eine große Flasche Tiger-Bier. Fange allmählich an, mir Sorgen um Penny zu machen. Ziemlich scheußlich, wenn man plötzlich den Alkoholkonsum seiner Freunde beobachtet. Komme mir vor, als sei ich von der Polizei.

Wir planen jetzt, dass die drei anderen Mädels – haha, Mädels! – in Delhi in dem »günstigen Ferienparadies« unterkommen, das Mel entdeckt hat, während ich für eine Woche bei Brad und Sharmie wohne. Dann fliegt Melanie nach Kerala zu ihrem Sohn, während Penny, Marion und ich nach Goa reisen, um am Strand zu liegen und nach Sandra zu suchen. Zum Rückflug treffen wir uns dann alle wieder.

Melanie meint, wir sollten uns unbedingt alle Salwar Kameezes zulegen, damit wir uns bedecken und den Gepflogenheiten anpassen könnten, wenn man nämlich in Rom sei et cetera pp. Ich wandte ein, wir führen aber nicht nach Rom, worauf Melanie erwiderte, wieso ich das nun so wörtlich nähme, und ich antwortete, nie und nimmer würde ich eine Hose anziehen. Ich habe eine Hosenphobie und wollte gerade kundtun, dass die so schlimm ist wie meine Halstuchphobie, bremste mich aber gerade noch rechtzeitig, weil mir einfiel, dass Marion mir immer Halstücher schenkt. Zum Glück kam Penny auf Malariaprophylaxe und Impfungen zu sprechen, und ich sagte, darum würde ich mich kümmern, und Tim erklärte sich bereit, die Visa zu besorgen, wenn wir ihm Kopien von unseren Pässen gäben (ich glaube, er traut Melanie nicht über den Weg, was das angeht). Sieht also aus, als nähme das Projekt wirklich Gestalt an.

Später
Kam recht vergnügt nach Hause und freue mich jetzt beinahe auf die Reise. Doch als ich gerade mein Nachthemd angezogen hatte, klingelte das Telefon. Weil ich dachte, es sei David, nahm ich ab, hörte dann aber Penny am anderen Ende weinen.

»Bei mir ist eingebrochen worden!« Sie schluchzte. »Ich bin ausgeraubt worden! Kannst du bitte kommen?«

Ich band mein Nachthemd mit dem Gürtel eines alten Morgenmantels hoch, schlüpfte in Mantel und Schuhe (dieser Aufzug ist nichts Ungewöhnliches für mich, weil ich so immer zum Ecklädchen laufe, um irgendwelche Kleinigkeiten zu kaufen) und flitzte zu Penny, wo ich die gleiche Szenerie vorfand wie bei mir im letzten Monat – lediglich mit dem Unterschied, dass nichts kaputt war und es den Anschein hatte, als sei der Einbrecher einfach ins Haus spaziert. Ich sage das ungern, aber ich hatte den Verdacht, dass die Haustür womöglich offen gewesen war, denn Penny hatte schon einen sitzen, als sie zum Nepalesen kam. Weshalb sie vermutlich von der Versicherung nichts zurückkriegen würde, schließlich gab es nirgendwo Spuren eines gewaltsamen Eindringens. Pennys Schmuck war verschwunden, und sie selbst war ein zitterndes, weinendes Nervenbündel. Diesmal kam die Polizei sofort und war durchaus der Meinung, dass die Einbrecher sich gewaltsam Zutritt verschafft hatten. Da kein Riegel an der Tür war, konnte man sie mühelos mit einer Plastikkarte öffnen. Das erinnerte uns beide daran, wie leicht Sheila die Dealerin vor zwei Jahren die Tür zum Garten des Hauses gegenüber geknackt hatte, um den Schäferhund Strolch zu retten – aber das war eine andere Geschichte. Die Polizisten gaben uns die Nummern diverser Schlüsseldienste und rieten Penny, heute Nacht die Kette an der Haustür vorzulegen. Offenbar waren die Beamten der Ansicht, dass es einen Zusammenhang mit dem Einbruch bei mir gab, und bestätigten die Äußerungen des Alarmmanns, dass es ähnliche Vorfälle im Viertel gegeben habe.

Nachdem die Polizisten verschwunden waren, führte sich Penny einen großen Brandy zu Gemüte, und ich fragte etwas gouvernantenhaft, ob sie nicht schon genug intus habe, worauf sie das Gesicht verzog. Dann bot ich an, bei ihr zu übernachten.

Manchmal komme ich mir vor eine HEILIGE.

13. Februar

Das elende nepalesische Restaurant! Was hab ich mir nur dabei gedacht zu behaupten, das Essen sei nicht so wichtig, solange alles andere nett sei! War bei Penny die halbe Nacht auf den Beinen, weil ich zum Klo rennen und erbrechen musste. Hatte mir offenbar von dem Chicken Biryani, das ich mir einverleibt hatte, eine regelrechte Vergiftung zugezogen. Fühlte mich absolut entsetzlich, und es war besonders schlimm, das bei jemand anderem durchzumachen, weil ich furchtbare Angst hatte, irgendwas zu beschmutzen. Zuerst erwog ich, mich neben das Klo zu legen, um grässliche Malheure zu vermeiden, aber dann suchte ich in der Küche nach irgendeiner Schüssel, die ich mir ans Bett stellen konnte. Da ich nirgendwo was fand, schüttete ich im Wohnzimmer vorsichtig das Blütenpotpourri aus einer Schale und nahm sie mit nach oben. Irgendwann schlief ich dann endlich ein und fühlte mich beim Aufwachen erheblich besser. War mir aber immer noch unsicher, ob ich es überhaupt wagen sollte, zum Frühstück auch nur eine Tasse Tee zu mir zu nehmen. Habe die grauenhafte Nacht gar nicht erwähnt, weil Penny wegen gestern immer noch am Boden zerstört war und ich es egoistisch gefunden hätte, sie nun auch noch mit meiner Kotzerei zu belasten.

Es gibt keinen Zweifel mehr: Ich *bin* eine Heilige.

Später
Als ich nach Hause kam, rief Penny an und berichtete, die Einbrecher hätten nicht nur ihren Schmuck gestohlen, sondern auch eine kostbare chinesische Schale aus dem Wohnzimmer. War mir ziemlich peinlich, ihr gestehen zu müssen, dass ich mir die kostbare Schale für potenzielles Erbrechen ans Bett gestellt und vergessen hatte, sie wieder runterzubringen.

Zum Glück lachte Penny schallend, und als ich sie fragte, wie es ihr nun ginge, antwortete sie lässig: »Ach, gut. Sind doch nur ein paar Schmuckstücke.« Worauf ich sie fragte, ob sie das vor ein paar Jahren schon hätte sagen können, und wir kamen überein, dass mit man zunehmendem Alter nicht mehr so sehr an Dingen hängt.

»Zum einen, weil man seine Sachen ohnehin oft nicht wiederfindet und glaubt, dass sie eines Tages von selbst wieder auftauchen«, sagte Penny, »und zum anderen, weil wir wissen, dass all dieses Zeug eigentlich nicht so wichtig ist.«

Anteilig sehe ich das genauso, vielleicht aber noch mehr, wenn ich erst siebzig bin. Mit neunundsechzig allerdings habe ich meine Sachen ganz gern noch in der Nähe, anstatt sie im Beutesack eines Einbrechers zu wissen.

Wir beschlossen, ein Treffen des Anwohnervereins anzuberaumen, um diese Einbrüche zu erörtern. Penny schlug außerdem vor, morgen zum großen Flohmarkt in der Portobello Road zu gehen und nach ihren Sachen Ausschau zu halten. Ich wünschte, auf diese Idee wäre ich letzten Monat auch gleich gekommen; meine Sachen dürften inzwischen spurlos verschwunden sein. Dem alternativen Buchladen wollen wir auch einen Besuch abstatten, damit Penny Robin kennenlernt.

Muss daran denken, für uns alle Impftermine Ende des Monats zu vereinbaren.

14. Februar

Gott, wie ich es hasse, früh aufzustehen! Inzwischen kann ich mir zwar auf meinem neuen Handy den Wecker stellen, beherrsche aber den Umgang mit dieser Schlummerfunktion noch nicht. Weshalb das Ding herumlärmt und mir mitteilt, dass ich aufstehen soll, während ich längst am Zähneputzen bin.

Wir wollten um acht Uhr morgens gleich zur Stelle sein, bevor die Händler überhaupt was verkaufen konnten. Als ich vor Pennys Haus hielt, war es noch dämmrig, und ich rief sie aus dem Auto mit dem Handy an, um ihr zu sagen, ihr Taxi stünde bereit.

War dann stinksauer, denn Penny war noch nicht mal aufgestanden. Sie bat mich auf einen Kaffee herein, bis sie fertig war. Regte mich wirklich auf, denn wenn ich das gewusst hätte, dann hätte ich noch eine halbe Stunde im Bett bleiben können. Nicht nur die Luft, sondern auch die Stimmung war recht kühl, als wir dann endlich losfuhren. Pennys Restalkoholfahne, die darauf schließen ließ, dass meine Freundin sich gestern Abend noch einiges an Wein hinter die Binde gekippt hatte, machte es auch nicht gerade besser. Komme mir allmählich vor wie die Sprecherin einer Temperenzlergruppe.

Als wir beim Flohmarkt ankamen, wurde es allmählich heller. Einige Händler waren noch damit beschäftigt, ihre Stände aufzubauen, und zerrten große Planen über Metallgestänge; andere hockten schon, in Decken gehüllt und mit Handschuhen, auf Stühlen und umklammerten Kaffeebecher von Starbucks. Da ich keine Ahnung hatte, wie Pennys Schmuck aussah – ich frage mich, wieso wir den überhaupt behalten, wenn wir ihn doch nicht mehr tragen –, konnte ich ihr bei der Suche eigentlich nicht behilflich sein. Aber ich hielt aufmerksam Ausschau nach meinen Staffordshire-Hunden und dem schönen Silberrahmen mit dem Foto von Hughie. Penny und ich musterten alle Auslagen so gründlich, dass die Händler uns offenbar für Profitrödlerinnen hielten und uns eifrig Angebote für Sachen wie Blechzigarrenschachteln oder kleine Spielzeugautos aus den Fünfzigern machten. Frage mich, wer so ein Zeug überhaupt kauft.

Nachdem wir alle Stände auf der einen Straßenseite abgegrast hatten, setzten wir uns Ecke Golborne Road vor ein Lokal, um uns mit einem Kaffee zu stärken. Wir hatten uns noch nicht lange niedergelassen, als eine kleine Trödelbude neben uns zu schwanken begann und derartig lauter Rap herausdröhnte, dass ich glaubte, meine Augäpfel würden mir in der nächsten Sekunde aus dem Kopf platzen und in den Gulli rollen. Mit Zeichensprache bedeutete ich Penny, dass ich den Krach nicht ertragen könne, leerte meine Kaffeetasse und schlenderte zur anderen Straßenseite. Und dort, auf einem ziemlich schmuddeligen Stand, der Teebecher mit Sprung, gebrauchte Armbanduhren und schmutzigen, staubigen Modeschmuck feilbot, standen zwei Staffordshire-Hunde.

Als ich stehenblieb, um sie in Augenschein zu nehmen, tauchte ein äußerst unangenehm wirkender Zeitgenosse hinter der Plane des Standes auf. Er trug einen fleckigen weißen Schal um den Hals, und als der Typ sprach, sah ich, dass ihm ein Schneidezahn fehlte.

»Hübsches Pärchen, nicht? So was findet man heutzutage kaum noch. In dem Zustand zumindest nich. Meist fehlt 'n Ohr. Aber das hier sind Prachtstücke. 'ne richtige Kostbarkeit. Früher konnt man so was hier auf dem Markt für 'n Sixpence kriegen, aber heut hat man Glück, wenn man so was überhaupt noch sieht – und zwar echte, keine nachgemachten. Aber die hier sind der wahre Jakob.«

»Das sehe ich«, erwiderte ich und drehte die Hunde um. Die Angaben auf der Unterseite waren genau die gleichen wie auf meinen Figuren. Andererseits wurden solche Hündchen im Viktorianischen Zeitalter tausendfach hergestellt – wie konnte ich feststellen, ob es wirklich meine waren?

Dann hatte ich eine Eingebung. In einer Bastelphase vor etwa fünfzehn Jahren hatte ich gemerkt, dass am Schwanz des linken Hundes ein relativ großes Stück abgeplatzt war. Ich hatte es mit einer fantastischen, tonähnlichen Masse ausgebessert, bemalt und lackiert. Das war mir so gut gelungen, dass man es mit bloßem Auge nicht erkennen konnte – aber fühlen. Und als ich mit dem Finger darüber strich und die leichte Unebenheit spürte, wusste ich, dass ich mein Hündchen in der Hand hielt.

»Was sollen die beiden kosten?«, fragte ich so beiläufig wie möglich. Penny hatte sich inzwischen zu mir gesellt, und ich versetzte ihr unbemerkt einen Tritt und gab ihr gleichzeitig mein Handy, das ich aus der Tasche gekramt hatte.

»'n Fünziger«, antwortete der Mann siegessicher.

»Fünfzig?«, erwiderte ich völlig verblüfft. »Das ist ja wohl absurd! Ich würde höchstens einen Fünfer für beide zahlen. Mach jetzt mal diesen Anruf«, sagte ich bedeutungsvoll zu Penny und nickte ihr zu. Dann fragte ich den Händler: »Wo haben Sie die eigentlich entdeckt?«

Penny tappte davon, und ich hoffte inständig, dass sie die Polizei anrufen würde. Unterdessen legte der Typ den Hündchen mit Besitzergeste die Hand auf den Kopf. »Bei einer Auktion auf dem Land«, antwortete er. »Alte Dame war verstorben. Na kommen Sie schon, machen Sie einen vernünftigen Vorschlag, ich vergeude nicht gern meine Zeit. Ich geb sie Ihnen für fünfzehn das Stück. Dreißig für beide. Supergünstig.«

»Zwanzig für beide«, hielt ich dagegen. Und zu meinem Erstaunen begann der Typ sofort, die Hündchen in alte Ausgaben vom »Hetzkurier« zu verpacken.

»Haben Sie von dieser – ähm, Auktion – vielleicht noch was anderes anzubieten?«, fragte ich möglichst lässig.

»Gab ein paar hübsche Sachen, aber die sind schon weg. Nur die Hunde warn übrig. Wieso wolln Sie das wissen?«

»Weil«, begann ich mit eisiger Stimme, während ich die Hunde in Empfang nahm, in meine Tasche steckte und zugleich das Geld zurückzog, »diese Hunde zufällig mir gehören und letzten

Monat aus meinem Haus gestohlen wurden. Meine Freundin hat gerade die Polizei angerufen, und die wird jeden Moment eintreffen und Sie in die Zange nehmen!«

Der zwielichtige Typ sah stinkewütend aus und fing an mich zu verfluchen. »Sie spinnen doch! Sie sind diejenige, die hier stiehlt! Ich werd *Sie* bei der Polizei anzeigen!« Unterdessen fing er aber an, seinen Plunder zusammenzuraffen, in Kartons zu stopfen und hastig in einem weißen Kombi zu verstauen, der neben dem Stand geparkt war, während ich darauf wartete, dass Penny zurückkam. Doch als sie endlich auftauchte, hatte der Typ schon sein ganzes Zeug eingepackt, war in den Wagen gesprungen und schrie »Verpisst euch!« und allerhand Verwünschungen, bevor er davonbrauste. Als ich auf die Idee kam, mir seine Nummer zu notieren, war der Typ schon über alle Berge.

»Und, kommen sie?«, fragte ich Penny aufgeregt.

»Wer denn?«

»Die Polizei! Die zwei Porzellanhunde waren meine!«

»Aber ich hatte keine Ahnung, dass ich die Polizei anrufen sollte!«, erwiderte Penny. »Ich dachte, du willst, dass ich Robin anrufe, um ihm zu sagen, dass wir später vorbeikommen! Warum hast du das denn nicht gesagt?«

»Hab ich doch, mit dem Blick!«, antwortete ich entnervt. »Das hättest du doch merken müssen! Warum hätte ich denn wohl sonst auf zwei Staffordshire-Hunde gestarrt, dir mein Handy gegeben und gesagt: ›Mach jetzt mal diesen Anruf‹?«

»Tut mir furchtbar leid!«, sagte Penny. »Ich fand einfach nur, dass du dich ziemlich merkwürdig benimmst. Entschuldige!«

»Na ja, nicht zu ändern. Meinst du, es hat Sinn, die Polizei jetzt noch zu holen?«

»Wohl eher nicht«, meinte Penny, »es sei denn, jemand kann uns was über diesen Typen erzählen.«

Doch sämtliche andere Trödler behaupteten, den Mann nie

zuvor gesehen zu haben. Entweder gehörten sie alle einer gigantischen Diebesbande an und logen wie gedruckt, oder aber sie waren grundehrliche Händler, die mit solchen Gestalten nichts zu tun hatten.

»Na ja, wenigstens hab ich die Hunde zurückbekommen«, sagte ich, wiewohl ich mich im selben Moment fragte, weshalb ich mich überhaupt darum bemüht hatte. Denn so richtig gemocht hatte ich die Viecher eigentlich nie, und ich war sogar irgendwie erleichtert gewesen, dass ich sie losgeworden war.

Dann spazierten Penny und ich die Golborne Road entlang, an dem portugiesischen Laden vorbei, in dem ich köstliche Chorizo erstand, und an dem Secondhandshop, in dem ich mir mal einen zauberhaften Rock mit einem Tüllpetticoat zugelegt hatte, ihn dann aber nur einmal trug. Wir kauften auch ein paar portugiesische Vanilletörtchen, die wir zu Robin mitnehmen wollten, und nachdem wir noch ein Weilchen herumgebummelt waren, entdeckten wir seinen Laden durch ein Zeichen auf dem Gehweg. Ein mit blauen Sternchen, silbrigen Monden und allerlei geometrischen Formen verzierter Pfeil wies nach oben zum Alternativen Antiquariat.

Und das war genau so, wie ich es mir vorgestellt hatte. Alle Wände voller Regale und in der Mitte des Raums betagte Sofas mit indischen Decken. Es roch nach einer Mischung aus Pfeifentabak, Räucherstäbchen und staubigen alten Büchern. Die waren geordnet nach den Bereichen Astrologie, Innerer Frieden, Buddhismus, Chakren, Geomantie, Echsen, Seele, Engel und so weiter und so fort. »Sieht aus wie ein etwas missglücktes Set für *Der kleine Hobbit*«, flüsterte ich Penny zu.

Sie kicherte, streckte den Zeigefinger aus und quäkte: »Nach Hause telefonieren!«

Worauf ich erwiderte: »Das war doch ET, du Dussel.«

»Kann ich euch helfen?« Eine junge Frau, die genauso aussah, wie ich mir eine Tochter von Melanie vorgestellt hätte, näherte sich uns mit der typischen Gebärde: zusammengelegte Handflächen, Fingerspitzen nach oben gerichtet. Muss leider sagen, dass Penny und ich unser Gelächter nicht mehr in den Griff bekamen. Weiß der Himmel, was die junge Frau über uns dachte, während wir so heftig lachten, dass wir kein einziges Wort hervorbrachten.

Schließlich stieß Penny prustend hervor: »Ist Robin da?« Und dann ging es mit der Lacherei wieder von vorn los.

»Ich bin seine Vermieterin«, keuchte ich. Penny und ich rangen inzwischen nach Luft und mussten uns aneinander festhalten.

Die junge Frau wies nach oben, und wir rissen uns zusammen und stolperten eine steile Treppe im hinteren Teil des Raums hinauf. Wo Robin, einen blauen Seidenschal um den Hals geschlungen, auf einem kleinen Balkon saß und einen Joint rauchte.

»Wie schön, euch zu sehen!«, sagte er, drückte den Joint aus und verstaute ihn für später in einem Täschchen.

Während wir dann unten gemeinsam Kräutertee tranken, berichteten wir Robin von unserer Entdeckung.

»Kommt mir bekannt vor, diese Schilderung«, sagte Robin. »Hatte der Typ einen Ohrring und einen kleinen Elefanten an einem Lederband um den Hals?«

»Ganz genau!«, rief Penny aus. »Und ein Tattoo auf der Hand.«

Offenbar bin ich blind wie ein Maulwurf, denn all das war mir entgangen.

»Der war mal hier und wollte mir eine Erstausgabe von *Der goldene Zweig* verhökern, aber ich konnte die Ausstrahlung von diesem Mann gar nicht leiden. Er hat behauptet, er hätte das Buch bei einer Auktion erstanden, aber ich glaubte ihm nicht. Deshalb hab ich abgelehnt, und danach musste ich jede Menge Rituale machen, um die üble Energie dieses Typen zu vertreiben. Der treibt sich immer hier in der Gegend herum.«

»Er hat ein verheerendes Karma«, sagte ich und warf Penny aus zusammengekniffenen Augen einen Blick zu.

Worauf wir peinlicherweise erneut in hysterisches Gelächter ausbrachen und uns verabschieden mussten, weil wir allmählich einen extrem unhöflichen Eindruck machten.

Ist das damit gemeint, wenn von »zweiter Pubertät« die Rede ist? Hatte uns die Begegnung mit dem zwielichtigen Händler einen Schock versetzt? Oder lag es an den Haschischschwaden? Normalerweise benehme ich mich nicht so. Aber es war schon ziemlich unheimlich, den Mann zur Rede zu stellen, der offenbar in mein Haus eingedrungen war. Zum Gruseln.

»Jetzt versteh ich, was du gemeint hast mit ›sieht gut aus‹«, sagte Penny später im Auto. »Irgendwie schaffst du es immer, dir schnucklige Untermieter zuzulegen.«

Später
Zu Hause zwei Valentinskarten im Briefkasten gefunden. Eine von David – was nicht schwer zu erraten war, denn ich erkannte seine Schrift auf dem Umschlag, der überdies in Shampton abgestempelt war. Auf der anderen war ein Engel abgebildet, und sie roch leicht nach Räucherstäbchen und war von – wer weiß? Konnte den Stempel nicht entziffern, und das Ganze verwirrte mich nachhaltig. Hoffentlich war sie nicht von Robin. Das wäre doch irgendwie peinlich.

Hatte außerdem ein schlechtes Gewissen, weil ich David keine Karte geschickt hatte. Muss ihn später anrufen.

16. Februar

Smartphones verursachen Demenz! (»Hetzkurier«)
Konnte die Schlagzeile kaum lesen, weil ich meine Brille gerade verlegt hatte, und als ich die Worte endlich entzifferte, indem ich die Augen zusammenkniff, kriegte ich prompt einen Angstanfall. Ist ja wohl kaum zweckmäßig, ein neues Handy anzuschaffen, um mir das Leben zu erleichtern, wenn das Ding dann grässliche Strahlen sendet und ich nichts mehr kapiere, weil ich davon balla balla werde.

Später
Brille wiedergefunden (hatte sie umhängen), indem ich zum Heiligen Antonius gebetet habe. Grandioser Bursche! Und um so bemerkenswerter, als ich nicht mal an den glaube.

18. Februar

Gene hat Ferien. Hatte gehofft, dass er ein paar Tage bei mir sein würde, aber sein Terminplan ist so vollgepackt, dass er mir vermutlich in Kürze ein »Zeitfenster« anbietet. Jack und er waren aber zum Mittagessen hier, und während Jack sich danach auf die Suche nach irgendeiner speziellen Fahrradkette machte, war ich ein paar Stunden mit Gene allein. Wusste nicht recht, was ich ihm vorschlagen sollte, weil es ja irgendwie peinlich ist, einen Beinahe-Teenager zu fragen, ob er Honigkuchenmänner backen oder das Leiterspiel machen will. Aber zum Glück war Gene ganz versessen darauf, den iPhone-Unterricht fortzusetzen, und brachte mir bei, wie man Videos und Panoramabilder machen, die Taschenlampe benutzen und Gespräche aufzeichnen kann und wie sich das Ding wahrhaftig auch noch als

Spiegel einsetzen lässt. Gibt es irgendetwas, das dieser erstaunliche Apparat nicht vollbringen kann? Gene lud mir auch eine Kindle-App herunter, mit der ich nun überall lesen kann, ohne ein schweres Buch herumschleppen zu müssen.

War sehr merkwürdig, als er dann auf der Gesundheitsapp die Anzahl meiner Schritte überprüfte und ausrief: »Oma, du gehst ja überhaupt nicht zu Fuß! Fährst du etwa die ganze Zeit Auto?«

»Nein, ich habe nur nicht überall auf Schritt und Tritt mein Handy dabei«, brachte ich zu meiner Entschuldigung vor.

»Du musst dich mehr bewegen«, sagte Gene streng. »Du bist zu immobil.«

Dieses Wort erwischte mich kalt. Solche Wörter werden doch eigentlich nicht von Neunjährigen benutzt. Und doch war es seltsamerweise so. Gene hatte es aus einer Wörterliste, die er gerade in der Schule bekommen hatte. Dabei kommt es mir vor, als hätte ich ihn gestern noch auf dem Schoß gehabt und mit ihm ein Stoffbuch angeschaut, in dem er den Fisch begeistert als »Piii!« bezeichnete. Was ich als Beweis dafür deutete, dass mein Enkel mit einem Jahr bereits lesen konnte. Ein Genie!

Weil ich nun so ein neues magisches Handy habe, das ich mit meinem Daumenabdruck öffnen kann, brauche ich keinen PIN-Code, aber der von Gene lautet sieben-fünf-fünf-fünf. Er erklärte mir, das sei sein Name in Ziffern, wenn man jeden Buchstaben des Alphabets mit einer Zahl versähe. Das »N« würde dann zur fünf, indem man eins und vier zusammenzähle. Ulkig. Hörte sich für mich nach einem von Robins Numerologietests an. Robin versucht, mich hartnäckig davon zu überzeugen, dass Marie Sharp ein heiliger Name sei. Wenn man nämlich das Alphabet mit Ziffern von eins bis sechsundzwanzig bezeichnet und dann die Quersummen meines Namens bildet, kommt man auf drei, was in allen Weltreligionen die heiligste Zahl ist.

Habe Robin noch nicht offenbart, dass mein zweiter Vorname Jocasta ist, was die Berechnung wohl gründlich ruinieren würde.

Als Jack anrief und sagte, er wolle noch mit einem alten Freund was trinken und käme eine Stunde später, sah Gene sich um und bot dann sehr lieb an, im Haushalt irgendwas für mich zu erledigen. Ich sagte, die Dachrinne über dem Wintergarten würde bei Regen schrecklich nervige Tropfgeräusche machen, weil sie mit Blättern verstopft sei. Obwohl es schon dämmrig wurde, bestand Gene darauf, die Leiter zu holen, und klaubte – angetan mit übergroßen Gummihandschuhen und einer Schürze von mir, mit der er wie ein französischer Kellner aussah – wahrhaftig alle Blätter aus der Rinne, die ich in einem Eimer auffing. Dann wurde es so dunkel, dass ich mein Handy zum Leuchten einsetzte. Als Gene stolz die Leiter herunterkletterte, sagte er: »Du hättest nicht gewusst, wie du die Taschenlampe benutzen kannst, wenn ich es dir nicht gezeigt hätte, oder?«

Danach, bei Tee und Keksen, fragte ich: »Weißt du noch, wie ich dir früher eine Schürze aus einer Plastiktüte gebastelt habe? Indem ich an den Seiten Löcher für die Arme und oben ein Loch für den Kopf reingeschnitten hab?«

»Sollen wir das jetzt auch mal wieder machen?« erwiderte Gene verlegen grinsend.

»Ja, gern«, antwortete ich verblüfft. »Aber da brauchen wir eine richtig große Tüte.«

Schließlich steckte Gene in einer riesigen Plastiktüte, die ich beim Einkauf eines Toasters bekommen hatte. Sie platzte fast aus den Nähten, und Gene amüsierte sich königlich und bat mich, mit dem Handy ein Foto zu machen, was mir tatsächlich ohne seine Hilfe gelang. Irgendwie beruhigte es ihn wohl, dass er etwas aus seiner Kindheit wiederholen konnte. Dann schien es ihm allerdings peinlich zu werden, und er riss die Tüte herunter.

»Wahrscheinlich mach ich so was nie wieder«, sagte er in ziemlich wehmütigem Tonfall.

Und ich dachte: Er spürt, dass er bereits eine Vergangenheit hat. Mein Enkel hat eine Vergangenheit. Das ist so merkwürdig.

24. Februar

David kam zu Besuch, was sehr schön war. Hatte ihn recht lange nicht mehr gesehen. Frage mich allerdings besorgt, ob er schwerhörig wird. Das beschäftigt mich schon länger, habe aber bislang nichts gesagt. Doch als David gestern die BBC-Nachrichten in ohrenbetäubender Lautstärke hören wollte, blieb mir nichts anderes übrig, als mich zu äußern.

»Hältst du es für möglich, dass du vielleicht schwerhörig wirst?«, brüllte ich, um den Sprecher zu übertönen, der von einem grauenhaften Mord an fünf Jungen und einer Großmutter berichtete, die in einem Kellerverlies in Dartmoor eingekerkert gewesen waren. Irgendein Wahnsinniger hatte sie dort jahrelang gefangen gehalten. Eine entsetzliche Geschichte. Da David und ich aneinandergekuschelt auf dem Sofa saßen, hätte ich an sich nicht schreien müssen, aber ich konnte mich nicht anders verständlich machen.

David gab keine Antwort. Nachdem ich die Frage mehrmals wiederholt hatte, sagte er schließlich: »Was?«

Entnervt schaltete ich den Fernseher aus.

»Schwerhörig!«, schrie ich. »Wirst du vielleicht schwerhörig?«

»Du musst nicht so brüllen«, erwiderte David. »Natürlich werde ich nicht schwerhörig! Ich kann dich prima hören.«

»Aber wieso stellst du dann den Fernseher so laut?«

»Ist dir das zu laut? Das hättest du doch gleich sagen können«, meinte David freundlich. »War auch eine deprimierende Geschichte, nicht wahr? Wie können wir uns danach denn aufheitern?«

Das gelang uns, indem wir uns zusammen zu Bett begaben, und danach nahm David mich in die Arme und sagte: »Ich wünschte, das könnte jede Nacht so sein.« Worauf ich erwiderte: »Ich weiß, aber wenn es immer so wäre, dann wäre es nicht so schön.«

»Wahrscheinlich hast du recht«, murmelte David betrübt, und dann schliefen wir.

25. Februar

Melanie hat auf Facebook gepostet: *Am besten geht es den Menschen, die das Beste aus allem machen.*

Das will ich mir merken und ihr unter die Nase reiben, wenn sie mal wieder herumjammert.

Später
Weil Melanie, Penny und Marion darauf bestanden, dass ich sie zum großen Markt in Shepherd's Bush begleiten solle, damit wir uns alle einen Salwar Kameez anschaffen konnten, kam David auch mit. Wider besseres Wissen ließ ich mich überreden, ein solches Gewand anzuprobieren. Aber David lachte sich schief und meinte, ich sähe darin aus wie in einer Laientheateraufführung der Volkshochschule von *Aladin und die Wunderlampe;* außerdem passten meine käseweiße Haut, die seit Monaten keine Sonne mehr gesehen hatte, und meine Brille überhaupt nicht zu indischer Kleidung.

Beim Betreten jedes Ladens legte Melanie die Hände aneinander und sagte »Nastase«, bis David ihr behutsam erklärte,

Nastase sei ein berühmter Tennisspieler und Wimbledonsieger gewesen, und die korrekte Begrüßung laute Namaste. Ich hoffe, sie merkt sich das, bis wir in Indien sind.

Marion sah im Salwar Kameez aus wie ein höchst sonderbarer Transvestit, Penny fragte überall: »Gibt es das nicht auch in Schwarz? Haben Sie keinen schwarzen?«, und schlussendlich erstand nur Melanie einen. Sie ergänzte das Outfit mit türkischen Schnabelschuhen, schlang sich ein Sariende um den Kopf und war schließlich so in Seide vermummt, dass sie kaum noch zu sehen war.

Ich erklärte entschieden, wenn ich mich verhüllen müsse, würde ich längere Röcke und eine Strickjacke tragen und im Zweifelsfall die Haare noch mit einem Tuch bedecken. Unter keinen Umständen würde ich albern aussehen und mich zum Affen machen. Alle fanden, ich sei eine fürchterliche Spielverderberin, und kehrten mit Taschen voller Saris, weiter Hosen, Armreifen und Schläppchen sowie indischem Gemüse, Kräutern und Gewürzen nach Hause zurück, wohingegen ich lediglich eine Katzenminzemaus für Pouncer in der Tierhandlung erstanden hatte, in der ich immer auf den Boden starre, damit ich die armen Vögel in Käfigen und Kaninchen in viel zu kleinen Gehegen nicht sehen muss.

Melanie verkündete, sie wolle ihre Beedies zum Abendessen braten, und David merkte an, ob sie nicht vielleicht Bhindis meine, denn Beedies seien indische Zigaretten. Worauf Melanie mit Augenaufschlag säuselte, was für ein kluger Mann er doch sei, und ich hätte ja so ein Glück – was mich ganz enorm aufregte.

Später
David brach ziemlich übellaunig auf, nachdem er die unbekannte Valentinskarte auf dem Kaminsims entdeckt hatte.

»Von wem ist die?«, fragte er ziemlich schroff.

»Keine Ahnung«, antwortete ich. »Ich hab sie nur aufgestellt, weil ich sie recht hübsch fand.«

»Sieht mir verdächtig so aus, als sei sie von Robin«, sagte David gereizt. »Wann zieht er aus?«

»Ach, sei doch nicht albern«, versetzte ich.

Woraufhin wir in einigermaßen mieser Stimmung schieden.

MÄRZ

2. März, abends

»Rentner saufen zu viel!«, sagt Leberexperte (»Hetzkurier«)

Oje. Erinnert mich an Penny. Wir trinken beide ganz gern ein Gläschen, aber sie übertreibt es zurzeit ziemlich. Na ja, das regelt sich vielleicht in Indien von selbst, denn da kommt man sicher nicht so leicht an Alk. Vermutlich kriegen wir dort hauptsächlich Yoghurtgetränke und Rosenwasser.

Die Alarmanlage hat mich heute zur Raserei getrieben, weil sie dauernd an- und ausging, und ich wusste nicht, weshalb, bis ich schließlich feststellte, dass Robin sein Fenster nicht zugemacht hatte. Kann ich ja verstehen, so durchdringend, wie es in seinem Zimmer nach Räucherstäbchen und Dope riecht, aber so eine Alarmanlage spürt natürlich jede Schwachstelle und glaubt, jemand sei ins Haus eingedrungen. Als ich das endlich entdeckt und behoben hatte, lief ich durchs Haus und klagte lauthals: »Oh Gott, wär ich doch nie geboren! Am liebsten wär ich tot!« Unterdessen war Robin allerdings zurückgekommen, weil er etwas vergessen hatte, und hörte mein Gejammer, worauf er sofort angesprintet kam und mir den Arm um die Schultern legte.

»Was ist denn passiert?«, fragte er. »So was darfst du doch nicht sagen! Das Leben ist wundervoll. Lass das Licht hereinströmen! Schau doch nur, was du alles hast – ein bezauberndes Haus, einen entzückenden Enkel ... und einen hinreißenden Untermieter«, fügte er charmant hinzu.

Es dauerte eine halbe Ewigkeit, bis ich ihn davon überzeugt hatte, dass ich ständig durchs Haus tapere und solche Sprüche von mir gebe. Was aber nicht bedeutet, dass ich wünschte, ich wäre nie geboren worden oder gar tot; auf diese Art lasse ich einfach meinen allgemeinen Frust ab. Robin lächelte etwas zweifelnd und sagte: »Trotzdem ist es besser, so was nicht auszusprechen, Marie. Wenn du das nämlich laut sagst, hört dein Unbewusstes mit, glaubt dir womöglich und verhält sich entsprechend. Oder aber ein böser Geist schleicht sich ein und nimmt deine Seele in Besitz. Das willst du doch ganz bestimmt nicht.«

»Was für ein Kokolores!«, versetzte ich; dieses herrliche Wort, das ich zuletzt wohl von meiner Großmutter gehört hatte, fiel mir gerade wieder ein. Und es brachte Robin zum Lachen.

Bin außerdem froh, dass er die Myriaden böser Geister nicht entdeckt hat, die bereits in meiner Seele ihr Unwesen treiben.

6. März

Wegen der Impfungen für Indien heute mit Penny im Westfield gewesen, dem großen Einkaufszentrum bei uns in der Nähe. Man fragte uns, ob wir in Sumpfgebiete reisen würden, und da wir das nicht wussten, kriegten wir alles Mögliche verpasst und kamen mit brennenden Armen und großen Lücken in unseren Konten wieder raus. Angeblich waren wir nun wohl geschützt gegen Typhus, Gelbfieber, Hepatitis, Tollwut, japanische Enzephalitis und weiß der Himmel wogegen und fühlten uns dementsprechend wie Superheldinnen. Bin jetzt geradezu versessen darauf, einem Erreger der japanischen Hirnhautentzündung in einer dunklen Gasse zu begegnen und ihn zum Kampf herauszufordern, in dem Wissen, dass er mir nicht das

Geringste anhaben kann und ich imstande bin, seine Attacken lässig abzuwehren. Das Einzige, wovor wir uns noch hüten müssen, ist Malaria – dagegen müssen wir Pillen schlucken, weil es keine Impfung gibt. Wir bekamen ein ziemlich finsteres Zeug namens Lariam verordnet, was wir schon vor der Reise einnehmen müssen. Höchst nervig. Bestimmt vergisst Penny die regelmäßige Einnahme.

Nach den Impfungen taten uns nicht nur die Arme weh, sondern uns war auch ziemlich schwindlig, und wir beschlossen, noch einen Kaffee zu trinken. Penny erkundigte sich, ob es wegen der Einbrüche schon was Neues gäbe.

»Nicht das Geringste«, antwortete ich. »Aber wir könnten doch beim Treffen des Anwohnervereins mal Sheila die Dealerin fragen. Was meinst du?«

Danach ging Penny nach Hause, und ich bummelte noch eine Weile herum und hielt Ausschau nach einem hübschen Mitbringsel für Alice, die kleine Tochter von Brad und Sharmie. Entschied mich dann für ein Maniküreset mit vielen unterschiedlichen Nagellackfarben und einem Anleitungsheftchen für kreative Nagelgestaltung. Schön mädchenhaft, finde ich. Ich hätte so was jedenfalls gern gehabt als Kind – viel lieber als diese Buchgutscheine, die wir immer von den Erwachsenen bekamen.

8. März, morgens

Alkoholgenuss gesünder als Betablocker! (»Hetzkurier«)

Das sollte Penny lieber nicht lesen.

David kam zu Besuch, und wir sahen uns eine Inszenierung von *Hamlet* in einer Tiefgarage an, weil ein Freund von David dabei Regie geführt hat. Hamlet war der Parkplatzwächter, sein Vater der Hausmeister des Gebäudes darüber (glaube ich jedenfalls) und Ophelia die Putzfrau. Hab das Ganze überhaupt nicht kapiert. Unverständlicherweise trug Claudius eine Nazi-Uniform. David seufzte hörbar, als wir danach zu seinem Freund gingen.

»Tut mir furchtbar leid, Liebling. Du hast das wirklich heroisch durchgestanden. Was für ein Schwachsinn. Und dann noch die miese Akustik! Ich konnte kaum was hören. Und wieso können die so ein Stück nicht ganz normal aufführen? Was sollen wir denn jetzt bloß sagen?«

»Dass es eine unvergessliche Aufführung war«, antwortete ich. »Das ist nicht gelogen.«

»Gut, du sagst das, und ich lüge. Das ist einfacher.«

David erzählte also seinem Freund, er sei überragend, und die Inszenierung sei fantastisch und ginge ungemein unter die Haut und so weiter und so fort.

Ich war ungeheuer beeindruckt. »Bist du dir ganz sicher, dass du es nicht doch toll fandest?«, fragte ich David, als wir die Piccadilly entlang zur U-Bahn gingen. »Du hast dich absolut aufrichtig angehört.«

»Wenn man schon lügen muss, dann auch richtig«, antwortete David und nahm meinen Arm, als wir die Straße überquerten. »Halbe Sachen bringen gar nichts. So, mein Liebling, wo möchtest du denn noch einen Happen essen, bevor wir nach Hause gehen?«

Muss sagen: Manchmal liebe ich ihn so richtig.

9. März

Beim Treffen des Anwohnervereins ging es natürlich lebhafter als sonst zu, da der erste Punkt der Tagesordnung die Einbrüche im Viertel waren. Pfarrer Emmanuel von der evangelischen

Kirche nebenan verkündete, der Einbrecher würde nach seinem Tode schnurstracks im Höllenfeuer landen und dort für seine Sünden schmoren, während Sheila die Dealerin einen erheblich gemäßigteren Standpunkt vertrat, indem sie sagte: »Bestimmt bloß 'n paar Bengel, die was ausgeheckt ham. Jungs sind halt Jungs«, fuhr sie fort und schlürfte geräuschvoll Tee, wobei sie ihre wüst geschminkten Lippen schürzte. »Müssen doch 'n bisschen Spaß ham, bevor sie vernünftig wern.«

»Spaß!«, versetzte Penny empört. »Sie haben meinen ganzen Schmuck gestohlen. Das waren Erbstücke von meiner Mutter!«

Das erschütterte Sheila nicht im Mindesten, sondern entlockte ihr im Gegenteil ein anerkennendes Lächeln. »Schmuck!«, sagte sie beeindruckt. »Das is schlau! Hab gedacht, sie ham bloß Kleinkram mitgehn lassen. Wusste gar nich, dass sie richtig zugelangt ham. Wird aber schwer wern, das zu verticken. Is heutzutage nich mehr so leicht mit heißem Zeug.«

»Ich hoffe jedenfalls, dass sie geschnappt werden«, erklärte Penny und verschluckte sich an ihrem Beaujolais.

»Ich auch!«, bekräftigte ich.

»Aber du hast immerhin deine Hündchen zurückbekommen, liebste Mar«, bemerkte Melanie.

»Hündchen? Wasn für Hündchen?«, fragte Sheila.

»Mar und Pen haben beim Flohmarkt an der Portobello so einen Typen aufgespürt, der ihre Porzellanhunde verhökern wollte. Der hat behauptet, er hätte sie bei einer Auktion gekauft!«

»Im Ernst jetz!«, gluckste Sheila. »Das gute alte Lied«, fügte sie hinzu, als schwelge sie nostalgisch in schönen Erinnerungen.

»Und wie können wir diesen Einbrechern nun das Handwerk legen?«, warf ich ein, weil ich den Eindruck hatte, dass Sheila wesentlich mehr wusste, als sie zugab.

»Wir müssen den Stadtrat dazu bringen, Videokameras zu

installieren«, schlug Tim vor und schaute von seinem Laptop auf, mit dem er Protokoll führte. »Anders geht's nicht.«

»Aber das ist doch wie in *1984*«, wandte Melanie ein. »Ich hab eine exzellente Idee! Wir sollten im Stadtrat beantragen, dass unsere Straße rund um die Uhr mit klassischer Musik beschallt wird! Es gibt Forschungsergebnisse, die besagen, dass Kriminelle mit nichts besser zu beruhigen sind als mit Mozart. Bach und böse Buben, Verdi und Verbrecher – das geht nicht zusammen.«

»Also, ich bin kein Verbrecher, möchte aber trotzdem nicht Tag und Nacht mit Verdi zugedröhnt werden«, stellte ich klar.

»Obwohl *La Traviata* wirklich wunderbar ist«, warf Marion ein. »Tim und ich haben eine Aufführung in Ghana gesehen, als wir 1984 dort waren.«

»Ja, ja, ja«, erwiderte ich. »Und Nein, Nein, Nein zu klassischer Musik auf der Straße.«

»Ich sag euch was«, verkündete Sheila. »Ich kenn son jungen Kerl, der euch helfen kann. Wenn ihr den an der Hand habt, gibt's bestimmt keine Einbrüche mehr bei euch. Jedenfalls nich, wenn er auf seine gute alte Tante Sheel hört. Isn guter Junge, liebt seine Mama. Nich dass er eine hätte, aber ihr wisst schon, wie ich's mein. Und dir kann er 'n paar Es und so beschaffn«, sagte sie und nickte mir zu.

Bevor irgendwer darüber nachdenken konnte, kam ich hastig auf die angedachten Blumenkörbe an den Laternenmasten zu sprechen – ein Vorschlag von Melanie, die auf Teufel komm raus die Straße aufhübschen will. Erst wollte sie alle dazu zwingen, die Haustüren in der gleichen Farbe zu streichen. Jetzt dieser Quatsch mit der klassischen Musik und schauderhafte Blumenkörbe. Was für eine idiotische Idee.

»Wir wohnen in Shepherd's Bush, nicht auf dem Land«, bemerkte Tim für seine Verhältnisse außergewöhnlich ungehalten.

»Hängekörbe sind grässlich spießig«, sagte Penny – die offenbar nicht daran dachte, dass Melanie einen vor der Haustür hat – und goss sich Wein nach. Danach löste sich die Runde auf.

10. März

Las gerade eine entzückende E-Mail von James, als Robin ins Zimmer gestürmt kam. »Was ist denn das für ein Gerede von Videokameras?«, fragte er aufgeregt. »Mel hat mir erzählt, dass ihr Videokameras in der Straße haben wollt! Ihr wisst aber schon, oder, dass das nicht nur ein krasser Verstoß gegen unsere Bürgerrechte wäre, sondern dass von diesen Kameras Strahlen ausgehen, die extrem schädlich für Babys im Mutterleib und Hunde sind? Und ich habe gehört, dass Videokameras nicht nur diese vergiftende Ausstrahlung haben, sondern auch nachts unsere Seele schädigen! Die Seele braucht eine friedliche Umgebung, um sich im Schlaf zu erholen, was nicht mehr möglich ist, wenn die Luft voll ist von elektrischen Strahlen. Und Katzen auch«, fügte er hinzu, als er Pouncer bemerkte, der es sich auf dem Tisch neben meiner Staffelei gemütlich gemacht hatte. »Ja, extrem schädlich für Katzen. Denen fallen dann die Schnurrhaare aus.«

»Keine Sorge«, sagte ich. »Solange ich den Anwohnerverein leite, wird es keine Videokameras geben.« Damit wandte ich mich demonstrativ wieder James' E-Mail zu, und Robin taperte hinaus.

»Liebste Marie«, schrieb James. »Seit Ewigkeiten habe ich nichts von dir gehört. Wie geht es dir? Kommst du bald mal nach Somerset? Ich würde mich riesig freuen, wenn du dir meinen zauberhaften – das stimmt, auch wenn es Eigenlob ist – Garten anschauen würdest. Derek Jarman wäre vor Neid erblasst! Owen und ich fühlen uns hier pudelwohl, obwohl es verdammt kalt ist. Ich hätte nichts gegen eine Burka aus Schafwolle einzuwenden. Damit könnte ich dann überall herumspazieren und würde als mysteriöses Monster in der Lokalpresse auftauchen.

Komm bald her, Süße! Bin so gespannt, was es Neues gibt. Allerallerliebste Grüße und sei geherzt! James«

Ich habe ja nun nichts gegen liebe Grüße einzuwenden, aber James neigt zu etwas ausschweifenden Abschiedsformeln. Habe mir jedenfalls fest vorgenommen, zum Lunch mal vorbeizuschauen, wenn ich David beim nächsten Mal besuche.

11. März, abends

Sehr seltsames Erlebnis gehabt heute. Als ich grade mit Penny telefonierte, klingelte es an der Tür, und davor stand Sheila die Dealerin, angetan mit Kittelschürze, die fettigen Haare mit einem fadenscheinigen Tuch hochgebunden. Ich sagte Penny, ich würde zurückrufen, bat Sheila herein und machte ihr eine Tasse Tee.

»Hab die Lösung für eure ganzen Probleme«, erklärte Sheila. »Terry.« Sie förderte ein Päckchen Tabak zutage und drehte sich mit flinken Fingern eine Zigarette. »Das is das Bürschchen, von dem ich euch erzählt hab. Wartet im Park. Komm mit.«

Nachdem ich in Robins Zimmer geschaut und festgestellt hatte, dass er nicht da war, zog ich meinen Mantel an, wechselte die Brille, überprüfte, ob alle Fenster geschlossen waren, suchte meinen Schlüssel und schaltete die Alarmanlage ein (es dauert jetzt immer EWIGKEITEN, aus dem Haus zu gehen). Dann marschierten Sheila und ich zu dem kleinen Grünstreifen am Ende der Straße, auf dem der Stadtrat noch vor zwei Jahren ein

Hotel bauen lassen wollte. Als Penny und ich uns damals auf die Suche nach Unterstützung für Proteste machten, stellten wir fest, dass es in diesem Pärkchen – das wir als Oase städtischer Natur inmitten von Beton priesen – von Drogendealern und Kriminellen mit Rottweilern nur so wimmelte. Daran hat sich leider seither nichts geändert, und ein paar Dealer in Verkaufsgesprächen unter den zwei alten Bäumen, die wir damals auch gerettet hatten, winkten mir sogar zu wie einer alten Bekannten. Als sie Sheila bemerkten, wirkten sie allerdings wenig begeistert. Sie war bestimmt in deren Revier unterwegs – oder die in ihrem. Diese Dealer sind wie Kater, müssen überall ihr Revier markieren. Vermutlich streifen sie nachts umher und pissen auf die Grenzen, damit keine albanischen oder rumänischen Konkurrenten auf die Idee kommen, sich ihre Gegend unter den Nagel zu reißen. Genau wie Pouncer.

Während wir warteten, setzte Sheila mich über Terry ins Bild. »Hat kein leichtes Leben gehabt, der Junge«, sagte sie. »Hat bei seim Bruder gelebt, und dann kam raus, dass das gar nich sein Bruder war, sondern sein Vater! Die Schwester ist abgehaun mit 'nem Dealer und dem Baby, was sie mit ihrem Großvater gekriegt hat – nich Terrys Großvater, der saß lebenslänglich –, und die Stadt sagt, die Wohnung geht gar nich, deshalb wohnt er jetzt 'n Weilchen bei mir.«

»Du hattest gesagt, er liebt seine Mutter ...«, half ich ihr auf die Sprünge.

»Sagt man bloß so. Nee, der hat nie 'ne Mutter gehabt. Hätt er eine gehabt, hätt er sie bestimmt geliebt. War aber nich so. Keine Mama. Nie. Noch nich mal bei der Geburt.« Sie hielt inne. »'s heißt, sein Onkel war seine Mutter, aber das war vor der Geschlechtsumwandlung, und dann is der von seim Zuhälter ermordet worden.«

Kurz darauf tauchte eine dürre Gestalt zwischen den Sträuchern auf und stellte sich als Terry vor. Der Bursche war nicht größer als eins sechzig und hatte ein hageres Gesicht mit Aknenarben, das mich an ein Tier erinnerte – entweder Fuchs oder Ratte. Offenbar bildet man sich innerhalb der ersten fünf Sekunden ein Urteil über einen Menschen. Was aber bei Terry schwierig war, weil mich in den ersten zweieinhalb Sekunden schauderte und ich ihn furchtbar unheimlich fand. Doch dann lächelte er, und das nahm mich sofort für ihn ein, weil sich sein Gesicht dabei völlig veränderte. Alles Bedrohliche verschwand, und man konnte plötzlich erkennen, wie er wohl als kleiner Junge ausgesehen hatte – verletzlich, hungrig nach Zuwendung, ein bisschen schwächlich, aber sicher nicht böse. Das ist eine seltsame Sache am Älterwerden: die Fähigkeit, andere Menschen als Kinder zu sehen. Ich kann mich nicht erinnern, das jemals erlebt zu haben, als ich selbst noch in meinen Zwanzigern oder Dreißigern war.

»Jetzt sagt mal Tag!«, sagte Sheila.

Ich kapierte den Wink und streckte Terry die Hand hin. »Hi!«

Er beäugte sie misstrauisch, weil er mit dieser Geste sichtlich nicht vertraut war. Doch nach ein paar Sekunden ergriff er meine Hand und drückte sie zögerlich.

»Tag«, sagte er.

»Marie. Ich bin Marie.«

»Jetzt erzähl Marie, was du über die Einbrüche weißt«, forderte Sheila ihn auf. »Und vergiss nich, was ich dir gesagt hab über du weißt schon was.« Sie tippte sich an die Nase und schlurfte davon.

Da ich Terry nicht unbedingt zu mir nach Hause einladen wollte, gingen wir in ein ziemlich schmuddeliges Café in der Nähe, und ich berichtete von den Einbrüchen.

»Was ham sie mitgehn lassen?«, fragte Terry, der sich eine Cola bestellt hatte. Eine sagenhaft fette Frau fütterte ihr ebenso fettes Baby, das im Buggy festgeschnallt war, abwechselnd mit Kartoffelchips und irgendeinem klebrigem Saft. Chrissie, die in Bezug auf Süßkram und jegliche Art von Fastfood mit Gene sehr streng war, hätte einen Anfall bekommen.

Ich zählte auf, was verschwunden war – inklusive Pennys Schmuck –, ergänzte aber, dass ich die Porzellanhunde auf dem Portobello-Flohmarkt wiedererganterrt hatte.

»Ja, hab ich von gehört«, sagte Terry. »Mann, der war sauer!« Und er lachte so schallend, dass es mir schwerfiel, nicht mit einzustimmen.

»Kennst du diesen Mann etwa?«, fragte ich.

»Nich persönlich«, antwortete Terry. »Aber wissen Se, so was spricht sich rum.«

»Am traurigsten ist für mich, dass auch ein Foto von einem meiner engsten Freunde gestohlen wurde, der nicht mehr am Leben ist«, sagte ich. »Und es war das einzige Foto von ihm, das ich hatte. Er war darauf als Scheich abgebildet.«

»Also war er 'n Araber?«, fragte Terry und leerte seine Cola. »Krass korrekt, Mann. Meine Mama hatte mal was mit 'nem Marokkaner. Warn echt cooler Typ. Nich meine echte Mama natürlich.«

»Nein, mein Freund war verkleidet, für eine Party«, antwortete ich. »Das war alles ein bisschen albern. Also jedenfalls: Hier in der Gegend wird eingebrochen, und die Einbrecher nehmen nicht das mit, was man erwarten würde, also Laptops und so was, wofür die Versicherung aufkäme. Sondern kleine Dinge, die für die Menschen einen persönlichen Wert haben.«

»Sie meinen, es wär den Leuten lieber, wenn Kameras und so was verschwunden wärn?«, fragte Terry sichtlich verblüfft. Ich fragte mich, wie viele Dinge er wohl besitzen mochte, die einen emotionalen Wert für ihn hatten. Falls er überhaupt irgendetwas sein Eigen nennen konnte.

Beim Abschied steckte ich ihm einen Zwanzigpfundschein zu, für die Pillen, die er mir liefern wollte. Der arme Kerl tat mir aufrichtig leid. Er hat wohl wirklich ein hartes Leben gehabt.

Später
Robin zeigte sich höchst argwöhnisch, als ich ihm von der Begegnung berichtete. Er meint, Terry sei eine Echse, und ich solle keinem vertrauen.

»Ich glaube nicht, dass Terry eine Echse ist«, entgegnete ich. »Der könnte sich nämlich noch so sehr anstrengen, es würde ihm niemals gelingen, einer mächtigen Elite anzugehören!«

Aber Robin war schon nach oben gegangen und hörte nichts mehr.

18. März

Gerade zurück von einem Besuch bei David. Wenn ich doch nur wüsste, was da los ist. Ich hab dauernd das Gefühl, ihn auf Armeslänge von mir weghalten zu müssen, weil er sich zweifellos mehr Nähe wünscht, ich aber alles beim Alten lassen will. Schon seltsam, dieser gesellschaftliche Wandel, oder? In früheren Zeiten hätte ich mich vielleicht verzweifelt bemüht, einen Mann an meiner Seite zu haben. Aber ich lebe jetzt schon so lange allein, dass ich mir nicht gut vorstellen kann, mein Leben wieder mit jemandem zu teilen. Mein Alleinleben habe ich mir hart erkämpft, durchaus schmerzhaft und gegen Widrigkeiten, und mich nun wieder in eine Partnerschaft einzufügen ist keineswegs so leicht, wie es scheinen mag. Für David ist das natürlich was anderes, denn nach unserer Trennung hat er mit Sandra zusammengelebt, bis sie nach Indien ging, weshalb er gar nicht weiß, wie es sich anfühlt, allein zu leben. Ich glaube, Männern fällt das schwerer als Frauen, wahrscheinlich wollen sie immer bemuttert werden.

Aber warum wollen Frauen dann nicht bevatert werden? Bei einigen ist das so, doch nicht bei allen. Trotz allem Gerede über Männersuche glaube ich nicht, dass Melanie mit einem Partner froh werden würde. Bei Penny verhält sich das allerdings völlig anders. Sie war ohne Ehemann immer so unglücklich, dass sie sogar mal versucht hat, übers Internet einen zu finden – mit katastrophalem Ausgang. Weil wir uns in dieser Hinsicht stark unterscheiden, kann Penny überhaupt nicht nachvollziehen, dass ich David nicht wieder mit offenen Armen in meinem Leben willkommen heiße.

Aber so oder so: Mein Besuch bei ihm war zauberhaft. Wir werkelten herum, und ich bewunderte seine Deiche, die wie gigantische Maulwurfshügel überall aufragen (Somerset ist offenbar furchtbar flutgefährdet). David wurde sogar in der Lokalzeitung erwähnt, weil er der Einzige ist, der hier so etwas angelegt hat. Ich fragte ihn, ob es nicht ziemlich gefährlich sei, solche Deiche zu bauen, aber er lachte nur und sagte, es sei wesentlich gefährlicher, wenn er bei einer Überschwemmung in seinem Haus ertränke.

Wir futterten zusammen eine Lasagne, die ich ziemlich lecker fand, bis ich David fragte, ob er sie selbst gemacht habe, und er gestand, dass die Witwe Bossom sie vorbeigebracht hatte.

Als ich einigermaßen verdattert blickte, sagte David: »Ach, sie bringt mir öfter Essen und andere Sachen. Sie ist wirklich nett, Marie. Hat ein Herz für einen einsamen alten Junggesellen!«

Muss sagen, dass mir die Lasagne hinterher nicht mehr besonders gut schmeckte. Zu viele Möhren drin.

Danach berichtete David von Sandra.

»Zum letzten Mal habe ich vor Weihnachten von ihr gehört«, sagte er. »Da sollte ihr Kind bald kommen. Aber danach – nichts mehr.«

Wir saßen am offenen Kamin in seinem behaglichen Wohnzimmer, während draußen der Wind ums Haus pfiff. In zehn Tagen wird die Uhr vorgestellt, dann wird es abends viel heller sein. Ich kann es kaum erwarten, diese ewige Düsternis schlägt mir aufs Gemüt.

»Hast du eine Adresse von Sandra?«, fragte ich. »E-Mail? Handynummer?«

»Ich hab alles probiert, aber sie reagiert auf nichts, und inzwischen mache ich mir richtig Sorgen um sie. Na klar, es ist ihr Leben, und vielleicht hat sie einfach einen Schlussstrich gezogen unter unsere gemeinsame Zeit, weil sie mit Ali ganz von vorn anfangen will. Aber sie hatte mir eigentlich versprochen, in Kontakt zu bleiben, und wollte sogar, dass ich Pate von ihrem Kind werde. Ich finde das alles sehr seltsam.«

»Wie ist dieser Ali? Und weißt du seinen Nachnamen?«

»Nee, da kann ich mich an nichts erinnern«, antwortete David. »Netter junger Mann. Sieht ziemlich gut aus, wenn man auf so was steht« – (Wenn Männer eifersüchtig sind, werden sie genauso biestig wie Frauen. Das amüsiert mich immer sehr!) – »und er verdient offenbar genügend Geld, indem er in einem Ferienort namens Mandrem in einer Reifenwerkstatt arbeitet und am Wochenende am Strand Schmuck verkauft. Sie wollen bei seiner Mutter leben, bis sie genug Geld zusammenhaben, um eine Bar zu mieten.«

»Machen sich denn ihre Eltern nicht auch Sorgen, weil sie nichts von ihrer Tochter hören?«

»Die sind beide schon tot, und die Schwester ist schizophren und lebt in einem Heim. Deshalb fühle ich mich ja unter anderem so verantwortlich für Sandra.«

Ich versprach David, dass wir nach ihr suchen würden, hegte allerdings die Befürchtung, dass es vermutlich einfacher sein würde, eine Nadel in einem Heuhaufen zu finden.

Später
Also, es gibt keinen Zweifel mehr an Davids Schwerhörigkeit. Es ging mir furchtbar auf die Nerven, dass ich die ganze Zeit schreien musste, aber David wiederum wurde ausgesprochen sauer, als ich vorschlug, er solle doch mal einen Hörtest machen.

»Nicht ich bin schwerhörig, sondern deine Stimme ist schwach! Du sprichst die ganze Zeit so leise. Du murmelst vor dich hin, und das hast du immer schon gemacht, Marie!«

Von Natur aus bin ich ja so unsicher, dass ich Kritik an mir sofort für bare Münze nehme. Diesmal stellte ich aber erstaunt fest, dass ich nicht bereit war nachzugeben, denn meine Stimme ist erklärtermaßen kraftvoll und klar nach jahrelangem Training vor lärmenden Schulklassen. Deshalb war nun ich erst mal etwas eingeschnappt, verkniff mir aber eine Gegenrede. Bis David kurz darauf sagte: »Alles, was Edwina sagt, verstehe ich hervorragend. Also keine Ahnung, was du meinst.«

»Die Witwe Bossom – oder Edwina, wie du sie nennst – hat eine Stimme wie ein Nebelhorn!«, schnauzte ich ihn daraufhin an, und zwar richtig laut.

Männer sind absolut verdreht, wenn es um Schwerhörigkeit geht. Der Mann einer meiner Freundinnen war furchtbar schwerhörig, weigerte sich aber, das zuzugeben, bis sie zu ihm sagte, Freunde hätten gefragt, ob er dement sei, weil er sich an keinem Gespräch mehr vernünftig beteiligen könne. Daraufhin sauste der Mann wie der Wind los und schaffte sich ein Hörgerät an. Danach war er wunderbar gesellig.

David und ich wollten James und Owen einen Besuch abstatten. Wir nahmen zwei Autos, damit ich im Anschluss wieder nach London zurückfahren konnte. Typisch Land, alles mit dem Auto!

James hatte mir berichtet, bevor er einzog, habe Owens Vorstellung von Inneneinrichtung aus einem Außenklo, Bett, Tisch, Stuhl, einem Bier und einem Flaschenöffner bestanden. Das hat James natürlich von Grund auf geändert. Inzwischen gibt es Zentralheizung, Vorhänge und Sofas, Duschen und Toiletten sowie einen Aga-Herd. Anfänglich hatte Owen sich wohl gesträubt, dann aber festgestellt, dass es ihm gefiel, von Chintzgardinen und schönen Blumensträußen umgeben zu sein. Er ist ein entspannter Typ, der den größten Teil des Tages in Gummistiefeln und Wachsjacke rumläuft, und solange er keine Hausarbeit machen muss, ist er mit dem Lebensstil mehr als zufrieden.

Natürlich haben die beiden einen Hund, und James besteht darauf, dass Owen Mami und er selbst Papi des Hundes ist. Was ich etwas peinlich finde, aber der Hund selbst, ein Jack Russell, ist ganz niedlich, auch wenn er zu viel kläfft.

James hatte einen köstlichen Lunch zubereitet, ausschließlich aus eigener Ernte und Zucht: Sauerampfersuppe, Enteneier, Löwenzahnsalat, Brombeeren, die er im letzten Herbst eingefroren hatte. Dazu gab es nicht-pasteurisierte Sahne von einem Bauernhof im Dorf und selbstgebackenes Brot. Owen aß mit uns, setzte dabei aber seine Pudelmütze nicht ab. Es war eine von der Sorte, die besonders hoch sind, sodass es aussah, als hätte er ein riesiges doppeltes Gehirn. Das fand ich einigermaßen irritierend, vor allem, weil ich daran denken musste, dass Penny diese Art von Kopfbedeckung immer als »Präsermütze« bezeichnet. Aber das Essen war extrem lecker. Und dann zeigte mir James seinen ganzen Stolz, den Garten.

Ich trat prompt ins Fettnäpfchen, denn als James uns nach draußen auf ein ziemlich ödes Gelände führte und mit stolzem

»Ta-daa« die Arme ausbreitete, konnte ich beim besten Willen nirgendwo etwas entdecken, das einem Garten glich.

»Wo ist er denn nun?«, fragte ich.

»Aber das *ist* mein Garten, Liebe«, antwortete James schwer verstimmt.

»Wo?«, fragte ich, nun aufrichtig verwirrt. Ich blickte lediglich auf ein paar Steine, etwas Kies, einige grüne Büschel, die nach Unkraut aussahen, und ein paar Disteln.

»Na hier! Das ist mein Garten! Schau doch nur: der Feuersteinkies, die unterschiedlichen Gräser, die eleganten Mulchwege ... Das Design ist angelehnt an das Werk des weltberühmten Landschaftsgärtners Piet Oudolf aus den Niederlanden.«

»Aber wo sind denn die Blumen?«, fragte ich. »Und die Bäume? Sträucher? Ein Teich?«

»Nein, nein, du verstehst das nicht, Marie«, erwiderte James. »Das subtile Zusammenspiel der Gräser ist hier das Wichtigste! Siehst du, da drüben die hellen und hier die dunklen, und sie haben sehr interessante Samenkapseln ... Und dann der Bambus, um eine Höhendimension zu schaffen ...«

Grundgütiger! James hatte den Garten an der Alten Feuerwache imitiert! Ich zögerte, aber bevor ich mich noch mehr ins Abseits reden konnte, sprang mein guter alter David ein. »Grandios!«, sagte er. »Du hast dich selbst übertroffen, James. Dieser Lavendel da drüben, im Kontrast mit den ... den ... roten Gräsern dort – fantastisch! Und bestimmt ergibt sich durch den Wind auch ein interessanter Soundeffekt.« (Den du aber bestimmt nicht hören könntest, dachte ich grantig.) »Der Gesamteindruck hat etwas überaus Entrücktes.«

Dann fiel mir wieder ein, wie wacker sich David bei dem schauderhaften *Hamlet* geschlagen hatte, der auf dem Männerklo spielte oder wo immer das gewesen sein sollte. Wenn du schon lügst, dann richtig, hatte er gesagt. »Ah, so allmählich beginne ich zu verstehen«, sagte ich deshalb, als hätte ich mich die ganze Zeit in den Anblick vertieft. »Dein Garten sieht nicht wie ein gewöhnlicher Garten aus, sondern hat eine magische Qualität ... Das ist viel eher ein Kunstwerk als ein Garten, James!«

Das schien ihn zufriedenzustellen, und danach durften wir wieder ins Haus, wo wir uns die Hände am Feuer wärmten und ein paar warme Hefeküchlein futterten.

»Das hast du gut gemacht, Liebling«, sagte David, als wir außer Hörweite von James an unseren Autos standen. »Ich meine, was bringt es denn, mit ihm über seinen gruseligen Garten zu debattieren? Sieht eher wie ein Bombenkrater aus, findest du nicht auch? Und keinerlei Sitzplätze, kein Rasen, auf dem man picknicken kann, kein Teich mit Goldfischen, kein Vogelhäuschen, keine Sonnenuhr, keine Rosen, um Himmels willen! So was wollen wir in einem Garten haben, oder? Weißt du, was vielleicht die Atmosphäre verbessert hätte?«, fügte David hinzu. »Ein Gartenzwerg. Am besten angelnd.«

David bringt es eben immer wieder auf den Punkt. Es gibt nicht viele Männer, die ein Gespür dafür haben, dass unter bestimmten Umständen nur ein Gartenzwerg helfen kann.

19. März

Heute früh große Aufregung bei mir in der Straße, weil nun bei den Leuten gegenüber eingebrochen wurde! Ich erfuhr es von Pfarrer Emmanuel, der grade die Tür seines gigantischen Kombis zuschlug, mit dem er die Gläubigen quer durch London zu seiner scheußlichen Kirche kutschiert.

»Ja, das ist schlimm«, sagte der Pfarrer klagend. »Leider leben hier viele böse Menschen. Ich hoffe nur, dass die nicht denken, in meiner bescheidenen Kirche gäbe es etwas Wertvolles.

Ich meine«, fügte er hastig hinzu, »natürlich gibt es in meiner Kirche viel Wertvolles, aber das Kostbarste kann man nicht stehlen: Glaube, Liebe, Vergebung und den Zorn Gottes«, sagte er, was ich ziemlich wirr fand.

Ich kenne die Leute von gegenüber nicht, weil sie kein Englisch sprechen – wir winken uns nur gelegentlich freundlich zu –, und weiß deshalb nicht, was gestohlen wurde. Aber ich bin sicher, da war dieselbe Bande am Werk, die auch bei mir und Penny eingebrochen ist.

21. März

Hatte letzte Nacht einen grauenhaften Albtraum, in dem Melanie sich durchgesetzt hatte und klassische Musik durch die Straße dröhnte. Hughie in arabischer Kleidung brach bei jemandem ein und stahl sein eigenes Foto. Als ich mich umdrehte, sah ich, wie Pfarrer Emmanuel das Orchester dirigierte, das die Musik spielte. Inzwischen hatte sich Hughie in David verwandelt, und der konnte mich nicht hören, so laut ich auch schrie.

Später bekam ich eine SMS von Terry. *Hab was für Sie. Treffen im Grünen um 16.30.*

Ich vermutete, dass damit der kleine Park gemeint war, und war ziemlich ängstlich, als ich dort auflief, weil ich keinerlei Erfahrung mit Drogenhandel habe. Es kam mir vor, als ginge ich gebückt und mit nervösem schuldbewusstem Blick, sodass auch garantiert jeder Polizist merkte, dass ich nichts Gutes im Schilde führte. Deshalb richtete ich mich auf und schritt hoch erhobenen Hauptes einher, wie ich es im Benimmunterricht an meiner Schule gelernt hatte. »Der Kopf ist mit einer Schnur an der Decke aufgehängt«, pflegte meine Lehrerin zu sagen, um uns die Haltung zu verdeutlichen. Nun fiel mir natürlich auf, dass jemand, der gerade zu finsteren Geschäften unterwegs ist, vermutlich genauso geht. Die Polizei hält also bestimmt nach Leuten Ausschau, die übertrieben selbstbewusst wirken und eine Schnur am Kopf haben, statt nach den zwielichtig einherschleichenden Gestalten, die man aus Comics kennt.

Als ich zu Terry stieß, den Kopf noch immer hoch erhoben, sah ich zu meinem Erstaunen, dass Terry ein Päckchen in Händen hielt. Das müssen aber riesige Pillen sein, dachte ich. Für Elefanten! Doch Terry drängte mich reinzuschauen, was ich für sehr unklug hielt, bis ich den Inhalt sah: das in Pappe und Luftpolsterfolie säuberlich verpackte Foto von Hughie in seinem arabischen Kostüm!

»Oh, Terry!«, rief ich entzückt aus. »Ich kann dir gar nicht sagen, wie viel mir das bedeutet! Aber wie bist du da rangekommen?«

Er legte einen Finger an die Nase. »Sagn wer's mal so: Ist von einem Laster runtergefallen. Jemand war mir einen Gefallen schuldig. Den Rahmen hab ich natürlich nich zurückgekriegt, der war schon verhökert. Aber ich hab mir gedacht, Sie würden das Bild auch so gern wiederhaben.«

Ich wäre Terry am liebsten um den Hals gefallen, aber etwas hielt mich davon ab. Wahrscheinlich, dass er so dürr und ungepflegt aussah. Doch dann kam ich auf meinen anderen Auftrag zu sprechen.

»Äm, hattest du ... Konntest du an die ... ähm ...«, stotterte ich. Und er schlug sich an die Stirn und sagte: »Na klar! Hab ich ganz vergessen. Hier.« Damit drückte er mir ein Tütchen in die Hand, das ich schnellstens in meiner Handtasche verschwinden ließ. »Keinen Alk dazu trinken, aber viel Wasser«, fügte er hinzu und hörte sich dabei wie ein Arzt an. »Man wird bisschen, äm, sehr freundlich davon, also gut überlegen, mit wem man's nimmt.«

24. März

Zum Osteressen bei Jack und Chrissie gewesen. Hatte kleine Schokoeier zum Verstecken im Garten dabei, aber Jack meinte, Gene hätte kein Interesse mehr an so was, weshalb die Eier in meiner Handtasche blieben. War sehr traurig, als ich mich daran erinnerte, wie wir früher Ostern mit flauschigen Küken als Tischdeko und Löwenzahnblüten in Wasserschalen und zahllosen Schokoeiern gefeiert hatten, unter anderem solchen großen Prachteiern, in denen viele andere enthalten sind.

Als ich von der Indienreise berichtete, fanden das alle sehr spannend, und Gene fragte, ob ich ihm einen Nunchaku mitbringen könnte, worauf Chrissie entsetzt schnaufte und sagte, wie er denn wohl auf diese Idee käme.

»Aber ich würde ihn ja nicht benutzen, Mum«, erwiderte Gene mit durchtriebenem Lächeln. »Ich hätte nur gern einen.«

Offenbar handelt es sich dabei um eine Waffe, die gern von Schlägern benutzt wird – zwei Holzgriffe, verbunden durch eine Metallkette – und mit der man auch jemanden ermorden kann. Doch zum Glück stellte sich heraus, dass man so was nur in Südostasien kriegt.

Nach dem Essen spülte ich ab, und wir dösten alle ein bisschen am Kamin, während Gene sich einen alten Zeichentrickfilm im Fernsehen anschaute. Danach trank ich vor der Heimfahrt noch eine Tasse Tee.

Währenddessen kümmerte sich Chrissie um das Geschirr, das ich abgewaschen und zum Trocknen aufgestellt hatte, und zu meinem Entsetzen sah ich, dass sie so gut wie alles noch mal spülte. Offenbar war es ihr nicht sauber genug. Ich lief bis zu den Ohrenspitzen rot an, weil mir wieder einfiel, wie schrecklich ich es früher gefunden hatte, wenn alte Leute beim Abwasch immer irgendwelche Flecken und Essensreste übersahen.

Und nun war ich selbst so jemand! Fühlte mich furchtbar altersschwach und erbärmlich. Um mich zu trösten, verschlang ich deshalb auf der Rückfahrt die ganzen Schokoeier aus meiner Handtasche, weshalb mir dann ziemlich übel war, als ich nach Hause kam.

27. März

Rentner computerfest und online! (»Hetzkurier«)
Auf die Idee käme man nicht, wenn man »Graue Zellen« durchblättert, eines dieser kostenlosen Werbeblättchen, die unverlangt im Briefkasten landen. Darin werden allerhand sonderbare Vorrichtungen für alte Leute angeboten – spezielle Gerätschaften, um sich die Socken anzuziehen, bizarre Gummiteile, um die Zehen auseinanderzudrücken, wenn sie durch Arthritis übereinanderwachsen. Man kann da auch nagelneue Plattenspieler erstehen, auf denen man seine Schallplatten noch abspielen kann, und neue Schreibmaschinen mit Farbband.
Von wegen online.

APRIL

1. April

Blöde Situation gehabt, als ich heute zu alten Freunden aus der Kunsthochschule unterwegs war, die mich zum Abendessen eingeladen hatten. Vor ein paar Monaten war Penny zum Essen bei mir gewesen und hatte einzeln verpackte Amaretti mitgebracht. Da ich die Dinger nicht ausstehen kann, dachte ich mir, ich könnte sie ja nun zu diesen Freunden mitnehmen. Auf halber Strecke fragte ich mich plötzlich, ob das Haltbarkeitsdatum womöglich schon überschritten war. Ich hielt am Straßenrand und sah nach. Und prompt waren sie am 25. März abgelaufen! Weshalb ich dann die nächsten zehn Minuten damit zubrachte, die Aufkleber abzupulen, was ein furchtbares Gepfriemel war. Dann begann ich darüber nachzudenken, ob diese Freunde auch Penny kannten und ihr diese Amaretti vielleicht wiederum als Geschenk mitbringen würden ... Schließlich fand ich das alles so kompliziert, dass ich ausstieg und die Dinger in einen Abfalleimer in der Nähe warf, weshalb ich dann eine halbe Stunde zu spät und mit leeren Händen eintraf. Vermute mal, Gott hatte sich das Ganze als Aprilscherz ausgedacht.

2. April

Heute früh in der Küche hörte ich plötzlich ein merkwürdiges Scharren über mir, und als ich hochschaute, sah ich eine Taube auf meinem Glasdach entlangspazieren. Es war eine sehr elegante Taube mit hübschem Federbeinkleid und hochstehendem Schopf. Ich ging ins Badezimmer und schaute dort aus dem Fenster – von da aus kann man auf das Glasdach blicken –, wobei mir auffiel, dass die Taube einen grünen Ring am Bein hatte.

Es war wohl eine Brieftaube, die auf dem Weg zu exotischeren Gefilde hier Rast machte. Ich fand das reizend und fotografierte sie (mit dem Handy!). Dann schickte ich das Foto an Gene und hoffte, er würde es witzig finden.

Später
Bin jetzt etwas beunruhigt, weil die Taube noch immer da ist und sehr ängstlich und verwirrt wirkt. Sie hockt immer noch auf dem Glasdach, und ich frage mich, ob sie wohl Hunger hat.

3. April

Taube ist nach wie vor da, was mich furchtbar beunruhigt. Habe nun wahrlich genug zu tun mit Packen und Besorgungen für Indien und will mich nicht auch noch um einen Vogel kümmern müssen. Aber ich eilte zur Tierhandlung, wo ich wieder den Blick von den furchtbaren Käfigen abwenden musste, und kaufte Mais, der wohl die Leibspeise von Tauben ist (hatte ich gegoogelt). Ich fragte den Besitzer des Ladens, ob er eine Rassetaube haben wolle (wie sich herausstellte, war meine Einordnung sogar zutreffend), aber er lehnte ab. Er habe schon zu viele Tauben, sagte er, und sie waren zurzeit sowieso nicht sehr gefragt.

Habe Mais und Wasser aufs Fensterbrett gestellt. Als ich später wieder nachschaute, war alles verputzt, und die Taube hockte unweit davon auf einer Dachrinne. Sie sah sehr satt, aber auch sehr traurig aus.

Später
Habe den Tierschutzverein angerufen, aber da zeigte man null Interesse an meiner Taube. Danach probierte ich es bei einem »Verein der Vogelfreunde«. Eine krächzende Stimme meldete sich, von der ich mir nicht sicher war, ob sie zu einem Mann, einer Frau oder einem sprechenden Vogel gehörte.

Die Stimme erklärte mir, dass meine Taube vermutlich von einem Züchter ausgesetzt worden sei. Wenn Vögel nicht den Anforderungen entsprechen, werden sie wohl häufig von Züchtern einfach ausgewildert, in der Annahme, dass die Tiere für sich selbst sorgen könnten. Was die meisten nicht schafften, weshalb sie dann stürben, erfuhr ich von der Stimme. Ich sollte am besten einfach abwarten, ob die Taube irgendwann wegfliegen würde, um Nahrung zu suchen.

»Aber ich habe sie schon gefüttert«, sagte ich.

Am anderen Ende war ein keckerndes Lachen zu hören.

»Tja, ich fürchte, das haben Sie sich selbst zuzuschreiben, gute Frau«, bemerkte die Stimme. »Ihr Täuberich – denn Ihrer Beschreibung nach handelt es sich um ein männliches Exemplar – wird nun erwarten, dass Sie ihn regelmäßig füttern. Sie können entweder Ihr Herz ihm gegenüber verschließen oder ihn als Haustier halten.«

»Aber wenn ich ihn behalte, wird er doch furchtbar einsam sein! Er scheint sich überhaupt nicht mit anderen Vögeln anzufreunden. Er hat keinerlei Freunde.«

»Oh doch«, erwiderte die Stimme, die sich nun trotz Amüsiertheit leicht bedrohlich anhörte. »*Sie* sind sein Freund, meine Beste!«

4. April

Total in Panik, weil wir morgen fliegen. Eigentlich bin ich schon die ganze Woche in dieser Verfassung und frage mich, was um alles in der Welt ich in Indien will. Penny und Marion berichten, ihnen ginge es genauso. Marion meint, sie müsse doch verrückt sein, weil sie mitfliegt, und wie solle Tim denn bloß zurechtkommen, und wir würden alle grässliche Krankheiten kriegen. Die Einzige, die sich uneingeschränkt auf die Reise zu freuen scheint, ist Melanie, aber die möchte natürlich auch ihren Sohn und ihre Enkelkinder sehen.

Gehört das zum Altwerden dazu? Dieses furchtbare Unbehagen, das eigene Heim für längere Zeit zu verlassen, um in Urlaub zu fahren? Wiewohl das ja sowieso Unsinn ist mit dem Urlaub, denn ich stehe gar nicht mehr im Arbeitsleben, auch wenn meine Tage immer voller Termine und Aktivitäten sind.

Später
Den ganzen Tag damit zugebracht, Memozettel für Robin zu schreiben und alles von der Alarmanlage bis zum Täuberich durchzusprechen. Ich habe sogar Terry mit eingespannt, weil er ohnehin Arbeit sucht. Er sagt, er wird den Rasen mähen, die Fenster putzen, die Pflanzen gießen und den Täuberich an den Tagen füttern, an denen Robin es vergisst oder nicht schafft. Außerdem will Terry eine kaputte Lampe und eine gebrochene Geländerstrebe reparieren und andere kleine Arbeiten erledigen, die anstehen. Habe also das Gefühl, dass ich eine gute

Gegenleistung kriege für die Kohle, die ich ihm bezahle. Robin hat Terry in Augenschein genommen und kam glücklicherweise zu dem Schluss, dass er keinerlei Echsenanteile aufweist.

»Ein ehrlicher Bursche, ein Gentleman von Natur aus«, erklärte Robin.

Jack rief an, um sich zu verabschieden, und Gene war auch dran und sagte, er wäre so gern mitgekommen.

»Das hätte ich auch sehr schön gefunden, Schatz«, erwiderte ich. »Aber ich schick dir ganz viele SMS und Bilder, versprochen.«

»Und pass auf, dass du nicht von Tigern gefressen wirst«, bemerkte er. »Oder von Krokodilen.«

Abends traf David ein, der uns morgen mit dem Gepäck und dem Einchecken und allem behilflich sein will, was ich sehr lieb von ihm finde. Wir aßen einen Happen zusammen, und David sagte, ich werde ihm schrecklich fehlen. Ich erwiderte, das ginge mir bestimmt genauso, worauf David sagte: »Was?«

Oje.

Der Rest des Abends verging mit letzten Packaktionen; mir fiel noch ein, dass ich nicht nur Zeichenblöcke, Pinsel und Farben (Gouache und Wasserfarben), sondern auch Pastellkreiden mitnehmen sollte.

5. April

Tippe das hier während des Flugs. Bin völlig fertig, und dabei ist es erst elf Uhr morgens. Wir mussten um halb fünf aufstehen, was sich für mich anfühlt wie mitten in der Nacht. Wenn ich mir überlege, dass ich früher als junger Mensch manchmal mir nichts, dir nichts so lange aufgeblieben bin! Aber morgens um halb fünf habe ich die Welt seit zwanzig Jahren nicht mehr erlebt, und ich kann nur sagen: Es ist nicht schön. Pechschwarz, grausig kalt, unheimlich still. Jedenfalls kam dieser große Kombi angefahren, in dem schon Marion saß – sie hatte ihn bestellt –, und David und ich stiegen ein, mitsamt Melanie. Dann holten wir Penny ab. Wir waren alle völlig übermüdet, und dann behauptete Marion, Pennys Handgepäck sei zu groß, und Penny erwiderte, das habe sie auch auf dem Flug nach Frankreich mitgehabt, und Marion versetzte, Frankreich sei aber nicht Delhi, da gäbe es andere Bestimmungen, und dann glaubte Melanie, sie hätte ihren Reisepass vergessen, was aber dann doch nicht so war. David sagte: »Entspannt euch, Mädels, alles wird gut.« Und ich hätte ihn am liebsten gehauen, weil ich das so herablassend fand. Erschöpft kletterten wir schließlich steifbeinig in Heathrow aus dem Wagen.

Wo David – der als Einziger aus der Gruppe noch richtig gut sehen kann – uns zum Glück sofort zum richtigen Flugschalter dirigierte. Dort standen wir in einer gigantischen Schlange zwischen indischen Großfamilien, deren Gepäck aus mit Klarsichtfolie verklebten Koffern und Kartons bestand, die mit Schnüren umwickelt und mit dicken Filzern beschriftet worden waren. Schließlich wankten wir in die Abflughalle und ließen David am Check-in zurück.

Einen Moment lang wünschte ich mir, er würde mitkommen, weil er der Einzige zu sein schien, der den Überblick behielt, während mir allmählich angst und bange wurde. Unfassbar, dass ich mich inzwischen vor Auslandsreisen fürchte! Als ich jung war, reiste ich nach China und Südamerika und fuhr sogar allein quer durch die USA. Und nun hockte ich hier mit einem Haufen alter Mädels und schob Panik bei der Vorstellung, so weit von zu Hause weg zu sein. Dann kriegte ich auch noch – was wirklich eher untypisch für mich ist – über einer Riesentasse heißer Schokolade in einem Café den Moralischen. Penny legte mir den Arm um die Schultern und fragte, was denn los sei, und ich konnte ihr einfach nicht erklären, dass ich David, Jack, Gene, Robin und den Täuberich vermisste und überhaupt nicht von zu Hause wegwollte.

Worauf Penny einen steifen Drink empfahl, und nach einem Glas Wein um diese Uhrzeit war mir so schwindlig, dass jegliches Selbstmitleid verflog und ich ziemlich benebelt ins Flugzeug stolperte. Pennys Handgepäck war nicht zu groß, weshalb sie Marion einen triumphierenden Blick zuwarf, den Marion mit Diesmal-bist-du-damit-durchgekommen-aber-warte-mal-ab-bis-zum-Rückflug-Miene erwiderte. Danach machten wir uns bereit für viele Stunden Flug.

Penny, die neben mir saß, bestellte sich Sekt, wohingegen ich mir eine Valium einwarf, was ich für schlau hielt. Beginne die Wirkung schon zu spüren. Habe die Hoffnung, bis Delhi durchzuschlafen.

7. April

Hat geklappt. Kam komplett ausgehungert an, weil ich so ausgeknockt gewesen war, dass ich sämtliche Mahlzeiten versäumt hatte. Konnte mich auch kaum rühren, so steif war ich. Neun Stunden sitzen ist nicht bekömmlich für alte Gelenke.

Heiliger Bimbam – was für ein Land! Wir standen zwar ganz hinten in der Schlange, die das Flugzeug verließ, aber als die Türen aufgingen, trafen mich Hitze, Staub und Gerüche wie ein Schlag ins Gesicht. Der Flughafen selbst ist ein eindrucksvolles hypermodernes Gebäude, aber sobald wir den Zoll passiert hatten, waren wir umgeben von fürchterlichem Tohuwabohu. Geschrei und Geklingel und Getöse, und dürre Inder versuchten unser Gepäck zu packen, zogen uns hierhin und dorthin und schrien dabei: »Taxi! Gutes Hotel? Komm mit mir ... mein Cousin ...«

In der Ecke des Flughafens, am Rande des ganzen Chaos, sah ich eine Inderin mit einem Säugling am Boden hocken und betteln und ertappte mich bei dem Gedanken: »Ob ich das wohl alles ertragen kann?« Doch bevor ich die Frage mit Nein beantworten und kehrtmachen konnte, um den nächsten Flieger nach London zu nehmen, entdeckte Marion Brad und Sharmie, und wir sanken dankbar in deren riesige weiße Limousine mit Chauffeur und wurden davonkutschiert. Als wir vom Flughafengelände fuhren, drängten sich Kinder mit Rotznase und Fliegen an den Augen um die Fenster und deuteten auf ihre Münder, um auf ihren Hunger hinzuweisen, und ich war vollkommen entsetzt über das Elend.

»Das machen sie immer«, erklärte Sharmie munter, als sie meine Miene bemerkte. »So geht es in Indien eben zu. Jedenfalls – wie schön, euch alle zu sehen!«

»Ist das nicht fantastisch«, sagte Brad. »Jetzt sind wir alle wieder zusammen, wie in alten Zeiten! Schade, dass ihr nicht auch noch Pfarrer Emmanuel mitgebracht habt.«

»Aber ich bin froh, dass – wie hieß sie doch gleich – diese Sheila nicht dabei ist«, warf Sharmie ein. »Alice, hast du Marie überhaupt schon ein Begrüßungsküsschen gegeben? Alice freut sich schon seit Wochen darauf, dich wiederzusehen«, fügte Sharmie hinzu.

Ihre Tochter Alice, die inzwischen acht Jahre alt ist, drehte sich auf dem Vordersitz um und warf mir ein schüchternes Lächeln zu. Ich hätte sie nicht mehr wiedererkannt.

»Hallo, Süße, ich hab auch ein Mitbringsel für dich, ich hoffe, es gefällt dir«, sagte ich. »Wie schön, dich wiederzusehen!« Ich drückte ihre Schulter und beugte mich vor, um Alice ein Küsschen auf die Wange zu geben.

Wir setzten Marion, Penny und Melanie bei dem »günstigen Ferienparadies« ab, das Melanie gebucht hatte. Der schmale Weg zum Haus, das hinter dürren Bäumen verborgen war, konnte nicht mit dem Auto befahren werden. Ausgemergelte Hunde streiften herum, von denen einer mit Schwären bedeckt war.

»Ja, Ma'am, viele Hunde in Indien!«, sagte der Chauffeur fröhlich. »Viele Hunde!«

Ich versuchte nicht so genau hinzuschauen, und nachdem Brad die Mädels mit ihrem Gepäck zu dem Haus geleitet und verabredet hatte, dass sie zum gemeinsamen Abendessen zu ihnen kommen würden, stieg er mit finsterer Miene wieder ins Auto. »Hätten sie doch nur mich vor der Buchung gefragt«, sagte Brad, als wir losfuhren. »Diese Unterkunft mag günstig sein, aber hübsch ist sie jedenfalls nicht.«

Bei Brad und Sharmie zu Hause wurden zum Glück sofort Platten mit köstlichen Samosas, Paratha-Fladenbrot, sagenhaft leckeren Chutneys und allerlei wunderbaren Soßen serviert – Kokos, Tamarinde, Mango, Minze –, und ich konnte mir nach vierundzwanzig Stunden Nahrungsmangel nach Lust und Laune den Bauch vollschlagen.

Brad und Sharmie leben in einem kleinen Bungalow in einem Wohnviertel Neu-Delhis. Man merkt, dass es eine gehobene Wohngegend ist, denn die Häuser sind alle von Bäumen umgeben, und das gesamte Viertel erinnert mich an Esher in Surrey, nur die aberwitzige Hitze natürlich nicht.

Dieser Bungalow wurde offenbar von Lutyens entworfen, dem britischen Architekten, der halb Neu-Delhi erbaut hat, und fühlt sich vermutlich deshalb auch so vertraut für mich an. Mein Zimmer ist wunderbar kühl, und ich habe ein Pfostenbett mit Baldachin und Moskitonetz. An den hellgrün gestrichenen Wänden hängen zeitgenössische Kopien von indischen

Miniaturen, überwältigend präzise, gemalt mit Einhaarpinseln. Mein Malerauge ergötzte sich an der fantastischen Präzision. Das Mobiliar ist im Kolonialstil, und durchs Fenster blicke ich auf ein Rasenstück.

Das Bad ist gleich nebenan, und auf der Frisierkommode steht ein Teller mit Ananas- und Mangostücken.

»Dilip ist dein Diener – eigentlich dein Butler«, erklärte Brad, als er mich herumführte, und zeigte auf eine kleine Hütte im Garten, deren Umrisse ich im Licht der Lampen des Eingangstors gerade noch so erkennen konnte. »Da wohnt er mit seinen Eltern, seiner Frau und den drei Kindern.«

»Wie passen die denn da alle rein?«, fragte ich verblüfft.

»Keine Ahnung«, antwortete Brad, ziemlich gleichgültig, wie ich fand. »Er hat jedenfalls riesiges Glück, dass er diese Stelle gefunden hat. Für Amerikaner zu arbeiten ist einer der besten Jobs, die man hier haben kann. Die Kinder bekommen wir nie zu Gesicht.«

Mir traten fast die Augen aus dem Kopf. Nicht äußerlich, weil das Brad sonst aufgefallen wäre, aber innerlich, auch wenn das etwas merkwürdig klingt. Wie konnten sich drei Kinder auf so kleinem Raum aufhalten und nie gesehen werden – außer wenn man sie mit Drogen vollgepumpt und in einen Teppich gerollt hatte?

»Wir müssen keinen Finger rühren«, fuhr Brad fort. »Dilip erledigt alles. Er ist absolut großartig. Seine Mutter übernimmt das Bügeln, und seinen Vater hast du gerade kennengelernt, das ist der Chauffeur. Und natürlich kocht Dilips Frau für uns. Das ist alles bestens geregelt. Bei unserer Ankunft hatten wir festgestellt, dass sie einen Hungerlohn bekamen, und haben den sofort verdoppelt. Jetzt bekommen sie siebenhundert Dollar pro Monat, was in Indien ein Vermögen ist.«

Meine inneren Augen drohten nun bei dieser Äußerung nahezu aus meinem Kopf zu platzen, aber ich mochte mich nicht dazu äußern.

Später wollte ich gerade meine Koffer auspacken, als es dezent an der Zimmertür klopfte. Ich öffnete und erblickte einen Mann, von dem ich – zu Recht – vermutete, dass es sich um Dilip handelte.

»Ich packe für Sie aus, Ma'am«, erklärte er.

»Oh, das ist sehr nett von Ihnen«, erwiderte ich. »Aber das mache ich gern selbst.«

»Nein, nein«, sagte er bestürzt. »Das meine Aufgabe. Ich packe für Sie aus, sehr gutes Auspacken.«

Nachdem es mir gelungen war, ihn wegzuschicken, packte ich meine Kleidung aus, legte sie aufs Bett und nahm das Ölgemälde von der Platane aus dem Koffer, das ich für Brad und Sharmie als Andenken an London gemalt hatte. Das Nagelset für Alice legte ich auch heraus und war gerade im Begriff, meine Kleider in den Schrank zu räumen, als es erneut klopfte. Diesmal stand Sharmie vor der Tür.

»Tut mir furchtbar leid, Marie«, sagte Sharmie, »aber Dilip war gerade bei mir. Er ist völlig außer sich, weil er nicht für dich auspacken darf. Genauer gesagt weint er sogar, weil er glaubt, du würdest ihn für einen Dieb halten, und außerdem will er seine Arbeit erledigen. Würde es dir sehr viel ausmachen, wenn er dir helfen würde? Na ja, damit meine ich ... wenn er es für dich machen dürfte. Hier ist vieles ganz anders, Marie. Bestimmt wolltest du ihn nicht kränken. Ich hätte dir das erklären sollen.«

Natürlich war ich entsetzt und sagte, Dilip solle doch bitte tun, was für ihn richtig war, obwohl ich insgeheim viel lieber im Alleingang eingeräumt hätte. Zum einen, weil ich dann gewusst hätte, wo alles war; zum anderen, weil meine Sachen teilweise ziemlich räudig sind, wie Gene sagen würde. Ich habe zum

Beispiel einen besonders schönen alten Seidenrock mit einem hässlich geflickten Riss, der aber niemandem auffällt, weil ich immer eine Bluse drüber trage. Aber selbstverständlich wollte ich Dilip unter keinen Umständen brüskieren.

Ich fragte Sharmie, ob ich vorher noch rasch duschen könne, und als ich sauber und in frischen Kleidern aus dem Zimmer kam und mich wie neugeboren fühlte, sah ich zu meinem Entsetzen, dass Dilip die ganze Zeit vor der Tür auf mich gewartet hatte.

»Oh, das tut mir leid!«, rief ich erschrocken aus. In den Händen hielt ich das Nagelset und das Bild. »Ich wollte Sie nicht warten lassen! Es ist furchtbar nett von Ihnen, dass Sie meine Sachen einräumen wollen. Ich hoffe, Sie fanden mich nicht schrecklich unhöflich!« Worauf Dilip mir die beiden Dinge aus der Hand nahm und darauf bestand, sie für mich zur Veranda zu tragen, wo ich mich zu Brad und Sharmie setzte und einen erfrischenden, eiskalten Drink mit Minze und weitere pikant gewürzte Köstlichkeiten serviert bekam.

»Gott, man fühlt sich aber wirklich hilflos, oder?«, sagte ich, nachdem Dilip die Geschenke neben mir abgelegt und sich zurückgezogen hatte. »Ist das für euch nicht sonderbar, die ganze Zeit von vorn bis hinten bedient zu werden?«

»Ach, man gewöhnt sich schnell dran«, antwortete Sharmie munter.

»Wenn wir wieder zu Hause sind, kann sie wahrscheinlich nicht mal mehr das Bett machen«, bemerkte Brad.

»Bett machen?«, wiederholte Sharmie und verdrehte die Augen. »Ich kann mir ja nicht mal mehr selbst die Haare waschen! Wie macht man ein Bett?«

Und wir lachten alle, aber mir war dabei sehr unbehaglich zumute.

Später

Das Bild war ein voller Erfolg, und Alice freute sich riesig über das Nagelset. Ich sagte, hoffentlich würde Dilip ihr erlauben, dass sie sich selbst die Nägel lackierte, und Alice erwiderte: »Na klar.« Aber ich hatte den Eindruck, dass sie es nicht so selbstverständlich fand wie ihre Eltern, ständig bedient zu werden.

Die Mädels – wie die anderen hartnäckig von Brad und Sharmie genannt wurden – trafen erheblich später ein, weil es wohl extrem schwierig gewesen war, von ihrer Unterkunft aus ein Taxi zu kriegen. Und als sie hereinkamen, sah ich auf den ersten Blick, dass alle drei sehr bedrückt wirkten. Im »günstigen Ferienparadies« schien es keine Dilips zu geben.

Penny stürzte sich begierig auf einen Drink und kippte ihn herunter. Und nach ein bisschen Smalltalk mit den Amerikanern kam alles heraus.

»Es ist absolut grauenhaft«, berichtete Penny. »Die Betten bestehen aus einer Schicht altem Schaumstoff auf Holzbrettern. Keine Ahnung, wie ich da ein Auge zutun soll. Und auf dem Klo hab ich eine Kakerlake gesehen ...«

»Klo!«, warf Marion ein. »Das kann man ja wohl kaum so nennen! Das Wasser aus dem Hahn ist übrigens braun ...«

»Und es hieß, es sollte Badezimmer geben, aber das sind einfach Zimmer mit einem Plastikstuhl, einem Wasserhahn und einem Krug, und man soll kaltes Wasser über sich gießen, um sich zu waschen!«

»Und es gibt nur eine einzige Lampe!«

»Auf dem Dach hört man Ratten rumrennen!«

»Im Klo hab ich einen elektrischen Schlag gekriegt, als ich die Wand berührt habe!«

»Und es gibt keine Klimaanlage, nur solche Deckenventilatoren, die überhaupt nichts bewirken!«

»Und der Besitzer – wisst ihr, wobei wir den ertappt haben?«, sagte Penny, den Tränen nah. »Er läuft mit einem Besen durch die Gegend und schlägt Kakerlaken tot! Mit schrecklichem Knirschen!«

»Zu mir hat er mit anzüglichem Grinsen gesagt, heute Nacht werde er mir das Paradies zeigen«, berichtete Marion mit vor Angst weit aufgerissenen Augen. »Und irgendwie glaube ich nicht, dass er damit die Aussicht meint.«

»Es ist sehr authentisch«, warf Melanie ein. »Ich meine, kommt schon, wir sind in Indien! Da könnt ihr nicht das Hilton erwarten!«

Brad wurde sofort aktiv.

»Nein, das Hilton nicht, aber das geht auf gar keinen Fall!«, verkündete er und stand auf. »Ich besorge euch etwas anderes, hier in der Nähe. Dilip!«, rief er. »Dein Vater möchte bitte das Gepäck dieser Damen aus dieser Unterkunft holen, in der sie abgestiegen sind – er weiß, wo es ist –, und sie selbst zu Amitsa fahren, der kann sie bestimmt noch unterbringen. Überprüfst du bitte, ob er Zimmer frei hat?«

»Mein Vater gleich zur Stelle. Schläft gerade, aber ich wecke ihn«, antwortete Dilip, der herbeigelaufen war. »Hat schon gesagt, dass schrecklich schlechte Unterkunft. Nicht sauber. Schmutzige Menschen. Aus Dschungel.«

»Gut, dann sobald er kann«, sagte Brad.

Und so wurde Dilips armer Vater aus dem Schlaf gerissen – um neun Uhr abends, vermutlich völlig erschöpft von einem langen Arbeitstag – und fuhr wieder los. Tat mir leid, der arme Mann.

Dilip erschien aufs Neue, diesmal mit Moskitospray und Kerzen. Etwas später begaben wir uns ins Esszimmer, wo wir von Dilips Frau ein fantastisches Abendessen serviert bekamen. Sie blieb die ganze Zeit stumm und schien wie auf Rädern hereinund wieder hinauszugleiten. Gegen halb elf kehrte Dilips Vater mit dem Gepäck zurück und brachte die Mädels zu einer besseren Bleibe in derselben Straße. Inzwischen veranstalteten die Zikaden einen Höllenlärm, die Baumfrösche quakten wie wild, und an die tausend Hunde schienen in der Gegend zu bellen und zu jaulen.

»Viele Hunde«, sagte Dilips Vater, sah mich an und lächelte milde. »In Indien viele Hunde.«

Vielleicht ist das der einzige Satz, den er in unserer Sprache beherrscht.

8. April

Aufgewacht zu wunderbarem Gezwitscher tropischer Vögel und Geschnatter von Affen. Stellte dann aber etwas peinlich berührt fest, dass meine gesamten Kleider akkurat gebügelt und zusammengelegt in ordentlichen Stapeln in den Schubladen verstaut worden waren. War ein seltsames Gefühl – das noch seltsamer wurde, als ich merkte, dass der Seidenrock spurlos verschwunden war, den ich an diesem Tag hatte anziehen wollen. Aber ich kann natürlich nichts sagen, sonst denkt Dilip, ich hielte ihn für einen Dieb. Bestimmt hat er den Rock für einen alten Lumpen gehalten und weggeworfen.

Da Brad und Sharmie an diesem Tag für uns eine Tour durch Delhi organisiert hatten, wartete Dilips Vater schon, um mich einzuladen und dann die Mädels abzuholen.

»Ihr solltet aber auf gar keinen Fall irgendwas an den Straßenbuden essen!«, sagte Sharmie warnend zum Abschied. »Davon kriegt man die Ruhr. Es ist das Risiko wirklich nicht wert. Ich hab das einmal gemacht und lag hinterher drei Wochen lang flach.«

Die von Lutyens erbauten Regierungsgebäude in Neu-Delhi sind natürlich prachtvoll, und Connaught Place erinnerte mich trotz Kolonialstil und halbmondförmigen Straßen an Regent's Park. In irritierendem Kontrast dazu stehen die Billigläden in den Arkaden darunter, wo Elektrogeräte und Gewürze verkauft werden, aber es hat auch ein romantisches und dekadentes Flair.

Die Straßen sind unfassbar überfüllt. Es scheint keinerlei Verkehrsregeln zu geben, und die Autos streifen sich ständig. Ich war eigentlich die ganze Zeit in Dauerpanik, vor allem, weil Dilips Vater sich weder um Fußgänger noch um andere Fahrzeuge zu scheren schien.

»Leute sehr schlecht Auto fahren in Delhi«, erklärte er. »Viele Tote.«

»Also, wir hätten nichts dagegen, wenn Sie etwas langsamer fahren würden«, sagte Marion nervös vom Rücksitz. »Wir kommen aus England, wissen Sie.«

Ich hatte den Eindruck, dass Dilips Vater keinerlei Wert auf Anweisungen von Frauen legte, denn er raste jetzt noch schneller. »In Indien wir fahren anders, Ma'am«, kommentierte er. »Schnell fahren gut fahren. Langsam fahren schlecht fahren. Viele Tote.«

Danach kapitulierten wir.

Als Nächstes schleifte uns Dilips Vater um den großen Birla-Tempel herum, wo wir mit Ringelblumenkränzen behängt wurden – und in die Bredouille gerieten, weil man offenbar eine stattliche Bezahlung dafür erwartete, wir aber keine Ahnung hatten, was angemessen war. Schließlich überredeten wir unseren Chauffeur, uns zum Chandni Chowk zu bringen, dem größten Markt von Delhi. Nach einer zähen Debatte willigte Dilips Vater ein, uns allein losziehen zu lassen. Er wiederholte zwar hartnäckig, dass der Dilli Haat uns viel besser gefallen würde, aber Melanie meinte, der sei schauderhaft touristisch, da bekäme man nur Designerläden und McDonald's zu sehen, der Chandni Chowk sei viel authentischer, und so hörten wir auf sie. Dilips Vater, sichtlich gestresst, bestand auf einer festen Abholzeit, und dann stürzten wir uns endlich ins Getümmel der Straßen, bei infernalischer Hitze.

»Es muss doch über vierzig Grad sein«, ächzte Marion. »Warum um alles in der Welt sind wir um diese Jahreszeit hierhergereist?«

»Na, das ist typisch indisch«, bemerkte Melanie. Das schien jetzt ihr Standardspruch zu sein.

»Wahrscheinlich folgt uns Dilips Vater«, mutmaßte Marion, »so wie wir das bei unseren Kindern gemacht haben, als sie die ersten Wochen allein zur Schule gingen.«

Melanie studierte den Stadtplan. Was ein folgenschwerer Fehler war, denn im nächsten Moment waren wir umringt von Leuten, die an unserer Kleidung zerrten, uns zu Teppichhändlern schleppen wollten oder kleine Statuen des Elefantengotts hochhielten und dazu riefen »Schön? Kaufen? Sehr billig. Arsenal-Fan? Oder Chelsea?«, gefolgt von verballhornten Fangesängen. Sie schienen nicht ganz im Bilde zu sein, dass Fußball eher von Männern als von älteren englischen Damen geschätzt wird. Melanie rief unentwegt etwas wie »Ham paise nahin hai hi«, was angeblich »Wir haben kein Geld« heißen sollte, aber nicht das Geringste an der Lage änderte.

Nach einer Weile hatten wir den Dreh raus, wie wir die Schlepper abschütteln konnten, und kamen dazu, in Ruhe Silberschmuck, Gewürzstände, Stoffe und Kleider zu bewundern. Irgendwann kamen wir zu einem besonders schönen Tempel, den ich unbedingt von innen besichtigen wollte. Die anderen waren auch bereit dazu, und wir stiegen die Stufen hinauf, wurden aber dann unversehens in eine lange Schlange singender Männer und in Saris gekleideter Frauen gezogen. Als wir flüchten wollten, hielt uns eine lächelnde Frau fest, und so hüpften wir schließlich mit.

»Ist das nicht toll!«, rief die munter tänzelnde Melanie. »Typisch indisch!«

»Ich hoffe nur, dass wir jetzt nicht irgendein Initiationsritual durchlaufen müssen und danach Nonnen sind und auf Nimmerwiedersehen verschwinden«, bemerkte ich.

Marion wirkte daraufhin stark beunruhigt, aber es gab kein Entkommen, und zur Musik von Tablas und Flöten tanzten wir immer weiter durch Räume mit Säulen und goldenen Schreinen, bis die Schlange schließlich zum Halten kam und alle mit den Händen eine Schale formten und sie ausstreckten. Als wir das nicht taten, wurden wir von der lächelnden Frau angewiesen, wie wir das zu tun hatten. Und ehe wir's uns versahen, hatte uns ein Mönch eine Kelle eklig aussehender Linsen in die Hände geschüttet.

»Essen, essen!«, sagte die lächelnde Frau, aber ich tat das natürlich nicht, weil ich Sharmies Warnung noch im Ohr hatte. Die anderen unterließen es auch, und so hüpften wir mit dem Linsenpamps in den Händen hinaus, bis wir wieder auf der Straße waren.

»Was sollen wir jetzt nur machen?«, fragte Penny kläglich.

»Wir müssen das wegwerfen«, erklärte Marion und schüttete ihre Linsen in den Rinnstein.

»Ach, seid doch nicht albern!«, sagte Melanie. »Ihr wisst doch: wenn man in Rom ist ...« Und sie verleibte sich schlürfend die Linsen ein. Penny und ich warfen sie weg, aber der graue Schleim haftete an unseren Händen. Zum Glück entdeckten wir ein paar Schritte weiter an einer Wand einen Wasserhahn und konnten uns waschen.

»Aber jetzt die Hände bloß nicht mit dem Mund in Berührung bringen«, sagte Marion ängstlich. »Das Wasser ist bestimmt voller Ruhrkeime.«

Hinterher fühlten wir uns alle irgendwie blöde und waren

froh, wieder ins Auto steigen zu können, wo wir weiter an unseren Händen herumwischten und dämlich kicherten, bis wir völlig erschöpft unsere Unterkünfte erreichten.

Später
Schämte mich in Grund und Boden, als ich vorm Zubettgehen in den Schrank schaute und sah, dass der Seidenrock wieder da war, und zwar ohne die geringste Spur von dem Riss. Jemand – und ich hoffte nur, dass es kein armes Kind gewesen war, das sich dabei die Augen verdorben hatte – hatte ihn so wundersam geflickt, dass die Naht komplett unsichtbar war.

Später
Die Mädels kamen zum Abendessen. Es gab wieder köstliche Currys und Soßen, unterschiedliche Reisarten und danach allerlei indisches Naschwerk. All das war offenbar von Dilips Frau zubereitet worden; sie schuftete wohl von morgens bis abends in der Küche. Was würde ich darum geben, auch so jemanden zu haben, der das ganze Haus mit den aromatischen Düften von Kumin, in Ghee gerösteten schwarzen Senfsamen, Kardamom und dem anregenden Geruch von frisch gehacktem Koriander füllt! Wir tranken alle Lassi, ein herrliches kühles Yoghurtgetränk, bis auf Brad und Penny, die sich für mein Empfinden das kühle Bier viel zu zügig hinter die Binde kippte.

Danach verschwanden die Mädels, und ich saß mit Sharmie auf der Veranda unter dem Sternenhimmel. Als eine Gesprächspause eintrat, fürchtete ich, wegen der Mischung aus immer noch vorhandenem Jetlag, zu viel Essen und beruhigendem Minztee einfach einzudösen. Doch Sharmie riss mich aus meinem Dämmerzustand, indem sie sagte: »Ich müsste etwas zur Sprache bringen, Marie. Hoffentlich nimmst du es mir nicht übel.«

Ich schreckte auf wie ein Kind, das was ausgefressen hat. »Was denn?«, fragte ich hastig. Ach herrje, hoffentlich hatte ich nicht ein weiteres Mitglied von Dilips Familie beleidigt. Dabei war ich den ganzen Tag lang besonders achtsam gewesen.

»Deine Penny – ist alles okay bei ihr?«

»Ja, warum?«

»Nun, ämm«, antwortete Sharmie zögernd, »versteh mich bitte nicht falsch – aber es kommt mir vor, als … nun ja, als tränke sie deutlich mehr Alkohol als früher, oder? Oder ist sie nur nervös wegen dieses Urlaubs? Sei mir bitte nicht böse, dass ich das sage.«

Böse? Ich war enorm froh, dass es jemandem außer mir aufgefallen war.

»Nein, bin ich nicht, du hast vollkommen recht«, sagte ich seufzend. »Ich beobachte das schon länger. Und ich muss jetzt endlich mal mit ihr darüber reden. Danke, dass du mir das bewusst gemacht hast, das ist mir eine große Hilfe. So konnte ich merken, dass nicht nur ich mir Sorgen mache. Muss das unbedingt ansprechen. Ich nehm es in Angriff, das versprech ich dir.«

9. April

Heute früh wieder aus einem grauenhaften Albtraum aufgewacht. Ich schreibe »wieder«, weil das zum Dauerzustand zu werden scheint. Habe geträumt, dass ich bei meiner Rückkehr nach Hause einen Umzugswagen vorfand, in den eine finster wirkende Bande meine sämtlichen Möbel und Bilder einlud. Als ich sagte, das ginge ja wohl nicht, lachten die Typen und fuhren davon. Danach stellte ich fest, dass gut die Hälfte meiner Sachen verschwunden war. Zum Glück wenigstens nicht alles, aber als ich mich umsah, entdeckte ich einen Zettel auf dem Küchentisch, mit der Nachricht, sie würden den Rest am nächsten Tag abholen. Wachte völlig verängstigt auf und fühlte mich schrecklich hilflos.

Besonders früh aufgestanden, weil wir schon im Morgengrauen nach Agra fahren wollten, um das Taj Mahal zu besichtigen. Unterwegs sahen wir am Straßenrand einige vollkommen demolierte Autos, und Dilips Vater berichtete, am Vorabend seien fünf Menschen bei einem Auffahrunfall ums Leben gekommen. Marion hielt sich die Augen zu, aber ich hatte die Wracks und die getrockneten Blutlachen auf dem Asphalt schon bemerkt, an denen ein Straßenköter herumleckte.

Melanie ließ sich prompt darüber aus, dass Indern der Tod gleichgültig sei, weil sie aufgrund ihrer Religion eine ganz andere Einstellung dazu hätten. Was mich furchtbar aufregte, und ich erwiderte, einen geliebten Menschen zu verlieren sei ja wohl für jeden schlimm, ob man nun Hindu, Muslim oder Christ sei. Worauf sie ziemlich überheblich erwiderte, man könne westliche Denkweisen nicht auf Indien übertragen. Nachdem wir zwanzig Minuten herumdebattiert hatten, ich immer mehr in Rage geriet und Melanie entgegnete, ich sei eine typische engstirnige Europäerin, wurde mir klar, dass wir diesen Streit tagtäglich haben würden, wenn ich nicht den Mund hielt. Was ich dann auch tat, aber innerlich schäumend vor Wut.

Zum Glück kann ich mich wenigstens bei David aussprechen, der mir dauernd SMS und E-Mails schickt und schreibt, er könne es kaum erwarten, dass ich zurückkäme. Er hat volles Verständnis dafür, wie bedrückend ich die Zustände hier finde, und denkt wie ich auch, dass man nicht einfach behaupten kann, Menschen, die in Ölfässern am Straßenrand leben, seien glücklich. Dass ich so reagieren würde, habe er befürchtet, schrieb er, und habe deshalb auch seine Zweifel an dieser Reise gehabt.

Wäre er doch nur hier! Er würde mir garantiert beipflichten. Penny und Marion sind schon einfühlsam und meiner Meinung, aber Melanie ergötzt sich regelrecht an all der Armut und findet alles malerisch. Als sei Indien lediglich ein Filmset und die Leute würden nach unserer Abreise in ihre komfortablen Häuser mit fließend Wasser und guten Betten zurückkehren und eine üppige Mahlzeit zu sich nehmen.

Apropos Filmset – was den Taj Mahal anging, hatte ich mich innerlich bereits darauf vorbereitet, enttäuscht zu sein. Ich hätte es nämlich nicht ertragen, mich auf etwas zu freuen, das von manchen Menschen als neues Weltwunder betrachtet wird, und es dann gar nicht eindrucksvoll zu finden. Doch als wir aus dem Auto stiegen und ich die in der Sonne schimmernden weißen Minarette sah, stockte mir der Atem. Dieses Wasserbecken, die perfekte Symmetrie der Säulen um das Grabmal, der leuchtend weiße Marmor vor dem blauen Himmel – mein Herz tat einen Sprung bei diesem Anblick, und das, obwohl wir uns durch Scharen von Schleppern kämpfen mussten, um überhaupt erst mal auf das Gelände zu gelangen. Doch dieses Bauwerk strahlte einen solchen Frieden aus, dass mir Tränen in die Augen stiegen. Es ist ein überwältigendes architektonisches Juwel, das mich davon überzeugte, dass es den Goldenen Schnitt wirklich gibt, eine überragende ästhetische Qualität.

Als Melanie schrie, ich solle kommen und mir die Fische anschauen, und über die Geschichte des Taj Mahal zu labern begann, hätte ich sie am liebsten ins Wasserbecken geschubst. Ich musste dringend auf Abstand gehen und entfernte mich von ihr, um mit meinen Gefühlen allein zu sein, während ich wie gebannt auf dieses bezaubernde Bauwerk starrte.

Es war betörend schön.

10. April

Während Penny, Marion und Melanie zu irgendeinem Ritual außerhalb von Delhi unterwegs waren, bei dem auch Hühner geopfert wurden (schönen Dank auch!), und sich danach Sharmies Waisenhaus ansehen wollten, nahm ich meinen ganzen Mut zusammen und machte mich mit meinen Malsachen (und, muss ich gestehen, auch mit meiner Kamera) auf Baumsuche.

Dilips Vater erhielt Anweisung, mich zu verschiedenen Stellen zu chauffieren und im Auto auf mich zu warten, während ich Skizzen machte und malte. Er fuhr wieder wie der Henker, sodass Hunde, Hühner und Kinder panisch in alle Richtungen stoben, und nachdem wir eine staubige Straße entlanggerast waren, landeten wir in einem tristen Dorf am Stadtrand von Delhi. Mit klopfendem Herzen stieg ich aus und stellte meine Staffelei vor einem Banyanbaum in der Mitte des Dorfplatzes auf. Der Baum war ein fantastisches knorriges Wesen mit gewaltigen Wurzeln, das mich an die Märchenbilder von Arthur Rackham erinnerte. Ich hatte mich gerade erst niedergelassen, als wohl sämtliche Dorfbewohner angelaufen kamen, um mir beim Malen zuzuschauen. Und damit nicht genug, kletterten auch noch einige Jungen auf den Baum und warfen sich in Pose, und ich fürchtete, dass sie herunterfallen würden.

Die ganze Zeit, während ich Skizzen machte, war ich umringt von Leuten, die auf meinen Block zeigten, lächelten, meine Haare berührten und herumzappelten, und obwohl alle freundlich wirkten, war ich doch einigermaßen überfordert. Außerdem machte es mich verlegen, dass schon der geringste Strich auf dem Papier mit bestürzten oder begeisterten Ausrufen kommentiert wurde. Außerdem war es so furchtbar heiß, dass ich mir ständig das Handgelenk abtupfen musste, damit kein Schweiß aufs Papier tropfte. Nach etwa einer Stunde reichte es mir erst mal, und ich zog mich ins angenehm kühle Auto zurück. Doch kaum wollte ich meine Arbeit fortsetzen, bildete sich eine endlose Schlange von Dorfbewohnern, die mir mit Gesten und Zeichen bedeuteten, dass ich ein Porträt von ihnen malen solle. Weil mir die Leute leidtaten, versuchte ich am Ende meiner Sitzung, von einigen ein Gruppenbild zu malen, was mit Entzückensschreien und Gelächter quittiert wurde.

Bevor ich aufbrach, bat ich darum, fotografieren zu dürfen, weil viele von den Mädchen und Frauen so hübsch gekleidet waren. Und war ziemlich verdattert, als dann einige Leute Smartphones zutage förderten und mich auch fotografieren wollten! Mit meinen schwarzen Strumpfhosen (die ich immer trage, so heiß es auch sein mag!) und meinem alten Vivienne-Westwoood-Rock war ich in diesem Dorf wohl ein eher bizarrer Anblick.

Dilips Vater war entsetzt, dass ich mich mit den Leuten abgab, und sagte, das sei »dreckiges Dorfvolk«.

»Dschungelvolk«, fügte er angewidert hinzu, als wir losfuhren.

Es liegt natürlich nahe, seine Haltung zu verdammen. Aber vielleicht können es sich nur wohlhabendere Menschen wie wir aus westlichen Ländern – die wir weit entfernt sind von dem sogenannten »dreckigen Dorfvolk« – geistig erlauben, diese Menschen als uns gleichgestellt zu sehen.

11. April

Ungeschoren davongekommen! Während ich mit Bäumemalen beschäftigt war, hatten Penny, Marion und Melanie Sharmies Waisenhaus – ich nenne es deshalb so, weil sie sich dafür engagiert – am Stadtrand besichtigt. Die Mädels waren vollkommen erschüttert über das, was sie dort erlebt hatten, und Marion war in Tränen aufgelöst.

Ich glaube, ich möchte gar nicht aufschreiben, was sie mir alles erzählt haben. Da ich von der Sorte bin, die am liebsten in ein fremdes Haus einbrechen würde, um eine welkende Pflanze auf der Fensterbank zu gießen, hätte ich in dem Waisenhaus wahrscheinlich einen Nervenzusammenbruch bekommen. Es war schon schlimm genug, die Fotos anzuschauen. Alles war schrecklich schmutzig, und einige Kinder waren an Wände gekettet. Endlose Reihen ausgesetzter Babys in Gitterbetten, und kaum jemand hat Zeit, sich um die Kinder zu kümmern. Als die Mädels aufbrachen, klammerten sich drei Kinder an ihnen fest und baten flehentlich, mitgenommen zu werden.

Sharmie versucht, Mittel für Verbesserungen aufzutreiben, aber es ist schwierig, weil die Betreiber des Waisenhauses offenbar ziemlich abgestumpft sind. Wenn man Spielsachen mitbringt, werden die oft in Schränke gesteckt. Sharmie bemüht sich, möglichst viele der Kinder in Pflegefamilien unterzubringen, und ist schon recht erfolgreich dabei. Sie hat auch durchgesetzt, dass Kinder nicht aufgenommen werden, bevor nicht alles versucht wurde, um sie bei ihrer Verwandtschaft unterzubringen. Deshalb hat sich die Zahl der Kinder bereits verringert, und Sharmies Ziel ist, dass die Institution komplett geschlossen werden kann. Das Problem liegt allerdings darin, dass dann die Angestellten ihren Job einbüßen, weshalb Sharmie sie entschädigen muss. Doch wenn es ihr gelänge, höhere Spenden einzutreiben, glaubt sie, das Waisenhaus in etwa zwei Jahren in eine Agentur umwandeln zu können, die unerwünschte Kinder an Familien vermittelt. Die »höheren Spenden« sind allerdings die Hürde.

»Wir müssen unbedingt etwas unternehmen«, erklärte Marion, deren gewohnte Heiterkeit kompletter Verstörtheit gewichen war. »Ich möchte so rasch wie möglich nach Hause zurück und aktiv werden – Spenden eintreiben, Sachen verkaufen und so fort. Tim und ich werden unser Bestes tun, das verspreche ich dir, Sharmie.«

»Vielleicht könntest du auch meine Baumbilder verkaufen und den Erlös dafür benutzen«, sagte ich. »Ich weiß, dass ihr sie eigentlich für euch wolltet, aber ihr habt ja schon eine ganze Menge.«

»Du könntest doch einen Kalender damit machen, den wir in England verkaufen«, schlug Penny vor. »Dann kann Sharmie die Bilder behalten, wir nehmen aber dennoch Geld damit ein.«

Wir saßen auf der Veranda unter der hübschen rotblauen Markise, und ich dachte, dass wir mit diesem Projekt unserem Aufenthalt in Indien zumindest einen Sinn verleihen konnten. Wir stießen mit Lassis an – wobei Penny bald zu Bier überging – und beschlossen, eine große Spendenaktion zu starten, sobald wir wieder zu Hause waren.

Später
SMS von Terry. Er schrieb, der Täuberich sei wohlauf, aber immer noch auf dem Küchendach, und er selbst habe die Schranktür in der Küche repariert, die ständig klemmte. Die Alarmanlage sei nur einmal losgegangen, und er habe jetzt die Schwachstelle entdeckt.

Große Erleichterung!

12. April

Male fleißig weiter Bäume, was großartig ist und viel Spaß macht. Einziges Problem: bin übersät von Moskitostichen. Nützt auch nichts, wenn ich mich von oben bis unten mit Mückenmittel einsprühe. Einmal kam auch Alice mit, und sie kann recht hübsch malen, bekam es aber mit der Angst zu tun, als sich die Dorfbewohner um uns scharten. Da verzog sie sich sofort ins Auto und überließ mich meinem Schicksal. Kann es ihr nicht verdenken, die Kleine ist ja erst acht. Und vermutlich haben ihre überfürsorglichen amerikanischen Eltern sie nicht mutiger gemacht.

Gestern kam Melanies Sohn, um sie mitzunehmen nach Kerala, und Melanie wollte ihn uns natürlich vorstellen. Hatte einen neurotischen Spinner erwartet – konnte mir nicht vorstellen, dass man mit Melanie als Mutter auch nur halbwegs normal sein kann –, aber der Bursche wirkte entspannt und angenehm. Er betreibt irgendein Callcenter und schult Inder so, dass sie Anrufe aus London annehmen und den Leuten dabei den Eindruck vermitteln können, sie hätten in London und nicht in einer fast siebentausend Kilometer entfernten Stadt angerufen. Er weist die Mitarbeiter sogar an zu sagen: »Und was für ein Wetter!« Das beruhigt die Leute am anderen Ende immer, wie das Wetter auch gerade sein mag.

Marion ist nach London zurückgeflogen, weil sie Tim nicht länger alleinlassen wollte. Da sie ein sehr sensibler Mensch ist, verstehe ich, dass sie von Indien überfordert war. Wir mussten ihr gut zureden, damit sie nicht Tausende von Pfund ausgab, um einen Straßenköter mitzunehmen, der sich an ihre Fersen geheftet hatte. Die Tierarzt- und Quarantänerechnungen wären astronomisch ausgefallen. Sharmie und Brad versprachen, sich des Tiers anzunehmen; ich bin mir aber, um ehrlich zu sein, nicht sicher, ob sie das tatsächlich tun werden.

Von unserer Mädelstruppe sind jetzt also nur noch Penny und ich übrig, und wir brechen heute Abend – allein! – nach Goa auf.

15. April, nachts

Fiel mir furchtbar schwer, mich von Brad und Sharmie zu verabschieden. Sie haben sich so lieb um uns gekümmert, und wir sind dermaßen von der Außenwelt abgeschirmt worden, dass es beängstigend ist, jetzt auf sich selbst gestellt zu sein. Sogar Dilip und seine Familie sind uns ans Herz gewachsen – einmal war es mir sogar mit Zeichensprache gelungen, mich mit seiner Frau zu unterhalten –, und ich gab ihnen ein riesengroßes Trinkgeld zum Abschied.

»Kommt uns mal wieder besuchen, solange wir noch hier sind«, sagte Brad. »Es war wunderbar, euch bei uns zu haben!«

»Und wenn ihr mal in England seid, müsst ihr bei mir wohnen«, erwiderte ich. »Ich krieg euch bestimmt alle unter.«

Sharmie und ich wurden etwas tränenselig, als wir uns verabschiedeten, und Alice zeigte mir ihre Nägel – auf jedem einzelnen glitzerte ein anderes Muster. Mir fiel ein, wie sie sich früher als Prinzessin verkleidet hatte, und ich freute mich, dass sie noch Spaß hatte an ihrer verspielten Mädchenhaftigkeit.

»Oh Mann«, sagte Penny, als wir uns am Flughafen von Dilips Vater verabschiedeten. »Ich hoffe, wir machen das richtig.«

Im Flieger nach Goa stellten wir dann im Gespräch beide fest, dass wir genug hatten von Indien. Wir waren zwar erst seit zehn Tagen hier, aber die waren emotional so fordernd gewesen, dass ich das Gefühl hatte, nicht mehr verkraften zu können. Ganz ehrlich: In Indien zu sein kam mir vor, als brächen jede Minute Schlagzeilen vom »Hetzkurier« über mich herein. Es gibt so viel Elend und Grauenhaftes hier, dass ich mich ständig schuldig fühle, weil ich in London so komfortabel leben kann. Melanie behauptet natürlich, so sei das Leben hier, und die Inder seien an Armut und Krankheiten gewöhnt und gingen wunderbar gelassen damit um, aber Penny und ich finden, sie lebt im Wolkenkuckucksheim. Wer möchte denn schon ein Leben in Armut führen, wenn man in Fernsehen und Internet ständig den Überfluss der westlichen Welt vor Augen hat? Zumindest scheinen viele mit einem Smartphone ausgestattet zu sein. Bin mir allerdings nicht sicher, ob das irgendwas verbessert.

Man hat uns versichert, Goa mit seinen goldenen Sandstränden sei friedlich und erholsam und gar nicht typisch indisch. Aber nun ja, es *ist* in Indien, wie soll es da also nicht indisch sein?

19. April

Goa ist in der Tat nicht typisch indisch, sondern russisch! Sind jetzt in Mandrem, einem sonderbaren Hippie-Ferienort. Alle Schilder hier sind auf Russisch, und es wimmelt von Oligarchen und deren hübschen Töchtern. Die vielleicht aber auch Geliebte oder Prostituierte sind. Wir können das nicht erkennen.

Es gibt nicht so viele Bettler hier, was eine Erleichterung ist. Die Straßen sind schrecklich schmutzig und voller Müll, die Strände allerdings tatsächlich wunderschön.

Wir wohnen in einer Holzhütte am Strand, die zu einem gehobenen Hotel gehört. Jeden Morgen frühstücken wir mit anderen Gästen unter freiem Himmel, und es gibt köstliche Papayas, Mangos, Kiwis sowie herrliche Obstgetränke und sogar sehr guten Kaffee. Einige Gäste sind reiche Hippies aus aller Welt – Australien, USA, Niederlande –, die restlichen sind die reichen Russen. Alles ausgesprochen merkwürdig.

Nachdem wir einen Tag am Strand gefaulenzt hatten, beschlossen wir, uns auf die Suche nach Sandra zu machen.

Zunächst erkundigten wir uns an der Hotelrezeption nach einer Reifenwerkstatt, in der ein Mann namens Ali arbeitet, erfuhren aber rein gar nichts. Deshalb nahmen wir uns ein Taxi – eine Art knatternde Konservendose auf Rädern, aus deren Auspuff schwarzer Rauch quoll – und ließen uns in die Stadt kutschieren.

Dort klapperten wir vier übelriechende ölverschmierte Werkstätten ab, die alle in einem Viertel lagen, bis mir plötzlich einfiel, dass David gesagt hatte, die Werkstatt sei irgendwo am Strand und Ali verkaufe dort auch Schmuck. Als wir die Werkstatt gefunden hatten, konnten wir uns dort nicht verständlich machen, und ich zeichnete schließlich ein Bild von einem Mann, der einen Reifen aufpumpte und außerdem am Strand Halsketten verkaufte, und schrie über das Werkstattgetöse hinweg: »Ali!«

Schließlich kam ein dürrer Mann zu uns, dessen nackter Oberkörper mit Öl verschmiert war, lächelte freundlich und nickte. »Ali«, sagte der Mann, der einen seltsam starren Blick hatte. »Ali.« Dann blickte der Mann ernst und schüttelte den Kopf. »Ali weg.«

»Baby?«, fragte ich. »Mutter?«

»Baby, Mutter, ja.« Und er gab uns den Namen einer Straße, die gar nicht weit von unserem Hotel entfernt war. Indem wir ihm allerlei Geldscheine in die Hand drückten, konnten wir ihn überreden, mit ins Tuk-Tuk zu steigen und uns dorthin zu begleiten. Als wir ankamen, stieg er aus und bestand darauf, zu Fuß zurückzugehen, vermutlich weil er das Geld sparen wollte.

»Ich frage mich, was er mit ›Ali weg‹ gemeint hat«, sagte ich zu Penny. »Ich hoffe doch, der Typ ist nicht abgehauen.«

»Ich würde jedenfalls abhauen, wenn ich hier leben müsste«, sagte Penny mit Blick auf die staubige Straße und die ärmlichen Betonhütten. »Ist das trostlos.«

Das Haus lag an einem unbefestigten Seitenweg. Als wir klingelten, öffnete uns eine grimmig blickende Muslimin, die wie eine indische Version von Sheila der Dealerin aussah.

»Englisch Mädchen nicht hier«, behauptete die Frau entschieden. »Baby nicht hier. Ali nicht hier.«

Während wir versuchten, sie in ein Gespräch zu verwickeln, erschien eine junge Frau und begann mit ihr auf Hindi zu reden. Mutter und Tochter schienen sich zu streiten, und währenddessen hörte ich im Hintergrund ein Baby weinen.

»Hier ist ein Baby!«, sagte ich scharf. »Wissen Sie, wo Sandra ist?«, fragte ich die junge Frau. »Was ist hier los?«

»Baby nicht hier, Baby nicht hier!«, wiederholte die grimmige Frau und versuchte, uns die Tür vor der Nase zuzuschlagen.

»Mein Baby, mein Baby«, sagte die junge Frau noch. »Ist mein Baby!«

Bevor die Tür zufiel, schrie ich noch den Namen unseres Hotels und dass man uns dort finden könne. Dann machten Penny und ich uns auf den Rückweg, bedrückt und verstört.

»Da war ein Baby«, sagte Penny entschieden. »Und zwar nicht das von der jungen Frau. Die verheimlichen etwas.«

»Ja, klar«, erwiderte ich. »Aber wo ist Ali? Sandras Mann? Wieso wollten die uns nicht ins Haus lassen? Wir wollten doch nur schauen, ob es ihr gut geht.«

Wir machten einen Umweg, damit wir das ärmliche Viertel rasch verlassen und am Strand entlang zum Hotel gehen konnten, und tauchten sofort in eine andere Welt ein. Es war recht still, denn die Dämmerung brach schon an, die hier so schnell einsetzt, als fiele ein Theatervorhang. Der Himmel schillert dann in wunderschönen Blau- und Violetttönen, und man sieht bald die ersten Sterne. Ein paar Jungs spielten noch fröhlich im warmen Wasser, und aus der Ferne hörte man Flötentöne. Die Düfte von gegrilltem Fisch und Gewürzen wehten durch die Luft. Ich trat eine der vielen Plastiktüten beiseite, die sich am Wassersaum angesammelt hatten.

»Vielleicht geht es Sandra nicht gut«, sagte Penny.

20. April

»Also, was sollen wir tun?«, fragte ich Penny, als wir am Strand lagen. Sie bestand darauf, mich mit Creme einzuschmieren, obwohl ich beteuerte, dass ich niemals Sonnenbrand kriege. Kann dieses fettige weiße Zeug nicht ausstehen. »Nächtlicher Überfall auf das Haus ist wohl eher nicht der Weg der Wahl, wie?«

»Ich denke, wir müssen einfach wieder hingehen und da irgendwie herumschnüffeln«, antwortete Penny mit zweifelndem Unterton. Als einer der vielen Hotelangestellten vorbeikam, bestellte sie sich einen Cocktail, obwohl es gerade mal Mittagszeit war.

»Hör mal, Penny«, sagte ich, spontan entschlossen, jetzt endlich den Mut für dieses Gespräch aufzubringen. »Ich möchte dir nicht zu nahetreten, aber meinst du nicht, dass du seit einiger Zeit zu viel Alkohol trinkst? Es ist mir wirklich unangenehm, mich wie eine nörgelnde Mutter anzuhören, aber es ist nicht nur mir aufgefallen. Du trinkst wahnsinnig viel. Ich weiß, dass es nichts mit mir zu tun hat, aber ich mache mir Sorgen um dich.«

»Ach, kein Problem«, erwiderte Penny. »Ich weiß wohl, dass ich mehr trinke als gewöhnlich. Und ich versuche auch schon zu reduzieren. Weiß selbst nicht, woher das kommt, aber irgendwie sehne ich mich ständig nach Alkohol. Wahrscheinlich, weil er beruhigend auf mich wirkt.«

»Aber vielleicht würdest du eher ruhiger werden, wenn du mal ein paar Monate ganz darauf verzichten würdest«, schlug ich vor. »Ich meine, Alkohol kann zwar entspannend wirken, einen aber auch aufputschen und gereizt machen.«

»Ich probier's erst mal mit Reduzieren«, erwiderte Penny. »Ehrlich gesagt fühle ich mich einfach oft so einsam und finde das Leben dann sinnlos. Alkohol macht es erträglicher.«

»Du brauchst eine Beschäftigung«, sagte ich. »Vielleicht ist es sinnstiftend für dich, wenn wir zu Hause mit der Spendensammlung für das Waisenhaus loslegen. Das kann ich mir gut vorstellen.«

»Wie ich schon sagte«, erwiderte Penny. »Alle haben Partner, nur ich nicht. Ich weiß, dass nicht jede Frau einen Mann braucht – nur ich bin wohl von der Sorte, bei der das so ist. Aber alle Männer, für die ich mich interessiere, scheinen das Weite zu suchen. Ist ein regelrechter Teufelskreis. Bestimmt strahle ich so eine Bedürftigkeit aus, dass die alle vor mir davonlaufen. Wenn ich selbstsicherer wäre, würde die Bedürftigkeit vielleicht nachlassen. Ich würde so gern fröhlicher und unabhängiger wirken. Meinst du, ich sollte meinen Namen am Ende mit i schreiben, damit er lustiger und munterer wirkt?«

»Um Himmels willen! Dann machst du womöglich auch noch Smileys in deine E-Mails. Bloß nicht! Du möchtest ganz bestimmt keine ›Penni‹ sein. So wie Jenni oder Judi oder Jodi oder Nikki. Stell dir mal vor, ich würde mich Mari nennen. Da wärst du doch nicht mit mir befreundet, oder?«

»Nee, wohl nicht«, gab Penny zu. »Das sind solche falsch verstandenen Posen. In den Sechzigern glaubte ich zum Beispiel, wenn ich mir eine Rose ins Haar stecke, finden die Leute mich interessant.«

»Ja, ich erinnere mich auch an so was«, sagte ich betreten und dachte an die Ballonmütze à la *Jules und Jim,* die ich damals trug, um besonders faszinierend und originell zu wirken.

So plauderten wir ein Weilchen und lasen ab und an ein bisschen; das Buch über den indischen Aufstand habe ich erst mal beiseitegelegt, es ist ohnehin eine etwas geschmacklose Lektüre hier. Stattdessen lese ich wieder einmal *Mitternacht im Garten von Gut und Böse,* den exzellenten Roman über Savannah, Georgia. Ich hatte ihn erst vor zehn Jahren zum letzten Mal gelesen, kann mich aber überhaupt nicht mehr daran erinnern. Beim zweiten Mal gefällt er mir genauso gut.

Plötzlich fuhr Penny abrupt hoch und sah sich um.

»Ich habe jemanden rufen hören!«, sagte sie, rückte ihren Sonnenhut zurecht und blickte in alle Richtungen. Ich stützte mich auf und schaute am Strand entlang.

Jemand rannte auf uns zu, eine Frau scheinbar, die ein Bündel umklammerte. Als sie näher kam, kapierte ich plötzlich.

»Das ist Sandra!«, rief ich aus. Penny und ich sprangen auf und liefen auf die Gestalt zu. Das Baby brüllte wie am Spieß, und Sandra weinte. Sie warf sich in unsere Arme und sah sich dann panisch um.

»Die verfolgen mich bestimmt! Hier ist mein Pass, nehmt ihn mit! Ich hab es geschafft, ihn zu retten, und auf den sind die scharf. Wo können wir hin?«

Wir führten sie rasch auf die Hotelveranda in den Schatten und sorgten dafür, dass sie sich setzte.

Penny lief zurück, um unsere Sachen vom Strand zu holen. Währenddessen versuchte ich, Sandra zu beruhigen. Ich legte den Arm um sie und reichte ihr ein Taschentuch. Dann nahm ich ihr den Kleinen ab und schaukelte ihn auf den Knien, und bald lächelte und gluckste er und zog mich an den Haaren.

Sandra begann stockend zu erzählen.

»Ali, mein Mann, ist vor ein paar Monaten ums Leben gekommen. Das Auto, das er gerade reparierte, ist auf ihn gefallen. Ich wollte nach England zurück, aber seine Familie wollte das nicht zulassen, sondern unseren Sohn, Gangi, hierbehalten. Sie sagten, ich könnte gehen, aber Gangi gehöre ihnen. Ich bin quasi gefangen gehalten worden und durfte das Haus nur in Begleitung eines Familienmitglieds verlassen. Die haben mir sogar mein Handy weggenommen ...« Sandra brach erneut in Tränen aus. »Oh, Marie, ich konnte es gar nicht glauben, als ich gestern deine Stimme hörte. Und heute hab ich es geschafft zu flüchten, und jetzt bin ich hier. Was können wir tun? Wie können wir die davon abhalten, mir Gangi wegzunehmen? Er ist nicht auf meinem Pass eingetragen ...«

»David wird sich ans britische Konsulat wenden und das regeln«, antwortete ich entschlossen. Ich hatte zwar nicht die geringste Ahnung, ob das möglich war, wollte Sandra aber nicht noch mehr beunruhigen. »Hier bist du in Sicherheit. Ich werde im Hotel Bescheid sagen, dass man niemanden einlässt, der Gangi entführen könnte. Ich besorge dir ein Zimmer ... oder nein, besser, ich nehme dich mit in meines ...«

Und so sitze ich nun in diesem elenden Hotel fest, mitsamt Davids Ex, deren Kind und Penny, die sich die günstigen Cocktails hinter die Binde schüttet, als gäb's kein Morgen.

21. April

Großer Gott, was für ein Albtraum! Ich mache kaum noch was anderes, als mit David zu telefonieren. Er war absolut GRANDIOS, muss ich sagen. Hat sich mit dem britischen Konsulat in Verbindung gesetzt und mit Brad und Sharmie, die uns irgendwie aus Delhi Gangis Ausweis zukommen lassen – weiß der Himmel, wie sie das so schnell schaffen konnten. Und in drei Tagen fliegen wir alle zurück. Ich kann es kaum erwarten, diesen grässlichen Ort zu verlassen. Von Chillen kann keine Rede sein, denn wir schleichen alle inkognito herum, für den Fall, dass Sandras Schwiegermutter Alis Brüder beauftragt hat, den Kleinen zu kidnappen. Wir haben beschlossen, dass es zu riskant ist, sich am Strand aufzuhalten. Penny zieht noch los zum Sonnenbaden und zum Barbesuch, aber ich bleibe bei Sandra, um sie zu beschützen.

Der kleine Gangi ist allerdings eine Freude. Er erinnert mich so sehr an Gene als Baby, dass ich mich regelrecht albern aufführe. Gangi hat süße hellbraune Ärmchen, Beinchen und Fingerchen, seidenweiche Haut und ein Lächeln, das Herzen schmelzen lässt.

Aber ich komme kaum zum Schlafen, und wenn es dann endlich mal klappt, habe ich weiterhin abscheuliche Albträume. Letzte Nacht habe ich geträumt, Penny habe einen Pudel, den sie in eine große Flasche gesteckt hatte, und der Hund konnte sich nicht bewegen und wimmerte und jaulte, während er langsam verendete.

»Du hast gestern früh im Schlaf geschrien«, sagte Sandra gestern Morgen, während sie Gangi stillte. »Ist alles in Ordnung mit dir?«

Ziemlich bizarr ist, dass Sandra jetzt nur noch Sachen von mir trägt, weil man ihr die westliche Kleidung weggenommen hat. Wie sie da auf der Bettkante saß, sah sie wie eine junge Version von mir aus. Kommt mir vor wie in einem dieser grässlichen Streifen, zu denen Marion und Tim mich immer in dieses Filmkunstkino in Notting Hill Gate schleppen wollen. Fürchterlich unheimlich.

Und dass Sandra auch einige Zeit mit David zusammengelebt hat, macht das ganze Szenario noch grotesker. Bis zu diesem Zeitpunkt hatte ich sie eigentlich gar nicht richtig als Person wahrgenommen, sondern immer nur als Davids Schnuckelchen. Ich war damals sehr erleichtert, dass er sie so bald nach unserer Scheidung gefunden hatte, ging allerdings auch davon aus, dass das keine Sache für die Ewigkeit war. Wenn wir uns begegneten, fand ich sie angenehm und nahm sie eher als Tochterfigur denn als Konkurrentin wahr, weil sie so jung war.

»Ich habe zurzeit ständig so schreckliche Albträume, dass ich mich vor dem Schlafen fürchte«, gestand ich.

Sandra blickte entsetzt auf. »Du nimmst aber nicht etwa Lariam, oder?«

»Ja, doch. Als Malariaprophylaxe.«

»Aber doch nicht Lariam!«, rief Sandra schockiert aus. »Damit musst du sofort aufhören! Daher kommen deine Albträume! Von diesen Pillen sind Leute schon schwer psychisch krank geworden. Nimm um Himmels willen keine einzige mehr!«

Mit sehr flauem Gefühl im Magen – schließlich hätte ich die Pillen sogar noch zu Hause weiternehmen müssen – warf ich den Rest ins Klo und hoffte inständig, nun nicht Malaria zu kriegen. Sehr verantwortungslos, ich weiß, aber ich kann es einfach nicht mehr ertragen, von diesen Träumen heimgesucht zu werden.

Später

SMS von Robin bekommen. Offenbar alles klar zu Hause. Terry hat sich mit dem Täuberich angefreundet und ist jeden Tag da, um den Rasen zu mähen oder andere Sachen im Garten zu erledigen, was großartig ist. Die einzige schlechte Nachricht ist, dass Pouncer ziemlich matt wirkt. Robin hat ein Heilritual versucht, was aber offenbar nichts gebracht hat.

Habe sofort geantwortet, *Heilritual sehr lieb, danke,* aber auch darum gebeten, dass Robin umgehend mit Pouncer zum Tierarzt geht. Adresse und Telefonnummer habe ich auch gesimst und geschrieben, dass ich natürlich die Kosten übernehme.

25. April

Endlich im Flieger! Die letzten Tage waren einfach höllisch. Fühlte mich selbst wie eine Gefangene, weil ich kaum noch aus dem Zimmer ging, um Sandra nicht alleinzulassen. Gangi hat nachts oft geweint, habe kein Auge zugetan. Sandra weinte auch, weil sie an Ali dachte, und obwohl ich keine Lariam mehr nahm, hatte ich immer noch scheußliche Träume – vermutlich weil das elende Mittel noch im Körper steckt. Zuletzt hatte ich geträumt, Gene sei von IS-Terroristen entführt worden, die drohten, ihm nach und nach Füße, Ohren, Hände und alles abzuschneiden und das auf Video zu zeigen. Weinend aufgewacht. Schon wieder.

Penny wurde inzwischen immer brauner und immer betrunkener. Hatte eine Liste mit den verbleibenden Stunden gemacht, die wir dann jeweils feierlich durchstrichen.

Schönes Wiedersehen mit Melanie am Flughafen in Delhi. Sie verabschiedete sich zwar gerade tränenreich von ihrem Sohn, wirkte aber ansonsten sehr froh und glücklich. Unangenehmer Moment, als irgendein Typ – vermutlich einer von Alis Brüdern – uns in den Weg trat und Sandra überreden wollte, in Indien zu bleiben. Ansonsten verlief zum Glück alles ohne weitere Zwischenfälle. Bislang ist Gangi im Flugzeug der reinste Engel gewesen, und wir sind alle enorm aufgeregt und froh, wieder nach Hause zu kommen.

Später, noch im Flugzeug
Muss gestehen, dass es mich insgeheim amüsiert zu sehen, wie Melanie andauernd zum Klo hastet. Sie sagt, ihr Magen sei durcheinander. Ich wette, sie hat Durchfall! Vielleicht hört sie nun endlich auf zu behaupten, Indien sei so sicher und wunderbar und man könnte alles essen und solle nicht so zickig sein.

27. April, nachts

Noch nie zuvor so froh gewesen, den guten alten Wolkenhimmel von England wiederzusehen! Das trübe Wetter ist eine Wohltat nach diesen höllisch anstrengenden grellen Tagen in Goa. Es ist ziemlich kühl hier, aber wir empfinden das alle als erfrischend. Es war auch wunderbar, David zu sehen, aber ich wartete erst mal höflich, bis Sandra sich in seine Arme geworfen hatte, weil sie gegenwärtig mehr Trost braucht als ich. Ich weiß, dass sie jetzt keine Rivalin mehr für mich ist. Und sogar die M4 – die Autobahn, die ich normalerweise als Schandfleck in der englischen Landschaft empfinde, weil sie von zeitgenössischen Bauten gesäumt ist, die man gar nicht erst als »Architektur« bezeichnen möchte – wirkte vertraut und beruhigend auf mich.

Mir entging nicht, dass David etwas verschnupft wirkte, weil Robin mit dem Zug gekommen war, um uns auch willkommen zu heißen. David musste ihm nun natürlich anbieten, ihn mitzunehmen. Da die Sitzplätze aber nicht für alle ausreichen, verdonnerte David Robin dazu, sich in den Hundekäfig im Heck zu zwängen.

Gangi steckte seine Fingerchen durch die Gitterstäbe und schien völlig begeistert zu sein von Robin – ebenso wie Sandra, die sagte: »David, ich würde auch mit Robin tauschen. Ich möchte nicht, dass es seinem Rücken schadet, weil er so gekrümmt sitzen muss.«

Doch David ließ nur den Motor aufheulen und fuhr los, ohne zu reagieren.

Sosehr ich Sandra und Gangi mag, werde ich doch froh sein, endlich mal wieder meine Ruhe zu haben. David nimmt die beiden mit nach Bath, wo er eine Unterkunft für sie gefunden hat. Doch bis sie sich eingewöhnt haben, wohnen sie bei ihm auf der Farm.

Kam gerade noch rechtzeitig wieder, um die letzten Kirschblüten an den Bäumen in meiner Straße zu sehen. Das Haus ist in bestem Zustand. Seltsam, wie hübsch ich es jedes Mal finde, wenn ich eine Zeitlang weg war. Dann wird mir immer so richtig bewusst, was für ein Glück ich habe, dass ich in so einem schönen Haus leben kann.

MAI

1. Mai

Was bin ich froh, wieder in meinem eigenen Haus zu sein! Und in meinem Land! Alles, was ich an Shepherd's Bush trist fand, bevor ich in Indien war, erscheint mir jetzt geradezu zauberhaft. Bullige freundliche Müllmänner, die Tag und Nacht den ganzen Mist einsammeln; dicke Menschen statt ausgemergelter; keine Bettler. Obendrein ein guter Supermarkt, mein eigenes Bett, Regen (es gießt in Strömen), der Garten (in dem die Levkojen gerade zu blühen anfangen), der Genuss, meine Sachen eigenhändig zu bügeln und mir meinen Tee selbst kochen zu dürfen. Und Pouncer natürlich.

Aber oh weh, Robin hatte leider recht – Pouncer geht es gar nicht gut, und dass Robin ihm eine vegetarische Diät zugemutet hat, trägt wohl eher nicht zum Wohlbefinden bei. Beim ersten Einkauf erstand ich sofort rohes Hähnchenfleisch in dünnen Streifen, eine von Pouncers Leibspeisen. Doch nach den Mahlzeiten schleicht er nur in eine Ecke, rollt sich ein und schnurrt. Bislang hatte ich Schnurren als Ausdruck von Zufriedenheit verstanden. Doch dank des »Hetzkurier« weiß ich nun, dass Katzen sich mit Schnurren auch selbst beruhigen, wenn sie zum Beispiel Schmerzen haben. Es kann also auch darauf hinweisen, dass es einer Katze richtig schlecht geht.

Apropos »Hetzkurier«: Hatte vergessen, ihn abzubestellen, weshalb nun die Horrornachrichten von einundzwanzig Tagen auf mich warteten, um mich in Angst und Schrecken zu versetzen. Ich kniff die Augen halb zusammen, damit ich gar nicht erst auf die Idee kam, mich von irgendwelchen Katastrophenmeldungen in Bann ziehen zu lassen, schnürte vier Bündel und legte sie raus zum Müll. *Mein* Leben wäre somit gerettet; jetzt kann ich nur hoffen, dass keiner der Müllmänner sich versehentlich die Überschriften zumutet. Einundzwanzig Ausgaben des »Hetzkurier« würden die meisten Leute auf direktem Weg in die Anstalt befördern.

Leide immer noch scheußlich unter Jetlag, bin ansonsten aber wohlauf. Melanie dagegen blickte heute über die Gartenmauer, so grau im Gesicht wie die mit Asche beschmierten Sadhus in Indien. Mit einem dieser heiligen Männer hatte sie sich angeblich angefreundet.

»Ich hab die Ruhr«, verkündete Melanie. »Komm mir bloß nicht zu nahe! Muss furchtbar starke Antibiotika nehmen.«

Als ich anbot, ihr eine leichte Suppe zu kochen, zeigte sich Melanie extrem dankbar. Werde also vermutlich ein paar Tage für sie sorgen. Armes Mädchen. Sie wird ja siebzig (wie ich auch). Ob wir uns dann immer noch als »Mädchen« oder »Mädel« bezeichnen, wenn auch nur im Scherz? Irgendwo sollte man da vielleicht mal einen Schlussstrich ziehen …

Jack hatte angekündigt, Gene am 17. Mai vorbeizubringen, weil er Ferien hat. Ich fing gerade an, mich der Vorfreude hinzugeben, als Jack wieder anrief und sagte, es ginge leider doch nicht, Gene hätte Fußball und eine Geburtstagseinladung und dann einen Malkurs. Lieber ein andermal.

War völlig niedergeschmettert und enttäuscht, ließ es mir aber natürlich nicht anmerken.

»Kein Problem«, flötete ich munter. »Wann es euch passt.«

Ich wohne einfach zu weit entfernt von ihnen. Wenn ich in der Nähe wäre, könnte man einfach mal schnell vorbeischauen.

Es ist so ein Riesenaufwand, über den Fluss zu fahren bis nach Brixton.

Ob ich vielleicht dort hinziehen sollte, damit ich näher bei der Familie bin? Wäre eine Idee ...

Später
Mache mir furchtbare Sorgen um den Täuberich. Von früh bis spät hockt er reglos auf seiner Dachrinne und rührt sich nur von der Stelle, um vor dem Badezimmerfenster zu futtern. Ansonsten starrt er auf die Wand. Erinnert mich an diese selbstmordgefährdeten Männer, die den ganzen Tag lang im Internet surfen (hatte kürzlich was darüber gelesen). Der Täuberich tut mir so schrecklich leid. Wünsche mir sehnlichst, er würde wegfliegen. Oder er wäre überhaupt nie auf meinem Dach gelandet. Oder es ginge ihm gut. Oder er wäre tot.

Später
Tut mir enorm gut, endlich mal wieder allein zu sein. Einundzwanzig Tage dauernd in Gesellschaft anderer Menschen zuzubringen, finde ich wahnsinnig anstrengend.

Grade eine Doku über fettleibige Menschen gesehen. Offenbar hat ihr Zustand nichts mit Fressgier zu tun, sondern die können einfach nicht anders. Wenn man ihnen eine Diät verordnet, bei der nur die notwendige Kalorienmenge erlaubt ist, können diese Menschen zwar weiterleben. Aber bei einem Gehirntest merkt man dann, dass sie ihrer Wahrnehmung nach dauerhaft kurz vorm Hungertod sind. Hatte ein schlechtes Gewissen, weil ich früher über fette Menschen gespottet oder sie wegen mangelnder Selbstbeherrschung verachtet habe.

3. Mai

David hat sich für ein paar Tage angekündigt.

»Ich muss dich sehen«, erklärte er ziemlich drängend. »Ich hab dich so sehr vermisst!«

Da ich nur drei Wochen weg war, finde ich das etwas eigenartig. Ich meine, wir sind seit zwanzig Jahren geschieden, und es gab Phasen, in denen wir uns monatelang nicht gesehen haben! Jedenfalls ist Sandra jetzt gut untergebracht, und das ganze Dorf ist wohl völlig vernarrt in den kleinen Gangi, sodass man hoffen kann, dass sie zurechtkommen wird.

Hatte David um ihre neue Adresse gebeten, weil Robin sie merkwürdigerweise unbedingt haben will. Er behauptet, er wolle ihr eine E-Mail schreiben, weil er ein fantastisches Naturheilmittel gegen Dermatitis bei Babys entdeckt habe; mir war allerdings nicht aufgefallen, dass der Kleine Hautprobleme hatte.

Vielleicht hat Robin sich in Sandra verguckt? Man kann ja nie wissen ...

Später
Heute Abend waren Marion und Tim bei mir, zur Besprechung unseres Projekts für das indische Waisenhaus.

Melanie, der es etwas besser geht, wollte später auch noch vorbeischauen, um uns ihre Indienfotos zu zeigen. Kam mir sehr gelegen, weil ich dann nicht bei Marion essen musste. Mir stand so gar nicht der Sinn nach unreifen Tomatenstücken, Krautsalat aus dem Becher und Scheiben von etwas Gruseligem namens »Hühnerröllchen« (was machen die nur mit den armen Viechern?), garniert mit Mayo-Klecksen. So konnte ich die beiden zu mir bitten, wo es leckeren geräucherten Schellfisch mit einer schönen Sahnesoße auf Spinatbett gab. War reichlich genervt, weil Tim sich drei Portionen einverleibte und ich eigentlich vorgehabt hatte, die Reste für ein Essen mit Penny in ein paar Tagen einzufrieren. Daraus wurde nun nichts.

Tim will sich jedenfalls nach einem sogenannten Kurzzeitladen auf dem Marktgelände umhören, Räumen, die zur Zwischennutzung vermietet werden. Die Idee ist prima. Dort wollen wir Kleidung, Spielsachen, Geschirr und andere verwertbare Dinge von den Bewohnern aus dem Viertel verkaufen. So was wie ein permanenter Garagentrödel. Marion wird Flyer in den Briefkästen verteilen und meine Adresse zum Abliefern der Sachen angeben, weil ich einen größeren Flur habe als sie. Ach du liebe Zeit. Na ja, muss die Zähne zusammenbeißen. Ist ja für einen guten Zweck.

Melanie, die immer noch käsebleich ist, tauchte dann später auf, als wir drei aber schon völlig erledigt waren und keine Lust auf endloses Fotogucken hatten. Doch zum Glück stellte sich heraus, dass Melanie ihr Handy die gesamte Zeit verkehrt herum gehalten und deshalb dauernd nur sich selbst beim Fotografieren fotografiert hatte. Die ganze Chose war deshalb schnell erledigt.

4. Mai

Heute Nachmittag mit Pouncer zum Tierarzt gefahren, in seinem Katzentransportkorb. Ich meine, natürlich war Pouncer in dem Korb, nicht der Tierarzt, aber meinem Kater wäre Letzeres wesentlich lieber gewesen. Denn sobald Pouncer auch nur das Knarren des Korbs hört, dreht er komplett durch, so schlecht es ihm auch gehen mag. Selbst wenn er rumhängt wie der Tod auf Latschen – naht der Katzenkorb, ist mein Kater nicht nur im Nu spurlos verschwunden, sondern er schafft es auch noch, sich winzig klein zu machen und unter das niedrigste Sofa weit und breit zu quetschen. Wenn ich dann nach dem Burschen suche, kriege ich nur zwei riesige Augen zu sehen, die mich aus dem Dunklen anklagend anstarren.

Mithilfe von Robin und einem Besenstiel gelang es mir schließlich, Pouncer unter dem Sofa hervorzuscheuchen, irgendwie in den Korb zu befördern und den dann ins Auto zu verfrachten.

Armes Katerchen. Während der gesamten Fahrt miaute Pouncer kläglich, und sobald wir das Wartezimmer betraten – ich gehe immer in eine recht schicke Tierarztpraxis in Notting Hill, in der es nach Desinfektionsmitteln riecht – erstarrte er förmlich vor Angst. Die gewiss nicht gelindert wurde durch die Tatsache, dass uns gegenüber zwei schluchzende händchenhaltende Männer mit einer sabbernden Mastiffdame namens Flora saßen. Von der man nicht behaupten konnte, dass sie ihrem Namen alle Ehre machte, denn sie war überhaupt nicht blumigliebreizend, sondern fletschte bösartig ihre spitzen Zähne und hatte üblen Maulgeruch.

Nachdem das Männerpaar mit Flora aus dem Behandlungszimmer kam – und zum Glück wesentlicher fröhlicher wirkte als vorher – begab ich mich mit meinem Korb hinein. Nun bestand das Problem darin, Pouncer aus dem verflixten Ding wieder rauszukriegen. Es war so ähnlich wie mit dem Ketchup und der Flasche. Schlussendlich streckte der Tierarzt die Hand in den Korb und zerrte Pouncer heraus.

»Nierenschwäche«, diagnostizierte der Arzt, nachdem er Pouncer untersucht hatte. »Schauen wir mal, wie alt ist er denn ... fünfzehn. Das kommt bei älteren Katzen leider häufig vor. Verunreinigt er das Haus?«

Ich musste zugeben, dass Pouncer in der Tat mehrmals das Haus »verunreinigt« hatte, wie der Arzt es dezent ausdrückte.

Er gab mir Tabletten und sagte, ich solle in einem Monat wiederkommen. »Sie müssen wohl allerdings der Tatsache ins Auge blicken, dass dieser alte Herr im Herbst seines Lebens angekommen ist«, fügte der Tierarzt hinzu. Was mich sehr traurig machte; aber irgendwie war mir natürlich auch bewusst gewesen, dass Pouncer nicht ewig leben würde.

Auf den Täuberich befragt, erklärte der Arzt, dass der Vogel vermutlich verschwinden würde, sobald er ausgewachsen war – schätzungsweise in einigen Monaten –, weil er dann vor Testosteron förmlich platzen und sich auf die Suche nach der geeigneten Taubendame machen würde, um sich fortzupflanzen.

Die Arzthelferin knöpfte mir hundertzwanzig Pfund ab.

Zu Hause pflanzte ich ein paar hübsche Nicotiana in den Vorgarten, und als ich mich wieder aufrichtete, spähte ein kleiner Junge, der eine runde weiße Kappe auf dem Kopf trug, über die Mauer und lächelte mich an.

»Hab dich gar nicht gesehen!«, sagte er. Offenbar war er unterwegs zur Moschee. »Was machst du da?«

»Ich hab Blumen gepflanzt«, antwortete ich. »Hallo!«

»Kann ich dir helfen?«, wollte der Junge wissen.

»Wie lieb von dir, vielen Dank. Aber ich bin schon fertig.« Ich hatte den Jungen noch nie zuvor gesehen.

Er rannte weiter, und kurz darauf kam ein älterer Muslim vorbei.

»War das Ihr Sohn?«, fragte ich und deutete die Straße entlang.

»Nein, nicht Sohn, mein …«

»Enkel«, ergänzte ich. »Das ist ja ein Charmeur!« Dann wurde mir klar, dass der Mann mich vermutlich gar nicht verstehen konnte. Deshalb hielt ich den Daumen hoch, lächelte und pustete dem Jungen ein Küsschen hinterher.

»Reizender Junge«, fügte ich noch hinzu.

Der alte Mann strahlte und nickte. »Guter Junge«, sagte er und setzte seinen Weg fort.

Ging lächelnd ins Haus und dachte mir, dass es in diesem Viertel so viele freundliche und gütige Menschen gibt. Was bringt mich nur auf die Idee, von hier wegziehen zu wollen?

5. Mai

Heute kam David.

Freute mich, ihn zu sehen, aber als er eintraf, war ich gerade damit beschäftigt, Makler anzurufen, und hatte keine Zeit für eine weitschweifige Begrüßung. Ich bedeutete ihm, dass er es sich oben schon mal gemütlich machen und später auf einen Drink runterkommen solle. Aber er musste unbedingt herkommen und mich ausgiebig umarmen, obwohl ich gerade am Telefonieren war.

Ich schob ihn ziemlich genervt weg. Ganz ehrlich, er spürt einfach nicht, wann Nähe und wann Distanz angebracht ist. Noch mehr auf die Palme trieb mich, dass er sich doch wahrhaftig niederließ und zuhörte. Und natürlich war er dann entsprechend entsetzt, als ich ihm von meinem Vorhaben berichtete – das er durch Lauschen ohnehin schon erraten hatte.

»Aber du kannst doch hier nicht ausziehen!«, sagte er. »Warum hast du mir nichts davon gesagt? Willst du ein kleineres Haus? Wird dann da überhaupt noch Platz für mich sein?«

»Natürlich, du alter Narr«, antwortete ich.

Er sah ein bisschen beleidigt aus.

»Ich finde, so eine große Entscheidung hättest du vorher mit mir besprechen sollen«, merkte er an.

»Herrje, du fragst mich doch auch nicht, bevor du Deiche anlegst«, erwiderte ich. »Außerdem will ich doch nur mal vorfühlen. Die Lage sondieren. Keine Sorge, vermutlich bleibt ohnehin alles beim Alten. So, wo wollen wir denn nun essen gehen?«, fügte ich hinzu, um die Stimmung aufzulockern. »Ich freu mich schon drauf!«

6. Mai

Großer Gott, was war das für ein Abend!

Wir waren zum Essen in ein neues Trendlokal gleich neben der Moschee gegangen, in dem sich die jungen Anwälte und Banker tummeln, die vor den hohen Preisen im angrenzenden Notting Hill nach Shepherd's Bush fliehen. Ich kenne den Besitzer, und wir plauderten nett mit ihm darüber, ob wir lieber die Entenbrust oder die Lammkeule nehmen sollten.

»Ich bin dir ja so unendlich dankbar dafür, dass du Sandra aus dieser grauenhaften Situation gerettet hast, Liebling«, sagte David.

»Das war aber nur möglich, weil du beim Konsulat so viel geregelt und alles andere organisiert hast«, erwiderte ich.

»Ja, wir sind ein gutes Team, oder?«

»Sind wir«, bestätigte ich, beugte mich vor und berührte Davids Hand.

»Du weißt auch, dass ich dich liebe, nicht wahr?«

»Natürlich«, antwortete ich, etwas kurz angebunden, weil ich finde, dass wir schon so viel zusammen erlebt haben, dass wir nicht dauernd Liebesbezeugungen zum Besten geben müssen. »Und du weißt auch, dass ich dich liebe.« Damit nahm ich mir eine Portion gebackenen Blumenkohl mit Mandeln.

David schenkte mir ein Glas Wein ein. »Ich habe nachgedacht, Liebling«, verkündete er dann, bevor er sein Steak in Angriff nahm. »Weißt du, ich habe dich so wahnsinnig vermisst, während du in Indien warst. Da kam ich ins Grübeln. Ich weiß nicht, wie ich es sagen soll – aber hast du dir schon mal überlegt, ob wir vielleicht ein zweites Mal heiraten sollten?«

Ich erstickte fast an meinem Bissen Blumenkohl. Mir war durchaus bewusst, dass David offenbar intensivere Gefühle für mich hegt als ich für ihn, hatte das aber für männliche Sentimentalität gehalten. Ich finde, Männer sind in Herzensangelegenheiten meist viel rührseliger als Frauen. Mit dieser Idee hatte ich allerdings nicht gerechnet!

»Heiraten!«, wiederholte ich, nachdem ich den Blumenkohl geschluckt hatte. »Das ist nicht dein Ernst!«

Natürlich eine wenig charmante Bemerkung, aber sie entfuhr mir einfach, weil ich so bestürzt war.

»Ich meine, vielen Dank, Schatz«, fuhr ich hastig fort, »ich nehme das als großes Kompliment. Aber ich finde, wir sollten es nicht übertreiben. Wir haben das hinter uns und einmal alles zusammen durchgemacht. Jetzt haben wir eine wunderbare Situation, sehen uns häufig, rücken uns dabei aber nicht zu dicht auf die Pelle. Würden wir jetzt heiraten, dann würden wir bestimmt in die alten Zustände geraten, meinst du nicht auch? Ich möchte mich nicht wieder von dir trennen müssen, mein Schatz«, fügte ich hinzu, um meine Aussage etwas abzumildern. »Ich finde alles zwischen uns gerade prima, so wie es ist.«

David sah völlig niedergeschmettert aus. Er schob seinen Teller weg und tupfte sich nervös mit der Serviette den Mund ab.

»Ich hatte schon befürchtet, dass du so reagieren würdest«, sagte er mit einem tiefen Seufzer. »Tja, ich finde nicht alles prima, so wie es ist. Ich habe das Gefühl, nicht zu wissen, woran ich bin.«

Es kam mir vor, als sei die traditionelle Konstellation – Frau will mehr Nähe und Bindung, Mann nicht – bei uns umgekehrt.

»Also, ich weiß, woran du bist, und du weißt es bestimmt auch. Du hast doch jetzt nicht vor, mit irgendwem durchzubrennen, oder?«, fragte ich in der Gewissheit, dass er die Frage verneinen würde.

»Nein, natürlich nicht. Aber während du in Indien warst, hatte ich die ganze Zeit Angst, du würdest vielleicht irgendeinen tollen alten Maharadscha finden, und dann würde ich dich verlieren ... Ich habe furchtbar gelitten, Liebling ...« Er ergriff meine Hand.

»So ein Quatsch«, erwiderte ich.

»Was?«

»Ich hab gesagt, ›so ein Quatsch‹«, wiederholte ich mit erhobener Stimme und zusehends gereizt. »Nun schaff dir doch um Himmels willen endlich ein Hörgerät an! Wir können nicht einmal darüber reden, ob wir heiraten wollen oder nicht, weil du so furchtbar schwerhörig bist!«

Zu Hause erklärte David, er werde auf dem Sofa schlafen, und ich versetzte, er solle doch nicht albern sein, worauf er meinte, ihm stünde nicht der Sinn nach Kuscheln, und ich erwiderte, er sei doch nur sauer. Wir landeten dann doch noch gemeinsam im Bett, aber danach stützte sich David auf einen Ellbogen, starrte mich betrübt an und streichelte mein Gesicht.

»Meine Süße«, sagte er mit schrecklich trauriger Stimme, worauf ich erwiderte: »Was denn? Es ist doch alles genau wie vorher.« Und er sagte: »Bist du dir da ganz sicher?« Dann schliefen wir.

Heute Morgen stand er als Erster auf und brachte mir wie immer eine Tasse Tee ans Bett, und wir lachten gemeinsam über die Schlagzeile des »Hetzkurier«: *Sektenführer macht Fleischpastete aus seinen Opfern.* Dennoch herrschte dicke Luft, und die Stimmung war schrecklich bedrückt. Ich fühlte mich entsetzlich schuldig, und David schlich herum wie Pouncer, wenn er zum Tierarzt muss. Dass meine Reaktion David so verstören würde, hatte ich nicht geahnt. Ich war eher davon ausgegangen, dass wir noch ein Glas Wein trinken und uns gemeinsam über diese Idee amüsieren würden. Als er dann wesentlich früher als sonst aufbrach und mich zum Abschied nicht küsste, sondern nur flüchtig umarmte, war dann wiederum ich total durcheinander.

Keine Ahnung, warum ich mich jetzt so scheußlich fühle. Vermutlich, weil ich spüre, dass ich David sehr verletzt habe, aber nichts dagegen tun kann.

Ich will nicht mehr heiraten. Nie mehr. Und das ist die Wahrheit. Ich kann auch nicht so tun als ob, nur damit es David besser geht. Aber ich hoffe natürlich, dass er mir jetzt nicht den Rücken kehrt.

Herrje! Beziehungen! Warum lassen wir uns nur darauf ein? Warum brauchen wir sie? Manchmal denke ich, dass ich als Eremitin auf einer einsamen Insel vermutlich glücklicher wäre, nur mit dem Wind und den Möwen als Gefährten. Wobei: So wie ich gestrickt bin, würde ich bestimmt von irgendeiner Möwe glauben, dass sie mich nicht leiden kann, und mir Sorgen darüber machen.

Apropos: Der arme Täuberich sieht in dem Dauerregen so tropfnass und jämmerlich aus. Ich stelle ihm treu und brav sein Futter hin, aber andere Tauben sind inzwischen auch dahintergekommen und fallen sofort darüber her, bevor der Täuberich zum Zuge kommt.

9. Mai

Melanie hat das hier grade auf Facebook gepostet: *Wenn man nichts erwartet, ist alles ein Segen, was man bekommt.* Vermutlich ein versteckter Hinweis darauf, dass ich ihr wieder Suppe bringen soll. Muss mal schauen, wie es ihr geht.

Später
Habe mit diversen Maklern Termine gemacht, damit sie sich das Haus anschauen und mir eine Einschätzung geben. Sie waren alle überaus interessiert; einige wollten sogar sofort vorbeikommen. Sind zweifellos alle versessen auf fette Courtage.

Später
Penny war zum Abendessen hier, und ich spürte, wie ich mich aufregte, als ich ihr von Davids Äußerungen erzählte.

»Oh mein Gott, ich hätte sofort Ja gesagt!«, bemerkte Penny, während wir das Geschirr abräumten. »Du Glückspilz! Ein Heiratsantrag mit neunundsechzig. Hast du vielleicht Schwein!«

Ich zuckte zusammen, weil ich diesen Ausdruck seit jeher nicht leiden kann. »Also, weißt du, ein Glückspilz ist man nur dann, wenn man die Person, die den Antrag macht, auch tatsächlich heiraten will. Und ganz gewiss will ich David nicht heiraten«, fügte ich ziemlich gnadenlos hinzu. »Das würde nur Stress geben. Wäre doch wie *Und ewig grüßt das Murmeltier*. Im Handumdrehen würden wir uns wieder scheiden lassen, und das wäre genauso schmerzhaft wie beim ersten Mal, wenn nicht noch viel schlimmer.«

Penny nahm mich in den Arm, als sie merkte, dass meine Stimme zittrig klang. »Du hast ganz bestimmt recht«, sagte sie beruhigend. »Wie können wir dich denn jetzt aufmuntern? Hattest du nicht gesagt, du hättest bei Terry Ecstasypillen gekauft? Wär das jetzt nicht eine gute Gelegenheit, die auszuprobieren? Sie sollen doch angeblich glücklich machen.«

»Gute Idee!«, rief ich aus, sprang auf und lief nach oben, um die Pillen aus ihrem Versteck ganz hinten in einer Schublade zu holen.

»Bist du auch sicher, dass die in Ordnung sind?«, fragte Penny nervös, als ich die Pillen auspackte, und nahm sie in Augenschein. »Uuh, wie unheimlich, da ist ein gruseliges Smiley hinten drauf! Du glaubst nicht, dass das Gift ist, oder? Und müssen wir nicht ganz viel Wasser dazu trinken?«

»Doch, wir dürfen nicht austrocknen«, antwortete ich. »Aber zu viel Wasser dürfen wir auch nicht zu uns nehmen, sonst ertrinken wir. Dieses Mädchen, weißt du, das an Ecstasy gestorben ist. Die Todesursache war nicht die Pille. Das Mädchen ist ertrunken, weil ihre Freunde ihr zu viel Wasser eingeflößt haben, um sie wachzukriegen.«

»Oh Gott!«, sagte Penny. »Aber wir wissen doch gar nicht, wie viel zu viel ist.«

»Mehrere Liter, denke ich. Komm schon, lass es uns probieren. Tausende von jungen Leuten schlucken jede Nacht mehrere von den Dingern. So schlimmen Schaden anrichten kann das nicht. Vor allem nicht bei uns beiden gleichzeitig. Und sowieso würde Terry uns ganz bestimmt nichts geben, was irgendwie riskant wäre.«

Ich war sicher, dass ich mich darauf verlassen konnte. Terry hatte in den letzten Tagen viel für mich gearbeitet, und ich fing an, den Burschen wirklich zu mögen. Er hat Ausschau gehalten nach einem Laden für unser Projekt und offenbar schon was gefunden. Der Laden ist seit zwei Wochen geschlossen; bis dahin wurden dort Schuhe verkauft, aber der Händler ist nach Angola zurückgegangen, und Terry hat rausgefunden, wer der Vermieter ist.

»Wir könnten doch vielleicht erst mal eine halbe nehmen«, schlug Penny vor. »Um ehrlich zu sein, mir geht ein bisschen die Muffe.«

»So machen wir's«, sagte ich, nahm ein Küchenmesser und säbelte die Pille entzwei. »Gott, ich hoffe nur, Robin entdeckt uns nicht. Welche Hälfte willst du? Die mit den Glotzaugen? Oder lieber den Grinsemund?«

»Ist wie damals in unserer Jugend«, sagte Penny. »Erinnert mich daran, wie wir in meinem Zimmer gekifft hatten und hofften, dass mein Vater es nicht riechen würde.«

»Obwohl ich ja glaube, dass Robin quasi von Ecstasy lebt«, bemerkte ich. »Wenn man mal bedenkt, wie viel der kifft und wie ausgesprochen liebenswürdig er ist.«

»Meinst du, es wäre vielleicht besser, einen vollen Magen zu haben?«, fragte Penny. »Ich meine, ich weiß, wir haben schon gegessen, aber ein Happen mehr wäre vielleicht nicht schlecht, oder?«

»Gute Idee. Ist bestimmt sicherer, wenn man pappsatt ist.«

Worauf wir ein bisschen Toast mampften, wohl hauptsächlich, um den unheimlichen Moment hinauszuzögern.

»Also, jetzt ist es zehn«, meinte ich nach einem Blick auf meine Uhr. »Wir sollten jetzt loslegen, sonst kommen wir nicht rechtzeitig ins Bett.«

Und schließlich wagten wir es. Jede schluckte eine halbe Pille, und wir hatten fürchterlichen Bammel dabei. Dann warteten wir.

Mittlerweile hatten wir uns ins Wohnzimmer begeben. Penny räumte die alten Sonntagszeitungen von dem bequemen Sessel weg und machte es sich dort gemütlich, während ich mich auf dem Sofa ausstreckte.

»Es passiert gar nichts«, äußerte ich nach einer Weile.

»Bestimmt war das nur Kreide«, erwiderte Penny. »Du hast einen Zehner für Kreide geblecht.« Sie sah mich mit merkwürdigem Blick an. »Obwohl ... Ich fühl mich allmählich ein bisschen komisch ...«

Und so ging es mir auch. Um ehrlich zu sein: Es war ganz und gar nicht angenehm. Ich hatte erwartet, in besonders lebhafte und fröhliche Stimmung zu geraten, fühlte mich aber lediglich irgendwie gelähmt und weit entfernt von allem. Penny schien meilenweit weg und zugleich extrem nah zu sein, und es kam mir vor, als könnte ich womöglich ihre Gedanken lesen und sie meine. Dann hatte ich eine Art Offenbarung, dass der innere Kern meiner Persönlichkeit ihren inneren Kern erkennen könne, der wiederum meinen erkannte. Es war alles äußerst kompliziert, ergab aber Sinn.

Plötzlich hörte ich mich sagen: »Ich überlege mir umzuziehen.«

»Wohin?«, fragte Penny, sehr langsam.

»Hierher!«, antwortete ich. Dann begannen wir beide zu kichern. »Weil«, fügte ich hinzu, und das erschien mir ungemein bedeutungsvoll, »ich hier bin.«

»Und David«, entgegnete Penny, »ist nicht hier.«

»Ganz genau!«

»Bin froh, dass wir das klären konnten«, bemerkte Penny träge, bevor sie wieder in eine zombieartige Trance sank.

10. Mai

Fühlte mich heute den gesamten Tag ABSOLUT GRAUENHAFT! War entsetzlich deprimiert und hatte rasende Kopfschmerzen. Kam mir außerdem wie ein totaler Idiot vor, weil ich überhaupt auf die schwachsinnige Idee verfallen war, Ecstasy zu schlucken. Als ich Penny anrief, meinte sie, ihr ginge es gut, aber ich fing erst gegen sechs Uhr abends an, mich wieder halbwegs normal zu fühlen. Ganz ehrlich: Ich kann nicht begreifen, warum Menschen sich so was regelmäßig reinpfeifen. Die Wirkung aufs Gehirn war überhaupt nicht erfreulich. Aber vielleicht sind Penny und ich einfach zu alt, um so was noch zu genießen. Vielleicht muss man quietschfidele junge Synapsen haben, damit die entsprechend reagieren und einen durch die

Droge glückselig machen. Ich vermute, unsere Synapsen sind alle schrumpelig und ausgedorrt, und bei der Amygdala (die ist immer an allem schuld, wenn es nicht der Hippocampus ist, stand unlängst in einem Artikel über Psychologie im »Hetzkurier«) gibt es eine Art Verkehrsstau. Weshalb ältere Menschen den Effekt dann als unheimlich und fern erleben. OGottoGott.

Na ja, bin trotzdem froh, dass ich es ausprobiert habe. Wäre doch schade gewesen, wenn ich ständig geglaubt hätte, was versäumt zu haben.

Dummerweise hatte ich nun ausgerechnet heute Nachmittag den ersten Maklertermin. Weiß der Himmel, wie es mir gelungen ist, dieses Gespräch zu bewältigen.

Als ich die Tür öffnete, stand davor eine extrem stark geschminkte junge Frau mit einem Klemmbrett in der Hand und diesem seltsamen Outfit, das scheinbar heute als weibliche Arbeitskleidung gilt: schwarzer Blazer, weiße Bluse, Minirock und hochhackige Pumps. Schulterpolster hatte sie keine, weil die wirklich total Achtziger sind, aber irgendwie schienen sie in der Ausstrahlung der Dame – die sich als Rashmi vorstellte – dennoch vorhanden zu sein. Als sie durchs Haus ging, gab sie in jedem Zimmer begeisterte Ooh- und Aaah-Laute von sich.

Erst als wir uns später niederließen, um über den Preis zu sprechen, waren die Einschränkungen herauszuhören. »Ein tolles Haus, genau das, wonach alle suchen. Und wenn das Badezimmer erst renoviert ist – meine Kunden würden übrigens auf jeden Fall mehr als nur ein Bad brauchen, und die Küche müsste selbstverständlich komplett erneuert werden –, hat das Haus das größte Potenzial, das ich seit Langem gesehen habe.«

Potenzial? Mein Haus hat sein ganzes Potenzial bereits erreicht, vielen Dank auch! Es könnte doch gar nicht bezaubernder und schöner sein.

Ich wartete natürlich gespannt darauf, dass Rashmi mir eine

Einschätzung des Wertes gab. Aber es war wie in einer dieser Shows im Fernsehen, in denen ein Experte eine Antiquität begutachtet, die irgendeine arme Seele angeschleppt hat. Der Experte betrachtet den Gegenstand von allen Seiten, bestaunt ihn, stellt Mutmaßungen über seine Geschichte an, weist auf eine kleine Macke hin und labert dann weiter – an dem Punkt wünscht man sich bereits, die verdammte Sendung überhaupt nie eingeschaltet zu haben –, bis er schließlich bemerkt: »Und Sie fragen sich bestimmt, wie viel das wert ist?«

Worauf der bedauernswerte Besitzer eifrig nickt und vor Aufregung fast in Ohnmacht fällt.

»Nun, ohne diesen kleinen Makel wäre es sehr viel wert«, fährt der Experte fort, um alle weiter auf die Folter zu spannen. »Man könnte eine Menge Geld dafür bekommen. Doch ich möchte meinen, dass auch trotz der kleinen Macke viele Leute diesen Gegenstand sehr gern auf ihrem Kaminsims haben würden. Deshalb denke ich, man könnte ihn schätzen … auf etwa … zehn Pfund!«

Nach gefühlten Stunden Gelaber sagte Rashmi schließlich, sie schätze den Wert des Hauses auf etwa eine Million Pfund. Worauf mir dann schon die Kinnlade runterklappte, weil ich das Haus in den Siebzigerjahren für fünfzehntausend gekauft hatte. Was damals eine Menge Geld für mich war, denn ich verdiente nur um die zwanzigtausend im Jahr. Alles relativ und so weiter und so fort. Aber eine Million Mäuse, eh? Nicht übel!

Ich sagte, ich würde es mir überlegen, da ich noch mit anderen Maklern in Kontakt stünde. Woraufhin Rashmi wissen wollte, wer die denn seien. Als ich die Namen aufzählte, behauptete Rashmi, Furlin seien Gauner, Ashton Manana würden viel zu hohe Courtagen einstreichen, und Brown, Brown & Brown verkauften zwar sehr zügig, das liege aber daran, dass sie immer den Wert viel zu niedrig ansetzten. Als es mir schließlich gelang, Rashmi nach draußen zu komplimentieren, wer kam da prompt nebenan aus dem Haus getapert? Melanie, die inzwischen etwas weniger käsig aussah als vor einer Woche.

Verblüfft sah ich, wie sie ihre schauderhafte Thai-Braut-Verbeugung machte und dazu sagte: »Nastase! Rashmi! Was machen Sie denn hier?«

Die beiden kannten sich offenbar.

»Wir sind alte Freunde«, erklärte mir Rashmi. »Ich habe Mrs Fitch-Hughes vor ein paar Jahren dieses Haus hier verkauft. Ich hoffe, es geht Ihnen gut hier!«, fügte sie, zu Melanie gewandt, hinzu. »Sie haben auf jeden Fall eine reizende Nachbarin.«

Melanie sah völlig verdattert aus. »Mar!«, rief sie dann entsetzt aus. »Du willst doch wohl nicht ausziehen, oder? Warum hast du mir das nicht gesagt? Wie kannst du nur! Das ist ja grauenhaft!«

Später
So grauenhaft Melanie das auch finden mochte – es hielt sie nicht davon ab, mich abends anzurufen und zu erklären, eine Freundin von ihr würde sich sehnlichst wünschen, in unserer Straße zu wohnen, und wenn wir den Verkauf unter uns tätigen würden, könnte ich mir die Maklercourtage sparen. Ach ja?, dachte ich mir. Ich bin nun wahrlich alt genug, um zu wissen, dass da nur Irrsinn lauert; irgendwer muss immer allerhand Gebühren für Urkunden und dergleichen bezahlen, und weil alles unter der Hand läuft, funktioniert irgendwas mit den Urkunden nicht, und alles läuft schief. Und dann kann man niemandem die Schuld daran geben. Ich möchte bei solchen Verhandlungen einen Makler als Sündenbock zur Verfügung haben, weshalb ich auf Melanies Ansinnen nicht weiter einging.

Bin dennoch ein bisschen bedrückt, so als hätte sich Melanie gesagt: »Der König ist tot, es lebe der König!« Ich meine, etwas mehr Jammern und Klagen und Haareraufen hätte ruhig stattfinden können, bevor sie mir eine Freundin als prompte Nachfolgerin offerierte.

11. Mai

Heute war die Maklerfirma Brown, Brown & Brown dran, die in Gestalt eines aalglatten jungen Mannes auftrat. Er platzte beinahe aus seinem zu engen Anzug, hatte Pomade in den Haaren und trug ein blütenweißes Nylonhemd. In der Hand das altbekannte Klemmbrett, in der anderen einen Schirm, stand er draußen im Regen. Obwohl Rashmi von James & Tweedsmuir behauptet hatte, Brown, Brown & Brown würden den Wert der Immobilie immer zu niedrig ansetzen, schätzte dieser Bursche das Haus auf 1,2 Millionen. Als ich ihm von der ersten Schätzung berichtete, wirkte er amüsiert.

»James & Tweedsmuir setzen immer den Preis zu niedrig an«, sagte er. »Die sind aufs schnelle Geld aus und arbeiten nicht im Sinne des Kunden. Aber bei Brown, Brown & Brown stehen die Interessen des Kunden an oberster Stelle.«

Nachmittags war dann die angebliche Gaunerin von Furlin da – die überhaupt nicht gaunerhaft wirkte, sondern sich als Freundin einer Freundin von mir erwies und das Haus für 1,3 Millionen anbieten würde. Sie war sogar moralisch so integer, dass sie die Äußerungen der Kollegen gar nicht kommentieren wollte, sondern nur dezent sagte, sie säßen schließlich alle im selben Boot und sie lehne Verleumdung ab.

Garantiert schätzt der Typ von Ashton Manana das Haus morgen auf 1,5 Millionen.

12. Mai

Und tatsächlich, genauso war es. Er wollte auch keine übertrieben hohe Courtage, sondern erklärte im Gegenteil, die Courtagen seiner Firma seien die niedrigsten von ganz England. Und er erklärte, er habe drei Interessenten, die sicher sofort kaufen wollten, wenn er ihnen das Haus zeigen dürfe. Als er allerdings in der Küche zu dem Glasdach aufblickte, das der Täuberich als Plumpsklo benutzt hatte, sagte der Makler: »Ich würde aber raten, das hier beseitigen zu lassen, bevor wir das Haus präsentieren. Das sieht so nach ... mangelnder Zuwendung aus. Und Sie wissen ja bestimmt: schöne Blumensträuße in den Zimmern schaffen eine verkaufsfördernde Atmosphäre.«

Muss sagen, dass mir der Ashton-Manana-Mann bisher am meisten zusagt. Er ist doppelt so alt wie die anderen Makler und wirkte sehr erfahren. Ist wohl schon jahrelang im Geschäft und hat vermutlich zahllose Häuser an russische Oligarchen verkauft.

14. Mai

Mehr Terroristen als Drogendealer auf Englands Straßen! (»Hetzkurier«)

15. Mai

E-Mail von James: *Schätzelchen, warum um Himmels willen willst du umziehen? Dein Haus ist doch ein Juwel! Könnte es absolut nicht ertragen, wenn du von dort wegziehst. Das wäre eine Katastrophe für mich. Überleg dir das noch mal!*

Ich schrieb zurück: *Lieber, du bist doch selbst umgezogen, wieso willst du dann mich davon abhalten? Mir geht es nur darum, näher bei Jacks Familie zu sein. Aber keine Sorge – ich werde mein Haus in Brixton exakt reproduzieren, so wie diese Themsebrücken, die man nach Kalifornien in die Wüste schafft.*

Aber was für ein Haus willst du denn dort finden? Ist Brixton nicht ziemlich gefährlich?, antwortete er.

Nicht im Mindesten! Ich möchte ein Haus mit einem schönen Garten, drei Schlafzimmern, Gästetoilette, Einkaufsmöglichkeiten fußläufig, nette Nachbarn, Privatparkplatz, ohne Keller ... Während ich schrieb, fiel mir auf, dass ich – vom Privatparkplatz abgesehen, der aber nicht zwingend notwendig ist – ein Haus vor Augen hatte, das tatsächlich ein exaktes Abbild meines jetzigen war.

Ist das komplette Spinnerei? Man wird sehen.

17. Mai

Marion kam ganz aufgeregt vorbei und berichtete, sie hätten jetzt einen Kurzzeitmietvertrag für diesen Laden auf dem Marktgelände, und wir könnten dort ab der zweiten Juniwoche Sachen verkaufen. Aber wir müssen nun erst mal alles vorbereiten.

Melanie, Marion, Penny und Tim kamen dann zu mir, um die nächsten Schritte zu besprechen.

Tim wird die Flyer machen, Terry soll den Laden streichen (ich werde ihn dafür bezahlen), und Marion wird Fotos von den Waisenkindern beschaffen.

Dann überlegten wir, wie wir den Laden nennen sollten.

»Der Waisenladen«, schlug Marion vor.

Wir anderen blieben stumm. »Hört sich an, als wollten wir dort

Waisen verkaufen«, sagte ich schließlich. »Ist das Wort ›Waise‹ nicht außerdem heutzutage politisch nicht mehr korrekt?«

»Wie wär's mit ›Rettung‹?«, meinte Tim.

»Klingt zu sehr nach Katzenrettung«, entgegnete ich.

»Mach mit!«, sagte Melanie.

»Tu ich doch!«, erwiderte ich ärgerlich. »Indem ich mit euch diesen Laden eröffne.«

»Ach, Mar, sei doch nicht nervig. Ich meinte das als Namen für den Laden! ›Mach mit!‹«

»Das sagt aber nichts über das Ziel aus«, wandte Tim ein.

Wir einigten uns schließlich auf »Hilfe für elternlose Kinder« und stießen dann mit einem großen Drink an.

Später

Jack rief an, sehr begeistert von meiner Idee, in ihre Nähe zu ziehen. Er denkt bestimmt, dass es dann einfacher für ihn sein wird, öfter nach mir zu schauen, wenn ich alt und lahm bin – was zweifellos so wäre. Und was mich auch freuen würde.

Sprach auch kurz mit Gene, der von dem Ladenprojekt völlig begeistert war und sagte, er könne eine Website dafür erstellen, damit wir »Internetpräsenz« hätten. Er wird sie auch auf Facebook posten und twittern und in seiner Schule nachfragen, ob man an Weihnachten für unsere Wohltätigkeitsorganisation sammeln könne.

»Wir sind aber keine Wohltätigkeitsorganisation«, wandte ich ein, sehr gerührt von seiner Begeisterung. »Dazu muss man offiziell angemeldet sein.«

»Keine Sorge, Oma, ich mach das schon«, versicherte mir Gene fachmännisch; er hörte sich an wie der Makler von Brown, Brown & Brown. »Ich komm in den Ferien mal zu dir, dann machen wir ein Brainstorming.«

Was bitte?

Später

Da ich seit über zehn Tagen nichts von David gehört hatte, rief ich ihn jetzt ziemlich nervös an, um ihm die Neuigkeiten mitzuteilen. Ich hörte sofort, dass er immer noch sauer war wegen des Heiratsthemas. Er klang total desinteressiert, als ich mich bemühte, ihn aufzumuntern.

»David, nun schmoll doch um Himmels willen nicht wegen neulich. Ich liebe dich so wie eh und je!«

Ein scheußliches Schweigen folgte. »Seltsame Art, mir das zu zeigen«, erwiderte er dann. »Indem du meinen Heiratsantrag ablehnst.«

Offenbar hatte er seither darüber nachgegrübelt.

»Ach, Schatz, bitte. Das kann ich nicht ertragen. Ich weiß, dass du verletzt bist ...«

»Ich bin nicht verletzt«, entgegnete David wütend. »Nur verwirrt. Ich hielt das für einen sinnvollen Plan, aber du willst ja nicht mal darüber nachdenken. Aber lassen wir das jetzt einfach. Ich freue mich, dass das mit dem Laden geklappt hat, habe aber furchtbar viel zu tun im Moment. Ich melde mich dann demnächst, ja?«

»Okay«, sagte ich hilflos. »Aber ich liebe dich!«

»Schon gut, schon gut«, erwiderte er, lachte widerstrebend und beendete das Gespräch.

Worauf ich mir ausgesprochen kaltherzig und gemein vorkam.

Später

Das ganze Haus scheint voller Tierkacka und -pipi zu sein. Wenn mein Kater nicht gerade den Teppich »verunreinigt«, wie der Tierarzt dezent sagte (ich folge Pouncer jetzt schon überall mit Desinfektionsmittel und Lappen und bin ständig am Wischen), dann macht der elende Täuberich jede Menge Vogeldreck. Muss das Dach sauber kriegen, bevor Interessenten hier durchgeführt werden. Werde Tim fragen, ob er jemanden weiß, der das machen kann.

20. Mai

Tim brachte heute haufenweise Kartons mit Sachen für den Laden und stellte sie zu dem Kistenberg, der sich bereits durch Spenden von Nachbarn gebildet hatte. Offenbar haben Marion und Tim am Wochenende ihr gesamtes Haus durchforstet und jede Menge altes Zeug ausgemistet. Ich bezweifle zwar, dass man das gut verkaufen kann, aber Tim hat schon recht, wenn er sagt: »Jeder Penny zählt.«

Als ich Tim fragte, ob ihm jemand einfiele, der den Vogeldreck vom Glasdach entfernen könne, gingen wir beide nach draußen, um uns das anzuschauen. Wo wir Melanie erblickten, die gerade über den Rasen gestapft kam.

»Mar!«, rief sie. »Furchtbare Nachricht! Deine Gartenmauer ist eingestürzt!«

»Meine Gartenmauer?«, wiederholte ich. »Ich hatte immer gedacht, das sei eine Trennwand und damit unsere gemeinsame Mauer.«

Wir taperten alle drei zu der Stelle, wo sich tatsächlich ein großer Teil der Mauer in einen Schutthaufen verwandelt hatte.

»Alter Mörtel«, bemerkte Tim, hob einen Ziegelstein auf und inspizierte ihn. »Sehr porös. Musste irgendwann passieren. Hör zu, ich schau mal, ob ich dir nicht einen Maurer schicken kann. Mir ist da grade jemand eingefallen.«

»Aber ich kann niemanden übers Grundstück führen, solange die Mauer eingestürzt ist!«, jammerte ich.

»Übers Grundstück? Du willst doch wohl nicht ausziehen?«, fragte Tim erschüttert.

»Nein, mich interessiert nur, ob es überhaupt Interessenten gäbe«, antwortete ich. »Will nur mal das Terrain sondieren.«

25. Mai

Trübe Stimmung wegen der Gartenmauer. Muss Besichtigungen vorerst aufschieben. Und mir graut davor, hier Handwerker zu haben. Vor allem welche von der Sorte, die auf Tims Empfehlung hin hier auftauchten. Ich hatte auf die neue Sorte gehofft, nicht auf die alte, bei denen man um Atem ringt und sich nach starkem heißem Tee mit Brandy sehnt.

Zuletzt hatte ich Handwerker aus Polen und der Ukraine gehabt, von den *Horden aus Osteuropa*, von denen der »Hetzkurier« behauptet, sie würden unser Land überschwemmen und unser aller Leben verändern. Meiner Ansicht nach zum Guten hin. Diese Jungs klingelten um Punkt sieben Uhr morgens – genau dem Zeitpunkt, zu dem sie sich angekündigt hatten –, grüßten zackig und sprachen mich mit »Madam« an, lehnten Tee dankend ab und arbeiteten, bis es dunkel wurde. Als ich fragte, ob sie vielleicht auch noch ein Regal im Badezimmer reparieren und eine verklemmte Deckenleuchte aufschrauben könnten, taten sie das freundlich lächelnd. Beim Abschied wünschte ich mir, dass noch weitere Sachen im Haus kaputtgehen würden, damit ich diese Männer wieder herbitten könnte.

Ich hatte geglaubt, Tim hätte diese Art von Handwerkern im Sinn. Doch nein, die waren von der alten Spezies und wirkten, als hätte man sie aus irgendeiner Fünfzigerjahre-Kiste gezerrt. Als Mike und Sean mit trübem Blick in meine Küche tappten und knurrig »Tach« vor sich hin murmelten (einer schien auch keine Zähne mehr zu haben), hätten bei mir sofort die Warnlampen aufleuchten müssen.

Sie gaben mir einen Kostenvoranschlag, verlangten eine hohe Anzahlung und verschwanden wieder.

»Bist du sicher, dass diese Handwerker was taugen?«, fragte ich Tim, als die Burschen zwei Tage später immer noch verschollen waren.

»Aber klar. Das sind prima Jungs«, versicherte er mir.

Aber ich warte immer noch auf deren Rückkehr.

28. Mai

Die nun heute endlich stattfand. Sean habe ein schlimmes Bein gehabt, erklärten sie. Aber jetzt, da sie nun wieder hier seien, »da müssen Sie sich gar keine Sorgen mehr machen, Marilyn. Wir erledigen alles in Nullkommanix.«

»Marie«, korrigierte ich.

Doch dann suchten sie nach einer halben Stunde wieder das Weite und seither keine Spur von ihnen.

Gut, man muss gerechtigkeitshalber sagen, dass es in Strömen regnet – aber trotzdem. Ich rufe sie immer wieder auf ihren Handys an, kriege jedoch keine Reaktion und fühle mich hilflos.

29. Mai

Heute kam Tim mit einem Mietkombi und lud die Kisten ein, die sich im Flur angesammelt hatten. War grauenvoll. Aber immerhin bekamen wir es hin, sie in unseren Laden zu schaffen. Der ist eine ziemlich verwahrloste Angelegenheit. Drähte ragen aus der Wand, das Wellblechdach wirkt marode, der Metallrollladen am Schaufenster ist verrostet, und an der Tür hängt ein Vorhängeschloss. Der sogenannte Laden erinnert mehr an einen Container als an ein Geschäft, aber Terry, der auch da war, meinte, mit ein bisschen Farbe würde bald alles hübsch werden.

Bei dem Dauerregen, der aufs Dach prasselte, ging die Arbeit nicht gerade leicht von der Hand, aber wir schafften es immerhin, zumindest Kleider, Bücher und allerlei Krimskrams in getrennte Haufen zu sortieren. Unbrauchbaren Schrott bringt Tim mit dem Wagen zur Müllhalde. Finde es doch sehr erstaunlich, dass manche Menschen offenbar glauben, jemand könnte etwas mit an den Seiten aufgeplatzten Schuhen oder einer verkokelten Bratpfanne mit gesprungenem Griff anfangen. Dergleichen können doch nicht mal die Ärmsten der Armen verwenden!

Terry schlug vor, das Werbebanner in Graffiti-Schrift zu entwerfen, damit es cooler aussieht. Die anderen waren begeistert von der Idee, ich fand sie hingegen ein wenig altbacken. Als Terry aber erklärte, er könne dabei auch Gene den Graffitistil beibringen, war ich natürlich sofort Feuer und Flamme. Und ich selbst hätte eigentlich auch Interesse, das zu lernen, wenn ich es mir recht überlege.

Da Gene am Wochenende bei mir ist, habe ich gleich einen Termin mit Terry vereinbart.

Eine der Spenderinnen hatte ihre Sachen in Luftpolsterfolie verpackt, die ich – ziemlich wehmütig – in die Mülltonne stopfte. Ich dachte nämlich daran, wie Gene und ich früher einen Riesenspaß dabei gehabt hatten, die Folie zum Knacken zu bringen, indem wir darauf herumhopsten. Aber das verlockt ihn jetzt wahrscheinlich nicht mehr. Ich selbst hätte eigentlich noch Lust darauf, kann mich aber nicht dazu durchringen, es allein zu machen.

Auweia.

30. Mai

Mit furchtbar steifen Knochen aufgewacht, nachdem ich gestern auch noch mit Tim und Terry im Laden Regale aufgebaut, haufenweise Kleider zum Waschen mitgenommen habe und so weiter. Angenehm ist das alles nicht, und die Leute aus den anderen Läden sind nicht gerade nett zu uns. Die Händler scheinen meist aus Syrien oder Pakistan zu stammen, und man kann sich kaum verständigen. Sie lächeln zwar, sehen dabei aber argwöhnisch aus, was ich gut verstehen kann, denn sie haben auf dem Marktgelände ihre eigene Gemeinschaft. In deren Läden werden Koffer, Saris, Mützen, Kunstblumen, verschnörkelte Spiegel, Schuhe und dergleichen verkauft, und die Händler legen bestimmt keinen Wert auf Konkurrenz von ein paar mittelständischen Gutmenschen, die hier auftauchen, um die Welt zu verbessern.

Tja nun. Wir werden das ja wohl nur ein paar Monate machen, da müssen die Händler eben durch.

Später
Noch immer kein Lebenszeichen von den Handwerkern. Regnet in Strömen. Jack brachte Gene zu mir, der ganz versessen darauf schien, Flyer auszutragen. Bei Regen fand ich das zwar nicht so toll, aber Jack meinte, das sei kein Problem. Und ich wandte auch noch ein, ob Gene mit neun nicht ein bisschen zu jung sei, so was allein zu machen, worauf Jack meinte, er würde ihn die erste halbe Stunde begleiten, dann könne er im Alleingang weiterziehen. Zwei Stunden später kehrte Gene zurück, tropfnass, aber strahlend, und berichtete, er habe Tim getroffen, der ihm noch mehr Flyer gegeben habe, und dann hätten sie die Straßen im Westen gemeinsam abgeklappert. Hätte es zu schätzen gewusst, wenn Tim mich angerufen und mir Bescheid gege-

ben hätte, weil ich vor Angst schon am Bibbern war. Aber Gene hatte seine Unabhängigkeit sichtlich so sehr genossen, dass ich es nicht übers Herz brachte, etwas zu sagen.

31. Mai

Heute etwas besseres Wetter. Der Regen hatte zumindest den Vorteil, dass einiges von dem Taubendreck weggespült wurde, allerdings bloß in die Dachrinne, was nun auch nicht gerade appetitlich ist.

»Was willst du denn mit ihm machen?«, erkundigte sich Gene, der den Täuberich »Mr T« nennt und ihn offenbar irgendwie liebgewonnen hat.

»Der Tierarzt meint, er würde sich bald eine Freundin suchen«, antwortete ich. »Und nun hoffe ich, dass er sich damit auch ranhält.«

»Ich such mir auch bald eine Freundin«, erwiderte Gene darauf grinsend.

Als der Regen komplett aufgehört hatte, zog Gene seine Malklamotten an, die er mitgebracht hatte, und wir spazierten zum Laden, wo Terry schon mit seinen Spraydosen und großen Laken wartete. Gene war auf Anhieb begeistert von ihm. Wirklich erstaunlich. Terry scheint für Gene so was wie ein cooles männliches Vorbild zu sein, und er sagte gleich »Alter« zu ihm und klatschte ab. Keine Ahnung, wie Terry das fand, aber er kann offenbar gut mit Kindern umgehen – was mich nicht wundert, weil er selbst im Geiste kaum älter zu sein scheint. Fand es jedenfalls rührend, wie fürsorglich und mitreißend Terry war.

»Respekt, Bro – ist echt krank geworden«, sagte Terry, als die Schrift fertig war. »Todesabgespaced. Jetzt der Rand.«

»Auf jeden, Alda«, erwiderte Gene. »Bin voll am Start, Babo.«

Ich hatte keinen blassen Schimmer, was die beiden da redeten.

Wir waren gerade wieder zu Hause und aßen zu Abend, da klopfte jemand an die Küchentür – natürlich Melanie.

»Wie ist sie denn da hingekommen?«, fragte Gene. »Ist sie über die Mauer geklettert?«

»Nein, Schatz, ein Teil der Mauer ist eingebrochen, und nun spaziert Melanie andauernd in meinen Garten, was mich kolossal nervt«, antwortete ich, setzte aber eine halbwegs freundliche Miene auf, als ich Melanie einließ.

»Hallo, kleiner Mann!«, flötete sie, als sie hereingerauscht kam. Muss sagen: Als sie noch die Ruhr hatte, war der Umgang mit Melanie erheblich einfacher, weil sie da nicht dauernd ihre Nase in meine Angelegenheiten steckte.

»Er ist nicht mehr klein«, versetzte ich umgehend, weil ich mir dachte, dass Gene die Bemerkung bestimmt enorm peinlich war. Er grinste etwas verlegen, stand aber auf und streckte meiner aufdringlichen Nachbarin die Hand hin. »Hallo, Melanie, wie geht es Ihnen?«, sagte er dazu.

»Meine Güte, was für tadellose Manieren!«, rief Melanie verzückt aus. »Ist er nicht hinreißend!«

»Was möchtest du, Melanie?«, fragte ich unumwunden.

»Ich habe, glaube ich, in deinem Flur vor ein paar Tagen so eine hübsche Federboa gesehen, die jemand gespendet hat. Hast du die schon in den Laden gebracht? Dort hab ich sie nämlich nicht gefunden.«

»Nein, ich glaube, sie ist noch hier«, antwortete ich. Melanie schwebte hinaus und kehrte mit der Boa am Hals zurück.

»Wunderbar!«, zwitscherte sie. »Genau meine Farbe. Danke, Süße!«

Plötzlich meldete sich Gene zu Wort. »Wie viel sollte die kosten?«, fragte er.

»Wie viel? Ach, das geht als Gratisgabe für die Organisatoren durch, oder, Mar? Das Recht auf erste Auswahl?«

»Ich finde, die erste Auswahl sollten die Leute haben, die etwas kaufen wollen, um die Waisenkinder zu unterstützen«, verkündete Gene entschieden, blätterte dabei in einem Fußballmagazin, das er mitgebracht hatte, und studierte einen Spielplan.

Melanie und ich sahen uns verblüfft an. Gene hatte natürlich recht, und ich war froh, dass ich mir nicht selbst schon irgendwas unter den Nagel gerissen hatte. Ist schon peinlich, wenn man sich eine Standpauke von jemandem anhören muss, der sechzig Jahre jünger ist als man selbst.

»Was meinst du, Melanie?«, sagte ich. »Einen Zehner?«

»Ich hab so was auf dem Flohmarkt in Brixton für zwanzig gesehen«, erklärte Gene hartnäckig und betrachtete eingehend ein Foto von einem Torhüter, der gerade den Ball schnappte.

»Also schön, zwanzig Pfund«, sagte Melanie und kramte in ihrer Handtasche. »Wir wollen ja schließlich, dass es den süßen Waisenkindern besser geht, nicht wahr?«

Nachdem sie verschwunden war, blickte Gene zu mir auf. Er sah noch immer ziemlich empört aus und sagte: »Das war doch echt der Hammer! Die traut sich vielleicht was! Aber ich hab's ihr gezeigt, oder, Oma?«

»Und wie!«

Ein Schweigen entstand, während Gene über seinen Triumph nachsann. Dann sagte er unvermittelt: »Weißt du, wie man Leute nennt, die ganz viel Haare am Hintern haben, Oma?«

»Nein«, antwortete ich, etwas bestürzt.

»Arschhobbit«, erklärte Gene ernsthaft.

Ich musste wider Willen schallend lachen.

Und kam zu dem Schluss, dass ich mir keine Sorgen mehr darüber machen muss, wie Gene an der Oberschule zurechtkommen wird.

JUNI

2. Juni

Gute Nachrichten! Habe den Täuberich tagelang nicht gesehen, was zum ersten Mal vorkam. Bin begeistert! Penny ist zwar der Überzeugung, dass Pouncer ihn erlegt hat, weil er den Vogel immer wieder durchs Badezimmerfenster beäugt hat. Aber ich fürchte, dass mein Kater gar nichts mehr erlegen kann, und schon gar nicht einen Vogel, der weit oben auf einer Dachrinne hockt.

Pouncers Fell ist so stumpf, als bräuchte er eines dieser Glanzshampoos aus den Werbespots, nach dessen Gebrauch Frauen über Wiesen hüpfen und im Sonnenlicht ihre schimmernden Locken schwingen. Seine Nase fühlt sich trocken an, und er sieht elend und verängstigt aus. Er tut mir so schrecklich leid. Obwohl ich andauernd hinter ihm herputze und alles mit Maiglöckchenduft besprühe, riecht es inzwischen im ganzen Haus leicht nach Katzenpisse. Mit dem Vogeldreck auf dem Glasdach, dem Pipigestank, den gelbgrünen Flecken auf dem Teppich und den Bergen von Gerümpel im Flur kommt es jetzt auch nicht mehr darauf an, dass die Handwerker verschollen sind, denn so ist das Haus ohnehin nicht vorzeigbar.

Dennoch: Seit die Burschen so spurlos verschwunden sind wie der Täuberich, rufe ich ständig bei denen an und hinterlasse verzweifelte Nachrichten. Aber von einem einzigen Rückruf vor drei Tagen abgesehen, bei dem Sean verkündete, sie seien auf jeden Fall am nächsten Tag wieder da (haha, wer's glaubt, wird selig), habe ich nichts mehr von den Kerlen vernommen.

Terry findet das empörend und hat vorgeschlagen, die Mauer selbst wieder aufzubauen; er hat offenbar vor ein paar Jahren mal eine halbe Maurerausbildung absolviert. Aber ich finde, dass ich den beiden noch eine Chance geben sollte, vor allem, weil ich ihnen idiotischerweise zu Anfang so eine hohe Anzahlung gegeben habe.

3. Juni

Sind Sie dement? Man sieht's am Gang! (»Hetzkurier«)
Hab Robin überredet, mich mit meinem Handy zu filmen (er selbst hat natürlich keines, wegen der Strahlen, die das Gehirn zerstören). Als wir uns das Video anschauten, sah mein Gang okay aus, den Kriterien aus dem Artikel zufolge. Da ich den vorher gelesen hatte, wusste ich natürlich, wie der gesunde Gang auszusehen hat, also ist dieses Experiment wohl letztlich nicht aussagekräftig. Offenbar ist nicht nur Schlurfen ein Hinweis auf Demenz – weshalb ich die Füße so geziert hochzog, dass ich wie eine Araberstute beim Dressurturnier aussah –, sondern auch die Beweglichkeit der Arme. Die ich deshalb besonders schwungvoll schwingen ließ. Robin bemerkte, dass ich mit diesen Verrenkungen problemlos bei den »albernen Gängen« von John Cleese bei Monty Python mitmachen könne. Was mir einerlei ist. Hauptsache, nicht dement.

Später
Habe im Internet nach einem besonders guten Clip von John Cleeses Gängen gesucht und ihn dann David geschickt, in der

Hoffnung auf eine fröhliche Antwort, aber bislang nichts dergleichen.

Fange an, Schlafprobleme zu bekommen, weil ich so viel an David denke. Ich hoffe, dass er wirklich meint, wir sollten das Ehethema abhaken, und nicht immer noch sauer ist.

4. Juni

Handwerker sind wieder da.

»Der Wagen war kaputt«, erklärte Sean. »Aber jetzt klotzen wir ran, Sie werden sehen, Marion.«

»Sie reißen aber nicht meine Pflanzen raus oder ruinieren den Rasen?«, fragte ich, während ich den Burschen riesige Becher mit Tee und gigantische Kuchenstücke servierte, damit sie diesmal etwas länger blieben. »Ich heiße übrigens Marie.«

»Aber ganz sicher nicht!«, antwortete Sean. »Wir haben ja selbst Gärten und wissen, wie wertvoll Pflanzen sind. Ein bisschen zurückschneiden müssen wir schon, das ist ja sonnenklar ... Apropos: da war grade ein Regentropfen, oder, Mike? Bei solchem Wetter können wir nicht arbeiten. Wir kommen morgen wieder. Meine Herren, war der Kuchen gut! Bis morgen, Martha.«

Mike nuschelte etwas zum Abschied.

Ich war ja noch geneigt, ihnen zu glauben, aber als ich heute Nachmittag einkaufen ging, sah ich den Wagen der beiden eine Straße weiter. Die Hecktüren standen offen; die beiden arbeiteten eindeutig anderswo. Na ja, warten wir mal bis morgen ...

7. Juni

Es ist Mittag, die Sonne scheint, und keine Spur von den Handwerkern ... Könnte vor Wut aus der Haut fahren.

Der Täuberich ist ebenfalls nicht wieder aufgetaucht. Habe zwar auf einem Baum einen Vogel gesichtet, der ihm ähnelte und einsam und allein auf einem Ast hockte. Aber selbst mit meinem alten Opernglas konnte ich nichts richtig erkennen.

9. Juni

Habe Gene heute Morgen in Brixton abgeholt, damit er uns im Laden hilft. Jetzt muss ich den Burschen auch noch bezahlen, damit er zu mir kommt! Zwar bloß einen Zehner, aber es scheint, als sei Bestechung inzwischen die einzige Methode, damit er bei mir übernachtet.

Er hat uns allerdings wirklich sehr geholfen. Zuerst waren wir im Laden, wo Tim und Terry inzwischen das riesige Banner mit der Aufschrift *Hilfe für elternlose Kinder* aufgehängt haben. Gene beobachtete begeistert, wie Terry Regale aufbaute, und machte einige gute Vorschläge, zum Beispiel, dass wir uns ein paar Vitrinen zulegen sollten, damit wertvolle Sachen nicht gestohlen würden. Mit »wertvoll« ist alles gemeint, was klein ist und über zwanzig Pfund einbringen könnte. Besonders glücklich war Gene, als er den Auftrag bekam, mit ein paar Schmuckstücken zum Juwelier zu gehen und sie schätzen zu lassen. Als er zurückkam, verkündete er aufgeregt, zwei von ihnen seien über fünfzig Pfund wert.

»Er hat gesagt, das sind echte Perlen, Oma. Bestimmt haben die Spender das nicht gewusst, oder? Aber ich hab es rausgekriegt, nicht?«

Melanie, die für die Reinigung der Kleidung zuständig war, ordnete sie nach Gattung – Blusen, Röcke, Kleider, Hosen und so fort –, und Gene sollte prüfen, ob die Kleidung tatsächlich tragbar war oder ob sie Flecken oder Risse aufwies. Er sortierte einige Blusen mit grässlichen Achselschweißflecken aus, und wir stopften die Sachen hastig in einen Müllsack. Dann überprüfte Gene ein Puzzle vom Piccadilly Circus mit tausend Teilen und stellte fest, dass es nur neunhundertneunundneunzig waren. Worauf er anbot, es mit zu mir zu nehmen und das fehlende Teil zu basteln. Ich wandte ein, dass er damit den Rest des Tages beschäftigt sein würde, weil er ja die neunhundertneunundneunzig Teile zuvor zusammensetzen müsste. Aber er bestand darauf, das Puzzle mit nach Hause zu nehmen, um es zu vervollständigen.

»Schau mal, Oma, dafür könnte man doch fünf Pfund kriegen, und davon könnte man einem Waisenkind ein Spielzeug kaufen, stimmt's? Vielleicht sogar zwei, weil Spielsachen in Indien nicht so viel kosten, oder?«

Wir gingen nach Hause zum Lunch. Danach waren wir gerade damit beschäftigt, die letzten Kartons aus meinem Flur ins Auto zu laden, als Gene, der den Inhalt einer Kiste sondierte, plötzlich ausrief: »Oh nee! Oma! Komm schnell!«

»Was ist?«

»Ich glaub, Pouncer hat das als Klo benutzt«, erklärte Gene, hielt sich die Nase zu und wich zurück.

Als ich in die Kiste blickte, musste ich feststellen, dass er recht hatte. Einige Kleider waren komplett durchnässt.

»Na komm schon«, sagte ich entschlossen. »Ich geb dir Gummihandschuhe. Dann schauen wir das zusammen durch, werfen die unbrauchbaren Sachen weg und behalten den Rest.«

Was wir dann auch taten, begleitet allerdings von Genes Ausrufen – »Iiii, Mann, stinkt das! Ey, echt so eklig!!!« – und lautstarkem Husten. Ich war mir nicht sicher, ob er so ein Theater machte, um sich selbst mutiger zu fühlen, so als kämpfe er gegen Drachen. Aber dann fiel mir ein Artikel aus dem »Hetzkurier« wieder ein, aus dem ich erfahren hatte, dass Kinder nicht grundsätzlich mäklig sind mit dem Essen, sondern dass ihre Geschmacksnerven empfindlicher sind als die von Erwachsenen und Kinder deshalb viele Speisen unangenehm finden. Vielleicht gilt das eben auch für Gerüche? Ich weiß jedenfalls noch genau, dass ich als Kind weder Blumenkohl noch Bratspeck essen konnte, ohne zu würgen. Seltsamerweise kann ich mittlerweile von beidem gar nicht genug kriegen.

Als mir das einfiel, hatten wir aber schon ausgepackt, und nachdem Gene uns mit einer Unmenge Maiglöckchenspray nahezu erstickt hatte, warfen wir das Pouncerzeug in den Müll und luden den Rest ins Auto.

Im Laden legte Tim uns den Dienstplan vor, wer wann im Einsatz zu sein hatte. Ferner hatte Tim auch schon eine Tabelle vorbereitet, in die wir die Einnahmen eintragen können, was sehr praktisch ist, weil wir anderen für derlei Organisation gar kein Geschick haben. Penny hatte sich möglicherweise zum Mittagessen ein Glas Wein zu viel genehmigt; alles in allem macht sie aber in letzter Zeit einen besseren Eindruck. Vielleicht kann man sich also der Hoffnung hingeben, dass diese Phase bei ihr vorbei ist.

10. Juni

Als ich von Pouncers Zustand erzählte, war Gene extrem besorgt, setzte sich zu meinem alten Kater, streichelte ihn und sang ihm leise *Happy* von Pharrell Williams vor. War mir nicht sicher, was Pouncer davon hielt, aber es war hinreißend zu sehen, wie sich der Junge liebevoll um etwas kümmerte, das kleiner war als er, obwohl er selbst vor Kurzem noch klein gewesen war.

Jack spurtete herein, um Gene abzuholen, und sagte, er habe es furchtbar eilig und könne nicht zum Kaffee bleiben, was ich sehr traurig fand. Ich war gerade im Begriff, in den üblichen Trübsinn nach dem Gene-Abschied zu verfallen, als Robin herunterkam.

»Störe ich?«, fragte er. »Ich wollte nur mal schauen, wie es Pouncer geht.« Robin schüttelte den Kopf, als er den Kater eingerollt in der Ecke liegen sah. »Zweierlei macht mir Sorgen«, erklärte Robin. »Zum einen: das Wasser. Gibst du ihm Leitungswasser zu trinken? Falls ja, würde ich dir raten, das zu ändern. Ich nehme nie Leitungswasser zu mir, weil unser Trinkwasser von der Regierung mit Drogen versetzt wird, damit wir die schrecklichen Dinge vergessen, die hier tagtäglich von der Politik angerichtet werden. Du würdest dich wundern, wenn du wüsstest, was alles in dem Wasser ist. Zum anderen ist mir an der Uxbridge Road ein Handymast aufgefallen, von dem garantiert schädliche Strahlen ausgehen. Ich fühle mich seit einiger Zeit auch nicht richtig wohl und führe das darauf zurück. Sobald ich mich aus diesem Umfeld entferne, fühle ich mich viel besser und stärker.«

»Oje, das tut mir aber leid«, erwiderte ich beunruhigt. »Ich hoffe, es ist nicht irgendwas hier im Haus, das dir zu schaffen macht. Die Gasleitungen lasse ich regelmäßig überprüfen, eine Kohlenmonoxidvergiftung kann es also nicht sein. Aber ich muss zugeben, dass ich zurzeit auch üble Schlafstörungen habe.«

»Nein, nein, mit dem Haus hat es gar nichts zu tun. Ich bin ganz sicher, dass diese Strahlen die Ursache sind. Überlege derzeit, ob ich aufs Land ziehen soll, nach Wales oder vielleicht sogar auf die Shetland-Inseln. Aber heutzutage ist es enorm schwer, diesen Handystrahlen zu entkommen.«

Ich schlug vor, dass er seine Fenster lieber aufmachen sollte (statt sie wegen der Strahlen geschlossen zu halten), damit der Geruch der Räucherstäbchen rausgelüftet würde.

»Ich habe jedenfalls von Räucherstäbchen seit jeher Kopfschmerzen bekommen«, sagte ich. »Habe mich schon manchmal gefragt, ob da nicht irgendwas Böses beigemischt wird, um unser Gehirn zu beeinflussen ...«

Robin sah vollkommen schockiert aus. »Daran hatte ich noch gar nicht gedacht!«, rief er aus. »Du könntest durchaus recht haben! Das mache ich sofort. Glänzende Idee.« Er eilte nach oben.

Ganz ehrlich: Manchmal überlege ich mir, ob ich mich nicht selbst als Heilerin oder Guru anbieten sollte. Ich würde bestimmt gutes Geld damit verdienen. Könnte mir doch von Melanie Tücher borgen und mir einen Turban daraus binden, und dann müsste ich nur noch die richtigen Sprüche von mir geben und Kohle einstreichen.

Später
Werde morgen wieder mit Pouncer zum Tierarzt fahren. Muss der Tatsache ins Auge blicken, dass ich Pouncer einschläfern lassen muss, so traurig es auch ist. Kann die Vorstellung nicht ertragen, sein Leben unnötig zu verlängern und ihn leiden zu lassen.

Ach Gott, ich wünschte, David wäre hier und würde mir zur Seite stehen und mich trösten. Wache ständig nachts auf und mache mir Sorgen. Habe immer noch nichts von ihm gehört.

15. Juni

Nachdem der Laden nun fertig eingeräumt ist – in ein paar Tagen steigt die große Eröffnung –, bin ich endlich dazu gekommen, meine Skizzen der indischen Bäume auf Leinwand zu übertragen, und fühle mich plötzlich putzmunter. Hatte ganz vergessen, wie faszinierend dieser Prozess ist. Kann es schon morgens beim Aufwachen kaum erwarten loszulegen und male à la Van Gogh wie eine Wahnsinnige. Da ich jetzt mit voller Kraft loslege, wird es vermutlich gar nicht lange dauern, bis ich alle Bilder fertig habe. Wenn ich in diesem Tempo weitermache, höchstens bis Ende August.

Später
Komme gerade mit Pouncer vom Tierarzt zurück. Nachdem er alles betastet – und dabei an die Decke gestarrt hatte, wo er sich vermutlich die inneren Organe vorstellte, setzte er Pouncer in seinen Korb zurück und machte ein ernstes Gesicht.

»Mrs Sharp«, sagte er. »Ich denke, Sie wissen, was ich Ihnen sagen muss.«

Natürlich wusste ich es. Ich hatte schließlich schon mehrere Katzen gehabt, und obwohl es immer sehr traurig ist, wenn sie sterben, weiß ich doch, dass sie mich nicht überleben werden. Was mir viel schlimmer zusetzt, ist die Vorstellung, dass Pouncer leidet und Schmerzen hat. Das möchte ich unter allen Umständen vermeiden.

»Meinen Sie, man sollte ihn einschläfern?«, fragte ich, weil ich den Eindruck hatte, dem Tierarzt auf die Sprünge helfen zu müssen.

Er sah mich erschüttert an. »Wir müssen nichts überstürzen. Dafür ist Ihr Kater jetzt noch nicht bereit. Aber in nicht allzu ferner Zukunft könnte es, fürchte ich, dazu kommen, dass wir dem Leben Ihres lieben Gefährten ein Ende bereiten müssen.«

»Wie ist denn Ihre Einschätzung des Zeitraums? Er soll auf keinen Fall unnötig leiden. Wenn es heute sein müsste, dann wäre es auch gut. Ich meine, natürlich ist es nicht gut, sondern sehr traurig, aber ich wünsche mir den leichtesten Weg für ihn.«

»Nein, nein, nicht heute!«, erwiderte der Arzt konsterniert. »Ihm bleibt schon noch ein Weilchen Zeit. Wir können dafür sorgen, dass er es zumindest noch für ein paar Wochen gut hat. Vielleicht auch länger.«

»Hören Sie«, sagte ich, entschlossen, Klartext zu reden. »Ich habe kein Problem damit, dem Leben meines Katers ein Ende zu bereiten, wie Sie das ausdrücken. Sie verstehen mich nicht richtig. Ich liebe meinen Kater sehr, und er ist viele Jahre ein wunderbarer Gefährte für mich gewesen. Aber wenn er leiden und Schmerzen ertragen muss, weil ich zu feige wäre, um ihm beizeiten das Lebenslicht auszupusten – das könnte ich mir niemals verzeihen.«

Der Arzt sah inzwischen vollkommen entsetzt aus. »Sie sind, ähm, ausgesprochen nüchtern, Mrs Sharp«, sagte er.

»Nun, ich bin in einer Zeit aufgewachsen, in der Tiere regelmäßig getötet wurden, ohne dass man das sprachlich verbrämt hat«, entgegnete ich. »Wenn eine Katze nicht erwünscht war, brachte man sie zum Tierarzt, basta, aus. Ich bin nicht sentimental, was Tiere angeht. Ihr Leben ist kürzer als unseres, und das sollte sich jeder klarmachen, der sich ein Haustier zulegt. Ich denke für Pouncer, nicht für mich. Sosehr ich mir auch wünschen würde, dass er bei mir bleibt, sosehr will ich aber auch verhindern, dass er leidet. Das bin ich ihm schuldig.«

Ich hatte den Eindruck, dass der Tierarzt noch nie einer Person wie mir begegnet war. Er hatte vorher bereits die Kleenexschachtel bereitgestellt, offenbar darauf vorbereitet, dass ich in Tränen ausbrechen würde.

»Nun, Sie vertreten eine recht ungewöhnliche Haltung«, sagte er jetzt kalt.

»Das hat damit zu tun, dass ich während des Kriegs auf die Welt kam«, sagte ich. Was nicht stimmte, denn ich wurde in den Nachkriegsjahren geboren. Aber ich dachte mir, der Tierarzt würde dann vielleicht eher kapieren, worum es mir ging.

»Kommen Sie nächste Woche wieder mit ihm vorbei, dann schauen wir nach seinem Zustand«, sagte der Arzt jetzt eher unwillig. »Wenn wir den Eindruck haben, dass es so weit ist, könnten wir vielleicht erwägen …«

Am Empfang hatte ich 120 Pfund zu blechen, wie üblich.

Ganz ehrlich, was denken sich die Leute heutzutage! Die glauben scheinbar, irgendwas würde leichter, wenn sie mit Kleenex aufwarten und um den heißen Brei herumreden à la: »Das könnte der Anfang eines langen Prozesses sein, in dem wir das Ende seiner Lebenszeit ins Auge fassen und uns vielleicht darauf vorbereiten sollten, dass er sterben könnte.« Menschen meines Alters dagegen finden es meist erheblich erträglicher, einfach zu sagen: »Er hatte ein erfülltes Leben, aber jetzt ist das Ende gekommen, und das geht in Ordnung so.«

Als ich mit meinem armen alten Pouncer wieder nach Hause fuhr, war ich ziemlich außer mir. Zum Teil natürlich wegen der Vorstellung seines Todes, aber mehr noch, weil dieser Tierarzt ihn offenbar hinauszögern wollte.

17. Juni

Zu allem Übel kehrte doch wahrhaftig heute früh auch noch der Täuberich zurück. Er sah aus, als sei er von einer Horde anderer Vögel attackiert worden – was keineswegs unwahrscheinlich ist. Zerfleddert und schmutzig, mit schlammbeschmierten Flügeln und zerrauftem Federschopf hockt er nun wieder auf seiner Dachrinne. Lieber Gott, ich scheine ständig von leidenden Tieren umgeben zu sein. Liegt das an mir? Zuerst Strolch, der verwahrloste Schäferhund von gegenüber, den wir vor zwei Jahren vorm Verhungern gerettet haben. Und nun Pouncer und der Täuberich.

Ich stellte ihm Maiskörner hin, aber er kam überhaupt nicht zum Zuge, weil sich sofort eine Bande grässlicher, gefräßiger Stadttauben daraufstürzte und dabei auch noch den Rest des Dachs vollkackte. Bald wird man nicht mal mehr erkennen können, dass das mal eine Glasscheibe war, so beschmiert ist sie jetzt schon mit diesem klebrigen schwarzen Zeug.

Muss endgültig den Täuberich irgendwo unterbringen. So geht das nicht mehr weiter.

18. Juni

Heute war unsere Eröffnungsfeier vom Laden. Wir hatten davor Luftballons aufgehängt, uns schick gemacht und alle eingeladen, die wir kannten. Im Laufe des Tages kamen bestimmt an die hundert Leute, und die anderen Händler konnten ihr Glück kaum fassen. Nachdem die Leute nämlich bei uns eine Teekanne mit Macke gekauft hatten, um das Projekt zu unterstützen, wanderten sie zu den anderen Läden und begeisterten sich für wunderschöne indische Seidenstoffe, ein Angebot von zwei afrikanischen Nachthemden für ein Pfund oder knallbunten glitzernden Haarschmuck. Unsere Gäste kauften überall ein wie die Wilden.

Wir hatten zunächst befürchtet, zu viel Ware in den Laden

gestopft zu haben, aber am Spätnachmittag sah es beinahe aus, als hätten wir zu wenig.

Um fünf erschien Penny mit der nunmehr viel zu häufig bei ihr gesichteten üblichen Flasche Sekt und schlug vor, mit den anderen Händlern anzustoßen. Die blickten allesamt äußerst missbilligend, weil keiner von ihnen Alkohol trank. Um die Lage zu retten, eilte ich ins nächste Café und erstand Mango- und Lycheesäfte sowie Plastikbecher, um andere Getränke offerieren zu können.

»Wir haben an unserem ersten Tag über tausend Pfund eingenommen!«, erklärte Tim erstaunt. »Aber wir müssen wieder aufstocken. Vielleicht sollten wir auch in weiterer Entfernung Flyer einwerfen.«

James, der mit Owen gekommen war (sie hatten die Farm in die Obhut eines Nachbarn geben können), versprach, sich in Wiltshire nach Ware für uns umzutun, und ich überlegte, ob ich David damit beauftragen könnte, in seinem Dorf Sachen aufzutreiben, obwohl er ja angeblich ach so viel zu tun hat. Habe immer noch nichts von ihm gehört.

James und Owen übernachteten bei mir, und da es der zehnte Todestag von Hughie war, beschlossen wir, zum Essen auszugehen. Ich hatte einen Tisch in einem besonders angesagten neuen Restaurant in Holborn reserviert, und wir kutschierten, zusammen mit Penny, in meinem Fiat 500 dorthin. Wo ich allerdings entsetzt feststellen musste, dass es sich um eines dieser von Kopf-bis-Fuß-Restaurants handelte, wo das ganze Tier verarbeitet wird und man für simple Gerichte wie Lammhüfte mit Gerste horrende Preise bezahlt. Ganz zu schweigen von so was wie Knochenmark, das mit einer extralangen Gabel serviert wurde.

James fand alles prima, aber Owen war fassungslos. »So was kam in meiner Kindheit auf den Tisch«, berichtete er mit seinem ländlichen Akzent. »Schaut euch doch mal an, was die hier für Schweineleber verlangen! Und Grünkohl! So was fressen doch nur Pferde. Gefüllte Steckrüben? Nee, danke. Und die Kartoffeln hätten sie auch schälen können. Die wollen einen hier doch verarschen, oder?«

War nicht einfach, ihm den Hintergrund dieses städtischen Trends zu erklären. Nachdem ich aber das Knochenmark probiert hatte, musste ich Owen beipflichten. Abscheulich glibberiges Zeug, das irgendwie aussah wie Ausfluss und in etwa auch so schmeckte.

Peinlicherweise war Penny extrem betrunken, zum Glück aber erst gegen Ende des Abends. Sie wäre fast gestürzt, als sie vom Stuhl aufstand, und die beiden Jungs mussten sie stützen, als sie zum Ausgang schwankte.

Wahnsinnig beunruhigend.

Später
Nachdem wir Penny zu Hause abgesetzt hatten und Owen schlafen gegangen war, saßen James und ich noch lange beisammen und schwatzten. Was extrem nett war. Wie lange hatte ich so was nicht mehr gemacht!

»Ich bin so froh, dass du dir endlich den Bart abrasiert hast«, erklärte ich und goss James Wein ein. Es war ein so schöner milder Abend, dass wir uns mit einer Kerze draußen am Gartentisch niedergelassen hatten. Wir redeten mit gedämpfter Stimme, für den Fall, dass Melanie lauschte. In ihrem Haus war es zwar überall dunkel, also schlief sie wahrscheinlich schon. Aber bei ihr kann man das nie so genau wissen.

»Owen meinte, der Bart ruiniert ihm die Gesichtshaut«, erwiderte James und lachte. »Und nun erzähl du mal. Wie geht's dir so?«

James seufzte, als ich ihm von Pouncer berichtete. »Auf dem

Land verhalten sich die Tierärzte genau gegenteilig. Man muss regelrecht aufpassen, dass die nicht gleich an den Tieren Massenmord begehen. Diese Ärzte nutzen jede Gelegenheit, um irgendwas abzumurksen. Dein Tierarzt ist eben typisch Notting Hill. Halten Haustiere wahrscheinlich durch überflüssige Operationen und Medikamente künstlich am Leben, damit sie sich goldene Wasserhähne anschaffen und teuren Urlaub machen können.«

In diesem Moment war vom Dach ein schwaches Gurren zu vernehmen, was nun wiederum mich zum Seufzen veranlasste.

»Und dann dieser Täuberich«, fuhr ich fort. »Man hatte mir gesagt, er würde irgendwann von selbst verschwinden und sich eine Braut suchen. Und er war auch weg, aber jetzt ist er wieder da und sieht aus, als hätte er versucht, einem anderen Täuberich das Mädchen auszuspannen, und sei dann von deren Brüdern vermöbelt worden. Was um Himmels willen soll ich jetzt mit ihm machen?«

»Da könnte ich dir wohl helfen«, antwortete James. Doch bevor er weitersprach, sagte er: »Gott, wäre das toll, jetzt gepflegt eine zu rauchen. Weißt du noch, wie wir abends immer genüsslich gequalmt haben?«

»Bitte gern«, erwiderte ich.

»Ganz sicher?«, sagte James, betastete dann seine Taschen und förderte ein Päckchen Zigaretten zutage. Er steckte sich eine an und blickte nervös zum Fenster hoch, um zu sehen, ob Owen, der Rauchen nicht ausstehen kann, ihn vielleicht beobachtete. Dann fuhr James fort: »Falls es dir gelingen würde, den Täuberich in deinen Katzenkorb zu locken, könntest du mir den Burschen nach Somerset bringen, ich würde mich seiner annehmen. Du wirst es nicht glauben, aber ich habe tatsächlich grade ganz hinten in unserer Scheune einen alten Taubenschlag entdeckt, und Owen ist ganz versessen darauf, Tauben zu haben.

Da würde dein guter Herr Täuberich doch prima reinpassen, oder? Ein Nachbar von uns kennt sich bestens mit Tauben aus, und wenn sich unsere erst mal eingewöhnt haben, könnten wir probieren, ob sie mit deinem Taubenmann klarkommen. Was meinst du?«

»Oh James, das wäre fantastisch!«, rief ich begeistert aus. »Grandiose Idee! Ich weiß bloß nicht, wie ich den Täuberich in den Katzenkorb kriegen soll. Wenn ich in der Nähe bin, fliegt der Bursche nicht mal zum Fensterbrett. Der ist völlig verängstigt.«

»Das, meine Süße, musst du allerdings allein schaffen. Dir fällt bestimmt was ein. Mit Valium versetzte Dartpfeile. Ein riesiges Schmetterlingsnetz. Köstliche zappelnde Wurmhäppchen, an verlockender Stelle im Korb angerichtet ... Du wirst es tricksen.«

Dann kamen wir auf Penny zu sprechen.

»Hör zu, das alte Mädel säuft viel zu viel«, erklärte James. »Wir müssen was unternehmen. Ich weiß, du hattest das schon mal erwähnt, aber sie ist ja wirklich jedes Mal betrunken, wenn ich sie zu Gesicht kriege. Was ist los mit ihr? Das ist doch ein Jammer. Und sie wird auch ziemlich unangenehm, wenn sie besoffen ist.«

»Ich weiß wohl. Könntest du sie nicht mal zu euch einladen? Vielleicht würden ihr die frische Luft und ein Gespräch mit dir guttun. Ich kann nichts mehr sagen, sie wird dann nur sauer auf mich.«

»Ich bezweifle, dass man da mit frischer Luft was ausrichten kann«, antwortete James. »Aber okay, ich lade sie so bald wie möglich ein und nehm sie mir mal zur Brust. Ich meine, wir sind ihre Freunde. Wir können schließlich nicht tatenlos zuschauen, wie sie vor die Hunde geht.«

Er zog genüsslich an seiner Zigarette. »Köstlich«, sagte er und warf den Stummel in die Büsche. »Und nun erzähl mir mal, was zwischen dir und David los ist. Ich hab ihn neulich in diesem gigantischen Supermarkt bei Bath getroffen, beim Einkauf von Windeln für den niedlichen kleinen Gangi. David meinte, er sei ewig nicht mehr hier gewesen. Es läuft doch nicht irgendwas zwischen euch schief, oder?«

»Leider doch, ja«, antwortete ich so leise wie möglich, für den Fall, dass Melanie hinter einem Busch hockte und horchte. Ich war ungeheuer froh, mit James über David reden zu können. »Er hat mich gefragt, ob wir ein zweites Mal heiraten sollten. Ich habe das als absurde Idee abgetan, und seither ist er eingeschnappt.«

»Ach du meine Güte!«, sagte James. »Wahrscheinlich ist er schrecklich verletzt. Du weißt doch, wie wir Männer sind. Wir kommen gar nicht damit klar, wenn wir zurückgewiesen werden. Das ist bei uns viel schlimmer als bei Frauen. So ein dummer Junge! Er hätte dir diese Frage niemals direkt stellen dürfen, sondern hätte sich einen raffinierten Plan ausdenken sollen. So eine Frage direkt zu stellen ist immer ein Fehler.«

»Na, zum Glück hat er sich keinen raffinierten Plan ausgedacht«, erwiderte ich. »Sonst wäre ich jetzt womöglich schon mit ihm verheiratet.«

»Und dann?«

»Und dann würden wir in die gleichen alten Muster verfallen und uns schließlich wieder scheiden lassen. Das will ich nicht noch mal durchmachen.«

»Ruf ihn doch einfach an und sag ihm, dass er dir fehlt.«

»Hab ich schon versucht. Er meinte, wir sollten das abhaken, aber ich bin mir sicher, dass er das nicht getan hat, weil er sich so gut wie gar nicht mehr gemeldet hat seither. Und bei diesem einen Gespräch war er extrem mürrisch.«

»Ach, er wird sich wieder abregen«, meinte James. »Aber

du solltest dich ranhalten, weil er grade im Begriff ist, ein fürsorglicher Vater für Gangi zu werden. Wenn du dich nicht vorsiehst, wohnt Sandra bald wieder bei David – sie ist jetzt schon ständig da.«

»Sandra«, sagte ich. »Bestimmt nicht! Sie stammt doch aus einer anderen Generation, und es hat gar nicht gut funktioniert mit den beiden, als sie noch zusammen waren.«

»Männer fühlen sich schnell einsam, Schätzelchen. Klingel durch bei dem Mann!«

19. Juni

Nachdem James und Owen nach wortreichen Versprechungen für baldige Besuche und Einladungen und Taubenbetreuung abgereist waren, nahm ich meinen Mut zusammen und rief David an, um ihn einzuladen. Ich musste das sofort erledigen, sonst hätte ich wieder gekniffen.

Zum meinem Erstaunen nahm Sandra ab, die sich aber wenigstens sehr zu freuen schien, dass ich dran war.

»Marie! Wie schön, von dir zu hören. Ich helfe Dave gerade beim Ausräumen seiner Scheune. Wir haben die irrsten Sachen entdeckt. Und du glaubst es nicht – ganz hinten war Jacks alter Hochstuhl! Wir möbeln den jetzt für Gangi wieder auf. Ein total schönes Ding, wunderbar altmodisch ...«

Das schmerzte mich irgendwie. Wie war der Babystuhl denn zu David gelangt? Bei Genes Geburt hatte ich das ganze Haus danach abgesucht. Dann fiel mir ein, dass ich David vor Jahren gebeten hatte, den Stuhl bei sich unterzubringen, weil ich keinen Platz mehr dafür gehabt hatte. Es behagte mir nicht, dass nun ausgerechnet Gangi ihn als Nächstes benutzen würde, aber ich konnte natürlich nichts dagegen einwenden.

»Wunderbar!«, heuchelte ich. »Kann ich David mal sprechen?«

Er klang abgehetzt, als er sich meldete, willigte aber jedenfalls ein, das nächste Wochenende bei mir zu verbringen. Er meinte, er würde es mit einer Verabredung in London verbinden. Vielleicht können wir dann endlich was klären.

20. Juni

Muslimische Lesbe foltert für Vampiristen-Geliebte achtjährige Tochter zu Tode! Damit sich die »Pforten der Hölle« nicht öffnen! (»Hetzkurier«)

Später
Als Robin vom Buchladen kam, schleppte er einen riesigen Karton herein, den er in der Küche deponierte und eifrig auszupacken begann.

»Marie, ich glaube, ich habe das Mittel gegen alle Probleme gefunden, die wir in letzter Zeit hatten. Deine Schlafstörungen, meine Kopfschmerzen ... Ionisatoren!«

Und er förderte haufenweise Schachteln zutage, denen er kleine Gerätschaften entnahm, die man nur mit Strom versorgen muss, damit sie seiner Aussage nach positive Ionen aus der Luft entfernen.

»Aber was sind positive Ionen denn?«, fragte ich beunruhigt. »Brauchen wir denn nicht so viele Ionen, wie wir überhaupt kriegen können?«

»Negative Ionen ja, aber keine positiven«, verkündete Robin im Brustton der Überzeugung. »Positive Ionen verursachen Kopfschmerzen, Abgeschlagenheit, Depressionen, Antriebslosigkeit und ein Gefühl von Vergiftung. Wenn wir die aus der Luft entfernen, werden wir begeistert sein über den Effekt.«

»Dann sind wir beide wieder quietschfidel?«, fragte ich.

»Ganz genau! Du wirst sehen! In vierundzwanzig Stunden werden wir nicht mehr ein Schatten unserer selbst sein, sondern das Gegenteil.«

Robin hat für jedes Zimmer im Haus so einen Ionisator angeschafft, was ich wirklich lieb von ihm finde. Und er wollte nicht mal Geld dafür annehmen.

Da die Teile nicht weiter auffallen, stöpselte ich sie überall guten Mutes in die Wand und vertraute darauf, dass es keine Abhörgeräte waren. Nicht dass es hier viel aufzuschnappen gäbe für den Geheimdienst außer meinen Klagearien, wenn ich mal wieder »Oh Gott der Barmherzige! Warum wurde ich nur geboren!« kreische.

21. Juni

Hm, bin durchaus nicht sicher, ob die Dinger nicht wirklich funktionieren! Habe seit Ewigkeiten mal wieder absolut wunderbar geschlafen und Robin eine überschwängliche Dankesnachricht auf die Treppe gelegt.

22. Juni, nachts

Nachdem eine Menge Geld den Besitzer gewechselt hat (doppelt so viel wie laut Kostenvoranschlag!), haben die Handwerker heute endlich die Mauer fertiggestellt. Der Garten sieht jetzt allerdings aus wie eines der Gemälde von Paul Nash, auf denen er die Schlachtfelder des Ersten Weltkriegs darstellte.

Die Kletterrose, die sich durchs Gebüsch bis zu meiner Küchentür durchgeschlängelt hatte, war brutal abgeschnitten worden, die Sträucher selbst waren kurz und klein gehackt. Der Rasen ist durch einen riesigen grauen Fleck verunziert, weil Mike die Plane zum Zementmischen vergessen hatte. Goldregen, Bärenklau – überall Kahlschlag, und auf den Hortensien liegt ein Schutthaufen aus alten Ziegeln und Mörtel.

Ich könnte schwören, dass vor Entsetzen auch die Vögel verstummt sind.

»Wiedersehen, Maisie!«, trompetete Sean, als die beiden heute Morgen von dannen zogen. »Leckrer Kuchen gewesen.« Der zahnlose Mike nuschelte irgendwas vor sich hin.

Als David heute Nachmittag eintraf, machte er bei Besichtigung der Mauer keinen Hehl aus seiner Missbilligung.

»Das ist absoluter Pfusch, Marie.« Mir entging nicht, dass er mich »Marie« und nicht »Liebling« nannte, wie in den letzten Jahren. »Beim nächsten stärkeren Regen bricht die als Erstes wieder ein. Hier, schau mal.« Er rüttelte ein bisschen an einem der oberen Ziegel und hielt ihn prompt in der Hand. »Womit sind die denn befestigt? Mit Teig?«

Ich legte mich mächtig ins Zeug, um es David behaglich zu machen, und als wir zusammen einkaufen gingen, hakte ich mich bei ihm unter, aber er reagierte überhaupt nicht richtig und war ziemlich einsilbig. Ja, Sandra ging es gut. Ja, Gangi ging es auch gut. Ja, die Deiche hatten während der heftigen Regenfälle prima gehalten; allerdings war ein Farmarbeiter in einen der Gräben gefallen und beinahe von einem Erdrutsch begraben worden. Doch zum Glück war der Mann unversehrt entkommen.

Und nein, erklärte David entschieden, er werde nur eine Nacht bleiben.

Doch mithilfe einer Flasche Wein, taktischem Kuscheln meinerseits und einer großen Charmeoffensive – kam mir schon vor wie Mata Hari – gelang mir schließlich der Durchbruch.

»Schon gut, schon gut, Liebling«, sagte David und lachte. »Ich hab's kapiert. Du hast wohl geahnt, dass ich heute vorhatte, auf dem Gästebett zu kampieren, oder?«

»Was? Und mich wolltest du völlig verwaisen lassen?«, erwiderte ich anklagend. »Das ist ja wohl extrem kaltherzig und grausam.«

»Du bist ein ganz unartiges Mädchen«, sagte er liebevoll. »Und ich bin nur ein charakterschwacher liebeskranker alter Exmann. Aus mir wird nie mehr so ein ruhiger Schweiger werden. Vor allem nicht in deiner Nähe, mein Liebling.«

Bevor wir das Licht ausmachten, bemerkte David den Ionisator auf meinem Nachttisch.

»Was ist das denn? Sieht irgendwie bedrohlich aus.«

Als ich erklärte, Robin habe fürs ganze Haus Ionisatoren angeschafft, seufzte David frustriert.

»Du glaubst aber auch alles, was dieser Typ verzapft, Marie! Seit den Sechzigerjahren ist bekannt, dass Ionisatoren absoluter Humbug sind. Als Nächstes versucht der Kerl dir noch weiszumachen, die Erde sei eine Scheibe.«

»Ist das denn nicht so, mein Schatz?«

»Ich werd's dir erklären«, verkündete David, machte das Licht aus und zog mich in seine Arme.

23. Juni

Das ist mir ein Rätsel!

David ist heute früh verschwunden, ohne sich zu verabschieden! Wieso denn nur? Er hat mir nicht mal wie üblich meinen Morgentee gebracht. Verstehe ich überhaupt nicht. Ich zermartere mir das Hirn, um rauszukriegen, ob ich irgendwas falsch gemacht habe. Na ja, vielleicht musste er einfach früh wieder in Shampton sein, wollte mich nicht wecken und ruft später an.

Habe dann den ganzen Tag gemalt und fühlte mich gleich besser. Der Jacarandabaum ist jetzt fast fertig, und ich habe die Skizze des Banyanbaums auf Leinwand übertragen; der wird die größte Herausforderung werden. Aber solange ich mir John Ruskins Bemerkungen über das Malen von Bäumen vergegenwärtige, kann eigentlich nichts schiefgehen.

Später
Nichts von David gehört. Hätte ihn gern angerufen, habe mich aber nicht durchringen können. Hoffentlich hatte er keinen Unfall.

Später
Habe außerdem festgestellt, dass er seine ganzen Sachen mitgenommen hat! Er hatte immer eine Zahnbürste hier, Unterhosen, Socken und ein paar Bücher. Alles ist spurlos verschwunden.

Das ist nicht zum Aushalten! Es kann doch nicht an den Ionisatoren gelegen haben, oder? Er glaubt doch wohl nicht, dass Robin und ich irgendwas miteinander hätten?

24. Juni

Habe David nun doch angerufen, aber es nahm niemand ab. Danach versuchte ich es sogar bei Sandra; auch Fehlanzeige.

Hat er Sandra womöglich überredet, wieder zu ihm zu ziehen? Was um alles in der Welt ist da los?

Später

Treffen des Anwohnervereins heute war unangenehm und nervend. Melanie kann nicht von ihren Hängekörben ablassen und behauptet, die seitlichen Streben an den viktorianischen Laternenpfosten seien für Blumenkörbe bestimmt gewesen. Marion, die sich im Victoria and Albert Museum Vorträge über alles von Kohlenkellern bis zur Straßenbeleuchtung aus der Viktorianischen Zeit anhört, bestand darauf, dass die Streben zum Anlehnen von Leitern gedacht waren. Wir haben uns schließlich darauf geeinigt, die Victorian Society zu befragen.

Dann wandte sich das Gespräch natürlich unserem Laden zu, und Tim beklagte sich darüber, dass Penny nicht zu ihrer Schicht erschienen sei und er sie habe anrufen müssen. Und dann habe sie einen hochpreisigen gestreiften Chintzvorhang für einen Zehner verschleudert. Penny behauptete, er habe einen Riss gehabt, Tim widersprach.

Beim Rausgehen lief Sheila die Dealerin neben mir, zog eine Augenbraue hoch und raunte: »Die Es? Schon probiert?«

»Ja«, flüsterte ich, »aber wir fanden es, ehrlich gesagt, nicht so toll. War trotzdem sehr nett von dir, uns die zu besorgen.«

»War ich doch gar nich«, widersprach Sheila indigniert. »Terry war's. Der lernt's nie. Lässt sich immer übers Ohr haun. Ich versuch dir was Bessres zu verschaffen.«

»Nein, nein danke«, sagte ich hastig, weil ich im Leben nie wieder Ecstasy schlucken wollte. »Und bitte gib Terry keine Schuld. Er hat uns ganz viel geholfen, mit dem Laden und so ...«

Der arme Bursche.

25. Juni

Habe wieder bei David angerufen, und er hat wahrhaftig aufgelegt, als er hörte, dass ich dran war. Bin völlig perplex. Wir hatten es noch so schön zusammen an diesem Abend. Was mag da los sein? Aber jetzt merke ich mal, wie furchtbar es wäre, mit ihm verheiratet zu sein. Er hat eben immer wieder irgendwelche Stimmungen und Launen.

Oder vielleicht wird er dement? Ich werde ihm eine lange E-Mail schreiben. Mal sehen, ob er darauf reagiert.

Später
War mitten am Malen, als ich eine SMS von Penny kriegte: ob ich bitte den Ladendienst übernehmen könne, sie habe verschlafen und finde außerdem den Schlüssel nicht. Klingt ziemlich verheerend. Bin dann total verärgert in den Laden, denn ich war gerade dabei, den Eukalyptus auf Leinwand zu übertragen. Jemand hatte zwei Spendentüten vor die Tür gestellt, was an sich erfreulich ist, aber umso mehr ein Grund, beizeiten im Laden zu sein, damit solche Sachen nicht geklaut werden. Die Tüten enthielten ein paar schöne Schmuckstücke und Ringe (hoffentlich nicht gestohlen) sowie ein sehr hübsches Kleid. Als ich aufs Label schaute, stellte ich fest, dass es vom berühmten Ossie Clark entworfen worden war, und legte es beiseite, um es auf eBay zu versteigern.

Als Penny endlich auftauchte, war sie rot und verquollen im Gesicht und entschuldigte sich wortreich. Sie hatte eine Restalkoholfahne, was ich sehr bedrückend fand. Schließlich gelang es mir immerhin zu sagen: »Du scheinst es gestern ein bisschen übertrieben zu haben.«

»Hab ich auch«, erwiderte Penny mit entwaffnender Offenheit. »Aber in letzter Zeit war ich wirklich brav, Marie. In der letzten Woche hab ich nicht mehr als zwei Gläser pro Abend getrunken, Hand aufs Herz.«

Wohl eher zwei Flaschen.

Ich holte uns Kaffee zum Munterwerden, dann hörten wir uns in einem Radio, das jemand gespendet hatte, eine fürchterliche historische Sendung mit Melvyn Bragg an. Vier Professoren laberten über irgendeine phönizische Invasion im Jahre 2000 vor Christus oder wie man das heute in politisch verunsicherter Zeit ausdrückt. Einer der Profs sagte: »Dann kommen die Phönizier von Norden und überfallen die Stadt. Aufruhr herrscht. Die Israeliten rücken auf der rechten Flanke vor, und Kaiser Claudius verfolgt die Etrusker im Westen« oder so – alles im Präsens! Anstatt also korrekt zu sagen: »Die Phönizier kamen von Norden und überfielen die Stadt« versuchten die, das historische Ereignis spannender wirken zu lassen, indem sie so taten, als finde es in der Gegenwart statt. Machte mich rasend. Ich meine, wenn die Phönizier jetzt gerade die Stadt überfallen würden, hätten wir allen Grund zur Sorge – Völker des Altertums, die auferstehen, um die Weltherrschaft an sich zu reißen!

Versuchte Penny zu erklären, wie unerträglich ich das fand. Normalerweise hätte sie das auf Anhieb verstanden, aber heute Morgen kapierte sie es einfach nicht, wahrscheinlich wegen Katerkopf. Wünschte mir plötzlich sehnlichst David herbei, dem ich das gar nicht erst hätte erklären müssen. Er hätte sofort gewusst, was ich meine. Oh Gott. OGottoGottoGott.

Die Mauer wird wieder einstürzen, meine Gemälde werden nie und nimmer fertig, der Laden wird ein Reinfall, Penny wird an Trunksucht sterben, und David werde ich nie mehr wiedersehen. Kam total deprimiert nach Hause. Ich glaube, der Aufenthalt in dem Laden macht mich trübsinnig. Es ist irgendwie bedrückend, stundenlang inmitten von ausrangiertem Zeug zu hocken. Vielleicht sollte ich dort mal einen der Ionisatoren ausprobieren. Aber im Grunde bräuchte man zehn auf einmal, um da die Luft zu reinigen.

27. Juni

Melanie hat heute ein Bild vom Erdball auf Facebook gepostet und dazugeschrieben: *Gott segne die ganze Welt, ohne Ausnahmen.*

Ich hätte da wohl ein paar Ausnahmen vorzubringen! Den miesen Typen, der meinen Täuberich verstoßen hat. Sean und Mike, die sogenannten »Handwerker«. Pfarrer Emmanuel, weil er den Mitgliedern seiner Gemeinde immer androht, sie würden in der Hölle landen. Melanie, wenn sie sich durch meinen Garten anschleicht (zumindest das hat jetzt vorerst durch das Werk von Sean und Mike aufgehört). Oh Gott, muss aufhören, jemand klopft an die Hintertür.

Später
Obiges hätte ich nicht schreiben sollen. Offenbar folgt jetzt die Strafe Gottes. Es war Melanie, die mich informierte, dass der mittlere Teil der Gartenmauer wieder eingestürzt ist. David hat also recht behalten. Was soll ich nun bloß tun?

Später
Habe jetzt mal auf meiner Facebook-Seite gepostet, um all diesen Heiliger-als-ihr-Mitteilungen was entgegenzusetzen: *Hoffnung ist der erste Schritt auf der Straße der Enttäuschung.*

Dafür werde ich wohl eher wenig Smileys und Daumen-hoch-Zeichen kriegen, haha.

29. Juni

Lange E-Mail an David geschrieben, in der ich ihn inständig bat, mir zu erklären, was los ist. Rechne aber nicht mit Antwort. Keine Ahnung, was ich sonst tun könnte.

Fange an, mir zu überlegen, ob er das mit Absicht macht, um mir sozusagen meine eigene Arznei zu verordnen. Damit ich mal spüre, wie schrecklich es ist, abgewiesen zu werden. Aber das ist eigentlich unwahrscheinlich. Nein, da läuft irgendwas anderes.

Später
Habe verzweifelt Terry gesimst, ob er jemanden für die Reparatur der Mauer weiß. Zu meiner Bestürzung bot er sich selbst an.

»Hab ja schon gesagt, dass ich mal bisschen Maurer gelernt hab«, erklärte er. »Hab die Lehre halt nich zu Ende gemacht. Aber ich könnt's probieren.«

Ich hatte so die Nase voll von dem Thema, dass ich zusagte und ihm freie Hand ließ. War mächtig erstaunt, als er am nächsten Tag sofort anrückte, gerüstet mit einer riesigen Plane für mein Rasenstückchen, Zement und einer imposant wirkenden Maurerkelle. Prächtiger Tag zum Mauern, Sonnenschein und alles paletti, versicherte mir Terry. Nachdem er die alten Ziegel von dem Zeug gesäubert hatte, mit dem Sean und Mike sie eingeschmiert hatten, und sie fein säuberlich aufschichtete, hatte ich ein recht zuversichtliches Gefühl. Terry schuftete wirklich von sieben Uhr morgens bis abends um acht, und es ist unübersehbar, dass er weit mehr vom Mauern versteht als diese beiden Witzbolde.

Er versprach, morgen und übermorgen wiederzukommen und auch den Schutt wegzuschaffen und den Rasen neu anzusäen.

Verblüffend, dass ich mich wirklich allmählich auf den guten alten Terry verlasse, obwohl er unverändert aussieht wie ein räudiger Fuchs.

30. Juni

Als ich heute in den Spiegel schaute, starrte mir unversehens Edith Piaf entgegen, in der Zeit kurz vor ihrem Tod. Nach mehrfachem Blinzeln sah ich eine Person, die mehr Ähnlichkeit mit mir hatte, aber es war dennoch ein Schock. Kein Wunder, dass David das Weite gesucht hat.

JULI

3. Juli

Rumäne wollte kleinwüchsigen Einbrecher, genannt »der Zwerg«, in Koffer außer Landes schmuggeln (»Hetzkurier«)

6. Juli

Fühle mich hundsmiserabel. Hatte gerade Jack angerufen, um zu hören, wann Gene mich mal wieder besuchen kommt. Dabei erzählte Jack, dass David bei ihnen übernachtet hat! Mir hat er kein Wort davon gesagt. Und bei Jack hat er behauptet, ich hätte ihn nicht unterbringen können. Fühlte mich vor den Kopf gestoßen und abgewiesen.

Nachdem ich aufgelegt hatte – Jack hatte ich natürlich nichts davon gesagt – sank ich auf die Treppe und brach in Tränen aus. Ich konnte nichts dagegen tun. Es kam mir vor, als würde ich die Scheidung ein zweites Mal durchmachen – nur noch schlimmer, denn damals hatte ich David rausgeworfen, und jetzt spürte ich am eigenen Leib, wie sich so was anfühlte.

Und zu allem Elend berichtete Jack auch noch hocherfreut, sein Vater hätte sich endlich ein Hörgerät angeschafft und sei viel lebhafter.

»Offenbar hat Sandra ihn überredet«, sagte Jack. »Finde ich toll! Dad wirkt jetzt wieder wie früher. Wie neugeboren!«

Muss gestehen, dass ich mich danach ins Bett legte – um zwei Uhr nachmittags! Konnte aber nicht schlafen. Wälzte mich herum, und als ich dann doch eindöste, war ich nach ein paar Minuten wieder wach, und die Realität brach erneut über mich herein. Wie konnte David nur so grausam sein? Er konnte sich doch denken, dass ich davon erfahren würde.

Als ich in die Küche runtertappte, stieß ich dort auf Robin, der sich gerade einen Kräutertee machte. Als er mich fragte, wie es mir ginge, brach ich erneut in Tränen aus.

Robin versuchte, mitfühlend zu sein, kriegte es aber nicht richtig hin; er ist nun mal ein Mann. David wäre natürlich mitfühlend gewesen, aber bei dem kann ich mich nicht ausheulen, weil er die Ursache meines Elends ist.

»Die Venus nähert sich dem Skorpion«, erklärte Robin. »Jetzt sind alle unglücklich. Eine ganz schwierige Zeit. Aber wenn im nächsten Monat der Uranus rüberzieht, geht es wieder bergauf.«

Auch wenn ich an diesen ganzen Kokolores nicht glaube, fand ich die Bemerkung doch irgendwie tröstlich.

Später
Habe beschlossen, dass ich malen muss. Ich werde einfach malen bis zum Umfallen, weil es das Einzige ist, was mich von dieser ganzen Thematik ablenkt.

Später
Grade kam mir ein scheußlicher Gedanke. Mit achtzig blicke ich vielleicht zurück auf diese Tage, an denen ich noch ohne Stock oder Rollator herumlaufen und halbwegs anständig sehen konnte, und denke: Was war das für eine glückliche Zeit! Hätte ich das doch damals richtig würdigen können!

Habe überlegt, Penny anzurufen, um mich bei ihr auszuheulen, ließ es dann aber bleiben bei der Vorstellung, dass sie wieder betrunken sein könnte. Außerdem mag Penny sich ja einsam und allein fühlen, aber so einsam wie ich gerade kann sich gar niemand fühlen.

Aber vielleicht sollte ich es Penny gleichtun und auch Trinkerin werden.

Schließlich wurde mir klar, dass ich unbedingt mit jemandem sprechen musste, wenn ich nicht von den Jungs in den weißen Kitteln abgeholt werden wollte. Ich erwog, bei der Telefonseelsorge anzurufen, fürchtete aber, dass die lachen und mir sagen würden: »Na, Sie haben ja vielleicht Probleme! Was glauben Sie wohl, wie es anderen ergeht!«

Deshalb rief ich Marion an, und sie war wirklich absolut süß, muss ich sagen. Sie kam sofort zu mir, und obwohl ich ihr anmerkte, dass sie meine Ablehnung von Davids Heiratsantrag für kompletten Irrsinn hielt, behielt sie das für sich. Sie legte nur den Arm um mich und sagte beruhigend, bestimmt würde sich das alles bald klären lassen.

»Bei Männern dauert es eben lange, bis sie eine Zurückweisung verkraftet haben«, gab sie zu bedenken.

»Aber ich habe ihn doch gar nicht zurückgewiesen!«, wandte ich ein. »Ich habe nur gesagt, dass mir unsere Beziehung gut gefällt, so wie sie jetzt ist.«

»Ich weiß, aber er empfindet das als Zurückweisung. Man braucht ja auch Mut, um jemandem einen Heiratsantrag zu machen – vor allem seiner Exfrau.«

Marion riet mir außerdem, unbedingt weiter das Gespräch mit David zu suchen. Ich sagte, ich denke nicht daran, war aber doch sehr gerührt, dass Marion sich solche Gedanken machte.

Wir aßen einen Happen zusammen zu Abend, weil Tim ohnehin für den Laden im Einsatz war, und Marion war so lieb und reizend – wie früher, bevor sie begonnen hatte, andauernd meinen Lebensstil zu kritisieren. Als Mädchen saßen wir in der Schule nebeneinander und schrieben uns Zettelchen mit ulkigen Zeichnungen, und sie kam immer zum Spielen zu mir. Aber so ein offenes Gespräch hatten wir Ewigkeiten nicht mehr gehabt. Sie erklärte, sie treffe sich nur selten allein mit Freundinnen, weil sie eben verheiratet sei, und gab zu, dass das Singledasein auch gewisse Vorteile habe.

»Na klar, man kann auch schön plaudern mit seinem Mann«, sagte Marion, »aber das ist schon ganz was anderes. Früher glaubte ich immer, Verheiratetsein sei wie im siebten Himmel. Aber ich muss gestehen, dass ich dich schon manchmal um dein Singleleben beneide. Und ich wünschte, meine Enkel wären nicht so weit entfernt. Weil sie in Cornwall leben, sehe ich sie ja kaum. Deshalb ist es mir wahrscheinlich so wichtig, diesen Waisenkindern zu helfen. Das Projekt mit dem Laden gibt meinem Leben einen Sinn. Wir haben jetzt schon über fünftausend Pfund zusammen.«

Nach dem Essen ließen wir uns gemeinsam mit Pouncer im Wohnzimmer nieder.

»Ja, verstehe, was du meinst«, bemerkte Marion und rümpfte die Nase. »Riecht hier ziemlich nach Katze.« Dann sagte sie: »Hör mal, wenn wir zehntausend eingenommen haben, könnten wir doch alle zusammen wieder nach Indien fliegen und den Scheck persönlich überreichen. Diesmal gehen wir dann gleich in dieses nette Hotel, in dem Brad und Sharmie uns untergebracht haben. Das wäre doch toll!«

Aber ich bin mir durchaus nicht sicher, ob ich jemals wieder nach Indien möchte. In meiner Erinnerung besteht dieses Land hauptsächlich aus Leid und Elend und grässlicher Hitze. Ich bin doch wirklich furchtbar, da verdamme ich so mir nichts, dir nichts ein ganzes Land. Und ganz bestimmt völlig zu Unrecht. Ich habe dort einfach das Falsche erlebt – den Autounfall, Dilips armselige Unterkunft und all diese Bettler, die mir nicht aus dem Kopf gehen.

Oder soll ich doch auf mein Gefühl vertrauen?

7. Juli

Ich sehe wohl ziemlich fertig aus, denn sogar Melanie bemerkte meinen Zustand, als ich heute Morgen den Müll rausbrachte.

»Was ist denn mit dir los?«, fragte sie. »Du siehst ja grausig aus!«

Zunächst zögerte ich, mich ihr anzuvertrauen, aber es gelang ihr dann, es mir aus der Nase zu ziehen.

»Vergiss David!«, erklärte sie im Brustton der Überzeugung. »Ich hab nie geglaubt, dass das funktionieren würde. Wie denn auch? Man hat es einmal versucht, und dabei sollte man es belassen. Menschen ändern sich nicht. Ich hab geahnt, dass es schiefgehen würde. Nun hör zu: Du und ich, wir müssen uns neue Männer suchen. Ich habe einen tollen Typen getroffen, frisch geschieden. Du musst ihn kennenlernen! Du wirst ihn garantiert mögen. Hugo, ein Intellektueller, der für alle möglichen Zeitungen schreibt, Kunsthistoriker. Er wohnt in unserer Straße, ist nicht schwul und noch zu haben! Ihr würdet bestimmt aufeinander abfahren. Wir müssen uns jetzt brauchbare Männer besorgen. David ist abgehauen, ich hab auch niemanden ... Wir treffen uns zum Abendessen, ich hab da schon jemanden für mich im Auge, der ist beim Fernsehen. Du kannst Hugo haben, und ich organisier ein Treffen zu viert ...«

Und ehe ich mich's versah, hatte ich meinen Terminkalender geholt und die Verabredung nächste Woche eingetragen.

Später
Penny war mir keine Hilfe, als ich ihr am Telefon von Melanies Verkupplungsabendessen erzählte.

»Sie hat irgendeinen fürchterlichen Intellektuellen namens Hugo aufgegabelt und will noch einen Typen vom Fernsehen einladen, auf den sie scharf ist«, sagte ich. »Stell dir das doch mal vor!«

Am anderen Ende herrschte Schweigen.

»Aber doch hoffentlich nicht Fabian Rostrum?«, sagte Penny dann. »Den hab ich vorgestern mit Melanie beim Einkaufen getroffen. Auweia, den wirst du bestimmt nicht leiden können, Marie. Er trug eine rote Hose.«

Was mich in der Tat das Fürchten lehrte. Wenn Jack und ich in seiner späteren Jugend aneinandergerieten, drohte er immer, sich eine rote Hose zu kaufen und sie auch zu tragen. Damit konnte er meistens seinen Willen durchsetzen.

»Und noch schlimmer«, fuhr Penny fort, »er hat sich auch noch dazu geäußert. Er meinte nämlich, er könne sie ›im Sender‹ nicht tragen und tue das deshalb zum Entspannen am Wochenende.«

»Wie soll ich mich denn überhaupt mit so jemandem unterhalten können?«, sagte ich. »Der ist doch bei ›den Medien‹. Und Leute von ›den Medien‹ sind eine vollkommen andere Spezies.«

Penny schien in sich hineinzukichern, gab aber dann noch zu bedenken: »Na ja, sieh's doch mal so: Im Grunde können wir von allen Menschen irgendwas lernen.«

»Ach, lieber Gott, Penny! Fernsehleute sind keine Menschen!«

Nun brach Penny in schallendes Gelächter aus.

»Du musst mir dann unbedingt sofort davon erzählen«, verlangte sie. »Detaillierter Bericht bitte.«

13. Juli

Heute soll Melanies Verkupplungsessen steigen. Eigentlich graut mir davor, aber irgendwie denke ich mir auch: Hugo ... klingt schon ganz interessant. Akademiker. Kunsthistoriker. Kann ja nicht so übel sein. Aber dann dieser Fabian mit den roten Hosen. Welcher normale Mann trägt schon rote Hosen? Klingt ziemlich affektiert. Affektierte Männer sieht man zuhauf. Männer mit Hüten im Stil von W.B. Yeats, mit absonderlichen Krawatten, bodenlangen Mänteln, Ziegenbärtchen, kahlrasiertem Schädel und Ohrringen, mit Tattoos und einem Goldzahn ... Männer mit knallroten Hosen.

Später
Ein sehr hübsches Kleid angezogen, das ich neulich bei Toast erworben hatte. War etwas schwierig, den Reißverschluss am Rücken allein zuzukriegen, hat dann aber geklappt. Steht mir extrem gut. Es ist zitronengelb mit hellgrüner Stickerei, und der Rock ist geschlitzt, sodass es hervorragend sitzt.

Ich lief noch rasch zu Mr Patel, um Melanie Minzkonfekt für nach dem Essen mitzubringen, aber er hatte leider nichts mehr dergleichen.

»Sind aus«, sagte er, als seien Minzpastillen ein Saisonartikel. Dabei füllt er wohl seine Lagerbestände einfach nicht schnell genug auf. Es lief dann auf einen geschmacklosen Blumenstrauß hinaus, dessen Blüten mit grauenvoll grellen Farben gefärbt zu sein schienen.

Als ich zurückkam, hatte ich noch ein bisschen Zeit und habe das hier geschrieben. Halte mir selbst die Daumen, dass der Abend nicht allzu nervig wird.

Später

War leider der reinste Albtraum! Fabian und Hugo diskutierten die ganze Zeit herum, während Melanie und ich stumm danebenhockten und nichts zu sagen wussten. Essen gab es erst um halb zehn, als unsere Mägen in Vorbereitung auf den baldigen Hungertod bereits geschrumpft waren und wir kaum noch was zu uns nehmen konnten.

Um das Ganze auszuführen: Obwohl Melanie genauso alt ist wie ich, behauptet sie, immer noch Hitzewellen zu haben. Das macht sie vermutlich, um jünger zu wirken. Ende sechzig sollte man ja wohl durch sein mit den Wechseljahren, oder? Sie war jedenfalls in etliche Tücher gehüllt, die sie im Laufe des Abends à la Stripclub nach und nach abnahm. Als die Tücher allesamt aufgebraucht waren, riss sie die Tür zum Garten auf und fächelte sich theatralisch Luft zu, obwohl es inzwischen draußen ziemlich kühl geworden war. Die Männer schwiegen sich natürlich dazu aus, weil Frieren als unmännlich gilt, und litten stumm.

Der arme Fabian, der als Erster von den beiden eintraf, trug nicht mal ein Sakko, sondern seine typische knallrote Hose und dazu ein rosa T-Shirt mit türkisgrünem Pulli drüber. Er hat einen üppigen, welligen grauen Haarschopf, der ihn viel jünger wirken lässt, als er vermutlich ist, und findet sich selbst ungeheuer toll.

An sich ist er wohl schon ganz nett, aber wie alle Leute vom Fernsehen einigermaßen beschränkt und nur von sich selbst und seinen Themen eingenommen. Wahrscheinlich fühlt er sich am wohlsten, wenn er irgendwo in einem Medienglaskasten hocken und mit seinen Kollegen über Einschaltquoten und Programmkosten quasseln kann. Könnte auch eine Figur aus dieser TV-Comedy sein, *W1A*.

Als Hugo hereinkam, entstand augenblicklich Spannung

im Raum, und Melanie und ich spürten, dass sich ein Kräftemessen anbahnte. Denn Hugo trug ebenfalls eine rote Hose, und die beiden Männer führten sich ab sofort wie Kampfhähne auf.

Hugo besaß den Vorteil der lauteren Stimme, war aber geschwächt durch sein Bestreben, unbedingt ins Fernsehen zu wollen. Deshalb startete er sofort zu etwas durch, was man als Verkaufsoffensive betrachten konnte, dabei bemüht, Fabian nicht allzu sehr zu reizen.

»Ich denke schon lange, dass man unbedingt eine Sendung bräuchte, die Kunst und Literatur verbindet«, verkündete Hugo. »Ich würde mir zwölf Folgen vorstellen. So ein Format ist doch längst überfällig, meine ich.«

»Tony hat das tatsächlich vor ein paar Wochen vorgeschlagen«, erwiderte Fabian. »Aber Jo – Jo Deacon, unsere Programmchefin – hat es abgelehnt. Wir waren schon im Pilotstadium, ein Jammer.«

»Aber …«, entgegnete Hugo, und dann folgte eine Erörterung sämtlicher Folgen seines Konzepts bis zur letzten, in der es um Punk, Comics und die Young British Artists gehen sollte. »Und am Ende dann die Entwicklung zu Instagram, Twitter, jeder kann ein Künstler sein, und der Kreis schließt sich! Zur Höhlenmalerei, verstehst du!«, endete Hugo mit großer Geste.

So ging das während des gesamten Abendessens, das wie gesagt, erst um halb zehn auf den Tisch kam, und da waren die Männer bereits betrunken.

Bis Melanie schließlich in die Hände klatschte und mit erhobener Stimme sagte: »Schluss jetzt damit, Jungs! Hier am Tisch sitzt eine wundervolle Künstlerin, an die noch keiner von euch beiden auch nur ein Wort gerichtet hat.«

Ich wäre am liebsten auf der Stelle im Erdboden versunken ob dieser plumpen Unterbrechung und nickte möglichst charmant, damit die beiden ihr Gespräch fortsetzten. Doch nun mussten sie natürlich reagieren.

»Was malst du denn?«, erkundigte sich Hugo.

Und mir fiel nichts anderes ein als: »Hauptsächlich Bäume.«

Er darauf: »Und Natur. Die Serie könnte natürlich auch Natur beinhalten. Ein kleinerer thematischer Schwerpunkt. Kunst, Musik, Literatur und Natur ...«

»Allerdings«, wandte Fabian ein und nahm sich mehr Kartoffeln, »gab es im sechzehnten Jahrhundert noch keinen Naturbegriff. Der entstand erst im siebzehnten Jahrhundert, und auch das Konzept Kunst als solches existiert erst seit – was meinst du – Ende des siebzehnten?«

»Kunst gab es immer«, widersprach Hugo und tupfte sich mit der Serviette den Mund ab. »Seit dem Altertum.«

Bevor sich die Debatte ausdehnen konnte, warf Melanie ein: »Ihr könntet doch eine Frau die Sendung moderieren lassen«, und zwinkerte mir zu. »Wir sind ja sicher alle hier feministisch eingestellt.«

»Ich bin Feminist«, erklärte Fabian sofort.

»Ich auch«, sagte Hugo aufgebracht. »Ich meine, man bedenke doch mal, wie viele berühmte Künstlerinnen es gibt ... ähm, Gwen John ... Maggi Hambling, Elisabeth Frink ... ähm, dann diese Frau aus Amerika ...«

»Und Gwen John!«, warf Fabian ein.

»Die habe ich doch schon aufgeführt!«, versetzte Hugo.

Ich wurde plötzlich stinksauer und verkündete: »Also, ich bin jedenfalls keine Feministin! Ich bin für Gleichberechtigung.«

Worauf das Ganze in eine gigantische Streiterei ausartete, inmitten derer Fabian unvermittelt brüllte: »Grandma Moses!«

Da ich mich missachtet fühlte, brach ich um Viertel vor elf auf, dem frühestmöglichen Zeitpunkt, ohne komplett unhöflich zu wirken. Bei so einer Essenseinladung sollte man sich eigentlich wohlfühlen und mit anderen Menschen ins Gespräch kommen. Ich hatte jedoch das Gefühl, komplett übergangen und an den Rand gedrängt worden zu sein. Lediglich durch schlechtes Benehmen war es mir gelungen, auf mich aufmerksam zu machen, weshalb ich verstimmt und angespannt nach Hause zurückkehrte.

Jetzt fehlte mir David noch mehr, denn nach so einem Erlebnis hatten wir uns immer prächtig amüsiert, die anderen Gäste nachgeäfft und uns gebogen vor Lachen. Fabian und Hugo wären das reinste Fressen für uns gewesen.

Hatte das Gefühl, unbedingt noch Penny anrufen und ihr alles erzählen zu müssen, obwohl es schon spät war.

»Das klingt ja schauderhaft«, sagte sie verständnisvoll. »Nach klassischem Platzhirschgehabe.«

»Ganz genau!«, rief ich aus. »Ach, wäre David doch nur hier. Der würde sich niemals so aufführen!«

Später

Habe geschlagene zwanzig Minuten lang versucht, mich aus meinem Kleid zu befreien, konnte aber den Reißverschluss nicht runterziehen. Weiß der Himmel, wie ich den überhaupt zugekriegt hatte. In meiner Verzweiflung klopfte ich bei Robin, aber der war nicht zu Hause. Ich hatte also nur die Option, in dem Kleid zu schlafen und zu warten, bis mir am nächsten Tag jemand helfen konnte (wiewohl ich die Idee auch nicht eben verlockend fand, auf der Straße einen muslimischen Mann um Unterstützung beim Entkleiden zu bitten) oder das gute Stück zu zerschneiden.

Aber dann kam mir eine geniale Idee. Ich kramte den Werkzeugkasten heraus, und mit einer Zange gelang es mir nach zehn Minuten, den Schiebergriff zu packen und herunterzuziehen.

Puh! Muss in Zukunft darauf achten, ein Stück Stoff am Schiebergriff zu befestigen, damit das leichter vonstattengeht.

Kann mich nicht erinnern, so ein Problem jemals gehabt zu haben, als ich noch jünger war.

14. Juli

Mit dem Malen läuft es jedenfalls wunderbar. Muss nur noch zwei Bilder fertigstellen; dann werde ich alle einige Wochen ruhen lassen, um abzuwarten, ob ich noch Änderungen vornehmen möchte. Danach werde ich sie fotografieren lassen und nach Indien schicken. Bin offen gestanden selbst völlig begeistert von meinen Werken. Scheinbar male ich besser, wenn ich leide, denn die Serie wirkt viel mehr wie eine Einheit als meine ersten Gemälde für Brad und Sharmie. So unwohl ich mich in Indien gefühlt habe – manchmal habe ich mir während des Malens gewünscht, wieder dort sein zu können, um das Licht noch genauer wahrnehmen zu können. Habe dann aber bei Google gute Fotos gefunden, in denen ein Banyanbaum in voller Pracht bei unterschiedlichen Lichtverhältnissen zu sehen war.

Alles andere läuft aber leider ganz und gar nicht gut. Der Täuberich hockt hartnäckig auf der Dachrinne und erinnert mich von Tag zu Tag mehr an einen Mix aus dem Mädchen mit den Schwefelhölzern, Waisenkind Annie und Oliver Twist. Damit er schrecklichen Kohldampf bekommt und deshalb probeweise schon mal in den Katzenkorb fliegt, habe ich ihm fieserweise einen Tag lang kein Futter hingestellt. Am nächsten Tag stand ich dann so reglos wie eine Statue für gefühlte vierundzwanzig Stunden (vermutlich zehn Minuten) mit Maiskörnern in der Hand am Fenster, und schlussendlich flatterte der Täuberich wahrhaftig aufs Fensterbrett. Er wollte mir die

Körner nicht aus der Hand picken, aber ich sah ihn zum allerersten Mal aus der Nähe – die schimmernden runden Augen, die schönen Blau- und Violettschattierungen auf seinem Gefieder.

Nachdem er sich inzwischen von dem Taubenüberfall oder was immer das war – vielleicht einer Katze in die Krallen geraten? – erholt hat, sieht er wieder wunderhübsch aus. Kann nicht nachvollziehen, was der Züchter an ihm auszusetzen hatte. Vielleicht hatte der Schnabel die falsche Form. Oder die Federhose war nicht aufgeplustert genug.

15. Juli

Als Robin heute Morgen aus dem Haus ging, fragte ich ihn, was er über den jetzigen Zustand des Täuberichs denke. Robin glaubt, dass er mit Tieren kommunizieren kann (was ja nicht anders zu erwarten war), und meint, binnen weniger Tage könne er den Täuberich gezähmt haben. Seine frühere Katze und er, berichtete Robin, konnten gegenseitig ihre Gedanken lesen. (Was denkt eine Katze wohl, frage ich mich. Überlegt sie, ob ein umstürzender Baum im Wald auch ein Geräusch macht, wenn niemand das hören kann? Grübelt sie darüber nach, ob ein Abgrund irgendwann zurückstarrt, wenn man lange hineinstarrt? Oder denkt sie eher: Ein Happen Whiskas wär jetzt klasse?). Robin sagt, er müsse nur eine pentakelförmige Kiste konstruieren, um den Täuberich einzufangen. Tauben könnten Pentakeln nicht widerstehen, behauptete Robin, und sauste mit Riesenschritten seiner langen dünnen Beine nach oben, um kurz darauf zurückzukehren mit einem Buch über Symbole, in dem es jede Menge Bilder von Pentakeln mit Tauben aus dem Mittelalter zu sehen gab.

Ich habe gesagt, er soll ruhig loslegen. Wenn er meint, den Täuberich mithilfe eines Pentakels einfangen zu können – prima.

Später
Weiß nicht mal, ob ich das Folgende überhaupt zu Papier bringen kann. War am Malen, als ich plötzlich ein Martinshorn hörte und aus dem Fenster schaute. Das Blaulicht blinkte am Ende der Straße, und da ich notorisch neugierig bin, schnappte ich meine Schlüssel und schlenderte die Straße entlang. Ich wich einem alten Sofa aus, das für den Sperrmüll draußen stand, und sinnierte, ob der Krankenwagen wohl zu jemandem gerufen worden war, den ich kannte. Als ich mich dem Haus von Marion und Tim näherte, sah ich, dass die Ambulanz genau davor stand, und fing an zu rennen. In dem Moment, in dem ich an der Haustür ankam, ging sie auf. Tim stand im Flur, und von zwei Sanitätern wurde eine Trage die Treppe runtergetragen. Auf der Trage lag, unter einer grünen Decke, Marion. Sie war kreidebleich, warf mir aber noch ein mattes Lächeln zu, bevor sie in den Krankenwagen geschoben wurde.

»Was ist passiert?«, fragte ich und umklammerte Tims Arm. Das Herz schlug mir bis zum Hals.

»Sie … Sie … Ich habe sie aus dem Schlafzimmer rufen hören, und als ich reinkam, lag sie am Boden. Sie hat wohl irgendeinen Anfall gehabt. Aber immerhin lebt sie noch«, berichtete Tim mit krächzender Stimme. »Wir mussten eine halbe Stunde warten …«

Einer der Sanitäter mit Klemmbrett in der Hand trat zu Tim, der nickte und in den Krankenwagen einstieg. Als Tim sich anschnallte, starrte er mich mit Tränen in den Augen an.

»Bitte bete für uns, Marie!«, sagte er.

Der Türen wurden geschlossen, der Motor lief schon, und ich

konnte nur noch kurz schreien: »Sag mir Bescheid! Wenn ich was tun kann! Alles alles Gute!« Dann raste der Krankenwagen mit Blaulicht und Tatütata davon. Ich wankte nach Hause zurück. Bekam kaum Luft, und meine Beine fühlten sich an wie Gummi. Zuerst dachte ich noch, ob ich zu Penny gehen sollte, hatte aber das Gefühl, mich unbedingt zu Hause hinsetzen zu müssen. Mir war übel und schwindlig. Doch nicht ... Doch nicht Marion! Sie hatte mir immer vorgehalten, dass ich mich bewusst ernähren und viel bewegen solle. Und jetzt: womöglich ein Herzinfarkt! Sie war immer so gesund gewesen.

Später
Nach zwanzig Minuten rief ich Penny an und erstattete Bericht.

Zuerst verschlug es ihr die Sprache. Dann stammelte sie: »Das kann doch nicht sein! Doch nicht Marion! Sie war immer so fit und ging spazieren und aß Hülsenfrüchte und dieses ganze Zeug und hat so gut wie keinen Alkohol getrunken! Oh Gott, der arme Tim! Und wir sind auch arm dran!«

»Was können wir nur tun? Ich fühl mich so schrecklich hilflos!«

»Hör mal, ich hab einen Ersatzschlüssel zu ihrem Haus«, sagte Penny. »Versuch doch, Tim anzurufen und ihn zu fragen, was wir ihnen bringen können, wo immer sie jetzt auch sind.«

Tim hatte zum Glück sein Handy an und flüsterte, Marion würde jetzt operiert, aber für später wäre ein Nachthemd gut, Pantoffeln, ein Buch vielleicht. Und bitte beide Ladegeräte für ihre Handys. Er klang total benommen.

»Wir schauen uns um und bringen alles mit, was wir für richtig halten, dann kannst du die Sachen aussuchen«, sagte ich.

Penny und ich gingen also ins Haus – die Stille war unheimlich – und nach oben ins Schlafzimmer. Sie war offenbar beim Bettenmachen zusammengebrochen. In dem Zimmer herrschte eine schreckliche Leere, eine grauenvolle Abwesenheit von Marion. Penny sagte: »Das fühlt sich so schlimm an, in ihren Schubladen rumzukramen, als sei sie tot.«

Auf dem Nachttisch stand eine Tasse kalter Tee, und Marions Pantoffeln lagen auf dem Boden wie hingeworfen.

Wir sanken auf den Bettrand, nahmen uns in die Arme und kämpften mit den Tränen.

»Sie ist nicht tot«, sagte ich dann fest. »Sie wird wieder gesund.«

Penny drückte mich. Dann standen wir auf und machten weiter.

Nachdem wir alles zusammengepackt hatten, was Marion vielleicht brauchen konnte, stiegen wir in mein Auto und fuhren ins Krankenhaus, dasselbe, in dem ich mich vor zwei Jahren wegen meines merkwürdigen Knotens im Bauch ständig zu Untersuchungen aufgehalten hatte. Unterwegs hatte Penny die gute Idee, im Biomarkt rasch ein paar Sandwiches mit Räucherlachs und ein paar Flaschen grüne Smoothies mitzunehmen, weil Tim vermutlich nichts im Magen hatte. Auf dem Parkplatz am Krankenhaus war meine Erfahrung nützlich, um schnell eine Lücke zu ergattern.

Als wir in dem riesigen Aufzug zu Marions Station hochfuhren – von dem uns bewusst war, dass er nur so groß war, damit man liegende Menschen damit transportieren konnte –, blieben wir beide stumm. Dann traten wir auf den hell erleuchteten Flur. Am Schwesternzimmer fragten wir nach dem Weg, und man schickte uns in einen Raum, in dem mehrere Leute am Tropf und mit Schläuchen lagen, die wohl schrecklich krank waren. Tim saß auf einem Metallstuhl, und eine philippinische Krankenschwester reichte ihm eine Tasse Tee.

»Wie geht es ihr?«, fragte ich, als wir zu ihm traten. Tim wollte aufstehen, aber seine Knie gaben nach, und die Krankenschwester fing ihn auf und setzte ihn wieder. Wir sahen ihm an, was geschehen war. Sein Gesicht war so fahl, als sei es nicht lebendig, sondern bestünde aus einem Stück farblosem Gummi.

»Sie ist nicht mehr«, ächzte er und brach in Tränen aus. »Sie konnten sie nicht retten! Sie ist tot!«

Die Schwester strich ihm beruhigend über den Rücken. »So traurig«, sagte sie. »So traurig. Ärzte haben getan, was konnten, aber sehr traurig. Sie Freunde?«

»Ja, wir sind Freunde«, antworteten wir.

»Sagen Sie mir, wenn was brauchen. Ich bringe Tee. Zucker, Milch?«

»Alles«, sagte Penny, zog sich einen Stuhl heran, setzte sich und nahm Tims Hand. »Ach, mein Armer.«

16. Juli

Habe heute bei Tim im Gästezimmer übernachtet, damit er nicht allein sein musste. Zum Glück kommt morgen seine Schwester, um ihm mit all den Papieren zu helfen. Ich gab ihm eine Valium, stellte dann aber fest, dass es meine letzte gewesen war, sodass ich selbst kein Auge zutat.

Wir stehen alle unter Schock. Auch Melanie hat angeboten, Essen zu machen und immer wieder nach Tim zu schauen, und sie bringt ständig irgendwelche Heilöle und Visualisierungsvideos an, aber ich glaube kaum, dass Tim in der Verfassung ist, irgendetwas zu visualisieren. Er ist am Boden zerstört. Meist sitzt er so elend und benommen herum wie Pouncer, bekommt dann aber unvermittelt irgendwelche Aktivitätsanfälle, in denen er wie wild nach Versicherungsurkunden und dergleichen sucht. Ich hoffe sehr, dass er nicht kollabiert.

Zuerst saß er unten auf dem Sofa und schaute mit leerem

Blick im Wohnzimmer herum. »Ich war der glücklichste Mann der Welt«, sagte er immer wieder. »Dreiundvierzig Jahre waren wir verheiratet. Ich hatte niemals Augen für eine andere Frau, Marion niemals für einen anderen Mann. Als ich sie zum ersten Mal sah ...« Und er versank in seinen Erinnerungen, erzählte von ihrem ersten Rendezvous, dem ersten Kuss, seinem Heiratsantrag. Dann löste er sich in Tränen auf, entschuldigte sich danach dafür – typisch englisch – und schniefte in sein Taschentuch.

Ich war gerade bei ihm, als Melanie hereinkam und Tim plötzlich schluchzend zusammenbrach. Was Melanie dazu veranlasste, zum Großdrama überzugehen.

»Weine nur! Gut so! Lass alles raus!«, intonierte sie und nahm Tim bei den Schultern. »Nichts unterdrücken! Alles muss raus! Weinen tröstet. Wir werden alle gemeinsam weinen. Setz den Schmerz frei! Du musst durch das Leid durchgehen!«

Aber Tim schniefte nur vor sich hin und schob Melanie so behutsam wie möglich von sich weg, was ich ihm nicht verdenken konnte. Melanie scheint die eigentümliche Vorstellung zu haben, dass jeder in ihrer Weise trauern sollte und dass man seine Trauer unterdrückt und davon Krebs bekommt, wenn man nicht laut wehklagt und seine Kleider zerfetzt.

Penny und ich fanden das gar nicht gut. »Kann sie ihm denn sein Leid nicht lassen?«, sagte Penny. »Er hat es doch schon schwer genug und braucht nicht noch Traueruntericht.« Sie sprach mir aus der Seele.

17. Juli

Heute haben wir Tim in Ruhe gelassen, denn seine Schwester ist gekommen und außerdem Angie, Jim, Bella, Perry und

Squeaks – seine Tochter und ihr Mann mit den beiden Enkelkindern und dem Hund. Er wird also versorgt, was beruhigend für uns ist.

Die Beerdigung ist am Freitag, und Tim will unbedingt eine »fortschrittliche« Bestattung, was wir alle sehr begrüßen. Es gibt keine Geistlichen, sondern einen Humanisten – der bestimmt in Strickjacke kommt –, und Marion wird irgendwo im Wald beerdigt. Ich bin so froh darüber. Wenn jemand stirbt, passiert es leicht, dass einem alles aus der Hand genommen wird, so nach dem Motto: Die Bestatter machen das schon. Aber Tim möchte, dass Marion in einem umweltfreundlichen Sarg bestattet wird, mit einer kleinen intimen Feier.

Was mich an sich wundert, weil Leute wie Tim in so einer Lage eher zu ihren Wurzeln zurückkehren und der Kirche nicht widerstehen können. Aber vielleicht haben ihn auch die Kinder beeinflusst.

Er hat uns alle gebeten, Fotos für eine »Erinnerungstafel« beizusteuern, und ich habe meine alten Alben nach Schulbildern von Marion durchforstet. Habe ein sehr anrührendes gefunden, auf dem sie versucht, Tennisspielen zu lernen.

Muss dauernd an Marion denken und kann einfach nicht fassen, dass sie nicht mehr da ist. Besonders traurig macht mich, dass sie gerade jetzt gestorben ist, nachdem wir neulich noch dieses schöne Gespräch hatten. Andererseits ist das natürlich auch wieder gut. Mein letzter Eindruck von ihr wird also nicht sein, wie sie versucht, mich zum Linsenessen zu drängen. Sondern ich werde mich an sie erinnern können als die liebenswerte Frau, die sie tatsächlich war.

Marion war meine älteste Freundin. Während der Schulzeit waren wir unzertrennlich. Dann ging sie auf die Uni und ich auf die Kunstakademie, aber wir blieben immer in Kontakt, und als sie in den Siebzigern in meine Nähe zog, setzten wir unsere

Freundschaft fort, als sei keine Zeit vergangen. Offen gestanden gab es nicht ungeheuer viel, was uns verband. Aber wir kannten uns schon so lange, dass wir uns eher wie Schwestern als wie Freundinnen fühlten. Mit Marion war ich immer komplett entspannt gewesen, ohne jedes Konkurrenzgefühl, und hatte über alles mit ihr reden können.

Penny und ich haben uns erst später angefreundet. Wir sind uns ähnlicher, aber mit Marion bin ich – war ich – schon so lange zusammen, dass wir sogar die Eltern der anderen noch kannten; das kann ich von immer weniger Menschen behaupten. Und sie war so lieb. Sie wird mir schrecklich fehlen.

Keine Ahnung, wie Tim allein zurechtkommen soll. Obwohl es vermutlich nicht lange dauern wird, bis sich irgendwelche Frauen auf ihn stürzen. Melanie wird ganz bestimmt versuchen, ihn sich zu angeln.

Absurde Vorstellung.

20. Juli

Heute früh habe ich Blumen für die Bestattung bestellt. Dachte mir, dass Marion etwas richtig Buntes bestimmt besser gefallen hätte als Blau- oder Weißtöne, und habe deshalb den farbenfrohesten Strauß gewählt, den ich finden konnte. Was Stunden in Anspruch nahm, weil ich das alles im Internet machte und zum Bezahlen wieder ein neues Passwort einrichten (ich habe bestimmt schon an die hundertfünfzig) und Millionen von Buttons anklicken musste. Ständig erschienen neue Seiten, auf denen dann stand *Fast fertig!*, *Gleich haben Sie es geschafft!* oder *Nur noch ein Klick!*, als spürte der Computer, was für eine Tortur das war, und hörte mich jammern: »Ach du lieber Gott, nimmt das denn gar kein Ende!«

Heute Nachmittag entwickelte ich dann ziemliche Ängste wegen Marions Tod, muss ich sagen. Und weil ich dachte, ich würde als Nächste sterben, wenn ich mich nicht mehr bewegte, machte ich einen Spaziergang. Aber man kann in diesem Viertel eigentlich nicht spazieren gehen, das ist das Problem. Ich könnte nach links tappen zum West End, an 1-Pfund-Shops, Handyläden, schlechten Obst- und Gemüseläden, Optikern und Fast-Food-Lokalen vorbeiflanieren, und das auf einem Boden, der so voller Kaugummi ist, dass man sich fragt, ob man als Nächstes festklebt und dort für den Rest seines Lebens ausharren muss. Wenn man nach rechts geht, kommt man zu trostlosen modernen Wohnsilos. Und dann gibt es noch die bekannte Grünfläche, die Penny und ich vor ein paar Jahren vor den Grundstücksentwicklern gerettet haben. Doch dort wimmelt es eben von Drogendealern, alles ist voller Hundedreck, und auf den Bänken sitzen Osteuropäer und saufen Wodka – nicht gerade anheimelnd. Richtung Süden geht man an Reihenhäusern vorbei, bis man zu den nächsten Reihenhäusern und danach zur Autobahn kommt.

Im Norden liegt die grausige Sozialsiedlung, in der Terry wohnt.

So sprang ich schließlich ins Auto und fuhr zum Holland Park. Wo es natürlich viel schöner ist, aber als ich dort zwischen den Bäumen umhertappte, fragte ich mich doch, was ich hier eigentlich machte, und schaute dauernd auf meine Uhr, um zu überprüfen, wie lange ich nun schon herumlief. Zum Glück fiel mir dann die App auf meinem Smartphone wieder ein, die meine Schritte zählte, und ich nahm mir vor, bei dreitausend nach Hause zu fahren.

Es gibt ja Leute, die Spazierengehen lieben. Aber was um alles in der Welt finden die daran so toll? Worüber soll man zum Beispiel währenddessen nachdenken? Mir kam lediglich in den Sinn, dass mir kalt war – ja, auch im Juli, bin eben eine Frostbeule – und dass ich mich vorsehen musste, nicht über herumliegende Äste zu stolpern. Spazierengehen ist HÖLLISCH LANGWEILIG! Könnte dem lediglich etwas abgewinnen, wenn ich mit jedem Schritt ein Gerät antreiben würde, das Brot für hungernde Kinder oder Strom erzeugt.

Der Unterschied zwischen Spazierengehen und dem Herumlaufen im Haus – Treppe rauf, Treppe runter, in den Garten und so fort – ist mir auch überhaupt nicht einsichtig. Das ist doch schließlich auch eine Art Spaziergang, oder nicht? Verstehe nicht, wieso alle meinen, dazu müsste man draußen unterwegs sein. Hier gibt es sowieso keine frische Luft, nur die Auspuffgase von der Uxbridge Road, die Strahlen der Handymasten und das von zahllosen Menschen ausgeatmete Kohlenstoffdioxid.

Das Spazierengehen half auch nicht im Geringsten dabei, mich von Marions Tod abzulenken. Ganz im Gegenteil: Ich dachte nur umso mehr daran, wie sie mir fehlte.

Aber als ich wieder zu Hause war, fand ich mich zumindest vorbildlich und gönnte mir zur Belohnung einen großen Schoko-Vollkornkeks.

Später
Habe gerade mit Tim über die Planung für die Bestattung gesprochen und erfahren, dass David auch kommt, mit Sandra. Großer Gott, ist die etwa doch wieder bei ihm eingezogen? Ich muss ja wohl vom wilden Affen gebissen gewesen sein, als ich ihr bei der Flucht aus Indien geholfen habe. Hätte sie da in ihrer elenden Hütte verrotten lassen sollen. Nein, das ist nun wirklich zu gemein. Aber selbst wenn sie nicht wieder bei David eingezogen ist, verbringt sie jedenfalls viel Zeit mit ihm, und er übernimmt die Großvaterrolle für Gangi, wenn nicht sogar die Vaterrolle.

Tja nun. Zumindest werde ich ihn treffen und mit ihm reden können. Bin wild entschlossen herauszufinden, wieso er mir die kalte Schulter zeigt.

21. Juli

Vor der Beerdigung kam Penny zu mir. Sie sah großartig aus ganz in Schwarz und schien erfreulicherweise keinen Tropfen Alkohol intus zu haben. Robin wollte gleich zum Bestattungsort kommen, aber Melanie klopfte noch bei mir und fragte, ob sie mit uns fahren könne. Dann rauschte sie herein, angetan mit ausladendem Hut und zig Tüchern, den Arm voller Blumen und Grünzeug.

Das sie natürlich großzügig in meinem Auto verteilte, aber ich verkniff mir Bemerkungen. Wir brauchten über eine Stunde zu dem Waldstück in der Nähe von Oxford und mussten dann vom Parkplatz aus noch ewig weit laufen zum Bestattungsort.

Es war eine riesige Trauergemeinde. Marions Freundinnen aus ihrer Studienzeit in Oxford waren gekommen und viele Verwandte, von denen ich nur einige kannte. Marions Tochter wirkte völlig verzweifelt und tat mir schrecklich leid.

Tim hatte eine Bestattungsform gewählt, bei der Marions Leichnam, in eine Art Hängematte aus Bambusfaser gehüllt, auf einer Bambustrage ruhte, die mit Blumen bedeckt war und wunderbar naturnah aussah – im Gegensatz zu diesen üblichen düsteren Särgen, die mich immer an Dracula-Filme erinnern. Das Bambusgestell wurde von Jim, James und zwei mir unbekannten Männern getragen.

Der Trauerredner – bekleidet mit brauner Strickjacke, etwa so, wie ich erwartet hatte – war äußerst sympathisch, und die ganze Zeremonie hatte etwas Entspanntes. Gott kam nicht zur

Sprache, wofür ich dankbar war, aber der Redner nahm häufig Bezug auf die Natur. Eines von Marions Enkelkindern, vermutlich Perry – ein entzückender etwa achtjähriger Junge – sang *Alle Dinge dieser Welt,* wobei er die Worte »der Herr« durch »die Natur« ersetzte. Es war sehr ergreifend, wie sich die klare Kinderstimme durchs Geäst der Bäume zum blauen Himmel erhob. Und das Zwitschern der Vögel in den Pausen wirkte so richtig und passend. Irgendwann zwischendurch landete eine Amsel neben der Trage, die auf einem Holzgestell ruhte. Alle hielten wohl unwillkürlich den Atem an, während die Amsel auf dem kreisrunden Platz umherhopste und schließlich davonflog.

Nach der Trauerfeier trat Robin zu Marions verhülltem Leichnam, murmelte ein paar Worte und zeichnete mit dem Finger ein Symbol auf das Grabtuch. Melanie nach ihm legte mit großer Geste die Hand darauf; später erklärte sie uns, sie habe liebevolle Energie verströmt, die Marion auf dem Weg begleiten solle. Penny und ich blieben im Hintergrund stehen, mit Tränen in den Augen.

Danach gingen wir alle zu Marions späterem Grabbaum, wo ich erschüttert feststellte, dass meine bestellten Blumen nicht neben all den anderen lagen, sondern nirgendwo zu sehen waren. Herrje, nun würde ich noch mal auf diese Website gehen und das Passwort eingeben müssen, das ich natürlich inzwischen vergessen hatte. Regte mich sehr darüber auf, aber es war wohl kaum der rechte Moment, um Tim mitzuteilen, dass ich Blumen bestellt hatte, die aus unerfindlichen Gründen nicht aufgetaucht waren.

Später versammelten sich alle Trauergäste zu Kaffee, allerlei Getränken und Sandwiches in einem dörflichen Gemeinschaftsraum. Endlich konnte ich mit James und Owen sprechen.

»Es ist so traurig«, sagte James. »Wieder jemand auf der Strecke geblieben.«

»Ja, schlimm«, erwiderte ich. »Erst Hughie, dann Archie, jetzt Marion ... wer ist wohl als Nächstes dran?«

»Von jetzt an müssen wir alle ganz lieb zueinander sein, Süße«, sagte James. »Man weiß ja nie, ob man sich noch mal wiedersieht.«

»Marion hätte auch gewollt, dass wir besonders lieb zueinander sind.« Ich spürte irgendwie Marions Ausstrahlung und wünschte mir, ich selbst wäre netter zu ihr gewesen, hätte sie als Freundin mehr zu schätzen gewusst, anstatt mich hinter ihrem Rücken über ihren gruseligen Kochstil auszulassen oder mich darüber aufzuregen, dass sie mir dauernd damit in den Ohren lag, ich solle Pilates machen (wobei ich nun nicht umhinkann zu bemerken, dass Pilates ihr auch nichts genützt hat).

Unter den Trauergästen, die draußen vor dem Gebäude standen, hielt ich nach David Ausschau und sichtete ihn schließlich unter einer Baumgruppe. Als ich auf ihn zusteuerte, sah ich, dass sich nicht nur Sandra in seiner Gesellschaft befand, sondern auch die Witwe Bossom, die ein enges schwarzes Kleid und einen gigantischen schwarzen Hut trug, obwohl sie Marion überhaupt nicht gekannt hatte. Die Witwe brach umgehend über mich herein, mit den Worten: »Oh, war das nicht die ergreifendste Trauerfeier, die Sie jemals erlebt haben?«

Ich lächelte, nickte und fragte David, ob ich kurz mit ihm allein sprechen könne.

»Wenn es sein muss«, erwiderte er abweisend und entfernte sich ein paar Schritte von den anderen.

»David, was ist los, um Himmels willen?«, fragte ich. »Vor ein paar Wochen war doch noch alles so schön zwischen uns – und jetzt das! Du willst ja nicht mal mehr mit mir sprechen! Habe ich irgendwas falsch gemacht?«

»Falsch? Natürlich nicht«, antwortete David kalt. »Du bist eine freie Frau und kannst tun und lassen, was du willst.«

»Was um alles in der Welt soll das heißen?«, fragte ich verwirrt.

»Nun, das müsstest du doch wissen. Du hast deine Gefühle ja sehr deutlich zum Ausdruck gebracht in der Nachricht für deinen Liebhaber, die du auf die Treppe gelegt hattest.«

»Liebhaber?«, wiederholte ich fassungslos. »Liebhaber? Was meinst du damit?«

»Du hast deinem Guru-Freund doch diese Nachricht geschrieben, dass du eine wunderbare Nacht mit ihm gehabt hast«, antwortete David. »Und damit ist dieses Gespräch für mich beendet.«

Worauf er sich umdrehte und davonmarschierte.

Die Witwe Bossom zwinkerte mir zu. »Huchherrje, er sieht ja nicht gerade glücklich aus«, bemerkte sie. »Aber er wird es schon verkraften, was es auch sein mag.«

Und sie eilte David nach, um ihn zu trösten.

Ich blieb stocksteif stehen und zermarterte mir das Hirn. Und dann, ganz langsam, dämmerte es mir. Ich hatte Robin diese Nachricht wegen der Ionisatoren geschrieben und sie auf die Treppe gelegt. Soweit ich mich erinnern konnte, stand auf dem Zettel: *Habe eine wunderbare Nacht gehabt, Robin! Du bist eine Wucht! Alles Liebe! Marie*

Was David wohl dahingehend gedeutet hatte, dass ich eine Liebschaft mit Robin hatte.

Ich sprintete David hinterher, um es ihm zu erklären, aber Melanie kam zur gleichen Zeit angerauscht und legte ihm den Arm um die Schultern.

»David, mein Lieber!«, flötete sie dabei, was ich allerhand fand; sie kennt ihn schließlich kaum. (Die beiden haben zwar mal eine Nacht zusammen verbracht, aber das war's dann auch.) »Wie schön, dich zu sehen!« Ich fragte mich, was plötzlich in sie gefahren war; schließlich wusste sie ja Bescheid über meine Lage. »Wie geht es denn Sandra und dem Kleinen? Was machen deine Deiche? Das ist sooo klug von dir, so was anzulegen gegen Hochwasser. Ich wüsste ja nicht mal, wie ich einen tropfenden Wasserhahn reparieren soll!« Und sie klapperte mit den Wimpern und warf ihm einen bewundernden Blick zu. »Jetzt aber mal ein kleiner Rat von mir, David. Wenn du noch mit Marie zusammen sein willst, solltest du dich vorsehen! Tim ist nämlich jetzt ungebunden, und wer weiß, was ihm so in den Sinn kommt, wenn du wieder auf dem Lande weilst!«

Ich nahm nun sicher an, dass sie den Verstand verloren hatte, war aber noch erschütterter über David, der schroff erwiderte: »Ich glaube kaum, dass er sich bei Marie Chancen ausrechnen kann. An die kommt keiner ran, außer vielleicht so ein Esoterikquacksalber.«

Worauf Melanie mich verblüfft und fragend anglotzte. Zum Glück fasste sie sich aber schnell wieder, drückte David den Arm und säuselte: »Sag aber nicht, ich hätte dich nicht gewarnt.« Dann entdeckte sie James und kreischte: »Jimbo, Liebling!« Indessen war David verschwunden. Ich konnte ihn nirgendwo mehr entdecken und blieb zurück in einem verwirrenden Gefühlsmix aus Bedrücktheit und Wut.

Wie um alles in der Welt konnte David nach so einer schönen gemeinsamen Nacht überhaupt auf die Idee kommen, dass ich ein Verhältnis hätte, und noch dazu ausgerechnet mit Robin? Offenbar hatte mein Ex nun auch den Verstand verloren. Einerseits war ich versucht, zu Kreuze zu kriechen und alles zu erklären; andererseits war ich aber ungeheuer wütend auf David, weil er es überhaupt für möglich hielt, dass ich mich so benehmen würde.

Und so verging der Rest des Nachmittags. Ich brachte nichts zuwege und wurde meine Wut nicht los, bis wir zurückfuhren. Der arme lange Robin musste sich auf den Rücksitz falten, wo er dann mit dem Kinn auf den Knien hockte, während Melanie mit ihren Taschen und Tüchern, in denen Blätter und Zweige festhingen, den Vordersitz in Beschlag nahm.

Penny, die sich beim Leichenschmaus einiges an Sekt hinter die Binde gekippt hatte, sang auf der Rückbank ziemlich peinliche Lieder, was zu Anfang noch halbwegs witzig war, dann aber nur noch unerträglich.

Später
Hockte zu Hause und grübelte über diesen Tag nach, als es klingelte. Der Mann von gegenüber stand vor der Tür, in der Hand einen riesengroßen Blumenstrauß.

»Ich hab die hier für Sie angenommen, weil Sie nicht zu Hause waren«, erklärte er.

»Aber die können nicht für mich sein«, sagte ich. »Mir schickt niemand Blumen!«

In dem Strauß steckte eine Karte. *Mein allerherzlichstes Beileid! Alles Liebe und Gute von Eurer Freundin Marie.*

Oh nein, ich hatte die Blumen irgendwie an mich selbst geschickt! Ich könnte diese vermaledeiten Websites alle umbringen! Was sollte ich denn jetzt machen? War so entnervt und außer mir, dass ich Penny anrief und sie bat, zu mir zu kommen. Ausnahmsweise war ich diesmal froh, dass sie eine Flasche Sekt mitbrachte. Die machten wir im Nu nieder und ließen fast noch eine ganze Flasche Wein folgen. Dann wankte Penny nach Hause, und ich kroch betrunken und traurig ins Bett.

23. Juli

Kann Davids Verhalten noch immer nicht verstehen. Werde vorerst aber nichts unternehmen, bis ich mich einigermaßen beruhigt habe. Habe deshalb Tim, dessen Verwandtschaft inzwischen wieder abgereist ist, zum Abendessen zu mir eingeladen. Nicht um ihn aufzuheitern, denn natürlich kann man ihn derzeit nicht aufheitern, das ist alles noch zu frisch. Sondern eher, weil ich die Vorstellung nicht ertragen konnte, dass er da mutterseelenallein in diesem leeren Haus hockt.

Er brachte eine Flasche Wein mit, und ich erklärte die Sache mit den Blumen. Tim meinte, keine Sorge, das wäre ihm nicht aufgefallen, und nein, lieben Dank, er wolle sie aber nicht mitnehmen, das Haus platze nämlich fast aus den Nähten vor Blumen.

Der Ärmste sah vollkommen erschöpft aus, und nachdem er seine unförmige Barbour-Jacke ausgezogen hatte, sank er im Wohnzimmer in einen Sessel und blickte trostlos vor sich hin. Ich hatte ein Brathuhn im Ofen – ich mache immer Brathuhn, wenn es jemandem schlecht geht – und setzte mich zu Tim, weil die Kartoffeln auch noch ein Weilchen brauchten.

Da Marion gerade mal eine Woche tot war, mochte ich Tim nicht nach Zukunftsplänen fragen, aber es stellte sich heraus, dass er tatsächlich schon welche hatte. Im ersten Moment fand ich das zu früh; aber er ist ein Mann und war bei der Armee, bevor er Buchhalter wurde. Deshalb braucht er Pläne wahrscheinlich, um sich auf Trab zu halten.

»Also, eins steht mal fest«, sagte er. Ich fand, sein Gesicht sah so gräulich und faltig aus wie eine vom Auto überfahrene Blechdose. »Heiraten werde ich nie wieder. Ich werde mich darauf einrichten, für den Rest meines Lebens allein zu bleiben. Das heißt, ich muss als Erstes einen Kochkurs machen. Marion war ja so eine wunderbare Köchin, weißt du. Außerdem muss ich lernen, wie man bügelt, das Bett macht und das Haus sauberhält. Ich werde nicht verzagen vor diesen neuen Anforderungen, das sag ich dir, Marie. Andere Männer kriegen das schließlich auch hin, warum soll das mir nicht gelingen. Und ich werde mein Leben künftig der Arbeit widmen, und zwar einer Form von Arbeit, die Marion glücklich gemacht hätte. Deshalb werde ich mich jetzt mit Leib und Seele dafür einsetzen, Geld für diese Waisenkinder ranzuschaffen. Das hätte sich Marion gewünscht.« An dieser Stelle fing er natürlich wieder zu weinen an, schniefte und behauptete entschuldigend, er sei erkältet.

Ich sagte nichts, sondern wartete nur ab, wobei ich mir ein bisschen wie eine schauderhafte Therapeutin vorkam. Aber ich war räumlich zu weit weg von Tim, um den Arm um ihn zu legen, und manche Menschen wollen in so einer Situation auch gar nicht berührt werden – vor allem Männer wie Tim nicht.

Zwischen Schniefen und Husten erklärte er jedenfalls, er wolle das Niveau des Ladens stark anheben.

»Nicht nur ausrangiertes Zeug verkaufen, sondern Dinge, die wirklich gebraucht werden«, erläuterte er. »Und ich habe auch schon eine Marktlücke ausgemacht. Alltagshilfsmittel für Senioren.«

An diesem Punkt förderte er aus seiner Aktentasche, ohne die man Tim selten zu Gesicht bekommt, einen Stapel Broschüren zutage. Eine davon war die Zeitschrift *Graue Zellen,* die vor einigen Wochen auch bei mir im Briefkasten gelandet war.

»Schau dir das mal an, Marie«, sagte Tim und reichte mir die Broschüren. »Findest du nicht auch, dass ein Laden, in dem man solche Dinge vor Ort kaufen kann, dringend gebraucht wird? Wo ich hinschaue, sehe ich Leute auf Elektromobilen, mit Stöcken und Rollatoren ... und in diesem Katalog wird alles angeboten, was die brauchen. Aber alte Menschen«, fügte er hinzu, »können oft mit dem Internet gar nicht umgehen, sondern brauchen eine Stelle, an der sie direkt vor Ort etwas einkaufen können: ein Geschäft. Die wollen doch die Sachen erst mal ausprobieren! So ein Laden wäre eine enorme Hilfe für Senioren.

Ich glaube, wir hätten damit gute Chancen, Geld einzunehmen. Und da meine Rente ausreichend ist, könnten wir den gesamten Profit den Waisen spenden. Was meinst du?«

Ich war in einer schwierigen Lage, weil die Backkartoffeln wahrscheinlich gerade zu braun wurden, ich aber Tim nicht bremsen wollte. Deshalb blätterte ich rasch den Katalog durch, wobei ich damit rechnete, Toilettenstühle und Riesenwindeln angeboten zu bekommen, aber dann erstaunt einige wirklich nützliche Sachen entdeckte.

»Meine Güte!«, rief ich aus. »Öffner für Plastikpackungen! Waage mit extragroßen Ziffern! Das ist ja eine großartige Idee. Ich kann die nämlich auch nicht mehr erkennen«, fügte ich hinzu, »selbst wenn ich mit Brille auf der Waage stehe. Nadeleinfädelhilfe! Nackenmassagegerät!«

Tim schien sich über meine begeisterte Reaktion zu freuen, und nach einer Viertelstunde gelang es mir, ihn in die Küche zu befördern.

Die Kartoffeln waren zu knusprig, das Brathähnchen zu trocken und die Bohnen zu matschig, aber es hatte schließlich einem guten Zweck gedient. Und da Tim Marions Küche gewohnt war, schien es ihm nichts auszumachen.

»Es wäre natürlich wahnsinnig hilfreich, wenn du ab jetzt öfter im Laden sein könntest«, bemerkte ich beim Kaffee nach dem Essen. Ich hoffte insgeheim, so zwei Fliegen mit einer Klappe zu schlagen: Tim würde sich vielleicht wichtig und nützlich fühlen, und ich müsste weniger in dem tristen Laden herumsitzen.

»Na ja, ich hab natürlich jede Menge zu erledigen, wegen Testament und Versicherungen und so weiter«, erwiderte Tim. »Aber du kennst mich ja: Das meiste hab ich schon geregelt, ich werde mich also bald mehr engagieren können.«

»Ein ganz großes Engagement ist das«, sagte ich mitfühlend. »Marion wäre so stolz auf dich.«

Worauf der arme Kerl natürlich wieder in Tränen ausbrach. Er tut mir so wahnsinnig leid.

24. Juli

Hab heute Morgen Penny von der Sache mit den Blumen erzählt.

»Wenn man früher Dummheiten machte, landete man zum Beispiel mit jemandem im Bett, dessen Namen man nicht mal kannte«, sagte ich. »Heute schickt man sich selbst Beerdigungsblumen. Ziemlich traurig.«

Später
Der Makler hatte mich vorgewarnt, dass er heute Interessenten mein Haus zeigen wolle. Ich bereitete mich ordentlich vor, indem ich richtigen Kaffee kochte (was ich nur im Ausnahmefall mache, weil ich ein Instantkaffee-Typ bin) und die Beerdigungsblumen in einzelne Sträuße aufteilte, sodass tatsächlich in jedem Zimmer schöne Blumen standen. Als der Mann von Ashton Manana auf der Bildfläche erschien, war ich also bestens präpariert und um halb elf Uhr morgens sogar komplett bekleidet, obwohl ich um diese Uhrzeit normalerweise noch im Morgenmantel herumspaziere und versuche, in den Tag zu finden.

Das Paar, das der Makler anschleppte, sagte mir nicht sonderlich zu. Beide waren schätzungsweise Mitte dreißig und sicher berufstätig. Er sah aus, als arbeite er in einer Bank, und sie – nun ja, auch. Sie hatte ihre blonden Haare straff zurückgebunden, und der Mann wirkte arrogant und gebärdete sich insgesamt so, als sei er es gewohnt, Leute herumzukommandieren.

Natürlich ließ ich die beiden in Ruhe gucken, hatte aber das unangenehme Gefühl, als seien sie Eindringlinge. Es kam mir regelrecht vor, als wiederhole sich der Einbruch, obwohl ich dieses Paar ja indirekt hierher eingeladen hatte.

Sie wanderten eine Viertelstunde oben herum, und ich hörte sie murmeln. Dann kamen sie herunter.

»Könnten Sie die Tür zum Garten aufschließen?«, fragte der Makler.

Als das Paar in den Garten ging, hörte ich den Mann zu meinem Entsetzen sagen: »Also, der Rasen muss natürlich weg. Ich werd nicht meine Wochenenden mit Rasenmähen zubringen.« Worauf sie erwiderte: »Wir könnten Platten legen lassen und dann Pflanzentöpfe und einen Grill anschaffen.«

»Oder Kunstrasen«, schlug der Typ vor.

»Und einen von diesen Heizpilzen«, ergänzte sie.

»Am besten gleich mehrere«, meinte er.

Als sie wieder reinkamen, hörte ich ein Scharren auf dem Dach. Ich schaute hoch und sah, wie der Täuberich direkt über den Köpfen des Paars auf das blitzsaubere Glas kackte, das Terry gerade erst gereinigt hatte. Und als die beiden sich angewidert abwandten, fiel ihr Blick unwillkürlich auf Pouncer, der ihnen den Rücken zuwandte und zweifellos gerade auf den Teppich pisste.

Ich hätte am liebsten die Faust in die Luft gereckt und »Jawoll, Pouncer, gut gemacht, alter Knabe!« geschrien. Stattdessen sagte ich: »Ach, tut mir leid, er ist krank. Der Teppich kommt natürlich weg.« Die beiden warfen sich ein pikiertes Lächeln zu.

Als sie mit ihrem Rundgang fertig waren, verabschiedete sich der Makler höflich, wohingegen die potenziellen Käufer mir nicht mal zunickten. Ich kam mir vor wie verrottetes altes Inventar, das sie umgehend auf den Müll werfen würden, sobald sie hier einzogen.

Kunstrasen! Was für Barbaren! Wie sollen denn meine armen Würmer und Käfer unter solch blödem Gummizeug noch Luft kriegen? Und was futtern meine Amseln und Rotkehlchen dann? Heizpilze! Mehrere! Ökovandalen!

25. Juli

Gerade aus dem Laden zurück, wo ich Melanie abgelöst hatte. Als ich reinkam, war sie dabei, einem ärmlich wirkenden jungen Paar gebrauchte Strampelhosen zu verkaufen. Die junge Frau war hochschwanger, und Melanie verlangte pro Strampler zehn Pfund.

»Schauen Sie, die sind kaum getragen und von Petit Bateau«, erklärte Melanie. »Neu würden sie dort bestimmt an die fünfzig Pfund kosten. Vor allem mit dieser entzückenden Stickerei! Und das berühmte Label! Wissen Sie was? Ich gebe Ihnen drei Stück für zwanzig. Ist das ein Angebot?«

Und ich dachte, mich laust der Affe, aber dieses Pärchen ließ sich wirklich von ihr einwickeln! War verblüfft über Melanies Geschäftstüchtigkeit, muss ich sagen.

Erst dann bemerkte ich, dass Tim weiter hinten an einem Tisch saß. »Sie ist unsere beste Verkäuferin, Marie«, sagte er. »Melanie hat für diese armen Waisen schon mehr Geld eingenommen als wir anderen zusammen.«

Melanie strahlte stolz, trat zu Tim und knetete ihm die Schultern.

»Ich hab Timmylein gesagt, er soll doch zu Hause bleiben und sich ausruhen – aber nein, er will ja unbedingt hier sein. Möchtest du jetzt einen Kräutertee, Lieber?«

Tim blickte auf und warf ihr ein dankbares Lächeln zu. »Das wäre wunderbar, Mel.« Und zu mir sagte er: »Was für eine Frau!«

»Aber wie schaffst du es denn, jetzt schon zu arbeiten?«, fragte ich. »Nach so kurzer Zeit? Du brauchst dich wirklich nicht zu sorgen, wir kommen ohne dich zurecht. Du musst nicht denken, dass du jeden Tag hier zu sein hast.«

»Schon klar«, erwiderte Tim, »aber das tue ich für Marion. Wenn ich hier bin, fühle ich mich ihr nah. Alle sagen mir, ich solle zu Hause bleiben und trauern, aber das will ich nicht. Ich will hier sein, in ihrer Nähe, bei ihrem Werk.«

Mir schnürte sich die Kehle zu, als er das sagte, und meine Bemerkungen kamen mir plötzlich schrecklich banal und unsensibel vor.

Im August wollen wir den Laden geschlossen lassen, weil wir da alle verreisen. Aber dann möchte Tim noch vor Weihnachten die komplette Umgestaltung in Angriff nehmen und ein waschechtes Geschäft daraus machen, das neue Produkte ausschließlich für Senioren anbietet.

Ich finde die Idee exzellent. Vor allem wenn ich nicht mehr zum Verkaufspersonal gehören muss ...

29. Juli

Muss wohl Pouncer in den Garten verbannen, wenn weitere Interessenten das Haus besichtigen wollen. Brauche Ewigkeiten, um diese Flecken rauszukriegen, wenn er irgendwo hingepinkelt hat. Und ich kann es natürlich auch nicht dulden, dass er seiner Missbilligung so deutlich Ausdruck gibt. Genau wie der Täuberich! Beide verfügen offenbar über hellseherische Fähigkeiten und versuchten auf etwas drastische Weise mitzuteilen, dass sie dieses Paar grässlich fanden.

Die beiden haben auch kein Angebot gemacht, wofür ich äußerst dankbar bin.

31. Juli, nachts

Was für ein grauenhafter Abend! Penny hatte vorgeschlagen, in der Nähe zusammen essen zu gehen, und wir hatten auch Tim gefragt, ob er mitkommen wolle, damit er nicht einsam zu Hause saß.

Wir waren in diesem neuen angesagten Restaurant, aber es ging schon mal mies los, weil Penny offenbar bereits zu Hause ziemlich viel getrunken hatte. Als sie ins Restaurant kam, war sie übellaunig, wollte nicht an dem Tisch sitzen, den man uns gegeben hatte, und als wir einen anderen bekamen, behauptete Penny, dort zöge es. Als Nächstes beklagte sie sich darüber, dass die Musik zu laut sei, und während sie dabei herumfuchtelte, stieß sie eine offene Flasche Rotwein von unserem Tisch, die sich daraufhin auf den Schoß der Frau am Nebentisch ergoss.

Die Frau blieb an sich erst mal recht gelassen, bis sie merkte, dass Penny betrunken war. An dieser Stelle schritt Tim ein und erklärte, er würde die Reinigung bezahlen, und es täte uns furchtbar leid. Ich schlug vor, dass wir wieder gehen sollten, bevor wir noch mehr Schaden anrichteten. Aber Penny beharrte darauf, sitzen zu bleiben, und verlangte nach einem Burger.

»Das Fleisch aber komplett durch«, betonte sie bei der Bestellung. »Ich meine, RICHTIG durch!«, schrie sie dann. »Nicht rosa oder auch nur rosé, weil ich nämlich nicht so ein Scheißgourmet bin, der sich einbildet, alles zu wissen. Das Fleisch soll KOMPLETT DURCH sein. So richtig GEBRATEN! ANSTÄNDIG GEBRATEN! Nicht irgendwie scheißblutig. Nicht blutig blutig blutig blutig. DURCHGEBRATEN!«

An diesem Punkt stand ich auf und ging zum Geschäftsführer. Ich entschuldigte mich wortreich, und wir erörterten, ob Penny noch bedient oder lieber weggeschickt werden wollte. Dem Mann war anzusehen, dass er größten Wert darauf legte, sie so schnell wie möglich loszuwerden. Tim und mir gelang es dann mit Mühe, sie zum Gehen zu überreden, indem wir sagten, wir würden sie zu einem richtigen Burgerrestaurant bringen, wo die Burger vernünftig gebraten seien. Wir bugsierten sie zur Tür, und als sie draußen war, geriet sie ins Stolpern und wollte kehrtmachen und wieder reingehen.

»Hast du sie schon mal in diesem Zustand erlebt?«, raunte Tim mir hilflos zu, während er Penny die Straße entlanggeleitete. »Ich weiß ja, dass sie in letzter Zeit öfter mal beschwipst ist, aber das ist ja fürchterlich!«

»Nein, so hab ich sie noch nie erlebt«, antwortete ich, was der Wahrheit entsprach. »Keine Ahnung, was in sie gefahren ist. Vielleicht hat sie irgendeine Pille geschluckt und obendrein noch getrunken. Ein Albtraum!«

Tim stützte Penny auf der Straße und versuchte, sie abzulenken, während ich in den McDonald's eilte, um einen Burger zu kaufen, weil wir fanden, sie sollte was essen, bevor wir sie nach Hause schleiften. An ihrer Haustür fand sie dann ihren Schlüssel nicht, betastete dauernd ihren Mantel von außen und brüllte dabei vor Lachen. Schließlich nahm ich den Schlüssel aus ihrer Tasche und schloss auf, und wir zogen und schoben Penny nach oben. Im Schlafzimmer schafften wir es gerade noch zum Bett. Sie sank darauf und schlief auf der Stelle ein.

Tim und ich schlichen geknickt nach unten.

»Meinst du, sie könnte an Erbrochenem ersticken und sterben oder so?«, fragte ich besorgt und fühlte mich dann schlecht, weil ich den Tod zur Sprache brachte. Tim antwortete: »Nein, sie ist ja nicht bewusstlos, nur furchtbar betrunken. Großer Gott, so kann das aber nicht weitergehen. Was für ein entsetzlicher Abend. Du hast dich hervorragend gehalten, Marie ...«

»Und du erst, mein Lieber«, erwiderte ich. »Das konnten wir nur gemeinsam schaffen.«

Wir nahmen uns vor, gleich am nächsten Morgen nach Penny zu schauen, und verabschiedeten uns. Als ich zu Hause ankam, hatte ich riesigen Hunger, aber im Kühlschrank fanden sich lediglich eine Stange Lauch, eine halbe Kugel Rote Bete und ein Becher Sauerrahm. Ich raspelte das Gemüse, kochte es mit einem Brühwürfel und gab Sauerrahm dazu. So hatte ich einen recht ordentlichen Borschtsch, zu dem ich dann noch ein Stück Toast und ein gekochtes Ei aß.

War gar nicht so übel.

AUGUST

1. August

Wurde heute Morgen von einem Anruf des Maklers von Ashton Manana geweckt, der mir sagte, er habe für ein Haus in Brixton einen Sonderbesichtigungstermin anberaumt, weil es so viele Interessenten gäbe, und ich solle noch an diesem Nachmittag dorthinkommen. Zögernd sagte ich zu, rief dann aber sofort bei Penny an und machte mir furchtbare Sorgen, als sie nicht abnahm. War sicher, dass sie an Erbrochenem erstickt war und ich Schuld hatte. Sobald ich halbwegs zivilisiert aussah, raste ich zu Penny und hämmerte an die Haustür. Irgendwann hörte ich drinnen Schritte und war sagenhaft erleichtert, als Penny aufmachte – aschgrau im Gesicht und in den Kleidern vom Vorabend. Immer noch leicht schwankend ging sie mir voraus in die Küche.

»Wie viel Uhr ist es?«, fragte sie mürrisch.

»Spielt keine Rolle. Ich hab mir nur furchtbare Sorgen gemacht, weil du nicht ans Telefon gegangen bist.«

Penny musste sich auf den Küchentisch stützen, um sich zu setzen. »Hab ich schlimme Kopfschmerzen«, sagte sie. »Herrje! Sind wir gestern ausgegangen?«

»Kann man so sagen«, antwortete ich, schaltete den Wasserkocher an und stellte den Kaffee zurecht. »Du hast viel zu viel getrunken, Penny. Weißt du das nicht mehr?«

»Nee, ich erinnere mich an gar nichts«, gestand Penny mit

reumütigem Lächeln. »Das ist ja schrecklich. Muss einen Filmriss gehabt haben. Aua, mein Kopf!«

»Hör zu, Penny«, sagte ich, stellte den Kaffeebecher vor sie hin und setzte mich. »So kann es nicht weitergehen. Der Abend gestern war absolut grauenvoll. Du hast dich komplett blamiert. Wir wurden des Restaurants verwiesen, nachdem du eine Flasche Rotwein umgekippt hattest, über den Tisch neben uns. Tim und ich mussten dich schieben und ziehen, um dich nach Hause zu befördern. Ich konnte vor Sorge kaum schlafen! Du musst mit dem Trinken aufhören. Nicht nur den Alkohol reduzieren, sondern komplett darauf verzichten. Anders geht es nicht mehr!«

Penny sah mich entrüstet an, hielt sich dann aber plötzlich den Bauch. »Oje, mir wird übel«, sagte sie.

Und dann beugte sie sich zu meinem maßlosen Entsetzen tatsächlich vor und kotzte auf den Küchenboden, wobei das Tischtuch und auch ich in Mitleidenschaft gezogen wurden.

»Oh Gott, das tut mir leid!«, rief sie und brach in Tränen aus. »Ich wisch das weg.«

»Blödsinn«, erwiderte ich zähneknirschend. »Du bleibst, wo du bist. Ich mach das.«

Ich schnappte mir einen großen Klumpen Küchenpapier und wischte und putzte, bis das ganze Zeug verschwunden war. Dann holte ich die wertvolle chinesische Schale – nun wusste ich ja, wo sie zu finden war – und gab sie Penny, für den Fall, dass ihr noch mal übel wurde. Sie saß stumm und still da, gab nur gelegentlich ein Stöhnen oder irgendwelche gemurmelten Entschuldigungen von sich.

Als ich mit allem fertig war, sagte ich: »Nun trink deinen Kaffee aus. Und später musst du ganz viel Wasser trinken.« Ich stellte einen Krug Wasser und ein Glas bereit. »Und jetzt gehst du gleich hoch, nimmst ein heißes Bad, ziehst dein Nachthemd an und legst dich wieder ins Bett. Hast du Aspirin im Haus?«

Penny nickte ergeben.

»Und hoch mit dir«, sagte ich entschieden, als sie den Kaffee ausgetrunken hatte. Penny hielt sich an den Möbeln fest, als sie aufstand, und wankte die Treppe hinauf. Ich hörte, wie sie sich oben ein Bad einließ. Nach einer Weile erschien sie in ihrem blauen Seidenmorgenmantel, sah aber immer noch kreidebleich aus.

»Nimm die hier«, sagte ich und gab ihr zwei Aspirin. »Dann legst du dich ins Bett. Ich ruf dich später an. Und immer zwischendurch ganz viel Wasser trinken, ja?«

Sie nickte benommen und tappte wieder nach oben.

»Und vergiss nicht, was ich dir gesagt habe«, rief ich ihr nach. »Mit dem Alkohol muss Schluss sein! Du bist meine Freundin, und ich hab dich lieb! Du musst mit der Sauferei aufhören.«

Penny drehte sich auf der Treppe um. »Mach ich, Marie«, sagte sie so kläglich wie ein gescholtenes Kind. »Mach ich. Ich versprech's dir. Ich hör auf.«

»Und das sind nicht nur hohle Versprechungen, damit ich Ruhe gebe?«, fragte ich.

»Nein, nein. Ich versprech mir das auch selber, für mich. In letzter Zeit habe ich mir selbst schon furchtbare Sorgen deshalb gemacht, aber es einfach nicht geschafft aufzuhören. Die Vorstellung, zu den Anonymen Alkoholikern zu gehen, fand ich so schlimm, weil ich mich eigentlich nicht für eine Alkoholikerin halte. Und weil sich da bestimmt nur Asoziale und stinkende zahnlose Penner versammeln.«

»Du bist aber Alkoholikerin«, entgegnete ich. »Zumindest bist du alkoholsüchtig. Und was meinst du mit ›Asoziale‹? Heutzutage wimmelt es doch bei den AA-Meetings nur so von VIPs und Stars. Da findest du vielleicht sogar einen Traumprinzen!

Ich recherchiere mal, wo es hier in der Nähe eine Gruppe gibt und wann das nächste Meeting ist. Du musst unbedingt da hingehen.«

»Aber allein macht mir das Angst«, erwiderte Penny weinerlich. »Nach diesem grässlichen Erlebnis heute schaffe ich es bestimmt auch allein, mit dem Trinken aufzuhören.«

»Blödsinn, das schaffst du nicht. Wenn du willst, begleite ich dich in die Gruppe.«

»Aber das geht nicht. Da dürfen nur Alkoholiker teilnehmen«, sagte Penny noch kläglicher. »Ich hatte letzte Woche sogar schon mal da angerufen.«

»Dann tu ich eben so, als sei ich Alkoholikerin«, sagte ich grinsend. »Das merkt doch keiner.«

Penny lächelte matt, obwohl ihr Tränen in den Augen standen. »Danke, Marie. Du bist wirklich ein Pfundskerl. Weiß gar nicht, was ich ohne dich täte. Danke!«

Nun bleibt noch abzuwarten, ob Penny nach dem Aufstehen immer noch so erpicht darauf ist, zu den Anonymen Alkoholikern zu gehen. Mir graut natürlich davor, weil es da keineswegs vor VIPs und Stars wimmeln wird, sondern wir garantiert genau die Asozialen und stinkenden zahnlosen Penner dort vorfinden werden, vor denen Penny sich scheut.

Hatte den ganzen Vormittag mörderische Kopfschmerzen und habe keine Ahnung, wie ich in diesem Zustand nach Brixton fahren soll, um das Haus zu besichtigen.

Ojeoje.

Später
Hatte bei Jack angerufen, um sie vielleicht zu besuchen, wenn ich schon in der Nähe war. Aber sie haben wohl Freunde zu Gast, und Gene war zum Spielen verabredet, was ich natürlich traurig fand. Aber bevor ich losfuhr, verpackte ich die letz-

ten Baumgemälde in Luftpolsterfolie und festes Papier, damit sie auf dem Weg nach Indien nicht beschädigt wurden. Terry war auch hier und übermalte einige feine Risse in den Wänden, die laut Makler den Interessenten aufgefallen waren. Als Terry mich mit dem Paket sah, bot er an, es für mich zur Post zu bringen. Was ich nur allzu gern annahm, weil man heutzutage auf der Post gefühlte zehn Stunden Schlange steht. Vermutlich könnte Terry mächtig absahnen, wenn er das Einliefern von Paketen bei der Post als Dienstleistung anbieten würde. Die Leute würden ihm bestimmt mindestens ein Pfund pro Paket zahlen.

Muss sagen: Der Bursche ist für mich allmählich unverzichtbar. Er hat wahnsinnig viel am Haus gemacht und sogar das Knarren der Dielen in meinem Arbeitszimmer verschwinden lassen, indem er den Teppichboden abnahm und die Dielen einzeln festnagelte. Der Makler von Ashton Manana hatte nämlich berichtet, diese knarrenden Dielen hätten die potenziellen Käufer besonders abgeschreckt.

Schließlich fuhr ich zu dem Haus in Brixton und wurde gleich mit dem ersten Problem konfrontiert: weit und breit kein Parkplatz. Wenig attraktiv für Leute, die mich besuchen wollen. Und die Zeitbeschränkung fürs Anwohnerparken endet erst recht spät am Abend. Wenn ich also nicht nur Gäste empfangen möchte, die mich wie Dracula erst nach meiner gewöhnlichen Bettzeit besuchen kommen, werde ich nie mehr jemanden von auswärts zu Gesicht kriegen.

Das Haus befand sich in einem Wohnviertel, in dem alle Straßen nach Dichtern benannt wurden. Was mich offen gestanden auch etwas abschreckte. Ich möchte nicht inmitten eines Zitatenlexikons wohnen. Aber was ich wirklich entsetzlich fand: weit und breit kein Baum oder Geschäft zu sichten. Zu Hause habe ich meinen Eckladen mit dem reizenden Mr Patel, und da ich dort ständig im Morgenmantel aufkreuze, um schnell irgendwas zu kaufen, das im Haushalt fehlt, kann ich mir überhaupt nicht mehr vorstellen, mich wegen einem Liter Milch anziehen und auch noch ins Auto steigen zu müssen.

Ganz sonderbar fand ich die Tatsache, dass in der ganzen Straße so gut wie niemand zu sehen war, und die wenigen Menschen, denen ich begegnete, waren allesamt Weiße. Ich kam mir vor, als sei ich auf Zeitreise in den Fünfzigerjahren. In Brixton gibt es natürlich ganz in der Nähe ein kunterbuntes ethnisches Menschengemisch, nicht aber in dieser merkwürdigen Enklave, in der ich beinahe erwartet hätte, dass der Union Jack aus jedem Fenster hing. Mir wurde plötzlich sehr bewusst, wie sehr ich mich daran gewöhnt hatte, in Shepherd's Bush zwischen Menschen aus aller Welt zu leben.

Das Haus selbst – nun ja! Die Fassade war zwar noch viktorianisch wie bei meinem Haus, aber die Vorgänger hatten wohl Kahlheit als besonders stilsicher empfunden und sämtliche historischen Elemente entfernt. Die Decken waren mit Downlights bestückt, in fast jedem Zimmer stand ein Flachbildfernseher, und so was wie Regale zum Lagern von Sachen existierten schlicht und einfach nicht. Sämtliche offenen Kamine waren zugemauert wurden, weshalb die Räume keinen Mittelpunkt mehr hatten, die Wände waren weiß, und die Böden bestanden aus geschliffenem weißem Beton. Ich fühlte mich hier etwa so lebendig wie die stilisierten Figuren im Vorspann von James-Bond-Filmen der Siebziger.

Und damit nicht genug: Der Trend-Modernisierer hatte auch noch diverse Zwischenwände herausreißen und eine Wendeltreppe zu den beiden oberen Stockwerken einbauen lassen. Bei diesem Anblick kam mir als Erstes der Gedanke, dass ich mir da keinen Treppenlift installieren lassen könnte, wenn die Zeit reif dafür sein würde.

Wo ich auch hinschaute, überall Tische mit Glasplatten und weiße Schränke. An den Wänden hingen überdimensionale weiß gerahmte Schwarzweißfotos von Blattgerippen.

Keine Badewanne, nur Duschen – und davon unzählige – und eine Küche mit Kochinsel, was ich unerträglich finde, weil so was ständig nur im Weg ist. Da sie auch weiß war, stand außer Frage, dass ich dauernd damit kollidieren würde. Die einzigen vorhandenen Sitzgelegenheiten: vier weiße Barhocker.

Da ich mich schlecht fühlte, weil der Makler eigens wegen mir hergefahren war, heuchelte ich Interesse und sagte, ich würde es mir überlegen. Aber ich wollte nur möglichst schnell flüchten, bevor ich vor lauter Weiß womöglich in Ohnmacht fiel.

Unlängst hatte ich jemanden kennengelernt, der in Camberwell wohnt, dem Nachbarviertel. »Du würdest es wunderbar finden«, hatte der Mann geschwärmt. »Da leben ganz viele Schriftsteller und Künstler ... Menschen wie du. Und du könntest auch der Camberwell Society beitreten. Wir sind alle sympathische und intelligente Leute ...«

Sah mich plötzlich inmitten all dieser Bildungsbürger, umgeben von kleinen Bioläden, Kunstfestivals und unabhängigen Buchhandlungen ... Oh Gott, die unabhängigen Buchhandlungen! Wie erhaben sie doch sind! Und überheblich! Selbstverständlich habe ich auch ein Herz für die und unterstütze sie, aber gleichzeitig gehen sie mir mit ihrem Gehabe moralischer Überlegenheit ungeheuer auf die Nerven.

Habe den Makler später angerufen und ihm gesagt, ich hätte mir die Sache reiflich überlegt, aber das Angebot käme leider für mich nicht infrage.

2. August

WLAN schädlich für IHRE Gesundheit? Kopfweh, Übelkeit, starke Schmerzen – immer mehr Menschen führen das aufs WLAN zurück! (»Hetzkurier«)

Frage mich, ob meine Kopfschmerzen auch damit zusammenhängen. Habe die jetzt andauernd, trotz Robins Ionisatoren. Bestimmt ein Gehirntumor. Ist ja meist so. Wenn ich Ende der Woche noch am Leben bin, gehe ich mal zu meiner Ärztin.

Habe AA-Meetings recherchiert und festgestellt, dass es auch in unserer Nähe Massen davon gibt. Die scheinen so weitverbreitet zu sein wie Taxis. Rief Penny an, die zum Glück sofort von sich aus verkündete, sie habe eine Gruppe in der Nähe vom Shepherd's Bush Green gefunden, und mich fragte, ob ich sie heute Abend zu dem Meeting begleiten würde. Ich hatte mir eigentlich einen gemütlichen Fernsehabend erhofft, sagte aber natürlich zu. Penny berichtete auch, sie habe nach dem grauenhaften Abend keinen Tropfen mehr getrunken, seit zwei Tagen also. Und sie schien sehr froh darüber zu sein, da sie das offenbar seit einem Jahr nicht mehr geschafft hatte.

Das freut mich natürlich auch sehr.

Später
Es war absolut faszinierend! Das Meeting fand um sieben statt, in einem alten Gemeindesaal unweit vom Markt. Kann mich nicht erinnern, jemals in einem so scheußlichen Raum gewesen zu sein. An den Wänden hingen halb zerrissene Kinderzeichnungen, das Glas in den Türen war so oft gebrochen, dass es hauptsächlich aus Klebeband bestand. Die beigen Fußbodenleisten waren zerschrammt, und die meisten Stühle schienen kaputt zu sein. An einer Seite des Raums standen auf einem gebrechlich wirkenden Tisch angeschlagene Becher neben

Packungen mit Kräutertee, die aussahen, als stünden sie dort seit den neunziger Jahren. Daneben dampfte ein Wasserkocher, und wir wurden aufgefordert, uns zu bedienen. Durch das verschmutzte Oberlicht fiel ein matter Rest Abendsonne herein.

»Willkommen«, sagte eine Frau mittleren Alters in einem abgetragenen Chanel-Jäckchen. »Seid ihr neu? Ihr werdet euch schnell zugehörig fühlen. Nehmt doch bitte Platz.«

Wir sichteten freie Stühle in dem großen Stuhlkreis, ließen uns nieder und betrachteten erst mal eingehend unsere Hände. Als ich dann aufschaute, sah ich in der Menge nur einen einzigen Menschen, der heruntergekommen wirkte; der Rest war komplett gemischt, was Alter, Geschlecht, ethnische Herkunft und offenbar auch sozialen Status anging. Mir blieb fast die Luft weg, als ich auf der anderen Seite Mr Patel von meinem Eckládchen entdeckte. Er wirkte ebenso verblüfft, als er Penny und mich bemerkte. Ich dachte immer, Muslime trinken nicht! War mir völlig rätselhaft. In der Runde saß auch ein Mann etwa in unserem Alter, den ich für Mick Jagger hielt. Ich stupste Penny an und raunte: »Schau mal, wer da drüben sitzt!«, aber sie war so nervös, dass sie nicht auf mich achtete. Aber ich konnte den Blick nicht von dem Mann wenden.

Dann ging es los. Ein Gruppensprecher forderte uns auf, uns vorzustellen, worauf alle ihren Vornamen nannten und dazu sagten »Ich bin Alkoholiker« oder »Ich bin »Alkoholikerin«. (Mick war natürlich inkognito hier und sagte: »Hi, ich bin John, und ich bin Alkoholiker.« Begann dann doch an meiner Vermutung zu zweifeln, da es sich anhörte, als habe er einen französischen Akzent. Obwohl Mick den natürlich auch spielen könnte.)

Mir war ordentlich flau, als ich an der Reihe war. Ich sagte nur »Hi, ich bin Marie« und verstummte dann, worauf eine Debatte darüber begann, ob ich bleiben dürfe oder nicht, weil ich mich nicht zum Alkoholismus bekannt hatte.

Ich erklärte, an sich hielte ich mich nicht für eine Alkoholikerin, weil ich nicht so viel trinken würde, aber doch täglich (was nicht stimmte), und zwar meist fast eine ganze Flasche Wein (was erst recht gelogen war). Jemand bemerkte »Selbsterkenntnis ist der erste Schritt«, und die anderen nickten weise. Schließlich befand man, ich könne bleiben, obwohl es sich hier um ein »geschlossenes Treffen« handelte, an dem im Gegensatz zum »offenen Treffen« nur Alkoholiker teilnehmen durften. Bedingung sei allerdings, dass nichts von dem, was ich hier erlebte, nach draußen dringen dürfe, was ich versprach. Dann war Penny dran. »Hi, ich bin Penny, und ich bin Alkoholikerin«, sagte sie und brach in Tränen aus. Die anderen antworteten: »Hi, Penny«, so gelassen, als habe sie gerade übers Wetter gesprochen. Und schließlich war der arme alte Mr Patel an der Reihe, und er musste »Hi, ich bin Rajesh, und ich bin Alkoholiker« sagen – in Anwesenheit von zwei seiner Kundinnen!

Als Nächstes konnten alle von ihren Erfahrungen berichten – und was für Geschichten das waren! Sue, die freundliche alte Dame im Chanel-Jäckchen, hatte ihre eigenen Kinder bestohlen, um Alkohol zu kaufen, und Reg war einmal in einer Abfalltonne erwacht, die um ein Haar in den Müllwagen geleert worden wäre, wenn Reg nicht lauthals geschrien hätte. Mir standen die Haare zu Berge. Mr Patel – Rajesh – offenbarte, dass er nachts aus seiner Wohnung über dem Laden nach unten gegangen sei und seine eigenen Lagerbestände gesoffen habe. Daraufhin habe er so randaliert, dass die Polizei gekommen war und er beinahe seine Lizenz verloren hätte. Der Mick-Doppelgänger hatte auf Parkbänken geschlafen und eines Abends versucht, sich mit einem Kamm umzubringen.

Am Ende standen wir alle auf, fassten uns an den Händen und sprachen gemeinsam das sogenannte »Gelassenheitsgebet«: »*Gott, gib mir die Gelassenheit, Dinge hinzunehmen, die ich nicht ändern kann, den Mut, Dinge zu ändern, die ich ändern kann, und die Weisheit, das eine vom anderen zu unterscheiden.«* Dann mussten wir singen *Komm wieder, es funktioniert.* Anschließend wurde noch ein wenig geplaudert, jemand drückte uns haufenweise Broschüren in die Hand und sagte, man würde sich freuen, uns wiederzusehen. Die Stimmung war angenehm und herzlich. Draußen trat Reg zu uns und sagte: »Ich bin nicht okay, und ihr seid auch nicht okay, aber das ist okay.« Mir kamen beinahe die Tränen. Dann tappten Penny und ich erschöpft nach Hause.

»*Einen Tag nach dem anderen*«, las Penny aus einer der Broschüren vor, während wir uns ziemlich köstliche Spagetti Bolognese schmecken ließen, für die ich nicht nur Rinderhack, sondern auch Schweinehack benutzt hatte, was den entscheidenden Unterschied ausmacht. »Oder das hier: *Ich bin jeden Tag dabei, mir das Leben zu nehmen* – genau in diesem Zustand war ich auch schon lange! Wie fandest du denn das Meeting, Marie?«

Ich antwortete aufrichtig, dass ich die Atmosphäre als herzlich und angenehm empfunden und mich akzeptiert gefühlt hatte. Als ich hinzufügte, es habe mir sogar so gut gefallen, dass ich am liebsten selbst Alkoholikerin wäre, damit ich wieder hingehen könnte, blickte Penny streng und sagte, das sei nicht witzig. »*Wir kamen zu dem Glauben, dass eine Macht, größer als wir selbst, uns unsere geistige Gesundheit wiedergeben kann*«, fuhr sie fort zu zitieren. »Das ist fantastisch. Ich werde mir einen Sponsor suchen und das Zwölf-Schritte-Programm durchlaufen.«

»Immer langsam«, erwiderte ich. »Geh doch erst noch mal zu ein paar Meetings.«

»Ich spüre, dass mir hier geholfen werden kann«, entgegnete Penny entschieden. »Vielen Dank, dass du mitgekommen bist, das war so lieb von dir. Ich werde ab jetzt mein Leben ändern. *Jeder Tag ... wie war das?*« Sie blätterte in dem Heft. »Ah ja: *Jeder Tag ist der erste Tag meines Lebens.* So soll es sein!«

Und erfüllt von ihrer heiligen Mission zog sie von dannen.

War ziemlich verblüfft, muss ich sagen. Hoffe, dass Penny nun nicht anfängt, mir Vorhaltungen wegen Alkoholgenuss zu machen. Ich mag keine Alkoholikerin sein, hätte aber auch keine Lust darauf, dass mir jemand die Hand aufs Glas legt, wenn ich mir zum vierten Mal Merlot nachschenke.

4. August

Die Kopfschmerzen wurden so übel, dass ich heute bei der Ärztin war. Sie meint, es sei eine allergische Reaktion auf Hausstaubmilben, was angesichts der Unmengen von altem Plunder, die ich seit der Ladeneröffnung bei mir im Flur gelagert habe, durchaus naheliegt. Die Ärztin meinte, ich solle mit einem Milbenspray das Haus aussprühen und mir Allergikerbettwäsche zulegen. Alles schön und gut, aber dann drehte die Ärztin ihren Monitor zu mir, um mir eine Staubmilbe zu zeigen, und ich erblickte zu meinem maßlosen Entsetzen eine grauenhafte krabbenartige Kreatur, doppelt so groß wie Pouncer. Zum Glück fügte die Ärztin hinzu, die Milben seien winzig und mit bloßem Auge nicht zu erkennen. Aber das sterile weiße Haus in Brixton erschien mir plötzlich doch gewisse Vorzüge zu haben.

Als ich schon aufbrechen wollte, meinte meine Ärztin, sie müsse mir noch ein paar Routinefragen stellen. Rauchte ich? Wie viel körperliche Bewegung hatte ich täglich? Aß ich täglich fünf Portionen Obst und Gemüse? (Natürlich nicht!) Und vor allem: Wie viel Alkohol konsumierte ich pro Tag? Ich wollte grade meinen AA-Spruch aufsagen – täglich fast eine Flasche

Wein –, als ich gerade noch rechtzeitig merkte, dass die Antwort hier eher unangebracht war, und mir rasch was anderes einfallen ließ.

8. August

Jack macht mit der Familie Urlaub in Devon, wo sie auch Genes Geburtstag feiern wollen. Sie haben bei Clovelly ein Ferienhaus am Meer gemietet, das wohl absolut zauberhaft ist. Werde für ein paar Tage hinfahren. Vielleicht bringe ich auf dem Rückweg den Mut auf, bei David vorbeizuschauen.

Vorerst bin ich noch immer total wütend auf ihn. Aber sollte ich mich bis dahin ein bisschen beruhigt haben, werde ich es wagen.

Von Ashton Manana höre ich gerade gar nichts mehr. Als ich anrief, sagte man mir, August sei ein ganz schlechter Monat für Hausverkäufe, im September werde es wohl wieder lebhafter werden.

10. August

Obwohl es Pouncer etwas besser zu gehen scheint und er jetzt auf das Katzenklo geht – meistens jedenfalls –, das ich ihm hingestellt habe, hielt ich einen weiteren Besuch beim Tierarzt für nötig. Terry arbeitete gerade im Garten und konnte mir auch mit Pouncer eine große Hilfe sein. Der hatte sich natürlich wieder unters Sofa gequetscht, aber diesmal musste ich nicht hysterisch mit dem Besen herumhantieren, weil Terry einfach unter das Sofa griff, Pouncer behutsam am Nacken packte und ihn dann in aller Ruhe in den Katzenkorb setzte. Kein Gekreisch, kein klägliches Miauen. Entweder hat Terry ein Händchen für Tiere oder Pouncer ist schlechter dran, als ich vermutet habe.

Vielleicht ist Terry auch so jemand wie dieser Pferdeflüsterer, den ich vor einigen Jahren im Fernsehen gesehen habe. Diesem Mann, der als Kind grausam misshandelt worden war, gelang es, sich jedem tobenden Pferd zu nähern. Dann sprach er leise in Pferdesprache mit ihm, worauf sich das Pferd augenblicklich in ein friedfertiges heiteres Wesen verwandelte, das für den Rest seines Lebens mit entspanntem Pferdegrinsen herumlief.

Diesmal wirkte der Tierarzt optimistischer. Seit meinem letzten Besuch seien große medizinische Fortschritte im Bereich der Nieren gemacht worden; Pouncer könne eventuell eine Nierentransplantation bekommen.

»Eine Nierentransplantation?«, wiederholte ich perplex, wobei mir vermutlich die Augen so weit aus dem Kopf traten wie bei Schnecken (lese übrigens gerade ein altes Buch von P. G. Wodehouse zum zweiten Mal, in dem er sich sehr amüsant über Schnirkelschnecken auslässt). »Aber dann muss mein Kater für den Rest seines Lebens sechs Stunden an der Dialyse hängen!«

Der Tierarzt lachte höflich, während er Pouncer wieder in den Korb zurückbeförderte. »Nein, das ist *vor* einer Transplantation. Ihr Kater hätte ganz gute Chancen, das durchzustehen und damit noch ein paar Lebensjahre zu gewinnen. Er müsste natürlich dauerhaft Medikamente einnehmen, und Risiken gibt es immer. Aber im Großen und Ganzen ist er ja noch ein recht fitter alter Herr, sodass nichts dagegenspräche, einen Versuch zu wagen.«

Ich konnte mich nicht auf Anhieb für diese Option begeistern. Die Kosten waren nicht so sehr der Grund für mein Unbehagen, weil ich natürlich sehr an Pouncer hänge. Ich war mir nur nicht sicher, ob ich ihn so einer großen Operation unterziehen wollte. Die meisten Katzen sind in seinem Alter bereits tot. Wäre das ethisch vertretbar, ihn in die Welt der Lebenden zurückzuzerren, obwohl er sich bereits auf den Weg des Abschieds begeben hatte?

»Äm, wie viel würde das denn kosten?«, erkundigte ich mich.

»Wenn Sie eine Haustierversicherung haben, gar nichts«, antwortete der Arzt.

»Habe ich nicht.«

»Ach so. Nun, die Kosten sind schon nicht unerheblich. Circa fünftausend, schätze ich.«

Meine Schneckenaugen schwankten jetzt auf den Fühlern hin und her. »Fünftausend Pfund? Also, ich liebe meinen Kater, aber das finde ich, ehrlich gesagt, vollkommen unverhältnismäßig. Und dann müsste er noch diese traumatisierende Operation durchmachen, die möglicherweise schiefläuft.«

»Das ist nie auszuschließen«, erwiderte der Tierarzt.

»Nein, ich denke, es geht darum, ihm seine letzten Tage so angenehm wie möglich zu machen«, erklärte ich entschieden. Worauf mir der Arzt starke Schmerzmittel für Pouncer mitgab und ein weiteres Mal sagte, ich solle in einem Monat wiederkommen.

Die Sprechstundenhilfe knöpfte mir diesmal zweihundert Kröten ab. Darin seien die Schmerzmittel enthalten, deshalb der höhere Preis, sagte sie. Na ja, immer noch besser als fünf Riesen.

15. August

Liebe E-Mail von Brad und Sharmie bekommen. Sie sind total begeistert von den Gemälden, was eine große Erleichterung für mich ist. Und sie wollen die Bilder nicht nur in der Eingangshalle von Brads Bürogebäude ausstellen. Es gibt offenbar sogar einen wahnsinnig reichen Kunden von Brad, der die von uns gesammelte Spendensumme verdoppeln und überdies zehntausend für die Bilder bezahlen will!

Ich war so ergriffen, dass ich fast in Tränen ausgebrochen wäre und mir ganz schwindlig wurde vor Freude. Dieses Gefühl hatte ich zuletzt erlebt, als ich erfuhr, dass Chrissie schwanger war. Es fühlt sich so großartig an zu wissen, dass man etwas Sinnvolles getan hat – und dass andere Menschen an etwas Freude haben, das ich geschaffen habe. Ich schwebte regelrecht im siebten Himmel, als ich zu Mr Patel ging, um Milch zu kaufen. Erst im Laden fiel mir dann ein, dass ich Mr Patel zuletzt bei dem AA-Meeting gesehen hatte. Dass nichts nach außen dringen durfte, beherzigte auch er vorbildlich, denn er benahm sich genau wie sonst. Weshalb ich mir dann doch überlegte, ob ich bei dem Meeting vielleicht Halluzinationen gehabt hatte und Mr Patel ebenso wenig dort gewesen war wie Mick Jagger.

Mr Patel steckte die Flasche Wein, die ich außerdem erstand, kommentarlos in eine Papiertüte – vielleicht aber auch, weil er wusste, dass man Alkoholiker nicht zwingen kann, mit dem Trinken aufzuhören. Fühlte mich schrecklich unbehaglich und schlich davon wie die verlogenste Suchtkranke unter der Sonne.

Aber nachdem ich die E-Mail von Brad und Sharmie noch etwa zehnmal gelesen hatte, war ich wieder guter Dinge. Dann hörte ich den Briefkasten klappern, und als ich runterging, fand ich darin ein entzückendes Briefchen von Alice.

Meine libe Feundien Marie, schrieb die Kleine. *Deine Bilder finde ich toll. Mom und Dad finden sie auch toll. Ich mechte auch so zeichnen. Du bist ser klug. Ich vamisse dich. Deine Feundien Alice.*

Und nun brach ich endgültig in Tränen aus. Es war also ein äußerst gefühlsintensiver Tag.

16. August

Treffe Vorbereitungen für meinen Aufenthalt bei Jack, Chrissie und Gene. Werde unterwegs bei Sylvie übernachten, der Tochter meines geliebten Archie. Überprüfe ständig den Wetterbericht der BBC im Internet, um zu sehen, ob es brühwarm oder eiskalt werden soll. Endloses Listenschreiben und Organisieren mit Robin und Terry, der zugesagt hat, das Glasdach von Taubendreck frei zu halten.

Er verspricht auch, Pouncer jeden Tag zu füttern – habe kein Vertrauen zu Robins vegetarischen Diäten – und nach dem vermaledeiten Täuberich zu schauen. James verheißt mir inzwischen, dass der Taubenschlag in einigen Wochen bereit sein wird.

Penny geht unterdessen fleißig zu den Anonymen Alkoholikern. Sie hat sich neunzig Meetings in neunzig Tagen als Ziel gesetzt, so wird das offenbar gemacht. Erstaunlicherweise hat Tim sie sogar einmal zu einem Meeting begleitet, aber einem offenen, weil er sich nicht als alter Trinker ausgeben wollte. Danach hat er Penny wohl gesagt, es habe ihm gutgetan, er fände diese Denkweisen sehr nützlich, und sie vermittelten ihm einen ganz neuen Blick aufs Leben. Freut mich für ihn.

Nach meiner Rückkehr muss ich dann die trockenen Blüten an den Rosen abschneiden. Sie sind ungemein prachtvoll dieses Jahr, und zwischendurch sah der Garten aus wie auf einem Gemälde von Monet (keines mit Seerosen natürlich). Aber wenn ich die alten Blüten nicht abschneide, kommen keine neuen nach.

18. August

Unterwegs zu Gene und seinen Eltern, am ersten richtig heißen Tag des Sommers.

Ich zockelte ganz munter dahin, als der Verkehr plötzlich zu stocken begann und auf einer einspurigen Autobahnausfahrt endgültig zum Stillstand kam. Zehn Minuten vergingen. Viele hatten den Motor noch nicht ausgeschaltet, weil sie annahmen, es würde gleich weitergehen, aber nichts tat sich. Dann hörte man das Martinshorn der Feuerwehr, und alle fuhren an den Rand. Danach raste ein Krankenwagen vorbei, gefolgt von Polizisten auf Motorrädern. Jetzt wurden die Motoren ausgeschaltet. Die Leute öffneten die Türen und ließen die Füße aus dem Auto hängen.

Nach weiteren fünf Minuten stiegen die Ersten aus, streckten sich, lächelten den anderen zu und zuckten die Achseln. Einige blickten bekümmert auf die Uhr und fragten, ob jemand wisse, was los sei. Jemand, der einen Regionalsender im Radio gehört hatte, ließ schließlich verlauten, an der nächsten Ampel sei ein Bus ausgebrannt. Das konnte dauern.

Ich rief Sylvie an, um zu sagen, dass ich später kommen würde. Sie bedauerte mich und meinte, sie würden aber dennoch schon mal zu Mittag essen. Die Sonne knallte ordentlich herunter, und es war sonderbar still. Endlose Autoschlangen vor Hängen mit blühendem Wiesenkerbel. Bienen summten, Vögel zwitscherten. Ein idyllischer englischer Sommernachmittag auf dem Land.

Der polnische Lastwagenfahrer gegenüber bekam von seinem Chef mitgeteilt, er könne seine Fahrerkarte aus dem Tachografen nehmen, denn er mache ja keine Pause. Die Asiatin im Wagen hinter mir blieb sitzen und holte ihren Laptop heraus. Eine vornehmer Herr mit seiner Gattin, beide in teuren stilvollen Landjacken, spazierten auf und ab, bis ihnen zu heiß wurde und sie sich aus ihrer Kleidung schälten.

In der Mitte der Straße wanderte eine Mutter mit ihrer kleinen Tochter und einem Hündchen entlang. Die Leute stiegen aus, begrüßten beide, streichelten das Hündchen und fragten, wie es denn heiße.

Der Herr begann, an der Hecke Blumen zu pflücken. Ein paar kichernde Mädchen, die vor mir auf der Kühlerhaube ihres Autos saßen, berichteten, sie würden ganz in der Nähe wohnen, aber wenn sie hier noch stundenlang warten müssten, würde die eine von ihnen – die am Vortag achtzehn geworden war – ihre Party versäumen.

Eine Frau, die vorbeischlenderte, sagte: »Wir müssen jetzt zwar warten, aber zumindest waren wir nicht in diesem Bus«, und wir anderen pflichteten ihr bei.

Der vornehme Herr überreichte dem achtzehnjährigen Mädchen mit galanter Geste den Blumenstrauß. Dann erklärte er noch: »Dies hier ist Mädesüß, das da Taubnessel, die violetten sind Skabiosen ...«

Plötzlich begann sich der Verkehr wieder zu bewegen. Wir sprangen in unsere Autos, hupten und winkten uns zu, als wir aneinander vorbeifuhren; wir würden uns alle nie mehr wiedersehen.

Als ich schließlich viel später als geplant vor Sylvies und Harrys Haus hielt, kamen die beiden gleich herausgestürzt. »Ach, du Ärmste!«, riefen sie. »Das muss ja schlimm gewesen sein!«

»Fürchterlich«, bestätigte ich.

Aber im Grunde war es eines der schönsten Erlebnisse gewesen, das ich während einer Autofahrt jemals gehabt hatte.

Später

Wunderbar, die beiden wiederzusehen. Und mindestens genauso freue ich mich über das Wiedersehen mit meinem lieben alten Freund Strolch, dem Schäferhund, den wir vor zwei Jahren aus dem Garten bei mir gegenüber gerettet hatten, wo er angekettet und vernachlässigt worden war. Er stürzte sich begeistert auf mich, sprang an mir hoch und leckte mir das Gesicht ab, und obwohl ich nicht gerade die größte Hundefreundin unter der Sonne bin, war ich selbst auch ganz aus dem Häuschen vor Freude. Strolch sah zufrieden und gesund aus und war gar nicht mehr zu vergleichen mit dem armen räudigen halb verhungerten Tier, dem ich damals bei mir Asyl gegeben hatte.

Ich hatte Sylvie von unserem Ladenprojekt berichtet, und sie war absolut fantastisch und hatte bereits jede Menge Sachen bei Freunden von sich aufgetrieben. Da es sich nur um Dinge aus ihrem Freundeskreis handelt, sind das alles hochwertige Sachen, sauber und in bestem Zustand. Als ich mir die Berge im Wohnzimmer ansah, kam ich mir vor wie in einem teuren Geschenkeladen: geschmackvolle Geschirrhandtücher, kaum getragene Barbour-Jacken, Brillen und Hemden von bekannten Designermarken. Da werden wir bestimmt gute Preise herausschlagen können. Muss unbedingt verhindern, dass Melanie sich irgendwas unter den Nagel reißt. Es waren so viele Sachen, dass ich kaum alles ins Auto quetschen konnte, aber irgendwie schafften wir es.

19. August

Weil ich so viele schwarze Säcke im Auto hatte, konnte ich allerdings den Rückspiegel nicht mehr benutzen, weshalb ich in Felbersham widerstrebend an einem Spendenladen hielt und ein paar von den Säcken dort abgab. Eine alte Dame kam aus einem Hinterzimmer angeschlurft und zeigte sich äußerst dankbar, und ich hoffte inständig, dass keine von Sylvies Freundinnen in der Nähe wohnte und dahinterkommen würde. Hatte ein schlechtes Gewissen, aber es wäre einfach fahrlässig gewesen, weiter ohne freie Sicht nach hinten unterwegs zu sein.

Als ich an der nächsten Tankstelle hielt, weil ich Benzin brauchte, sah ich die Schlagzeile vom »Hetzkurier« im Zeitungsständer schon, als ich an der Zapfsäule hielt.

Weltuntergang unvermeidlich – steht jetzt fest!

Großartig. Das hat mir grade noch gefehlt.

23. August

Schreibe dies kurz vor der Heimfahrt. Wirklich wunderbare Zeit mit der Familie gehabt in diesem Ferienhaus am Meer. Es war oben auf den Klippen, man hatte zauberhafte Aussicht. Habe mir wie üblich gewünscht, auf dem Land zu leben, obwohl ich doch genau weiß, dass ich mich schon in drei Tagen nach London zurücksehnen würde.

Fand es allerdings ziemlich sonderbar, unentwegt wie eine gebrechliche alte Dame behandelt zu werden. Durfte weder kochen noch einkaufen oder gar staubsaugen, und Gene hatte sogar den Auftrag, jeden Tag mein Bett zu machen!

»Du bist hier, um dich mal auszuruhen«, erklärte Jack entschieden. »Und wir sind hier, um dafür zu sorgen.«

Es war mir aber zumindest gestattet, alle zum Essen auszuführen, und wir hatten einen ausgesprochen lustigen Abend in einem dieser trendigen neuen Fish-and-Chips-Lokale. Auf der Speisekarte stand *Fisch in Begleitung von Pommes Frites*, was Gene dazu inspirierte, ein umwerfend tolles Cartoon von einem Fisch und einem Pommes zu zeichnen, die Hand in Hand die Straße entlangspazieren und schließlich heiraten.

»Wie würden denn wohl die Kinder der beiden aussehen?«, wollte Chrissie wissen.

»Sie würden Fommes und Pisch heißen«, erklärte Gene, »und so würden sie aussehen.« Er zeichnete zwei Wesen, die jeweils zur Hälfte Fisch, zur Hälfte Pommes waren. Eines davon trug einen Rock. »Sie müssen leider hopsen«, fügte Gene grinsend hinzu, »weil sie keine Beine haben.«

Eine Erfahrung war besonders merkwürdig für mich. Jack kündigte eine Tageswanderung über die Klippen an. Da ich noch nie der Wandertyp war, wurde mir etwas mulmig. Dann allerdings war ich ziemlich gekränkt, weil Jack erklärte, ich solle zu Hause bleiben und »mich ausruhen«.

»Weißt du, Mum, wir laufen einfach sehr viel schneller als du«, fügte er hinzu. »Und du warst ja noch nie so versessen auf Wanderungen.«

Als sie davonmarschierten und ich ihnen nachwinkte, war ich ziemlich traurig und dachte zurück an die Zeit, als wir im Dartmoor zelten gingen und ich mir nichts, dir nichts während eines Unwetters ein Zelt aufbaute. Und am nächsten Morgen bei Sturm auf einem Gaskocher ein deftiges Frühstück mit Würstchen und Bratspeck zubereitete. Doch diese Zeiten sind wohl endgültig vorbei. Sich an diesen Satz zu gewöhnen, fällt schwer. Und mir fällt zusehends häufiger auf, dass es Dinge gibt, die ich tatsächlich nie mehr tun werde. Eine Decke streichen (dafür bin ich dankbar); nach Paris reisen (was auch kein großer Verlust ist, denn schon bei meinem letzten Besuch dort war die Stadt so voller Touristen, dass ich mir vorkam wie in Disneyland); tanzen bis zum frühen Morgen; einen Hügel herunterkugeln; heiraten.

Ach herrje.

Ziemlich trübsinnig sann ich darüber nach, dass erwachsene Kinder ihre alten Eltern vermutlich deshalb so in Watte packen und wie unselbstständige Kinder behandeln, damit die Altvorderen möglichst bald mühelos in ein Altersheim gesteckt werden können. Aber meine paranoiden Gedanken suchten zum Glück das Weite, als um die Mittagszeit plötzlich ein Donnerschlag krachte und heftiger Regen herunterprasselte. Ein wenig schadenfroh war ich da schon (wenn ich natürlich auch Mitleid mit meinen Lieben hatte).

Jedenfalls konnte mich nun ja niemand aus der Küche fernhalten, weshalb ich Bananenbrot und Muffins buk und mich durch den Regen kämpfte, um im Dorfladen bei den Landfrauen selbstgemachte Erdbeermarmelade zu kaufen.

Das Unwetter tobte stundenlang, bis schließlich gegen vier wieder die Sonne schien. Aber erst gegen sechs kam dann das recht kläglich Häuflein angetappt.

»Herr im Himmel! Nie wieder! Für dich wäre das furchtbar gewesen, Mum«, sagte Jack, während er sich aus seiner triefnassen Jacke pellte. Chrissie warf mir nur einen vielsagenden Blick zu, während sie sich ein Handtuch holte, um sich die Haare zu frottieren. Dann ging sie nach oben und föhnte sich. Gene hockte sich auf die unterste Treppenstufe und versuchte vergeblich, die durchnässten Schnürsenkel seiner Wanderstiefel zu lösen.

»Wir mussten stundenlang unter einem Baum hocken«, klagte er und schrie dann nach oben: »Beeil dich mit dem Föhn, Mum, ich muss mein Handy trocknen!«

Mein Backwerk wurde dann begeistert verputzt, und wie immer nach einem solchen Katastrophenausflug versicherten sich die drei gegenseitig, dass sie »auf jeden Fall gut schlafen« würden.

Später
Oh nein! Als ich grade losfahren wollte, bekam ich eine SMS von Sylvie: *Tut mir leid, meine Freundin hat versehentlich ihre Cottage-Teekanne mitgegeben! Kannst du sie auf dem Rückweg abgeben bitte? LG!*

24. August

Der reinste Albtraum! Die drei waren so lieb, das ganze Zeug aus dem Wagen wieder auszuladen und mit mir sämtliche Mülltüten nach dieser elenden Teekanne zu durchsuchen – ohne Erfolg. Gene war ganz sicher, dass er sie finden würde, musste aber dann auch aufgeben. Da es inzwischen schon Mittag war und meine Familie zum Strand wollte, fuhr ich schließlich los, in der Hoffnung, dass der Spendenladen in Felbersham heute offen hatte und ich das blöde Ding da finden und zurückkaufen könnte.

Doch als ich dort ankam, stand eine andere alte Dame hinterm Tresen, die nichts wusste von irgendeiner Teekanne. Sie erlaubte mir netterweise, das ganze gespendete Zeug durchzuschauen, aber die schwarzen Müllsäcke sahen natürlich alle gleich aus, weshalb ich alle durchwühlen musste. Großer Gott, wenn ich die Kopfschmerzen wirklich von Staubmilben kriege, kann ich mich in Kürze auf was gefasst machen – das ganze grässliche alte Zeug! Schuhe, Babylätzchen, sogar Klobürsten!

Da diese Suche auch erfolglos blieb, überlegte die alte Dame und meinte, es könnte eine gewisse Betty sein, die als Letztes bedient hatte. Die würde aber erst morgen wieder hier sein. Wir riefen sie an, aber sie ging nicht ans Telefon. Weshalb mir nichts anderes übrig blieb, als in einem abscheulichen alten Gasthaus in Felbersham zu übernachten (für 100 Pfund!) und am nächsten Morgen einen neuen Anlauf zu machen. War so durcheinander, dass ich vergaß, mich bei Jack zu melden; ich hatte versprochen, eine SMS zu schreiben, ob ich »gut zu Hause angekommen war« (erwarten das nicht Mütter von ihren Söhnen statt umgekehrt?). Deshalb kam dann eine ziemlich genervt klingende SMS von ihm, in der er sich erkundigte, ob alles okay sei.

25. August

Mann, war ich heute Morgen wütend! Musste ewig hier herumhängen und auf diese Betty warten, weil der Laden mittwochs immer erst um zwölf öffnet. Als sie dann endlich angewackelt kam, stellte sich heraus, dass sie die vermaledeite Kanne verkauft hatte! Musste mich furchtbar beherrschen, nicht »Scheiße! Scheiße! Scheiße!« zu brüllen. Gelang mir aber zum Glück, und schließlich fiel Betty der Name der Frau wieder ein, die das blöde Ding gekauft hatte. Im Rathaus machte ich deren Adresse ausfindig und fuhr dorthin. Mit einem Mix aus Charme, wortreichen Erklärungen und Geld (musste dreißig Piepen berappen, um das elende Teil zurückzukaufen) gelang es mir, es der Frau wieder abzuluchsen. Dann verstaute ich es im Kofferraum und fuhr zu Sylvie. Die ganze Aktion hatte mich hundertdreißig Pfund gekostet. Habe so erbost mit den Zähnen geknirscht, dass ich froh sein kann, noch welche zu haben.

Doch damit nicht genug: Als ich nachmittags bei Sylvie ankam, nahm sie die Kanne in Empfang und meinte, ich hätte hoffentlich nicht zu viel Mühe damit gehabt. Die Freundin hätte die Kanne nämlich lediglich zurückhaben wollen, weil sie glaubte, dass ein alter Brief darin läge. Nachdem Sylvie nachgesehen und nicht die geringste Spur eines Briefs entdeckt hatte, gab sie mir das Unglücksding zurück und sagte, sie wünsche mir einen erfolgreichen Verkauf.

Als ich wieder im Auto saß, fluchte ich erst mal wie ein Berserker, und das gute zwanzig Minuten lang. Besser, das im Auto zu machen als draußen. Mir tat nur mein armer alter Navi leid, der diese Gift-und-Galle-Tirade über sich ergehen lassen musste.

Obwohl er natürlich nicht hören kann.

Bis zum letzten Moment vor der Autobahnausfahrt zu David war ich mir unsicher, ob ich ihn nun besuchen sollte oder nicht. Zuerst blieb ich auf der Autobahn, aber dann nahm ich doch die nächste Ausfahrt und fuhr auf der Landstraße zurück zu seiner Farm.

Ich wurde traurig, als ich merkte, wie lange ich nicht mehr hier gewesen war, und empfand Rührung angesichts der hohen Erddeiche rundherum, die der Farm einen festungsartigen Charakter verliehen. Sie wirkten irgendwie wehrhaft.

Nachdem ich geparkt hatte, schickte ich David erst mal eine SMS, um ihn wenigstens ein bisschen vorzuwarnen. Aber das war vergebliche Liebesmüh, denn als ich an die Tür klopfte, stellte sich heraus, dass er gar nicht zu Hause war.

Wer mir dann öffnete, war niemand anders als Sandra mit Gangi auf dem Arm. Im Flur hinter ihr stand ein Buggy, und überall lag Spielzeug herum. Ich hatte angenommen, dass sie in Bath eine eigene Wohnung hatte. Aber diesem Eindruck nach zu schließen, war sie wieder hier eingezogen!

Sandra schien sich riesig über meinen Besuch zu freuen und bestand darauf, mir Tee zu kochen, weshalb ich nicht gleich auf dem Absatz kehrtmachte. Dann schwärmte sie von ihrer Wohnung und der Kita, in der Gangi sich pudelwohl fühlte, und erzählte, sie sei nur hier bei David, wenn die Kita geschlossen sei, um »ein bisschen frische Luft zu schnappen«. Ich glaubte ihr aber kein Wort und dachte grimmig, dass ich Sandra niemals hätte helfen sollen, nach England zurückzukehren. Denn nun hatte sie sich irgendwie wieder bei David eingeschmeichelt und meine wunderbare Beziehung mit ihm für immer zerstört.

Wobei es natürlich ein gewaltiger Fehler war zu glauben, dass so etwas wirklich gutgehen könnte. Melanie hat schon recht, so ungern ich das auch zugebe. Wenn man einmal getrennt war, ist eine künftige Beziehung mit demselben Partner für gewöhnlich zum Scheitern verurteilt, und ich sollte eigentlich alt genug sein, um das zu wissen. David ist es immer gelungen, mich zu verletzen, und obwohl er es diesmal auf andere Weise tut, schmerzt es doch nicht weniger.

Zu allem Übel traf ich beim Aufbruch auf dem Gartenweg auch noch die Witwe Bossom, die gerade mit einer Auflaufform im Anmarsch war. Die Sonnenbrille hatte die Witwe wie üblich in die Haare gesteckt, und ihr Po sah in der engen Jeans zwar groß, aber auch ordentlich knackig aus.

»Der kleine Gangi liebt mein püriertes Coq au vin«, flötete sie. »Jammerschade, dass Sie nicht noch zum Essen bleiben!«

Die Ärmste. Die gibt wohl auch nie auf.

26. August

Bin immer noch völlig neben mir und bereue diesen Abstecher zu David zutiefst. Nach ein paar Gläsern Wein schrieb ich ihm eine E-Mail – keine besonders freundliche –, in der ich ihm mitteilte, er hätte mir ja wohl sagen können, dass er wieder mit Sandra zusammen sei, dann hätte ich nicht dagestanden wie eine komplette Idiotin. Und ich wünschte ihm viel Glück mit ihr. Dann endete ich mit den Worten: *Bis irgendwann mal. Schönen Gruß, Marie.*

Danach ging es mir etwas besser, und ich stellte erfreut fest, dass Terry von sich aus auf die Idee gekommen war, die dürren Blüten der Rosen abzuschneiden. Der Täuberich sah fett und gesund aus, Pouncer dagegen ausgesprochen jämmerlich. Werde wieder mit ihm zum Tierarzt fahren müssen, damit der irgendwie Pouncers Leiden lindert (der Arme miaut und schnurrt ganz viel, was darauf hinweist, dass er sich scheußlich fühlt) oder seinem Leben ein Ende setzt.

Keinerlei Nachrichten vom Makler, aber eine euphorische Mail von Tim, in der er seine Pläne für die Wiedereröffnung des Ladens darlegt, in dem künftig zur Hälfte gebrauchte Sachen und zur Hälfte die neuen Produkte für Senioren verkauft werden sollen.

Später
Den ganzen Abend mies und deprimiert gefühlt. Wünschte mir nun natürlich, David diese E-Mail nicht geschickt zu haben. Wenn man so was doch nur wieder zurücknehmen könnte! Das war so dumm von mir! Ich meine, wenn ich ihn ohnehin nicht heiraten will – wieso soll er sich da nicht mit jemand anderem zusammentun?

Aber dann wurde ich wieder wütend. Totales Chaos in mir.

Vermisse Marion plötzlich auch schrecklich. Ich weiß, dass sie an dieser ganzen Misere mit David auf jeden Fall sensibel Anteil genommen hätte. Und eine alte Freundin, die man verloren hat, kann man nicht ersetzen. Man kann neue Freundschaften schließen, aber sie sind immer anders.

So verzweifelt war ich, dass ich schließlich sogar versuchte, Melanie anzurufen. Ich erreichte aber nur ihren Anrufbeantworter mit der Ansage: »Halloohoo ... ich grüße euch im chinesischen Jahr des Fuchses! Ich meditiere entweder gerade oder genieße einfach das Leben im Hier und Jetzt. Denkt daran, dass das Gestern Vergangenheit ist, das Morgen ein Mysterium und das Heute ein Geschenk. Hinterlasst mir bitte eine Nachricht. Alles Liebe und Gute für euch, Melanie.«

Robin steckte den Kopf durch die Tür und sagte, er freue sich sehr, dass ich wieder da sei. Dann erklärte er, eine Sonnenfinsternis habe unlängst bewirkt, dass zurzeit alle niedergeschlagen und schwermütig seien (ich verkniff mir zu erwähnen, dass die ganze elende Bande in Shampton keineswegs schwermütig, sondern quietschvergnügt zu sein schien). Zuletzt rang ich mich durch, Penny anzurufen, wobei ich natürlich fürchtete, sie habe womöglich einen Rückfall erlitten. Aber sie kam gleich zu mir und brachte eine Flasche Holunderlimonade mit – für Zweibeiner ebenso ungenießbar wie für Vierbeiner – und versuchte mir eindringlich klarzumachen, dass ich lieber eine Dankbarkeitsliste erstellen sollte als mich zu beklagen.

»Du hast ein Haus«, erläuterte Penny, »viele Freunde, einen wunderbaren Sohn und Enkel, genügend Geld zum Leben, bist schöpferisch begabt und gesund. Überleg dir doch mal, wie gut es dir geht, Marie. Ich habe festgestellt, dass diese Dankbarkeitsliste wirklich dabei hilft, sich vieles klarzumachen.«

»Ich weiß, dass ich in vielerlei Hinsicht Grund zur Dankbarkeit habe«, erwiderte ich ärgerlich. »Aber deshalb kann ich David doch wohl trotzdem vermissen!«

»Nun, wir bei AA sagen: ›Es gibt zwei Tage, an denen wir nichts ändern können: gestern und morgen. Heute ist der einzige Tag, an dem wir etwas ändern können.‹ Und wir vertrauen unseren Willen und unser Leben der Sorge Gottes an«, schloss sie in salbaderndem Tonfall.

»Ich glaube nicht an Gott«, versetzte ich. »Wie soll ich mich also etwas anvertrauen, was für mich nicht existiert? Außerdem«, fügte ich kläglich hinzu, »will ich keine guten Ratschläge. Ich will einfach nur von einer lieben alten Freundin verstanden werden und möchte, dass sie mit mir fühlt, anstatt mir eine Predigt zu halten!«

Worauf Penny – das muss ich ihr zugutehalten – mich sofort in die Arme nahm und sagte: »Tut mir leid. Ich wollte das nur mit dir teilen, weil es mir so viel hilft, zu den AA-Meetings zu gehen. Und wirklich, deren Weltsicht finde ich umwerfend toll.«

Danach fühlte ich mich ein bisschen besser, aber immer noch einsam und verlassen. Vielleicht sollte ich das Haus wirklich verkaufen und künftig in Italien leben. Das hätten sie dann alle davon!

SEPTEMBER

1. September

Da James und Owen ein paar Tage zu Besuch kamen, lud ich natürlich die ganze Bande bei mir zum Essen ein. Melanie hatte es inzwischen aufgegeben, James Avancen zu machen, hängte sich nun aber stattdessen an Owen, der ein waschechter Junge vom Land ist und – ob man's glaubt oder nicht – in seinem ganzen Leben noch nie im Ausland war. Er fühlte sich von Melanies exaltierter Art sichtlich überfordert und verstand nicht, dass er gemeint war, wenn sie plötzlich »O!« zwitscherte.

»Dein O ist ein echter Schatz«, säuselte Melanie und kuschelte sich an James, als sie vor dem Essen zusammen auf dem Sofa saßen. »Hast du ein Glück. Ich hätte auch gern so einen süßen kräftigen Naturburschen wie ihn. O! Hast du auch Heterofreunde?«

Owen lief rosa an und starrte auf seine Schuhe.

Penny und Tim trafen zusammen ein und brachten große Flaschen Mineral- und Kräuterwasser mit. Robin kam von oben herunter. Er trug einen schönen indischen Seidenschal und sah mit seinen schulterlangen grauen Haaren interessant und glamourös aus.

Ich war in der Küche und hatte die Tür zum Garten aufgemacht, um die Kochdämpfe rauszulassen, als ich einen merkwürdigen Fleck auf dem Boden entdeckte. Da ich annahm, es handle sich um ein bisschen Erde oder ein Blatt, was hereingeweht war, bückte ich mich, um es aufzuheben, und war völlig perplex, als es ein grässliches Kreischen von sich gab und mit einem riesigen Satz hinter Genes alter Spielzeugtruhe verschwand. Worauf ich natürlich auch fürchterlich kreischte und alle angerannt kamen und sich mit Besen und Töpfen rüsteten, um das arme Tier einzufangen und in den Garten zu befördern.

»Es sah aus wie eine Ratte!«, berichtete ich panisch.

»Nee, nee, dann würd's nicht so kreischen«, sagte Owen gelassen. »Das war bloß 'ne Kröte. Die muss man einfach in Ruh lassen«, fügte er dann auf seine entspannte Art hinzu. »Wird von allein wieder rausspringen, wenn die Tür offen bleibt.«

Robin verlangte, dass alle mucksmäuschenstill seien. Er wolle singen, verkündete er, denn er könne sich durch Singen mit Tieren verständigen. Doch nach fünf Minuten einer äußerst absonderlichen Weise regte sich das arme Viech noch immer nicht. Unterdessen blickte Owen verständnislos in die Runde und versuchte offenbar zu begreifen, was hier vor sich ging.

James erläuterte eine Idee, für die eine lange Papprohre, ein Glas Wasser, etwas Drahtwolle sowie eine Kehrschaufel und ein Handfeger benötigt wurden. Doch bedauerlicherweise verfügte ich weder über eine lange Papprohre noch über Drahtwolle. Schließlich rückte Tim einfach die Spielzeugtruhe beiseite, nahm die Kröte in beide Hände und trug sie in den Garten hinaus.

Man kann über Tim sagen, was man will, er ist auf jeden Fall ein fähiger Typ. Traurig dachte ich, dass David genau das Gleiche gemacht hätte, wäre er hier gewesen. Ich bemerkte, dass Penny Tim bewundernd ansah, und obwohl sie nicht sagte: »Du bist mein Held«, schien sie es zu denken. Aber Mel flötete genau das und fiel Tim dabei unbeholfen um den Hals.

Tim löste sich aus ihrer Umklammerung, trat zum Spülbecken und wusch sich in aller Ruhe die Hände. Wir anderen gingen sozusagen zur Tagesordnung über, sahen aber nun zweifellos in Tim alle eine Art Ritter, der die Jungfrau vorm Drachen gerettet hat. Er hatte sich damit Respekt verschafft, und wir hielten ihn nicht mehr wie früher für leicht bekloppt.

Insgesamt war es ein wunderschöner Abend, muss ich sagen, und nachdem die anderen verschwunden waren und Owen zu Bett ging, hielten James und ich wieder unseren guten alten Plausch.

»Mein Gott, tut das gut, Penny wieder als sie selbst zu erleben«, sagte James und goss sich den Rest der letzten Flasche Wein ein. »Man kann sie ja nur bewundern, oder? Ist nicht einfach, mit dem Trinken aufzuhören.«

»Das liegt wohl schon auch an den Anonymen Alkoholikern – obwohl sie mir mit ihren Missionssprüchen mächtig auf den Keks geht, muss ich sagen. Aber ich glaube, hauptsächlich ist es Tim zu verdanken, der wirklich lieb zu ihr ist. Er war so einsam nach Marions Tod, und es tut ihm gut, mehrere Projekte zu haben, nicht nur die Umgestaltung des Ladens, sondern jetzt auch noch Penny.«

»Ich dachte, Penny hielt Tim immer für einen komischen Kauz«, bemerkte James und machte es sich auf dem Sofa bequem.

»Tja, seltsamerweise entwickelt er sich sehr zum Guten, seit er Witwer ist«, erwiderte ich. »Obwohl mir gar nicht wohl dabei ist, das zu sagen. Er hat abgenommen – wegen des ganzen Unglücks natürlich –, achtet mehr auf sein Äußeres, und seit Marion ihn nicht mehr von vorn bis hinten bedienen kann, kriegt er seine Sachen allein auf die Reihe. Mehr Selbstvertrauen scheint er auch zu haben, er engagiert sich mit Leib und Seele für den Laden und stärkt Penny den Rücken. Das ist seltsam mit alten Ehepaaren, oder? Die sind so sehr aufeinander bezogen, dass man den Einzelnen erst richtig kennenlernt, wenn sie sich trennen oder einer stirbt. Und, sosehr ich Marion geliebt habe – ich glaube schon, dass sie Tim ziemlich entmündigt hat. Sie hatte eindeutig das Sagen.«

»Und nun übernimmt er die Initiative«, sagte James. »Wie wir an der Krötenszene erkennen konnten.«

»Ja, verblüffend, oder? Ich hätte auch Owen für den naheliegenderen Krötenhelden gehalten.«

»Nein, nein, gar nicht«, erwiderte James. »Wie alle Menschen vom Land hat er überhaupt keinen gefühlsmäßigen Bezug zu Tieren. Ich bin derjenige, der erschöpfte Bienen rettet und Würmer an den Straßenrand trägt. Für Owen ist alles der Lauf der Natur. Aber da wir nun grade von Paaren sprechen: Wie steht's denn jetzt mit dir und David, Schätzelein? Er ist wohl länger nicht mehr hier gewesen? Wie hat sich die Lage zwischen euch entwickelt?«

»Gar nicht gut«, antwortete ich kleinlaut und erzählte ihm die ganze Geschichte von dem Missverständnis wegen des Zettels für Robin und meinem Besuch, bei dem ich den Eindruck gewonnen hatte, dass Sandra quasi wieder eingezogen war. »Und jetzt weiß ich gar nicht mehr, was ich tun soll«, schloss ich. »Ich hätte diese E-Mail niemals schreiben dürfen. Aber ich war so wütend und verletzt.«

»Dieses Biest!«, rief James aus. »Da rettest du sie aus Indien, und sie macht sich einfach breit und klaut dir den Mann. Aber«, fügte er sinnend hinzu, »ich bin mir durchaus nicht sicher, ob dieser Eindruck nicht täuscht. Wenn ich in Bath bin, läuft sie mir dort eigentlich fast immer über den Weg. Und meiner Meinung nach hätte ich das irgendwie erfahren, wenn sie wirklich endgültig wieder bei David eingezogen wäre. Ich kriege schon viel mit, was sich da in der Provinz so abspielt. Bist du dir ganz sicher?«

»Für mich steht das außer Zweifel«, antwortete ich. »Gangi

krabbelte da herum, als sei das sein Haus. Ich weiß, dass das eigentlich unmöglich von mir ist. Wenn ich Davids Heiratsantrag ablehne, wieso soll er sich dann nicht eine andere suchen? Aber ich bin immer noch so schrecklich traurig deshalb.«

»Nicht aufgeben«, riet mir James. »David hätte dir keinen Antrag gemacht, wenn er dich nicht sehr lieben würde. Und man hört nicht einfach schlagartig auf, jemanden zu lieben. Ich würde einfach so tun, als sei nichts gewesen. Schreib ihm weiter Mails, ruf ihn an, schick ihm Karten. An deiner Stelle würde ich erst mal die Ruhe bewahren.«

»Einen Tag nach dem anderen«, zitierte ich kleinlaut Penny.

»So ist es brav«, sagte James. »Bleib dran. Das ist immer das Beste.«

Dann stand er auf und umarmte mich, und wir gingen beide schlafen.

Fühlte mich deutlich besser.

2. September

Den ganzen Vormittag damit zugebracht, Nachrichten zu schreiben. Als Erstes fiel mir ein, dass ja heute Genes erster Tag an der Oberschule war. Mir wurde ganz anders, und ich schrieb Gene eine SMS: *Viel Glück!* Freute mich sehr, als er antwortete: *Alles gut. HDGDL,* was ich süß und beruhigend fand. Ich kann also wohl davon ausgehen, dass er nicht gerade im Jungenklo von fiesen Typen bedroht wird, die ihm ein Messer an die Kehle halten, damit er Lunchgeld und Handy rausrückt.

Musste an Graham denken, meinen ehemaligen Untermieter, dessen damals sehr unglücklichen Sohn Zac ich kennenlernte, als ich in Genes Grundschule eine Unterrichtsvertretung machte. Ich schrieb Graham eine Mail und bekam sofort eine begeisterte Antwort. Er berichtete, Zac ginge es prima, er sei in diesem Jahr Kapitän der Cricketmannschaft seiner Schule, und Julie sei wieder schwanger. Graham schrieb, sie würden mich bald besuchen kommen, aber erfahrungsgemäß wird das wohl eher nicht stattfinden. Trotzdem ein lieber Impuls.

Kurz darauf kam noch eine weitere Mail, in der Graham schrieb, Zac spräche oft von mir und habe schöne Erinnerungen an mich. Das freut mich natürlich.

Ging auf Facebook und fand Melanies Spruch des Tages: *Wer behauptet, er kriege seinen Scheiß auf die Reihe, steht meist knietief drin. Buddhistische Redensart.* Also ganz ehrlich! Das ist doch wohl Stammtischniveau!

Dann fand ich eine Mail von James, der sich für die Tage bei mir bedankte und verkündete, der Taubenschlag sei fertig. Morgen bekommen sie wohl einen Taubenschwarm – einen kleinen natürlich –, und der Vogelspezialist, ein Freund von Owen, meint, in etwa drei Wochen hätten sich die Tauben eingelebt und man könne versuchen, ihnen meinen Täuberich vorzustellen. James schlug mir auch vor, Robin solle doch zu David fahren, um alles zu erklären, und erinnerte mich daran, in Kontakt mit ihm zu bleiben. Ich beherzigte James' Worte und schrieb prompt eine Mail an David, in der ich vom Täuberich und von Genes erstem Tag an der Oberschule berichtete und ein bisschen vom Laden erzählte. Ich endete mit *Alles Liebe, Marie* und hoffte, dass er das als Geste der Aussöhnung für mein giftiges Geschreibsel von letzter Woche verstand.

4. September

Keine Antwort von David, was mich furchtbar traurig macht. Am liebsten würde ich ihn anrufen und mich entschuldigen, aber James meint ja, ich solle unbedingt den Schein von Normalität wahren, anstatt ein großes Gefühlsdrama zu veranstalten. Vorerst höre ich jetzt mal noch auf ihn, aber David fehlt mir so entsetzlich! Ich fühle mich wahnsinnig einsam, wenn ich James und Owen zusammen erlebe und nun auch noch Tim und Penny sich offenbar näherkommen. Ich weiß, ich habe meinen Sohn und seine Familie, aber das ist etwas anderes. Und David war immer – nun ja, er war für mich da.

Später
Hatte das heute früh nicht erwähnt, weil ich dachte, er würde zurückkommen, aber er bleibt verschwunden. Pouncer. Unauffindbar! War bei Melanie, weil er sich da manchmal ein paar Streicheleinheiten abholte, obwohl er hier eigentlich damit reichlich versorgt wird. Aber sie hatte ihn auch nicht gesehen.

Habe das Haus von oben bis unten durchsucht und nach ihm gerufen, aber keine Spur von ihm.

Als Robin abends kam, war er auch keine Hilfe. Er mutmaßte, Pouncer sei bestimmt entführt worden, weil man uns Angst machen wolle. »Man« waren in diesem Fall die Bilderberger (zu der offenbar auch einige Echsen gehören), eine internationale Elitegruppierung. Sie führten angeblich willkürliche grausame Angriffe auf Einzelpersonen aus, um uns zu verwirren und zur Unterwerfung zu veranlassen. Je mehr Angst wir bekämen, argumentierte Robin, desto leichter sei es, Überwachungskameras in den Straßen anzubringen und die Polizeikräfte zu verstärken. Und dann würden »sie« die Weltherrschaft ergreifen und uns alle versklaven.

Ich hielt es für äußerst unwahrscheinlich, dass Mitglieder dieser unheimlichen Elitegruppe meinen Kater entführen würden, aber Robin meinte, das hätte mit dem »Narzissmus der kleinen Differenzen« zu tun, und im Viertel seien in letzter Zeit häufig

Tiere verschwunden. Das sei kein Zufall, sondern dahinter stehe ein gezielter Plan, der auch schon im Internet bekannt sei.

Jedenfalls war Robin so lieb, mit seiner gestochen scharfen Handschrift zwanzig Suchmeldungen anzufertigen, die ich morgen früh im Viertel an Bäumen befestigen will.

Penny will mir dabei helfen. Sie versuchte, mich am Telefon mit den Worten zu beruhigen: »Das Ende wird gut. Und wenn es nicht das Ende ist ... äm, warte mal.« Ich hörte sie herumkramen, dann raschelte Papier, und sie las vor. »Also, ich meinte: *Am Ende wird alles gut. Und wenn nicht alles gut ist, dann ist es noch nicht das Ende.*«

Ich hätte ihr am liebsten auf den Kopf gehauen – zum Glück war sie nicht in der Nähe.

Später
Bin vor dem Schlafengehen mit einer Taschenlampe durch die Straßen gewandert und habe Pouncers Namen gerufen. Sheila die Dealerin, wegen irgendwelcher finsteren Geschäfte auf Achse, kam mir entgegen und meinte, Pouncer sei bestimmt überfahren worden. »Is aber zwecklos, da 'n Aufriss zu machn«, erklärte sie. »Heutzutage wern die einfach in die Tonne gefeuert, auch wenn sie 'n Chip ham.«

Es war ein milder Abend, die Luft roch wunderbar frisch, und ich kam mir total belämmert vor, als ich da mit meiner Taschenlampe herumfuchtelte, unter Autos leuchtete und dabei »Pouncer! Pouncer! Pouncer!« rief. Einige arabische Herren, auf dem Rückweg von der Moschee, schauten mich an, als sei ich gemeingefährlich.

Mr Patel hatte noch geöffnet – um elf Uhr abends, wie schafft er das? –, war sehr mitfühlend und hängte einen der Suchzettel ins Schaufenster. Weil mir grade nichts anderes einfiel, sagte ich bedeutungsvoll »nichts dringt nach draußen«, worauf Mr

Patel mich vollkommen verständnislos ansah. Habe inzwischen doch massive Zweifel, ob er bei dem AA-Meeting gewesen ist.

Ach Gott, könnte ich doch nur David anrufen! Er würde mich beruhigen und gute Ideen haben und wahrscheinlich sogar herkommen und mir bei der Suche helfen.

Habe jetzt gerade noch mal meine Tagebuchaufzeichnungen gelesen und dabei gemerkt, wie achtlos ich mit David umgegangen bin. Ständig habe ich mich über Bagatellen ereifert. Kein Wunder, dass David sich abgewiesen fühlte und verletzt war.

6. September

Suche nach Pouncer im Viertel fortgesetzt, diesmal mit Unterstützung von Mel, Penny, Tim und Terry. Hatte auch ein Foto kopiert und an die Bäume gepinnt, aber es war schon älter, und Pouncer sah darauf natürlich anders aus als in den letzten Monaten.

Bevor Robin heute Morgen aufbrach, sagte er: »Ich weiß jetzt, dass Pouncer vergiftet wurde. Habe gestern Abend den Tarot für ihn befragt und die Todeskarte gezogen. Es tut mir sehr leid, Marie. Aber ich wollte es dir sagen, damit du dir keine falschen Hoffnungen mehr machst.«

Wie kann denn Robin Tarotkarten für Pouncer befragen, wenn er selbst gar nicht da ist? Das ist ja wohl etwas anmaßend. Außerdem glaube ich sowieso nicht an das Zeug. Terry war optimistischer.

»Ich glaub, er lebt noch, Mrs S«, erklärte Terry. »Und bestimmt is er gar nich weit weg. Ham Sie im Haus auch richtig gesucht? Katzen verstecken sich an ganz komischen Orten, wenn's ihnen nich gut geht.«

OGottoGott. Wäre doch nur der Täuberich verschwunden

und nicht Pouncer. Doch der arme Vogel hockt noch immer da und starrt an die Wand wie ein verängstigter angeketteter Häftling. Kann nur hoffen, dass er bald in James' Taubenschlag ein Luxusleben führen wird.

Später
Habe meinen ganzen Mut zusammengenommen und David noch eine Mail geschrieben, in der ich von Pouncer berichtete. Ich gestand David sogar, dass er mir fehlt und dass ich wünschte, er wäre hier, um mir bei der Suche zu helfen. Und fügte nach *Alles Liebe, Marie* noch *XX* für zwei Küsse hinzu. Was könnte ich auch sonst tun?

8. September

Noch immer keine Spur von Pouncer. Letzte Nacht stundenlang wach gewesen, weil ich mir vorstellte, dass er irgendwo einsam, krank und mit Schmerzen herumliegt. Was so schrecklich war, dass ich fast in Tränen ausgebrochen wäre. Aber das hilft natürlich weder ihm noch mir. Warum quält man sich nur so?

Später
Heute im Laden Penny von ihrer Schicht abgelöst. Tim war dabei, die Aufteilung des Ladens in zwei Bereiche vorzunehmen.

»Der eine Bereich für die Secondhandsachen«, erklärte er, »der andere für die Seniorenartikel. Was hältst du zum Beispiel hiervon? Würdest du das kaufen, wenn du nicht mehr laufen könntest?«

Und er führte mir einen erstaunlichen Rollstuhl vor, den man zusammenklappen und sich über die Schulter hängen konnte.

»Aber wenn man nicht mehr gehen kann, wird man doch

wohl kaum seinen eigenen Rollstuhl herumtragen, oder?«, wandte ich ein. »Das wäre ja etwas plemplem. Wieso sollte man sich dann überhaupt einen anschaffen?«

»Natürlich soll der von der Begleitung getragen werden. Man geht so lange zu Fuß, wie es noch geht. Und wenn man nicht mehr kann, wusch, klappt die Begleitung diese praktische Mobilitätshilfe auf, und man wird nach Hause chauffiert. Raffiniert, nicht wahr?«

»Aber sollte es dann nicht ›Immobilitätshilfe‹ heißen?«, gab ich zu bedenken.

Tim ging nicht darauf ein, sondern fuhr fort: »Die speziellen Pants müssen wir natürlich vorrätig haben, aber wir werden sie diskret unterm Tresen lagern ...«

»Was meinst du denn mit ›Pants‹?«, fragte ich. »Inkontinenzunterhosen? Kann man die Dinge denn nicht beim Namen nennen?«

»Hmm«, machte Tim ausweichend. »Und wie findest du diese Ausstiegshilfe fürs Auto? Kann man mit bis zu hundertsechzig Kilo belasten.«

Das Ding fand ich recht verlockend, muss ich gestehen. Bei meinem entzückenden Fiat 500 ist Ein- und Aussteigen kein Problem, aber wenn Jack mich in seinem Auto mitnimmt, muss ich mich oft ziemlich peinlich herauswinden, vor allem wenn er am Bordstein hält.

»Und bestimmt fällt dir das Öffnen dieser Dosenlaschen nicht leicht, oder?« Tim, ganz in seinem Element, zeigte mir eine U-förmige Gerätschaft. Ich musste zugeben, dass er ins Schwarze getroffen hatte. Manchmal habe ich schon eine Zange zu Hilfe genommen, um eine Dose Sardinen aufzukriegen.

Ich war enorm beeindruckt, kramte meinen Geldbeutel heraus und erklärte: »So einen nehme ich. Geniale Idee, das Ding.«

»Habe heute eine Mail von Brad und Sharmie bekommen«, berichtete Tim. »Es sieht wohl so aus, als könnten sie das Waisenhaus schon in ein paar Monaten schließen. Fast alle Kinder konnten in Familien untergebracht werden. Hätte Marion das doch nur noch erleben können«, fügte er hinzu, und ich sah, dass ihm die Tränen kamen. »Sie hätte sich so gefreut, dass ihr Einsatz hilfreich war.«

»Das ist unser Gedenken an sie«, sagte ich ergriffen. »Ich weiß, wie sehr sie dir fehlt, Tim. Mir fehlt sie auch schrecklich.«

Tim zog ein Taschentuch hervor und putzte sich die Nase.

Als er sich gefasst hatte, sagte er in geschäftsmäßigem Tonfall: »Muss weitermachen mit der Bestandsliste. Sortierst du diese Spenden hier, die grade reingekommen sind?« Er deutete auf vier Müllsäcke. »Ein Freund von Terry hat die gebracht. Meinte, er hätte mal ausgemistet, das Zeug sei ihm schon monatelang zu Hause im Weg gewesen.«

Der Inhalt dieser vier Tüten stellte eine ziemliche Überraschung dar. Drei enthielten den üblichen Plunder – alte Kleidung, ramponierte Laufräder, kaputte Babyfons –, aber in der vierten befanden sich Dinge, die nicht zu einem Freund von Terry passten: ein Paar edle Emma-Hope-Pumps, kaum getragen, zwei silberne Tischuhren, ein Indianerkopf aus Messing, ein Wedgwood-Teeservice aus den Dreißigerjahren. Am meisten wunderte ich mich über eine silberne Jugendstilkanne, die mir bekannt vorkam.

»Die sieht doch genauso aus wie die Kanne von Penny, oder nicht?«, sagte ich zu Tim und hielt sie hoch. »Ich weiß noch, dass die mir immer so gut gefiel! Meinst du, Penny will die wirklich weggeben?«

»Die Tüte kam aber nicht von ihr, sondern von diesem Freund von Terry. Verwechslung ausgeschlossen.«

»Seltsam«, sagte ich. »Hättest du was dagegen, wenn ich die

Kanne mitnehme, um sie Penny zu zeigen? Ich bring das gute Stück danach natürlich wieder zurück.«

»Kein Problem«, antwortete Tim. »Aber ich kann die Kanne auch mitnehmen, ich sehe Penny heute Abend. Ich werd ihr mal gleich den Inhalt des ganzen Sacks zeigen, zur Sicherheit. Vielleicht sind da noch andere Sachen von ihr drin.«

Tim wirkte verlegen und hielt den Kopf gesenkt, während er in irgendwelchen Sachen herumkramte. Ich blieb stumm und überlegte, ob die beiden vielleicht inzwischen ein Paar waren. Oder waren sie einfach nur gut befreundet und unterstützten sich gegenseitig?

Später
Keinerlei Reaktion von David. Das sieht ihm überhaupt nicht ähnlich. Er war früher auch ganz vernarrt in Pouncer und hatte ihn zu seinem Lieblingskatzentier aller Zeiten erklärt. Wir hatten Pouncer damals als ausgesetztes Katzenkind auf einem Brachland in der Nähe unserer ersten Wohnung gefunden (damals gab es noch Brachland in London) und ihn mit nach Hause genommen. Ein Jahr lang hatte uns der kleine Kater mit seinen Narreteien amüsiert und noch zusammengehalten, bevor es zum endgültigen Bruch kam. Aber eine Zeitlang war er wie ein Nachzüglerkind für uns gewesen. Manchmal hatte ich damals das Gefühl gehabt, dass David Pouncer mehr liebte als mich.

Vielleicht muss ich David doch anrufen. Oder ihm noch mal schreiben. So kann es nicht weitergehen. Jetzt sind wir ja nicht einmal mehr befreundet – und das kann ich nun wirklich nicht ertragen.

Erwäge jetzt tatsächlich, Robin zu ihm zu schicken, damit irgendwas passiert. Aber das wäre natürlich schon eine recht drastische Maßnahme.

Später
Nicht zu fassen! Penny hat mich grade angerufen – um elf Uhr abends – und gesagt, sie sei absolut sicher, dass diese Kanne ihre ist und dass sie bei dem Einbruch gestohlen wurde!

»Könnte sie nicht nur ähnlich aussehen?«, fragte ich. »Davon gibt es doch bestimmt Millionen.«

»Unwahrscheinlich«, antwortete Penny. »Ich habe sie nämlich vor zwanzig Jahren bei einem Edelflohmarkt in Frankreich gekauft und sogar mal begutachten lassen. Der Antiquitätenhändler meinte, so was habe er noch nie zuvor gesehen. Ich bin ganz sicher, dass es meine Kanne ist! Und außerdem befinden sich in dieser Tüte noch andere Sachen von mir, es gibt also schon deshalb keine Zweifel.«

»Aber das bedeutet dann …«

»Dass Terrys Freund der Einbrecher ist«, vervollständigte Penny meinen Satz.

10. September

Schauderhafter Tag. Habe Terry angerufen und gesagt, ich müsse mit ihm sprechen. Er kam an, vergnügt wie immer, aber ich traute ihm nicht mehr über den Weg. Hinter der heiteren Fassade sah ich jetzt einen verschlagenen Betrüger, einen Freund von Dieben, der sich bei mir eingeschmeichelt hatte.

»Läuft was schief mit dem Täuberich, Mrs S?«, fragte er. »Und was is mit Pouncer? Ham Sie ihn gefunden? Was kann ich Ihnen Gutes tun?«

Ich blieb ziemlich stumm und machte ihm erst mal eine Tasse Tee. Da ich den Freund nicht direkt beschuldigen wollte, sagte ich: »Dein Freund hat vorgestern Sachen beim Laden abgegeben.«

»Ach so? Wusste ich gar nich«, erwiderte Terry und schüttete drei Teelöffel Zucker in seinen Tee. Wie er unter diesen Umständen so dünn bleibt, ist mir ein Rätsel.

»Doch, hat er.«

»Das is gut. Hab ihm gesagt, wenn er Sachen hat, die noch gut sind, soll er sie nich wegschmeißn, sondern in den Laden bringen, für diese Kinder in Indien.«

»Tja, Terry«, sagte ich, »dein Freund hat vier Säcke abgegeben. In dreien waren Sachen, die er vermutlich bei irgendwelchen Leuten hier gesammelt hat. Aber in dem vierten Sack«, fuhr ich fort und musterte ihn scharf, »waren ganz andere Dinge. Gestohlene Dinge.« Ich legte eine dramatische Pause ein. »Unter anderem eine wertvolle Kanne, die eindeutig Penny gehörte. Weißt du irgendwas darüber? Ich meine nämlich, dass ich deinen Freund bei der Polizei anzeigen müsste.«

Terry, dessen Gesicht ohnehin schon immer bleich war, wurde nun aschfahl.

»Oh, tun Sie das bitte nich, Mrs S«, sagte er hastig. »Be... bestimmt gibt's 'ne Erklärung. Ich red mit meim Freund. Tut mir ... doll leid, dass das passiert is. Er sollte nich ... so ein scheiß Iddi ...« Und damit rannte Terry hinaus, als würde ich ihm selbst die Polizei auf den Hals hetzen wollen.

Er weiß eindeutig mehr, als er zugibt.

Ach, ist das alles fürchterlich. Kein David, kein Pouncer und nun dieses Drama mit Terry.

11. September

War heute Morgen gerade am Bettmachen, als es klingelte. Ich war noch im Morgenmantel, ging aber runter und öffnete die Haustür, weil ich annahm, es sei der Postbote. Doch zu meinem

Erstaunen stand Terry vor der Tür. Er rang die Hände, stammelte irgendwas und wirkte so aufgelöst, dass ich ihn hereinbat, ihn in der Küche am Tisch platzierte und Kaffee machte.

»Jetzt beruhig dich erst mal, Terry«, sagte ich. »Was ist denn passiert?«

»Ach, Mrs S!«, stotterte er mit tränenerstickter Stimme. »Ich hab Sie hängn lassen! Kann's nich wiedergutmachn, das weiß ich. Hab gehofft, Sie würden 's nich merken. Und Sie warn so gut zu mir! Ich hätt das nich tun dürfn. Tut mir so leid! Tut mir furchtbar leid!« Und er legte den Kopf auf die Arme und begann zu schluchzen wie ein Kind.

»Was hast du denn angestellt, Terry?«, fragte ich und wollte ihm gerade die Hand auf die Schulter legen, als mir die Wahrheit dämmerte.

»Ich bin's gewesen, der überall eingebrochen is. Wollt ich gar nich«, schluchzte Terry. »Hab das nur 'n paarmal gemacht, und dann warn Sie so nett zu mir, und ich wollt's nie mehr machen. Aber dann war da noch das alte Zeugs, das ich vor paar Monaten bei 'nem Kumpel abgestellt hab, und der hat versprochen, 's zu verhökern, aber dann hat er's vergessen und die Tüten verwechselt. Ich hätt das nie tun dürfn. Meine Tante Sheila hat gesagt, ich soll herkomm und alles erzähln. War nur 'n paarmal. Ich bin nich so. Und ich wollt jetzt nich, dass mein Kumpel Stress kriegt. Bestimmt wolln Sie mich jetzt nie mehr sehn. Tut mir so leid. Sie warn so nett zu mir, Mrs S.«

WAS???

Ich war fassungslos und merkte, wie die Wut in mir hochstieg. Dann platzte ich heraus: »Du meinst, du arbeitest jetzt seit Monaten für mich, und du hast … Ich hab dir sogar die Hausschlüssel gegeben! Ich bin ja wohl verrückt geworden. Und dabei warst du der Einbrecher! Das ist doch nicht zu glauben! Wie kannst du es wagen!«

Terry blieb stumm.

»Und was ist mit Penny?«, tobte ich weiter. »Dann hast du wohl nicht nur bei ihr, sondern auch bei allen anderen eingebrochen! So eine Dreistigkeit, sich dann auch noch bei mir einzuschmeicheln! Ich dachte, ich könnte dir helfen, ich hab dich für einen anständigen Menschen gehalten, und nun das ...«

Vor Wut verschlug es mir regelrecht die Sprache.

»Raus mit dir!«, schrie ich dann. »Ich will dich nie wieder hier sehen! Du kannst von Glück sagen, dass ich nicht auf der Stelle die Polizei rufe! Aber ich bin mir durchaus nicht sicher, ob ich es nicht doch noch mache!«

Terry stand auf, immer noch jämmerlich schluchzend.

»Und gib den verdammten Schlüssel ab!«, brüllte ich. »Oder hast du ihn womöglich schon nachmachen lassen? Dann muss ich auch noch die Schlösser auswechseln!«

Er kramte in seinen Taschen herum und sagte dann in kläglichem Tonfall: »Ich hab's nich von mir aus gemacht. Mein Onkel hat mich da reingezogn. Der greift immer ab, und meine Mama – nicht dass ich eine gehabt hätt – hat gesagt, ich soll nich auf den hörn, aber ich hab kein Geld gehabt, und er hat gemeint, es sei kinderleicht, also ham wir uns 'n paar Häuser vorgenommn, aber dann wurd mir mulmig, und dann hab ich Sie getroffen und das Haus erkannt, und Sie ham mir von den Sachen erzählt, die weg sind, und von dem Foto, und da hab ich gedacht, das is gar nicht schön, den Leuten Sachen wegnehmen, und dann warn Sie so nett zu mir ... Ihre Sachen konnt ich nich zurückbringen, weil mein Onkel sie schon verkauft hatte, aber ich hab's dann durch Helfen wiedergutmachen wolln.«

»Ist mir völlig einerlei, ob du daran schuld bist oder deine ganze Familie!«, schrie ich. »Komm mir nicht mehr unter die Augen!«

Er schlich zur Tür raus, weiterhin Entschuldigungen murmelnd.

Was für ein Mistkäfer! Und wie hirnrissig ich selbst mich verhalten hatte. Hatte Terry einen Zweitschlüssel gegeben für die Zeit, in der ich weg war, hatte Pouncer und den Täuberich in seine Obhut gegeben ... Und dabei war der kleine Schuft bei mir eingebrochen und hatte Dinge gestohlen, die mir am Herzen lagen!

Später
Jetzt habe ich natürlich furchtbare Gewissensbisse. Oh Gott, wenn doch nur David greifbar wäre. Der wüsste jetzt, was zu tun wäre. Einerseits bin ich fuchsteufelswild und wütend auf Terry – ich hatte am Telefon sogar schon die Nummer der Polizei eingegeben, dann aber aufgelegt, bevor sich jemand meldete. Doch andererseits empfinde ich Mitleid mit dem Burschen. Wenn es nun stimmte, was er gesagt hatte? Wenn er sich gewandelt hatte? Hatte ich ihn nun geradewegs in die Arme der Kriminalität zurückgetrieben?

Verzweifelt und in Tränen aufgelöst rief ich Penny an, die sofort herkam.

Als sie durch die Tür trat, sagte sie als Erstes: »Nicht in Selbstmitleid suhlen. Komm runter vom Kreuz, wir brauchen das Holz.«

»Was bitte?« Zum einen kapierte ich nicht, was sie redete, zum anderen spürte ich, dass sie mir moralisch kommen wollte, und das passte mir überhaupt nicht.

»Entschuldige«, sagte sie dann. »Hatte gerade in mein blaues Buch geschaut, und da stand das. Dachte, es wäre vielleicht hilfreich.«

»Nun, ist es nicht. Was soll ich jetzt bloß tun?«

Penny schüttelte ratlos den Kopf, und wir setzten uns mit einer Tasse Tee in den Garten. Es war einer dieser zauberhaften goldenen Frühherbsttage, an denen die Sonne noch Kraft hat und man in eine friedliche, beschauliche Stimmung kommt. Das heißt, ich wäre in einer friedlichen beschaulichen Stimmung gewesen, wenn nicht nach dieser Offenbarung meine Nerven völlig bloßgelegen hätten.

»Also ich wäre geneigt, Terry zu glauben«, erklärte Penny. »Ich weiß, dass du denkst, seit ich bei den Anonymen Alkoholikern bin, wäre ich frömmlerisch. Aber ich finde, es ist was dran an diesem Gedanken, dass man die Sünde hassen, aber den Sünder lieben soll. Außerdem hat Terry sich doch total bewährt – im Laden und mit unseren Häusern, während wir in Indien waren. Und denk doch nur, wie lieb er mit Gene umging ...«

Ich starrte in den Garten und versuchte, Pennys Äußerung zu verarbeiten.

»Klar, er hätte in unserer Abwesenheit mühelos weiter stehlen können«, sinnierte ich. »Das wäre uns dann allerdings aufgefallen. Aber es war ja ohnehin nicht mehr viel übrig, nachdem er in seiner Einbrecherphase schon alle schönen Sachen ausgeräumt hatte.«

»Ich würde ihm gern glauben«, sagte Penny. »Geben wir ihm doch noch eine Chance. Den Schlüssel muss er natürlich nicht noch mal haben. Aber ich finde, dass er eigentlich ein anständiger Kerl ist.«

»Wäre das dann nicht ein Zeichen von Schwäche meinerseits?«, fragte ich.

»Nein, von Mitgefühl«, antwortete Penny. »Du solltest ihm aber nicht sofort verzeihen. Lass ihn ruhig einen Tag schmoren. Dann laden wir ihn ein und sagen ihm, wie es künftig läuft.«

»Und wie soll das sein?«

Penny hielt inne. »Wie wär denn Folgendes: Wir verraten

ihn an niemanden, wenn er alle gestohlenen Sachen, die noch da sind, den Besitzern mit einem anonymen Entschuldigungsschreiben zurückerstattet. Wenn er das gemacht hat, kann Gras über die Sache wachsen, und es geht weiter wie zuvor.«

»Aber ohne Zweitschlüssel«, sagte ich nachdrücklich.

»Ohne Zweitschlüssel«, wiederholte Penny.

13. September

Heute Morgen hatten wir Terry zu mir gebeten. Als er Penny sah, fing er wieder an, Entschuldigungen zu stammeln, aber wir legten gleich unseren Plan dar.

»Offizieller Brief mit Porto. Musst du selbst bezahlen«, sagte ich. »Und du musst einen ordentlichen Brief schreiben und dich entschuldigen.«

»Aber natürlich ohne Absender und Name, versteht sich«, ergänzte Penny.

Terry nickte lammfromm.

»Dann werden wir diese Geschichte mit keinem Wort mehr erwähnen«, fügte ich hinzu. »Aber wenn so was noch mal vorkommt, melden wir dich sofort der Polizei.«

Terry überschlug sich fast vor Freude und bedankte sich so überschwänglich, als wolle er uns die Füße küssen.

»Denk dran: Dieser Tag ist der erste Tag vom Rest deines Lebens«, predigte Penny.

»Du kannst weiter für uns arbeiten«, sagte ich. »Aber noch eine einzige Unregelmäßigkeit, und du bist raus.«

»Sie sind ja so nett, Mrs S! So lieb – Sie erinnern mich an … an diese Schauspielerin – wie hieß sie gleich wieder – Judi Dench! Die is auch so lieb!«

Und damit zog Terry von dannen.

Nachdem ich die Haustür hinter ihm geschlossen hatte, drehte ich mich zu Penny um und brach in schallendes Gelächter aus.

»Judi Dench?«, wieherte ich. »Die ist zehn Jahre älter und halb so groß wie ich und außerdem kugelrund!«

»Und ihr Vorname endet auf I«, fügte Penny hinzu und stimmte in das Gelächter ein.

»Einbruch, das kann ich ihm ja noch vergeben. Aber mit Judi Dench verglichen zu werden? Der Königin der Stars und Sternchen? Dem Nationalheiligtum? Besten Dank auch! Dieser Vergleich ist nun wirklich eine kriminelle Handlung, wenn du mich fragst.«

14. September

Bin ziemlich zufrieden mit mir, weil es mir gelungen ist, diese große Entscheidung wegen Terry ohne Davids Beistand zu treffen. Aber Spaß macht es trotzdem nicht, mit so was allein dazustehen. Zum Glück hat Penny wenigstens mit dem Trinken aufgehört und ist wieder zuverlässig.

Der Makler hat mir weitere Angebote von Häusern geschickt, die ich aber, ehrlich gesagt, alle scheußlich finde. Selbst wenn das Haus selbst okay ist – sobald ich die Adresse bei Google Maps eingebe und dann mit dem gelben Männchen die Gegend erkunde, stoße ich meist gegenüber auf einen grauenhaften Neubaukomplex. Oder das Haus befindet sich an einer endlosen einsamen Straße, an der kilometerweit kein Laden und keinerlei Zugang zu öffentlichen Verkehrsmitteln existiert. Beginne mich auch zu fragen, ob Penny, Tim und sonst wer mich jemals in Brixton besuchen würde. Und, noch schlimmer: ob ich selbst mich überhaupt aufraffen könnte, sie hier zu besuchen.

Liebe Zeit, ich glaube, ich komme allmählich von dieser Umzugsidee ab. Wenn ich auch noch an meinen ganzen Krempel denke! Die Kosten! Und die Mühen!

Bin immer noch in großer Sorge um Pouncer. Er wird jetzt seit zehn Tagen vermisst. Ich habe den Tierschutzverein, jedes Polizeirevier und die Katzenrettung angerufen – vergeblich.

Der Täuberich hat unterdessen seinen Platz auf der Dachrinne immer noch nicht aufgegeben. Er frisst mir zwar inzwischen aus der Hand, was ein deutlicher Fortschritt ist; aber ich habe keine Ahnung, wie ich ihn jemals in diesen Katzenkorb locken soll. Pouncer da reinzubefördern war dagegen das reinste Kinderspiel.

17. September

Jetzt offiziell: Weltuntergang steht bevor! (»Hetzkurier«)

Fand diese Nachricht beim Frühstück sehr bedrückend. Als ich dann in die Wanne stieg, dachte ich darüber nach. Fühle mich tatsächlich so, als ob der Weltuntergang gekommen sei, und frage mich auch, ob es wirklich richtig war, Terry einfach so mir nichts, dir nichts vom Haken zu lassen. Waren diese Reuetränen aufrichtig? Konnte ich ihm noch trauen, wenn er hier im Haus Arbeiten verrichtete? Da es hier an sich nicht viel Wertvolles zu klauen gibt, ist es wohl nicht so ein hohes Risiko. Aber meine Handtasche muss ich hüten, wenn Terry im Haus ist.

Als ich mich abtrocknete, beschloss ich, die Bettwäsche zu wechseln, in der ich schon zwei Wochen geschlafen hatte. Ich öffnete den Wäscheschrank, dessen Tür nur angelehnt war, und erschrak fürchterlich, als ich auf den Laken einen dunklen Umriss sah. Dann wurde mir schlagartig klar, dass es sich dabei um Pouncer handelte.

Er sah schrecklich krank und elend aus und hob mühsam den Kopf ein wenig. Als ich ihn streichelte, spürte ich, wie extrem abgemagert er war, er bestand quasi nur noch aus Haut und Knochen.

Mein Herz hämmerte, als ich Pouncer mitsamt dem Handtuch, auf dem er lag, behutsam aus dem Schrank nahm und nach unten trug, vor Bestürzung und Erleichterung zugleich den Tränen nah.

»Pouncer!«, sagte ich und streichelte ihn sachte. Er schnurrte wie wild und öffnete die Schnauze, um zu miauen, brachte aber nur einen krächzenden Laut hervor. »Mein Liebling! Wo hast du nur gesteckt?«

Ja, wo mochte er gewesen sein? In dem Wäscheschrank konnte er sich nicht lange aufgehalten haben. Katzen sind wirklich rätselhaft. Vermutlich hatte er sich irgendwo versteckt und war dann zuletzt in den Wäscheschrank gekrochen.

In der Küche stellte ich ihm Futter und Wasser hin und hoffte, dass nicht gerade jemand durch mein Glasdach spähte, da ich mein Handtuch verloren hatte und nun splitterfasernackt war. Pouncer schlürfte gierig das Wasser, fraß aber nur einen Bissen von dem Futter. Dann schleppte er sich zur Katzentür. Ich nahm an, dass er aufs Klo musste, der arme Kerl, und machte die Tür auf, damit er leichter in den Garten kam. Mühsam tappte er zu einem Busch und verschwand dahinter, um sich zu erleichtern. Nachdem er wieder aufgetaucht war, ließ er sich in einem Sonnenfleck auf dem Rasen nieder.

Sein Fell war stumpf, seine Augen wirkten trübe und leblos. Ich spürte, dass er nicht mehr lange zu leben hatte, und empfand plötzlich rasende Wut über den Tierarzt. Wieso hatte er nichts unternommen, um Pouncer diese Quälerei zu ersparen?

Ich rief Penny an, und sie kam vorbei.

»Ach Gott, das arme Kerlchen«, sagte sie mitfühlend, als sie in der Tür zum Garten stand und Pouncer betrachtete. »Was willst du jetzt tun?«

»Ich ertrage es nicht, ihn noch mal zum Tierarzt zu bringen«, antwortete ich. »Pouncer würde sich so sehr vor dem Katzenkorb und der Fahrt fürchten, und dann sagt mir dieser Tierarzt womöglich wieder, man solle nichts unternehmen. Ich erwäge ernsthaft, Pouncer hier in Frieden sterben zu lassen. Solange es in Frieden geht allerdings nur. Ich hoffe inständig, dass er keine Schmerzen hat.«

Penny schüttelte den Kopf. »Tja, wer weiß. Aber ich finde, er wirkt recht ruhig. Und bestimmt ist er froh, dass du ihn gefunden hast. Sag mal, willst du ihn nachher nicht einfach wieder in den Wäscheschrank legen? Den findet er ja offenbar behaglich, und wenn du die Tür offen lässt und immer mal nach ihm schaust, fühlt er sich bestimmt geborgen.«

Und genau das tat ich. Alle Stunde schaue ich nach Pouncer. Ich habe ihm Wasser hingestellt, und die Küchentür lasse ich offen, falls er nach draußen möchte. Und ich habe ihm im Badezimmer ein Katzenklo eingerichtet, damit er gar nicht erst nach unten muss.

29. September

Als ich heute Morgen nach Pouncer schaute, der von Tag zu Tag schwächer geworden war, atmete er noch, konnte aber den Kopf nicht mehr heben. Und beim nächsten Mal, als ich reinkam, war er gestorben, der arme Bursche.

Fühle mich furchtbar. Mir ist, als hätte ich mehr für ihn tun müssen, finde es unerträglich, dass er tagelang hat leiden müssen. Das arme alte Kerlchen. Ich werde ihn schrecklich vermissen. Den ganzen Tag schon breche ich andauernd in Tränen aus.

Es war mir gar nicht bewusst, wie ungeheuer wichtig er mir war. Teilweise hat es natürlich auch mit David zu tun, das ist mir schon klar. Das Katerchen war auch Teil unseres gemeinsamen Lebens, und Pouncers Tod erscheint mir nun wie eine Metapher für das Ende meiner Beziehung mit David.

Natürlich fühle ich mich auch entsetzlich einsam. Pouncer war ja immer da – er schlief auf meinem Bett, strich mir um die Beine, wenn er mehr Futter wollte, schleppte ab und zu eine Maus an. Für mich war er nicht nur ein Kater, sondern ein wahrer Freund, und ich habe ihn von Herzen geliebt, so rührselig das nun auch klingen mag.

Habe ihn in das Handtuch gehüllt, auf dem er gelegen hat, und in der Küche in eine Ecke gelegt. Ich sollte ihn wohl im Garten begraben, aber auch wenn das absurd ist: Ich schaffe es jetzt noch nicht, eine Grube zu graben und Abschied zu nehmen von Pouncer. Er ist zwar tot, aber dass sein Körper noch bei mir ist, tröstet mich irgendwie.

Ich berichtete David per Mail und weinte dabei die ganze Zeit. Er antwortete dann tatsächlich, aber nur kurz und knapp: *Tut mir leid wegen Pounce. Ist traurig, aber sie können nun mal nicht ewig leben. David.* Diese Reaktion fand ich fast noch schlimmer, als wenn er geschwiegen hätte.

Vielleicht würde es wirklich etwas bringen, Robin hinzuschicken, aber ich kann mich noch nicht entschließen.

Später
Nachdem ich Penny über Pouncers Tod informiert hatte, kam sie abends mit Tim vorbei, um mich aufzuheitern. Tim brachte eine Flasche Wein mit, und als Penny meinen erstaunten Blick bemerkte, sagte sie: »Keine Sorge, ich trinke nichts davon! Der ist für dich und Tim.« Dann blickten beide auf Pouncer in der Ecke und machten ein besorgtes Gesicht. Tim sagte: »Du kannst

ihn aber nicht hier in der Küche lassen.« Und Penny fügte hinzu: »Er verwest doch.«

Ich brach auf der Stelle in Tränen aus, und die beiden versuchten, mich zu trösten. Penny sagte, es täte ihr leid, und sie wisse gar nicht, weshalb sie eine so unsensible Bemerkung gemacht habe.

Die beiden bestanden darauf, mich in ein gutes neues Restaurant auszuführen, und Tim sagte, er würde morgen eine Grube im Garten ausheben, dann könnten wir Pouncer begraben. Und später irgendwann würden wir eine Gedenkfeier für ihn abhalten.

»Gedenkfeiern sind sehr tröstlich, auch für Katzen«, erklärte er ernsthaft und musste sich wieder schnäuzen. Penny legte den Arm um ihn.

Nach dem Abendessen brachten mich die beiden zur Haustür, und als ich mich verabschieden wollte, fing ich unversehens wieder zu weinen an. »Als ich David geschrieben habe, dass Pouncer gestorben ist«, schluchzte ich, »habe ich nur so eine scheußliche eiskalte Kurzantwort bekommen.« Penny sagte sofort, sie werde bei mir übernachten.

Jetzt geht sie ihre Sachen holen, und ich fühle mich ein bisschen besser. Werde Pouncer noch ein letztes Küsschen zupusten, und dann möglichst bald ab in die Heia.

OKTOBER

1. Oktober

Gestern kam Tim mit einem Spaten und grub ein tiefes Loch, und wir beerdigten den armen Pouncer. Eigentlich hätte ich das Grab gern unter dem Goldregen gehabt, aber dessen Wurzeln waren so stark, dass wir uns auf ein Blumenbeet verlegen mussten, weil die Erde dort weicher war. Ich hatte vor, Pouncer in einer Plastiktüte zu bestatten, aber Tim meinte, das sei äußerst ungünstig, weil beim Verwesungsprozess alle möglichen giftigen Gase entstünden, die dann explodieren könnten. Für mich war aber die Vorstellung unerträglich, Pouncer einfach so in die Grube zu legen, weshalb ich einen Schuhkarton mit einem Seidentuch auskleidete, das bei den Spenden für den Laden aussortiert worden war. Dann brachte ich eine Ewigkeit damit zu, die Schachtel mit Bildern von Pouncers Lieblingsdingen zu bekleben – von einer Dose Lachs mit Kräutern in feiner Soße, einer Katzenminzemaus, umherhopsenden Vögeln und dem behaglichen Kaminfeuer.

Tim gab dann später sein Okay, weil Karton zerfällt, und wir betteten Pouncer hinein. Etwas eng, aber da der arme Bursche bei seinem Ableben so abgemagert gewesen war, ging es. So lag er zumindest nicht direkt in der kalten Erde.

Wir stellten die Schachtel in die Grube, und ich starrte einen Moment mit Tränen in den Augen darauf, aber Tim schaufelte recht schnell Erde darüber. Dann markierte er das Grab mit einem Stock, damit wir es wiederfanden. Ich muss sagen: Sobald Pouncers sterbliche Überreste begraben waren, wurde mir etwas leichter ums Herz.

»Tut mir leid, Tim, dass ich so kompliziert war«, sagte ich. »Nach dem, was du wegen Marion durchgemacht hast, findest du das bestimmt absurd, dass ich so ein Theater wegen eines Katers mache. Aber ich habe mich Pouncer sehr nah gefühlt, weißt du, und obwohl ich liebe Freunde wie dich habe, war es doch Pouncer, der jahrelang Tag für Tag an meiner Seite war.«

»Ich kann das vollkommen verstehen«, sagte Tim und zog die Gummihandschuhe aus, die er für die Beerdigung getragen hatte. »Besonders schmerzhaft stelle ich mir eigentlich vor, dass niemand Pouncer so intensiv in Erinnerung hat wie du. Marion hatte so viele Freunde, und deren Erinnerungen und Beileidsbriefe sind ungeheuer tröstlich für mich, jetzt noch. Ich lese sie immer wieder, weißt du. Aber du hast niemanden, mit dem du deine Erinnerungen an Pouncer teilen kannst.«

»Außer David«, erwiderte ich und versuchte, mir nicht anmerken zu lassen, wie verzweifelt ich deshalb war. »Und den lässt das völlig kalt.«

»Das glaube ich nicht«, sagte Tim und legte mir tröstlich den Arm um die Schultern. »Aber Männer sind gar nicht gut darin, ihre Gefühle zu zeigen. Das fällt ihnen sehr schwer.«

2. Oktober

Endlich! Ein Segen! James hat gemailt, er könne jetzt den Täuberich nehmen! Seine Tauben haben sich offenbar prima eingewöhnt und fühlen sich schon wie zu Hause.

»Also musst du den verflixten Vogel jetzt nur noch einfangen, Süße«, sagte James, als er später anrief.

»Robin behauptet, er könne das«, erwiderte ich. »Er will das mit einem dreidimensionalen Pentakel erreichen, zu dem Vögel sich angeblich hingezogen fühlen. Hat wohl irgendwas mit Psychogeografie zu tun. Oder, ach nee … oder magische Geometrie. Oder war es Psychogeometrie? Also jedenfalls: Wir kriegen den Täuberich schon irgendwie zu dir.«

»Auch wenn du das Viech vorher erschießen musst«, sagte James.

Ich fand, das war eine ziemlich grobe Bemerkung von ihm. Wider Willen ist mir der Täuberich nämlich ans Herz gewachsen. Wenn es mir selbst schlecht geht, erscheint er mir wie ein Ausdruck meines inneren Zustands, wenn er da einsam und alleine auf der Dachrinne hockt und sich keiner um ihn kümmert. Penny würde jetzt bestimmt wieder ihren schrecklich derben Spruch ablassen: Komm runter vom Kreuz, wir brauchen das Holz. Ungeheuerlich!

Wir haben jetzt jedenfalls vor, den Täuberich einzufangen und ihn nach Somerset zu kutschieren, damit er dort sein neues Leben beginnen kann. Leichter gesagt als getan.

Später
Wartete darauf, bis Robin von der Arbeit kam, zog ihn sofort ins Wohnzimmer, bevor er nach oben gehen konnte, und servierte ihm einen Drink.

»Bevor du auf dein Thema zu sprechen kommst, Marie«, verkündete Robin, »möchte ich dir zuerst etwas sagen. Ich werde ausziehen, und zwar schon bald.«

Ich war komplett verdattert. »Du liebe Güte, es kommt mir vor, als seist du grade erst eingezogen!«, rief ich aus. »Du fühlst dich doch wohl hoffentlich nicht unwohl hier?«

»Nein, nein, ganz und gar nicht. Ich hatte eine wunderbare Zeit hier, dein Haus ist eine Oase des Friedens und der Harmonie, ein regelrechtes Shangri-La. Aber ich habe in Acton etwas gefunden, das ich kaufen könnte. Mit den Mieteinnahmen von der Wohnung in der Golborne Road kann ich es mir erlauben, eine Hypothek aufzunehmen, und ich habe einfach das Gefühl, dass ich was Eigenes brauche. Ich werde in etwa einem Monat ausziehen, wollte es dir aber beizeiten sagen.«

»Ich dachte, du wolltest auf den Shetland-Inseln oder den Orkneys leben?«, sagte ich. »Acton ist ja nun nicht eben ländlich.«

»Stimmt«, räumte Robin ein. »Aber ich habe in Acton so ein ganz besonderes Dreieck entdeckt, das von drei heiligen Linien umgeben ist, und ich weiß, dass ich dort sicher bin.«

Ich freute mich für ihn, dass er etwas für sich gefunden hatte – obwohl mich das Gefühl beschlich, dass eine weitere Ratte das sinkende Schiff verließ (was in diesem Fall ich war).

»Und ich wollte dich fragen«, fuhr Robin fort, »ob es okay wäre, wenn ich Terry einspannen würde. Es muss nämlich ziemlich viel gemacht werden an der Wohnung. Und der Junge ist doch echt gut, nicht wahr? Ich mag ihn. Neulich hat er mir von seiner schrecklichen Vergangenheit erzählt. Großartig, wie sich sein Leben zum Guten gewendet hat, seit er arbeitet. Ich wusste vom ersten Moment an, dass der Bursche durch und durch ehrlich ist. Wenn man sich dagegen meinesgleichen anschaut – ich war in Eton, und die meisten meiner ehemaligen Klassenkameraden sind Banker geworden. Räuberbande. Grauenhaft. Aber Terry, der aus härtesten Verhältnissen kommt und keinerlei Ausbildung hat, ist so ehrlich und motiviert, wie der Tag lang ist. Da sieht man's mal.«

Einen Moment lang war ich schwer versucht, Robin über Terrys »Ehrlichkeit« aufzuklären. Aber es gelang mir, mich zurückzuhalten. Ich lächelte nur vage, gab Robin Terrys Handynummer und sagte, er werde sich bestimmt über Aufträge freuen.

»Ob ich dich vielleicht noch um einen Gefallen bitten könnte, Robin?«, fragte ich. »Der Täuberich hat nun auch ein neues Zuhause gefunden und wäre wie du bereit für einen Neuanfang. Aber es dürfte ein Problem werden, ihn einzufangen. Du hattest doch unlängst etwas von Pentakeln erzählt ...«

Robin grinste breit. »Na klar. Ich hätte so einen Pentakelkasten sonst selbst gebaut, aber ich habe just vor ein paar Wochen einen an der Portobello Road gefunden und für den werten Täuberich erstanden. Möge er gesegnet sein. Willst du den Kasten sehen?«

Später
Weiß der Himmel, wie wir dieses Ding auf dem Fensterbrett anbringen sollen! Das Teil ist riesig und aus Glas, aber Robin schwört Stein und Bein, dass es uns mithilfe von Seilen, Zügen und im Mauerwerk angebrachten Haken gelingen wird.

»Und dann, Marie«, verkündete er, »wird der Täuberich im Nu reinfliegen, das versichere ich dir. Du stellst ein bisschen Futter rein, ich kann ihm was vorsingen, dann warten wir, und wenn er drin ist, schließen wir die Tür, und fertig ist die Laube.«

3. Oktober

Robin hat jetzt den pentakelförmigen Glaskasten am Fenster vertäut, was aber zur Folge hat, dass wir es nicht mehr schließen können und ich scheußlich friere, wenn ich ein Bad nehme. Die Alarmanlage können wir deshalb vorerst auch vergessen. Aber wir haben heute den Pentakelkasten ausprobiert, und er lockt auf jeden Fall Tauben an. Ich hatte kaum die Hand zurückgezogen, nachdem ich eine Schale mit Körnern reingestellt hatte, als auch schon drei Tauben von Bäumen in der Nähe angeflattert kamen und schnurstracks in das Pentakel flogen, wo sie das gesamte Futter binnen weniger Minuten aufgefressen hatten.

Mein Täuberich dagegen blickte äußerst argwöhnisch, und erst als ich eine frisch gefüllte Schale vor den Kasten stellte, kam der Bursche angeflogen, pickte nervös und flatterte immer wieder beiseite, als fürchte er, von dem Kasten verschlungen zu werden. Robin ist überzeugt davon, dass der Täuberich es binnen weniger Tage den anderen gleichtun und in den Kasten fliegen wird.

Pentakel sind Taubenmagnete, behauptet Robin.

4. Oktober

Heute haben wir eine kleine Gedenkfeier für meinen armen Pouncer abgehalten. Natürlich waren Penny und Tim dabei, und Melanie wollte auch unbedingt teilnehmen. Da sie ihn mir eine Zeitlang regelrecht abspenstig gemacht hatte, meinte sie wohl, ein Recht auf Anwesenheit zu haben. Was mich zuerst irgendwie ärgerte; es kam mir vor, als würde eine heimliche Geliebte bei der Trauerfeier für meinen verstorbenen Ehemann in der ersten Reihe sitzen wollen.

Heute früh allerdings, vor unserer kleinen Zeremonie, klingelte Melanie bei mir und kam dann mit ihrem üblichen großen Tamtam hereingerauscht, unter dem Arm ein Päckchen.

»Du musst jetzt ganz aufrichtig sein, Mar, meine Liebe«, flötete sie. »Und ich bin auch wirklich nicht gekränkt, falls es dir nicht gefällt.«

Dieses Benehmen war für Melanie, die sonst jedem ohne viel Federlesens ihren Willen aufzwingt, so ungewöhnlich, dass ich sogar geneigt war, mir ihr Anliegen anzuhören.

»Du magst es vielleicht kitschig finden, aber ich finde es süß und dachte mir, es würde gut auf Pouncers Grab passen«, erklärte sie, enthüllte dabei den Gegenstand in dem Päckchen und stellte ihn mit feierlichem »Ta-daa!« auf den Tisch.

Es war eine kleine Gussbetonstatue von einer Katze, ein Gegenstand, wie man ihn in Gartencentern findet. Das Ding war in der Tat kitschig, aber es hatte auch irgendwas. Ich betrachtete die Figur von allen Seiten und stellte zu meinem Erstaunen fest, dass das Modell offenbar von jemandem angefertigt worden war, der viel von Tieranatomie verstand. Und das Gesicht dieser Katze – auf die Gefahr hin, mich nun wie jemand anzuhören, der sentimentalen Quatsch bei Facebook postet – sah genau wie das von Pouncer aus! Diese kleine Figur war hinreißend. Absolut perfekt.

Ich sah Melanie völlig verblüfft an.

Sie deutete meine Miene aber wohl als Abscheu, denn sie sagte »Du kannst es nicht leiden. Hab ich beinahe befürchtet« und fing an, die Katze wieder einzupacken. »Ich hatte nicht dran gedacht, dass du ja selbst Künstlerin bist. Die Ohren sind misslungen. Oder der Schwanz sieht komisch aus. Na ja, macht nichts. Hatte schon geahnt, dass es dir nicht gefallen würde. Ich fand eben nur, dass die Figur Pouncer so ähnlich sieht ...«

»Halt, halt!«, rief ich und legte die Hand auf die Betonkatze. »Ich hab doch gar nichts gesagt! Ich finde das Ding wunderbar! Ganz großartig! Du hast damit voll ins Schwarze getroffen. Das ist so lieb von dir.« Und tatsächlich kam alles, was ich sagte, von Herzen. Weshalb ich Melanie auch mit ihrem Kurznamen ansprach, was ich so gut wie nie tue. »Hab ganz lieben Dank, Mel!«, sagte ich herzlich und umarmte sie.

Melanie war über meine Reaktion genauso verblüfft wie ich über diese Idee von ihr, die tatsächlich ein Erfolg war. Langsam breitete sich ein ungläubiges Lächeln auf Melanies Gesicht aus, und dann begann sie zu lachen.

»Mensch, Mar!«, sagte sie. »Es scheint dir ja wahrhaftig zu gefallen. Wie mich das freut!«

Nach diesem Erlebnis fand ich es vollkommen in Ordnung, dass sie an der Gedenkfeier teilnahm, und ergötzte mich an der wunderbaren Katzenstatue auf dem Grab. Penny hatte im Haus eine CD mit *Bleib bei mir, Herr* eingelegt, und das Lied wehte in den Garten hinaus, während wir alle eine Handvoll Erde auf Pouncers Grab warfen, um meines lieben alten Katers zu gedenken. Ich hatte auch eine Boogie-Nummer namens *Hepcat Boogie* gefunden, die uns dann alle etwas aufheiterte.

Sogar als Penny mit getragener Stimme sagte »Dankbarkeit ist das Gedächtnis des Herzens«, fand ich das irgendwie passend, obwohl es natürlich pathetisch war. Aber ich freute mich so sehr darüber, dass meine Freunde mit mir diese Zeremonie gestaltet hatten.

Danach servierte ich allen Sekt und Räucherlachs mit Rührei; Räucherlachs mit Kräutern in feiner Soße hätte ich doch als etwas übertrieben empfunden. Penny stieß mit Holunderlimo auf Pouncer an; wie sie so viel von dem Zeug trinken kann, ist mir ein Rätsel. Die Ärmste. Zurzeit scheint ihr kein anderes Getränk einzufallen.

Jedenfalls empfand ich die Feier als gelungenen Abschied von Pouncer.

Eine kleine Verstimmung gab es, als Melanie fragte, ob ich mir einen neuen Kater anschaffen wolle, und ich entgegnete: »Wo denkst du hin! Wenn dein Ehemann gestorben wäre, würde ich dich doch auch nicht nach ein paar Tagen fragen, ob du wieder heiraten willst!« Worauf Melanie einwandte »Aber Pouncer war nicht dein Ehemann«, und ich erwiderte, sie wisse doch, was ich meine. Dann entschuldigte ich mich dafür, dass ich so pampig gewesen war, und sagte, ich trauere eben immer noch. Danach herrschte wieder Friede.

Einen neuen Kater! Was für eine Idee!

5. Oktober

War heute Morgen sehr gestresst wegen der Operation Täuberich. James hatte bereits das Mittagessen und einen separaten kleinen Raum mit vergittertem Balkon im Taubenschlag vorbereitet, damit der Vogelherr sich erst einmal in Ruhe an seine neue Umgebung gewöhnen konnte.

Robin hatte mir weiterhin versprochen, dass mit seinem speziellen Vogelgesang und dem Pentakelkasten nichts schiefgehen könne. Obwohl Robin seit Tagen Gesänge intoniert, damit der Täuberich nicht mehr fremdelt, und behauptet, erhebliche Fortschritte zu machen, habe ich meine Zweifel daran. Nachdem heute früh die erste Portion Futter von an die zwanzig grauenhaft rabiaten Tauben mit starren Augen und schwarzen Schnäbeln verschlungen worden war, füllte ich die Schale um acht Uhr wieder auf und überließ Robin das Gelände. Danach vergingen zwanzig Minuten, die mir wie Stunden vorkamen, und schließlich tauchte Robin betreten aus dem Badezimmer auf.

»Keine Ahnung, was da los ist«, sagte er. »Gestern kam der Täuberich zu mir geflogen und ging sogar in das Pentakel, aber jetzt weigert er sich. Ich versteh das nicht. Kann nur sein, dass ›die‹ da wieder am Werk sind.«

»Ach herrje«, sagte ich. »Was machen wir denn jetzt?«

In diesem Augenblick klingelte es – inzwischen war es neun –, und Terry stand vor der Tür, um Farbe aus meiner Kammer unter der Treppe zu holen, weil offenbar die Ladenfassade einen frischen Anstrich braucht.

»Sie sehn bisschen besorgt aus, Mrs S«, sagte Terry. »Kann ich mit was helfen?«

»Nein danke. Wir versuchen nur gerade, den Täuberich einzufangen, damit wir ihn zu James' Taubenschlag auf dem Land bringen können. Aber der Vogel will sich einfach nicht retten lassen, obwohl Robin eigens für ihn singt.«

Terry lachte. »Soll ich's mal probieren?«, fragte er. »Ich kann gut mit Vögeln. Mein Vater – einer von denen halt – hat Tauben gehabt.«

Es erstaunte mich, dass Terry – entgegen Sheilas Aussagen – also wohl doch einen Vater gehabt hatte, wie es schien sogar mehrere. Ich hatte immer angenommen, dass er in den heruntergekommenen Überresten einer verlassenen Wohnsiedlung unter einer Mülltonne gefunden worden war. Jedenfalls bejahte ich seine Frage natürlich, und wir gingen nach oben ins Badezimmer. Terry bedeutete Robin und mir, dass wir mucksmäuschenstill sein sollten, beugte sich aus dem Fenster und gab einen merkwürdigen, gurrenden Laut von sich.

Robin flüsterte: »Das wird nichts, das hab ich auch gemacht.« Doch dann sah ich verblüfft, dass der Täuberich die Ohren zu spitzen schien. Ich weiß, dass Tauben keine Ohren haben (zumindest keine, die man sehen kann, aber taub können die Vögel ja auch nicht sein). Er wirkte jedenfalls sehr aufmerksam und schien dann Terry förmlich anzustarren. Der gurrte immer weiter, und schließlich plusterte sich der Täuberich ein wenig auf und begann die Dachrinne entlangzutrippeln. Dann schlug er mit den Flügeln und flog plötzlich auf die Fensterbank, blickte aufgeregt in alle Richtungen und machte mit seinen Krallen ein scharrendes Geräusch auf dem Holz.

Robin und ich hielten den Atem an. Terry gurrte unentwegt weiter, streckte dann die Hand aus, umfasste den Vogel behutsam, aber entschieden, steckte ihn schnell in den Kasten und ließ das Gitter herunter.

»Hab dich, mein Alter!«, sagte Terry und grinste breit, als er sich mit sichtlichem Stolz zu uns umdrehte.

»Du bist genial, Terry!«, rief ich aus, und Robin war so anständig, auch seiner Bewunderung Ausdruck zu geben.

»So etwas habe ich bislang nur ein einziges Mal erlebt«, sagte er. »Bei einem Schamanen im tiefsten Amazonasregenwald, als ich dort in den Neunzigern an einem Ayahuasca-Ritual teilnahm. Wirklich beachtlich, Terry!«

»Man sollt ihn lieber zudecken, damit er keine Angst kriegt«, sagte Terry und sah sich nach einem Handtuch um. »Wenn zu viel passiert, können sie 'n Schock kriegn. Und die Autofahrt wird ihm auch nich gefalln.«

Nachdem wir den Kasten von der Wand abmontiert hatten, fragten Robin und ich Terry, ob er nicht vielleicht mitfahren könne, damit wir im Falle eines Taubennotfalls unterwegs einen Experten an der Hand hatten. Terry flitzte also rasch zu Tim, um die Farbe abzugeben, und dann kutschierten wir nach Somerset, wo wir früher als erwartet ankamen. Obwohl es Herbst war und die Bäume schon fast das ganze Laub verloren hatten, schien die Sonne, und es war ein strahlender Tag. Ich dachte etwas wehmütig daran, wie schade es war, dass Gene die ganze Aktion nicht miterlebt hatte. Er hätte einen Riesenspaß daran gehabt!

Als wir vor der Farm parkten, kam James gleich heraus. »Ich hätte nicht gedacht, dass es klappt«, rief er aus.

»Das ist einzig und allein Terry hier zu verdanken«, erklärte Robin großmütig. »Ohne ihn hätten wir es tatsächlich nie geschafft.«

James stellte uns seinen Vogelspezialisten vor, der sich um gefiedertes Getier in der ganzen Region kümmert, und ich merkte, dass der Mann von dem Bericht über Terry enorm beeindruckt war.

»Das ist nicht jedem gegeben, so ein Talent«, sagte der Vogelspezialist. »Das ist eine echte Gabe. Hilfst du mir, den Burschen raufzubringen, mein Junge?« Und die beiden trugen den Kasten in die Scheune, wo sie eine Leiter hinaufkraxelten und verschwanden.

James, Robin und ich gingen ins Haus und genehmigten uns einen Drink.

»Eigentlich bin ich ziemlich traurig, wenn ich daran denke, dass ich den Täuberich gar nicht mehr sehen werde«, sagte ich. »Heute ist er bestimmt zu verstört, um noch auf seinen kleinen Balkon zu kommen.«

Aber eine halbe Stunde später wurden wir von Terry und dem Vogelspezialisten rausgerufen, und da stand mein Täuberich auf seinem kleinen vergitterten Balkon und sah aus, als sei er im Paradies gelandet. Er hatte keine Hauswand und Fallrohre vor sich, sondern Bäume, sanft geschwungene Hügel in der Ferne, Wiesen und weiße Tauben, die um ihn herumschwirrten und ihn interessiert beäugten. Ein paar landeten auf den Balkonen nebendran und begannen, sich aufzuplustern und umherzuspazieren.

»Sie haben gedacht, das sei ein Tauber, wie?«, fragte der Vogelspezialist und wischte sich die Hände an seiner Schürze ab. »Irrtum! Das ist eine hübsche Taubendame!«

Und der Mann hatte wohl recht, wenn man die Schar der Verehrer betrachtete, die sich da gerade in Pose warfen.

»Die wird im Nu Eier legen«, erklärte der Mann ernsthaft.

»Du liebe Zeit, ist das seltsam!«, rief ich aus. Da hatte ich die ganze Zeit geglaubt, einen einsamen Junggesellen vor mir zu haben. Nachdem ich nun wusste, dass es sich um eine Taubenfrau handelte, tat sie mir im Nachhinein noch mehr leid. Einiges wurde jetzt auch verständlicher. Während ihres zeitweiligen Verschwindens war vermutlich eine Horde dieser wüsten Rowdies über sie hergefallen, und deshalb war sie nach ihrer Rückkehr auch so übel zugerichtet gewesen.

Doch hier pflegte man andere Umgangsformen. Stattliche schneeweiße Taubenmänner mit schicker Frisur, Fächerschwanz und gefiederten Füßen umwarben sie; die Herren sahen aus, als fehle ihnen lediglich ein Monokel, damit sie ins Ritz schreiten konnten.

»Ach übrigens«, sagte James beiläufig, als wir zum Mittagessen ins Haus gingen, »ich habe David auch eingeladen. Du hast doch nichts dagegen, oder? Er sagte, Sandra käme vielleicht auch mit.«

Mir blieb fast das Herz stehen, und ich empfand Freude und Grauen zugleich, falls so was überhaupt möglich ist. »Oh mein Gott, James!«, platzte ich heraus. »Ich weiß nicht, ob ich das durchstehe. Weiß er, dass ich auch hier bin?«

»Ich habe ihm nichts davon gesagt, nee, ihn nur einfach eingeladen. Es wird bestimmt gut.«

Doch er irrte sich natürlich. Als David hereinkam und mich sah, wurde seine Miene starr. Ungünstigerweise hatte Robin mir auch gerade den Arm um die Schultern gelegt, um mir ein eigenartiges Muster zu erklären, das ihm auf einer Landkarte an der Wand aufgefallen war.

Als Nächstes sagte David zu James: »Hör mal, ich kann nicht lange bleiben, hatte vergessen zu erwähnen, dass ich heute Mittag Hecken schneiden muss ...«

Er übersah mich nicht direkt, lächelte lediglich kühl und sagte: »Glückwunsch, dass es mit der Taube jetzt geklappt hat.« Das war alles.

Sandra dagegen war über die Maßen freundlich. Sie umarmte mich, küsste mich auf beide Wangen und sagte, sie würde wahnsinnig gern mal in London mit mir lunchen und ein paar Sachen besprechen. Wir sollten doch gleich einen Termin ausmachen. Innerlich stöhnend – weil ich schon ahnte, worüber sie mit mir sprechen wollte – willigte ich ein und holte meinen Terminkalender heraus.

David redete während des Essens unentwegt mit Owen über landwirtschaftliche Fragen und sagte noch vor dem Kaffee, es täte ihm leid, aber er müsse jetzt gehen. Dann umarmte er mich flüchtig und suchte mit Sandra das Weite.

Und ich musste mich sehr mühsam beherrschen, nicht in Tränen auszubrechen.

»Was ist denn hier bloß los?«, fragte James. »Ich muss sagen – mir war nicht klar, dass es so übel ist!«

»Ach, keine Ahnung. Ich glaube nicht, dass wir jemals wieder auch nur befreundet sein können«, antwortete ich. »Hättest du ihn nur heute nicht eingeladen, James. Das war natürlich lieb gemeint«, fügte ich rasch hinzu, weil es ja sinnlos war, James irgendetwas vorzuwerfen. Es ließ sich nun mal nicht ungeschehen machen.

»Das tut mir wirklich furchtbar leid«, sagte James. »Ich muss unbedingt mit David reden.«

»Nein, lass mal«, erwiderte ich. »Sandra, das Biest, hat sich für nächste Woche bei mir zum Lunch eingeladen. Ich bin mir zu neunundneunzig Prozent sicher, was sie mir erzählen will. Dass David und sie wieder zusammen sind, dass sie aber mit mir befreundet bleiben möchte und mich als nettes Tantchen sieht, dass ich Patin für Gangi werden soll …«

»Du kannst doch gar nicht wissen, worüber sie mit dir reden möchte«, wandte James ein. »Obwohl ich zugeben muss, dass es angesichts von Davids Verhalten nicht ausgeschlossen ist.«

»Doch, doch, ich weiß das genau«, widersprach ich. »Am

liebsten würde ich sie anrufen und sagen: ›Du brauchst nicht eigens nach London zu kommen. Ich bin mit allem einverstanden. Ich weiß längst, worum es geht.‹«

14. Oktober

War völlig durch den Wind, als ich nach Hause kam, aber zumindest war Robin noch hier. Ein völlig leeres Haus, ohne Pouncer und sogar ohne Taube, hätte ich kaum ausgehalten. Die Taube war natürlich auch lästig gewesen, aber ich hatte wenigstens eine Beziehung zu ihr gehabt, wenn die auch hauptsächlich aus Mitleid und Sorge bestand. Jetzt ist von ihr nur noch der frische Taubendreck geblieben, den Terry wieder entfernen muss.

Ich bin froh, dass Terry auch noch für mich erreichbar ist und dass wir ihm eine zweite Chance gegeben haben. Wüsste gar nicht, was ich ohne ihn tun sollte.

Die Stimmung wurde nicht besser durch die Schlagzeile des »Hetzkurier«: *Ruhe bitte! Tennisclub sauer auf Domina-Nachbarin und Schreie aus ihrem Verlies*

Robin bot an, Tee zu kochen, und wir setzten uns damit in den Garten und blickten in die matter werdende goldene Herbstsonne. Der Garten lag schon im Schatten, und es war recht kühl, aber nach der langen Autofahrt tat es dennoch gut, frische Luft zu atmen.

Robin spürte, dass es mir schlecht ging, und versuchte, mich auf seine Weise lieb zu trösten.

»Nun, die Herbsttagundnachtgleiche liegt hinter uns«, sagte er. »Jetzt sollte es eigentlich bergauf gehen. In letzter Zeit hatten es alle schwer, aber ich bin sicher, dass unsere Astralwege bald wieder ins Gleichgewicht kommen. Besonders Steinböcken wird es besser gehen. Vergiss nicht: Die dunkelste Stunde ist immer vor Sonnenaufgang. Diese Welt ist geplagt von allerlei Kümmernissen, aber ich habe die Sternenkonstellation studiert und weiß, dass auf uns alle ein Neubeginn wartet. Ich ziehe in eine neue Wohnung. Und du – für dich wird es auch allerlei Neues geben, das kann ich dir versprechen.«

»Ich hoffe, etwas Gutes«, erwiderte ich skeptisch.

»Aber natürlich! Ich spüre, dass du bald sehr glücklich sein wirst.«

Ich fühlte mich ein wenig aufgemuntert, bis ich auf dem Weg nach oben aus einem Riss in der Fußbodenleiste ein Schnurrhaar von Pouncer herausragen sah. Das gab mir den Rest.

Ich legte mich ins Bett und zog mir die Decke über den Kopf.

19. Oktober

Es ist kein günstiger Zeitpunkt zum Umziehen. Das ist mir nun endlich klar geworden. Momentan bin ich einfach zu gestresst. Wer weiß, vielleicht denke ich im neuen Jahr noch mal drüber nach. Außerdem ist zurzeit sowieso nichts Vernünftiges auf dem Markt. Und die paar Leute, die sich mein Haus angesehen und behauptet haben, es gefiele ihnen, fanden es offenbar ohnehin nicht attraktiv genug, um ein Angebot zu machen.

25. Oktober

Mir graut vor Weihnachten. Ich weiß, es ist noch viel zu früh, um daran zu denken. Aber ich habe gerade mit Jack telefoniert, um mal zu hören, wann Gene in den Herbstferien zu mir kommen wird. Und Jack berichtete, sie würden Weihnachten dieses Jahr bei David feiern. Wo ich natürlich nicht eingeladen bin.

Stehe ich dieses Treffen mit Sandra nächste Woche wirklich durch? Mir wird wohl gar nichts anderes übrigbleiben.

26. Oktober

Gene war hier, und wir hatten einen wunderbaren Tag zusammen. Zuerst haben wir uns eine zauberhafte Ausstellung über Muschelkunst angesehen; so was liebe ich! Als wir dann zurückkamen, habe ich sofort meine alte Tüte mit Muscheln rausgekramt, die ich als Kind während unserer Strandurlaube in Tenby gesammelt hatte. Dann flitzten wir zu Mr Patel und kauften türkisches Lokum, weil man das in einer hübschen runden Schachtel bekommt. Wir nahmen die süßen Happen heraus und klebten die Muscheln in schönen Mustern auf die Seiten der Schachtel.

Manchmal bin ich mir selbst so dankbar dafür, wie ich in früheren Lebensphasen gewesen bin; diesmal fand ich es beglückend, dass ich als kleines Mädchen eifrig diese Muscheln gesammelt hatte – ohne natürlich zu ahnen, dass sie mir eines Tages als Großmutter mit meinem Enkel viel Freude bereiten würden.

Dann gingen wir in der Nähe einen leckeren Burger essen, und Gene futterte zum Nachtisch noch einen Eisbecher. Später lackierten wir zu Hause die Muschelschachtel, die fantastisch aussah. Das ist das Praktische, wenn man künstlerisch arbeitet: Die Materialien sind immer vorhanden, ob es nun Keramikkleber, Reinigungsbürstchen, Lacke oder sonst was ist.

Bevor Gene abgeholt wurde, räumten wir noch gemeinsam seine Spielkiste aus, was ich schon seit Ewigkeiten vorgehabt hatte. Die meisten Sachen darin stammen noch aus Genes früher Kindheit und werden nicht mehr zum Einsatz kommen:

große Duplosteine; Bauernhoftiere und kaputte Zäune; Puzzle mit sechs Teilen; Ausmalhefte.

Das kann alles in den Laden. Doch mir fiel auf, dass Gene den Hai aus dem Haufen Tiere herausklaubte. Der Raubfisch, der schlicht und ergreifend den Namen »Hai« trug, lebte immer in sicherer Distanz von den Farmtieren in einer Wasserschale außerhalb der Gatter.

»Haie mag ich immer noch, Oma«, erklärte Gene. »Den können wir noch bis nächstes Mal behalten.«

Freue mich sehr, dass Hai noch bei mir bleibt. Wurde aber wehmütig beim Gedanken an die für immer vergangene Zeit, als Gene und ich Rosskastanien sammelten und mit Streichhölzern in sonderbare Kreaturen verwandelten. Und beim Knacken von Walnüssen versuchte ich immer, die Schalenhälften vollständig zu erhalten, damit wir kleine Boote daraus basteln konnten, mit in Knete verankerten Zündholzmasten. Aus den Kappen von Eicheln wurden damals Teetassen für Kobolde.

Später
Penny kam mit selbstgemachter Stachelbeercreme vorbei, weil sie weiß, dass ich ganz verrückt bin nach dem Zeug.

»Wie geht's denn so?«, fragte ich. »Hab dich und Tim gestern händchenhaltend auf der Straße gesehen. Ich spionier dir aber übrigens nicht nach.«

Penny lachte. »Ich finde es im Rückblick so schlimm, wie wir uns immer über Tim lustig gemacht haben, als er noch mit Marion zusammen war. Denn weißt du, er ist einer der liebsten und nettesten Männer, die ich kenne.«

»Ja, das zählt am meisten, nicht wahr«, erwiderte ich. »Weißt du noch, wie wir es in unserer Jugend immer total uninteressant fanden, wenn ein Junge als lieb und nett galt? Das war für uns gleichbedeutend mit schlapp und langweilig.«

Was David betraf, versuchte Penny mich optimistischer zu stimmen und gab zu bedenken, dass ich Sandras Gedanken schließlich nicht lesen könne. Das war lieb gemeint, half aber nichts.

War einkaufen für das Essen mit Sandra. Dachte mir, sie würde vielleicht eine indische Mahlzeit zu schätzen wissen, und kaufte deshalb im indischen Supermarkt Basmatireis, etliche Gewürze und einige köstliche Süßigkeiten. Bestimmt bekommt sie nicht oft ein Curry oder Ras Malais in Shampton. Oder in Bath. Oder wo sie nun gerade wohnt.

27. Oktober

Das war vielleicht ein Tag! Hatte gestern den ganzen Abend gekocht – hat alles EWIGKEITEN gedauert, obwohl ich nur drei kleine Gerichte zubereitet habe. Vor allem das Rösten der vielen Gewürze ist zeitaufwändig. Sandra stand um Punkt zwölf vor der Tür, in einem weiten Mantel, den ich noch von David kannte, und mit einem riesigen Blumenstrauß in der Hand. Ich bat sie rasch herein – es war eiskalt geworden –, und sie war überschwänglich und lieb, Küsschen hier und Küsschen da. Obwohl ich mich dem nicht widersetzte, fühlte ich mich doch ziemlich distanziert. Natürlich wollte ich nicht abweisend sein, konnte nun aber auch nicht jubeln vor Freude bei der Vorstellung, Sandra als Ehefrau von David zu erleben.

Sie wirkte lebhaft und fröhlich, und als ich sie so betrachtete, rührte es mich doch, wie sehr sie seit ihrer Rückkehr aus Indien aufgeblüht war. Zum Teil lag es sicher an ihrer Mutterrolle, zum Teil aber bestimmt auch an ihrer neu erwachten Liebe zu David, dachte ich grantig.

Nachdem Sandra abgelegt hatte, setzten wir uns ins Wohnzimmer. Sie trank etwas und bestand darauf, dass ich mir zahllose Fotos von Gangi auf ihrem Handy anschaute – sowie kurze Videos von seinen ersten Sprechversuchen, von David mit ihm auf dem Arm, von David, wie er Sandra mit Gangi durch den Garten jagte und mit dem Kleinen Grimassen schnitt.

Ich heuchelte Begeisterung darüber, wie prächtig sich der Kleine entwickelt hatte. Dann zeigte Sandra mir ein Video, auf dem die Witwe Bossom Gangi hochhielt, als sei er ihr eigener Enkel.

»Ach, die ist auch noch im Spiel?«, sagte ich spitz. »Unter diesen Umständen muss sie doch allmählich merken, dass sie fehl am Platz ist.«

Sandra warf mir einen merkwürdigen Blick zu, bei dem ich mir aber nichts weiter dachte. Dann gingen wir in die Küche, und ich muss sagen, auch wenn es Eigenlob ist: Das Essen war hervorragend gelungen.

»Vielen Dank für das fantastische Essen, Marie!«, sagte Sandra, als wir mit Kaffee ins Wohnzimmer zurückkehrten. »Wie lieb von dir, dass du dir diese ganze Mühe gemacht hast! Ich habe früher oft Alis Mutter in der Küche geholfen und weiß, was für ein Aufwand ein gutes Curry ist. Aber bevor wir weiterreden, habe ich zwei Bitten an dich.«

Jetzt geht's los, dachte ich, und setzte ein starres Lächeln auf.

»Ich hoffe, es ist okay für dich – wir wollen nämlich Gangi in ein paar Monaten taufen lassen und wollten dich fragen, ob du vielleicht seine Patin sein möchtest.«

Wir! David und sie also wohl! Dennoch war es natürlich eine Ehre. Was sollte ich sagen? Ich versuchte mich erst mal rauszuwinden, indem ich erklärte, ich glaubte nicht an Gott. Das ließ Sandra aber nicht gelten.

»Ach, wer glaubt schon an Gott! Wir auch nicht, aber wir möchten gern eine Taufe, und du bist so ein lieber Mensch ...

ich meine, ich weiß auch, dass du ein spiritueller Mensch bist«, fügte sie hinzu.

»Nein, bin ich nicht«, widersprach ich ziemlich vehement. »Was ›spirituell‹ auch heißen mag. Ich spreche nicht mit Bäumen – oder doch, tue ich sogar, aber sie antworten nie. Und ich fühle mich nie eins mit dem Kosmos.«

»Ach, Unsinn, das ist doch alles einerlei«, entgegnete Sandra. »Wir wünschen uns einfach, dass du Gangis Patin wirst, weil wir dich liebhaben. Das reicht für uns vollkommen aus. Ich meine, wenn du nicht zu mir gekommen wärst in Indien, dann wären wir jetzt nicht hier, und Gangi würde als Muslim in Goa aufwachsen! Du musst einfach seine Patin sein. Bitte sag ja!«

Sandra sah so allerliebst aus, dass ich einfach nicht ablehnen konnte. Kein Wunder, dass David bezaubert von ihr ist, dachte ich. Sie ist jung und hübsch, und selbst wenn sie ein paar Hirngespinste haben mag, ist sie auf jeden Fall aufrichtig.

»Und jetzt das andere Thema, das ich mit dir besprechen möchte«, begann sie, aber in diesem Moment klopfte es an der Wohnzimmertür, und Robin kam herein.

»Tut mir leid, ich will nicht stören«, erklärte er, »aber ich wollte noch ein paar Sachen abholen und hören, was ich mit der Bettwäsche machen soll … Oh, Sandra!«, rief er erfreut aus. »Und wo ist denn der wundervolle Gangi, wenn ich fragen darf?«

Sandra blickte verwirrt zu Robin auf. »Ach so, ich dachte, du wohnst hier«, sagte sie. »Ziehst du aus?«

»Ja, ja, ich bin offiziell schon letzte Woche ausgezogen, kampiere aber noch ein paar Tage hier, bis Terry mit dem Einrichten meiner neuen Wohnung fertig ist.«

»Neue Wohnung?«, wiederholte Sandra und sah mich fragend an. »Ach, ich dachte eigentlich …«

»Du lieber Himmel – nein!«, rief ich aus, vielleicht etwas

überdramatisch. »Ich habe Robin wirklich von Herzen gern, aber wir sind kein ...«

Mir wollte das Wort nicht über die Lippen kommen, aber Sandra sprach es dann aus. »Kein Paar«, sagte sie nachdrücklich. Dabei spürte ich seltsamerweise, wie sich atmosphärisch etwas veränderte, und Sandra schien Robin mit ganz neuen Augen zu betrachten.

»Du musst uns unbedingt deine neue Adresse geben«, sagte sie. »Wäre doch jammerschade, wenn wir den Kontakt verlieren würden. Komm doch mal und übernachte bei uns! Da unten wimmelt es nur so von heiligen Linien.«

Robin lief wahrhaftig rosa an. »Na klar, mach ich gern«, sagte er, förderte aus seiner Tasche Zettel und Stift zutage und schrieb die Adresse auf.

Nach einer kleinen Plauderei verschwand er schließlich, und ich machte mich auf das Schlimmste gefasst.

»Ist er nicht toll?«, sagte Sandra. »Furchtbar, oder – ich hab einfach eine Schwäche für ältere Männer. War immer schon so.«

»Na, dann ist es ja gut, dass du einen hast«, erwiderte ich, um die Sache nun endlich hinter mich zu bringen.

Sandra blickte mich stirnrunzelnd an. »Wie meinst du das?«

»Na ja, es ist doch offensichtlich, dass David wieder mit dir zusammen ist und ihr ein ... ähm ...«

»Dass wir ein Paar sind, meinst du?«, sagte Sandra verdattert. »Ach du Schreck – nein!« Sie lachte. »Das ist doch schon seit Jahren vorbei. Nein, nein, er ist wirklich ein wunderbarer Mann, wie du weißt, aber eine solche Beziehung wollen wir beide nicht mehr. Ich wollte etwas ganz anderes sagen ... Also, das ist nicht einfach ... Aber ich wünschte mir sooo sehr, dass ihr wieder zusammenkommen würdet, David und du. Er ist so schrecklich unglücklich allein, weißt du. Und ich mache mir echt Sorgen wegen der Witwe Bossom. Sie gräbt ihn schon seit Monaten an, und ich fürchte langsam, dass sie womöglich Erfolg haben wird. Ständig bringt sie Essen und erledigt Sachen für David, und um ehrlich zu sein ... Ich weiß, sie ist eine Freundin von dir ...«

»Großer Gott, nein!«, rief ich aus. »Die Witwe Bossom ist doch keine Freundin von mir. Ich finde die Frau grauenhaft!«

Sandra lachte schallend. »Ich auch«, sagte sie dann. »Und sie ist überhaupt nicht nett zu Gangi. Jedes Mal wenn sie im Haus ist, schimpft sie mit ihm, obwohl er doch noch nicht mal ein Jahr alt ist, und sagt, er sollte längst im Bett sein oder so. Neulich hab ich sie sogar mal dabei erwischt, dass sie ihn gekniffen hat, stell dir das mal vor! Dann hat sie behauptet, er hätte sie hauen wollen. Dabei hatte sie ihn geärgert, und so was versteht er doch gar nicht, sie kann ihm doch dafür keine Schuld geben. Sie hat total veraltete Ansichten. Nach außen hin wirkt sie ja ganz nett, aber David scheint nicht zu merken, dass sie keinen guten Charakter hat. Seit ... na ja. Er hat mir erzählt, dass er dir einen Heiratsantrag gemacht hat, den du abgelehnt hast ... Seither geht es David so schlecht. Und er war ganz sicher, dass du eine ... also, er dachte, du und Robin, ihr wärt ein ...«

»Paar«, sagte ich automatisch und starrte Sandra an. Dann legte ich meine Hand auf ihre und drückte sie. »Ich kann kaum glauben, was du mir da erzählst«, sagte ich. »Ich wollte mich ja mit David aussöhnen und wieder mit ihm zusammen sein, aber er hat mich nur noch abblitzen lassen!«

»Er sagt, du seist die einzige Frau, die er jemals wirklich geliebt hat.«

»Ach Quatsch«, erwiderte ich, insgeheim natürlich mächtig geschmeichelt. »Aber warum sind wir denn dann nicht wieder Freunde?«

»Weil er nicht nur mit dir befreundet sein will! Er will heiraten«, sagte Sandra. »Du weißt doch, wie Männer sind. Die kommen oft mit losen Beziehungen nicht zurecht. Und David, sosehr ich ihn liebhabe, kann schon echt stur und träge sein. Wahrscheinlich hätte er gar nichts dagegen, eure Beziehung so weiterzuführen wie vorher, aber er hat wohl das Gefühl, die Ehe gäbe ihm mehr Sicherheit. Und er ist so schrecklich verletzt, weil er abgewiesen wurde. Als er damals nach Hause kam, hat er geweint. Es war ganz furchtbar. Könntest du es dir nicht vielleicht noch überlegen? Es wäre so schön, wenn ihr wieder zusammen wärt! Dann könntet ihr für Gangi quasi Großeltern sein.«

Ich zuckte innerlich ein bisschen zusammen, aber mir war ganz schwummerig im Kopf. Vor Freude.

»Ich muss darüber nachdenken«, erwiderte ich. »Ich will eben eigentlich nicht wieder heiraten – das hatten wir doch schon mal ...«

»Tja, also du solltest dann jedenfalls richtig schnell nachdenken«, sagte Sandra, warf einen Blick auf ihre Uhr und stand auf. »Ach du meine Güte, ich verpasse meinen Zug! Hab ganz lieben Dank für deine Zeit und das köstliche Essen, und ich freu mich sehr auf die Taufe mit dir als Patin. Und vergiss nicht«, fügte sie hinzu, als sie ihren Mantel anzog, »die Witwe Bossom steht in den Startlöchern.«

Ich konnte nicht anders – ich umarmte Sandra fest zum Abschied. Sie kam mir plötzlich vor wie meine Tochter, obwohl ich nie eine eigene gehabt hatte.

»Alles Gute, Süße«, sagte ich herzlich. »Du bist wirklich ein Goldschatz. Ich danke dir sehr, dass du hier warst. Ich werde es mir ernsthaft überlegen.« Und ich küsste sie liebevoll auf die Wangen.

Den Rest des Nachmittags verbrachte ich mit Aufräumen und versuchte dabei zu begreifen, was Sandra mir erzählt hatte.

NOVEMBER

1. November

In Filmen erwachen die Leute immer auf die gleiche Weise. Sie rekeln sich träge, strecken die Arme über den Kopf und seufzen »Aaaaah«. Dann murmeln sie vielleicht »Mmmm«, kuscheln sich noch mal unter die Decke und warten ein Weilchen. Schließlich gähnen sie, schauen auf den Wecker, und nachdem sie sich die Augen gerieben und ein bisschen herumgewälzt haben, richten sie sich langsam auf, atmen tief durch und lächeln in Erwartung dessen, was der Tag ihnen bringen möge.

Macht das im wahren Leben irgendjemand so, frage ich mich. Ich jedenfalls bestimmt nicht. Zumindest seit geraumer Zeit nicht. Heute Morgen fuhr ich panisch aus dem Schlaf hoch. Das Herz schlug mir bis zum Hals, und ich war überzeugt davon, dass irgendwas Furchtbares passieren würde. Dann kehrte die Erinnerung an Sandras Worte zurück, und ich zermarterte mir das Gehirn, was um alles in der Welt ich nun tun sollte.

Immerhin hatte ich bereits versucht, E-Mails zu schreiben und anzurufen, und bei unserer letzten Begegnung hatte David mir die kalte Schulter gezeigt.

Ich frühstückte erst mal, aber sogar eine deftige Portion »Hetzkurier« – »*Elite-Arzt«: Knast wegen Verkauf von Meow und K.-o.-Tropfen an Uni-Poloclub-Präsident und Fußfetischist, der an Strumpf erstickte* – verschaffte mir keinen klaren Kopf.

Relativiert aber natürlich meine eigenen Probleme.

Schließlich rief ich Penny an und erzählte ihr alles.

»Wie romantisch«, sagte sie. »Ist es nicht das, was du wolltest?«

»Irgendwie schon, ja. Aber was soll ich denn nun machen? Ich meine, er will mich ja offenbar nicht sehen, und sobald er mich zu Gesicht kriegt, wendet er sich so angewidert ab, als sei ich ein gammeliger Fisch!«

»Also zuerst mal«, sagte Penny sachlich, »musst du dir klarmachen, was du selbst eigentlich möchtest. Willst du David heiraten oder nicht?«

»Natürlich nicht!«, antwortete ich. »Ich will meine Haltung nicht aufgeben.«

»Dann kannst du's auch gleich ganz lassen«, erwiderte Penny entschieden. »Aber sei nicht dämlich. Schau dir doch mal an, wie schlecht es dir seit Wochen geht! Ist doch nur ein Stück Papier, eine Urkunde! Und verheiratet zu sein bedeutet auch nicht, dass man sich von früh bis spät auf der Pelle hocken muss. David wird wohl kaum erwarten, dass alles wie früher abläuft, oder? Er will bestimmt nur heiraten, um seelisch zur Ruhe zu kommen. Und was rechtliche Fragen wie Erbe betrifft, wäre es sicher nur von Vorteil, vor allem für Jack.«

»Das mag wohl sein«, murmelte ich, bekam aber immer noch nahezu Herzrasen vor Angst bei der Vorstellung.

»Und was Jack hilft, ist natürlich auch gut für Gene.«

Penny kannte meine Schwachpunkte.

»Es ist ein bisschen, wie wenn man ins kalte Wasser springt«, ergänzte sie. »Wie wir immer sagen: der Sorge Gottes anvertrauen.«

»Ah, bitte!«, maulte ich.

»Also schön, bleiben wir beim kalten Wasser. Wenn man da reinspringt, ist es wohltuend und erfrischend. David ist kein Ungeheuer. Du liebst ihn, und du willst nicht für den Rest deines

Lebens allein sein. Ich meine, es sieht ja nicht so aus, als hättest du einen anderen Mann in der Hinterhand, oder?«

»Gewiss nicht!«, entgegnete ich und dachte an Robin, Fabian und Hugo, die auf ihre sonderbare Art sicher alle recht brauchbare Burschen waren, trotz Schwäche für rote Hosen. Aber als potenzieller Ehemann kamen sie für mich ganz sicher nicht infrage.

»Und«, fuhr Penny fort, die jetzt richtig in Fahrt kam, »vergiss nicht, dass ihr beide schon ziemlich alt seid! Ich hätte nicht gedacht, dass ich dir das mal sagen müsste, aber ihr werdet nicht für immer und ewig hier sein. Du könntest es doch bestimmt schaffen, zehn Jahre oder so eine Ehe hinzukriegen? Das ist nicht so lange, wie ihr beim letzten Mal verheiratet wart – da habt ihr fünfzehn Jahre durchgehalten, und die waren ja durchaus nicht nur schlecht.«

»Hmm«, machte ich.

»Und wenn man älter ist, vergeht die Zeit schneller«, fügte Penny hinzu. »Das sagst du selbst immer. Dann würden diese Jahre noch ein richtiger Knaller werden!«

»Du meinst also, ich sollte einfach hinfahren und David sagen, dass ich bereit bin, ihn zu heiraten?« Ich hatte das Gefühl, mit dem Rücken zur Wand zu stehen.

»Ganz genau«, bekräftigte Penny. »Hör mit dieser Rumtrödelei auf! Sei nicht so kindisch! Tolle alleinstehende Männer, die einen heiraten wollen, gibt es nicht wie Sand am Meer. Und noch dazu ist dieser Mann der Vater deines einzigen Kindes!«

»Ich meine, wenn wir eine Abmachung hätten, dass wir pro Woche nur drei Tage zusammen verbringen ...«, sinnierte ich zweifelnd.

»Keine Bedingungen stellen! Das kannst du später immer noch machen«, sagte Penny, allmählich hörbar genervt. »Du benimmst dich ja wie diese jungen Männer heutzutage, die sich angeblich nicht einlassen und nicht binden wollen! Fahr zu ihm und frag ihn, ob er dich heiraten will. Schlicht und einfach. Für Doofe. Ach, 'tschuldigung, du weißt, wie ich das meine.«

»Ich bin nicht doof«, erwiderte ich verdrossen.

»Ich sag das ungern, meine Liebe: Normalerweise bist du nicht doof, nein. Aber als deine beste Freundin muss ich dir sagen, dass du dich bei diesem Thema schon ein klitzekleines bisschen doof benimmst, doch.« Penny lachte.

»Nein, ich bin nicht doof«, wiederholte ich hartnäckig. »Nur wie gelähmt.«

»Angst ist die Dunkelkammer, in der Negative entwickelt werden«, deklamierte Penny ernsthaft – was auch immer das bedeuten sollte.

»Wir könnten uns ja auch jederzeit wieder scheiden lassen«, grübelte ich laut weiter.

»Ganz genau. Und weißt du, Marie: Du liebst David wirklich. Das kannst du gar nicht leugnen. Also vorwärts! Nutze den Tag!«

»Ich weiß nicht …«, murmelte ich.

»Aber ich«, konterte Penny. »Es wäre verrückt, es nicht zu tun. Ihr seid wie geschaffen füreinander. Ihr habt Jack, und Gene und liebt euch doch total – was kann da schiefgehen?«

Ich werde erst mal drüber schlafen.

3. November

Heute auf Melanies Facebook-Seite: *Wovon man nicht sprechen kann, darüber muss man schweigen* – Wittgenstein. Darunter ein Bild von einem Teddybären mit Doktorhut. Der Teddy hält sich eine Pfote vor die Schnauze, als wolle er »Schsch!« machen.

Das nützt mir ja nun gar nichts. Aber allmählich komme ich zu der Einsicht, dass Penny wohl recht hat, und überlege mir, nächste Woche zu David zu fahren. Ich habe ja nichts zu verlieren. Außer meiner Freiheit.

Ach nein, so darf ich doch nicht denken.

Habe Melanie eins ausgewischt, indem ich auf meiner Facebook-Seite postete: *Wir sind nichts weiter als Tote, die darauf warten, ihren Posten einzunehmen* – Proust.

Hoffe, das »gefällt« euch so richtig, Leute!

6. November

Letzte Nacht wegen der Guy-Fawkes-Kracher kaum ein Auge zugetan; die knallten allerdings schon die ganze Woche immer mal wieder. Seit einigen Jahren habe ich manchmal den Eindruck, in einem Drittweltland zu leben, weil es ständig aus irgendwelchen Gründen knallt und kracht und Raketen hochgehen. In Indien wurde ich nachts nicht nur vom Geheul der Straßenköter und hupenden Autos wachgehalten, sondern auch von knallenden Feuerwerkskörpern.

Was mir auch aufstößt: Für den Gedenktag zum Ende des Ersten Weltkriegs kann man jetzt die traditionellen roten Mohnblumen kaufen, die an die Gefallenen erinnern sollen. Früher wurden diese symbolischen Blumen von reizenden alten Damen mit Hut oder von Kriegsveteranen in schmucken roten Uniformen aus dem 18. Jahrhundert feilgeboten. Ich war immer der Meinung, dass wir am elften November, dem Tag des Waffenstillstands, der Gefallenen aus den Kriegen der Vergangenheit gedenken sollen, damit es hoffentlich keine weiteren Kriege geben wird – er soll also ein Tag des Friedens sein. Inzwischen jedoch werden einem die Mohnblumen von muskelbepackten jungen Männern unter die Nase gehalten, die aussehen, als würden sie nur allzu gern auf ein Schlachtfeld stürmen und ein paar Feinde metzeln.

Weshalb ich in diesem Jahr zum allerersten Mal keine Mohnblume erstehen werde.

Aber vielleicht hat das auch nur damit zu tun, dass ich eine griesgrämige Alte werde. Manchmal denke ich, dass vieles im Leben ausgesprochen sinnvoll eingerichtet ist. Denn je näher wir dem Tod rücken, desto miesepetriger und grantiger werden wir. Das hat nicht nur mit dem »Hetzkurier« zu tun. Ich habe in letzter Zeit so viel Gejammer gehört, dass ich gar nicht hinterherkomme.

Ich vermute, dass es sich mit diesem Stimmungswechsel ähnlich verhält wie mit dem Bedürfnis nach Sex oder dem Kinderwunsch – der stellt sich in einem bestimmten Alter ein, damit wir uns angesichts des nahenden Endes sagen können: »Was bin ich froh, dass ich nicht mehr am Leben sein werde, wenn …«

10. November

Morgen werde ich zu David fahren. Und ich werde nicht vorher Bescheid sagen, sondern einfach auftauchen, damit er nicht die Flucht ergreift oder sich mit der Witwe Bossom in seiner Farm verbarrikadiert. Ich weiß allerdings immer noch nicht recht, was ich eigentlich sagen soll. Aber vielleicht können wir gemeinsam irgendeinen Kompromiss finden. Das sollte doch wohl möglich sein!

Für den Fall, dass es schiefgeht, versuche ich mir gerade eine Notfallstrategie zurechtzulegen. Ich könnte mich zum Beispiel wieder stärker dem Malen zuwenden, das ich in den ganzen

Turbulenzen mit dem Täuberich, Pouncer, dem Laden und allem ziemlich vernachlässigt habe.

Um mich abzulenken, damit ich nicht ängstlich ins Grübeln geriet, spazierte ich zu unserem Laden, um mal zu schauen, wie es da so läuft. Und stellte fest, dass Tim gute Fortschritte macht.

Er hat den Laden jetzt gepachtet und gestaltet ihn um. Die gebrauchten Sachen sind nur noch in einer Ecke zu finden, und Terry hat einen richtigen Ladentresen gebaut, an dem die praktischen Dinge für die Oldies verkauft werden, wie Trimmer für Nasenhaare und Augenbrauen, Muskelstraffergeräte für Hals und Gesicht und – geniale Idee! – Zehennagelscheren mit extralangem Griff. Da ich zusehends Schwierigkeiten habe, an meine Zehen ranzukommen, hatte ich den Kauf einer solchen Schere schon in Erwägung gezogen – bis mir klar wurde, dass ich meine Zehennägel nicht mal mehr mit Brille erkennen kann.

Tim bietet auch Pillendosen und diese Plastikboxen an, in die man zu Beginn der Woche seine Medikamente für jeden Tag einordnen kann. Und fantastische Puzzlematten zum Aufrollen, die es einem ermöglichen, sein Puzzle sicher aufzubewahren, auch wenn man das letzte entnervende Stückchen Himmel noch nicht gefunden hat. Außerdem hat Tim Hits der Sechziger zusammengestellt, die im Hintergrund laufen, und ich muss gestehen, dass ich mich erschütternd wohlfühlte zwischen all diesen freundlichen hilfreichen Gerätschaften fürs Alter.

Später
Den Nachmittag damit zugebracht, den Garten vom welken Laub zu befreien – eine Arbeit, die man unbedingt zu zweit erledigen müsste. Es ist schlechterdings unmöglich, zugleich den Laubsack aufzuhalten und das Zeug da reinzustopfen. Wäre David jetzt hier, hätten wir das gemeinsam machen können.

War hinterher nass und durchgefroren und hinterließ im Haus eine Spur schmieriger, verfaulter Blätter.

Habe Winterstiefmütterchen in meinen Blumenkasten am Fenster gesetzt und überlegt, ob ich ein Bild von ihnen malen soll. Bin aber so angespannt, dass ich mich zu nichts Vernünftigem aufraffen kann.

Den Rest des Tages habe ich deshalb das Silber geputzt. Wobei »das Silber« bei mir lediglich aus ein paar versilberten Löffeln, zwei Taufbechern und einer Zuckerschale von meiner Mutter besteht. Aber so eine hirnlose Tätigkeit mache ich immer dann, wenn ich total nervös bin, weil es mich sonderbarerweise beruhigt. Die Fußbodenleisten zu säubern ist eine weitere schwachsinnige Beschäftigung, die mich davon abhält durchzudrehen.

Ich konnte beim besten Willen nicht davon ablassen, über Robin, David, Sandra und die Witwe Bossom zu grübeln, und jedes Mal wenn ich mir vorstellte, wie die Witwe um David herumstrich, schlug mir das Herz bis zum Hals.

»Du kannst ganz entspannt sein, überlass ruhig alles mir, David«, sagte sie in meiner Vorstellung. »Ich kaufe ein und koche uns dann ein köstliches Abendessen. Du brauchst keinen Finger zu rühren. Ach so, übrigens ist das Toilettenpapier ausgegangen. Ich schreib es auf die Einkaufsliste, ja? Kann ich noch was anderes mitbringen? Rasierklingen. Selbstverständlich. Und vergiss nicht, mir diese Woche die Bettwäsche zu geben, ich beziehe dann frisch … Und wenn du mich morgen Nachmittag mit der Harke im Garten siehst, wundere dich bitte nicht … Mir ist nur aufgefallen, dass das Kräuterbeet ein wenig verwildert aussieht und dringend gejätet werden müsste …«

Wie könnte ich es mit so einer Frau aufnehmen? Von der Sorte bin ich nicht.

11. November

Großer Gott, was war das nur für ein Tag!

Als ich nach Somerset fuhr, war mir ganz flau im Magen. Hatte Angst, David würde nicht mit mir sprechen wollen oder die Witwe Bossom käme im Stil alter Western mit einer Donnerbüchse aus dem Haus gestürmt, und wir gerieten in eine Keilerei, bei der Knöpfe ab- und Korsagen aufplatzen würden (wiewohl vermutlich weder die Witwe noch ich eine Korsage tragen).

Doch als ich nach mehreren Stunden Fahrt vor der Farm parkte, wirkte sie sonderbar verlassen. Die Vorhänge waren zugezogen, alle Türen abgeschlossen.

Oh Gott, dachte ich, wahrscheinlich sind die beiden auf Hochzeitsreise und haben mir kein Wort davon gesagt. Bestimmt liegen sie jetzt gerade an Bord eines Kreuzfahrtschiffes in Liegestühlen, süffeln Cocktails und stieren sich mit dämlich verliebtem Blick an.

Ich stieg aus und wanderte ums Haus herum, hörte aber keinerlei Geräusche außer dem Knirschen von Schotter unter meinen Füßen und dem Rauschen des Windes in den Bäumen. Schließlich beschloss ich, David eine SMS zu schreiben, als ich plötzlich auf Reg stieß, einen der Farmarbeiter, der mit zwei Eimern vom Feld kam.

»Ach, da haben Sie's jetzt also erfahren, wie?«, sagte er. Reg, ein rotgesichtiger Bursche, war einer von Davids langgedienten Helfern.

»Was soll ich erfahren haben?«, fragte ich alarmiert.

»Na, von dem Unfall. Ja, Mr Sharp musst' ins Krankenhaus gebracht werden, und wir machen uns alle schrecklich Sorgen. Mrs Bossom hat versprochen, der Familie Bescheid zu sagen, da hab ich mir schon gedacht, dass Sie früher oder später kommen.«

»Wovon um alles in der Welt reden Sie?«, fragte ich. »Ich habe nicht das Geringste gehört! Was ist hier los?«

»Erdarbeiten«, antwortete Reg. »Wir ham alle gesagt, es ist zu gefährlich, weil's ja vor 'ner Weile schon mal 'nen Unfall gab. Aber er wollt nicht auf uns hörn. War irgendwie richtig besessen davon. Kann von Glück sagen, dass er noch am Leben ist.«

»Was genau ist passiert?«

»Das Gleiche wie damals bei Alf«, antwortete Reg. »Mr Sharp ist auf den Holzbohlen zwischen den Erdhaufen gegangen und abgestürzt. War bewusstlos. Wie ich schon gesagt hab: Kann froh sein, dass er noch lebt.«

»Wo ist Mr Sharp jetzt, Reg?«, fragte ich. »In welchem Krankenhaus?«

Nachdem er es mir gesagt hatte, rannte ich los und fuhr sofort dorthin.

An die Witwe Bossom verschwendete ich keinen Gedanken mehr; mir ging es nur noch darum, David zu sehen und mich davon zu überzeugen, dass er am Leben war. Es begann schon zu dämmern, und als ich ins Krankenhaus kam, stellte sich heraus, dass die Besuchszeit in fünf Minuten vorbei war.

»Im Augenblick ist seine Frau bei ihm, da sollten Sie wohl lieber nicht reingehen«, sagte eine freundliche Schwester am Empfang. »Aber kommen Sie doch morgen wieder.«

»Seine Frau?«, wiederholte ich voller Grauen. »Wen meinen Sie damit? Ich bin seine Frau!«

»Ach, äm ...«, stammelte die Schwester verlegen. »Na ja, wir dachten, sie sei seine Frau ... vielleicht auch seine Partnerin oder eine Freundin ... Moment ...« Sie blickte auf ihre Liste. »Kennen Sie die Dame? Sehr nett. Ist in großer Sorge um Mr Sharp.«

»Aber ich muss ihn sehen!«, drängte ich. »Sie können mich

nicht wieder wegschicken. Ich liebe ihn! Er ist der Vater meines Sohnes!«

»Tut mir leid«, entgegnete die Schwester störrisch. »Morgen sind Sie hier herzlich willkommen. Besuchszeit am Vormittag ist von neun bis elf.«

»Aber wie geht es ihm denn? Ist er gelähmt? Was ist überhaupt passiert?«

»Er hat offenbar ein paar Rippen gebrochen – was nicht weiter schlimm ist –, aber er wird immer wieder bewusstlos.«

»Tut mir leid«, sagte ich daraufhin fest, »ich mag nur fünf Minuten Zeit haben, aber ich bestehe darauf, ihn zu sehen. Wenn Sie mich nicht zu ihm lassen, werde ich mich bei der Krankenhausleitung beschweren. Ich habe das Recht darauf ...«

Als die Schwester zögerte, riss ich ihr das Klemmbrett aus der Hand und suchte Davids Namen. Erdgeschoss, Zimmer 7. Ich blickte wild um mich, sprintete den Flur entlang, riss die Tür zu Zimmer 7 auf und marschierte hinein.

Dort fand ich die Witwe Bossom vor, die auf den offenbar bewusstlosen David starrte.

»Was zum Teufel haben Sie hier zu suchen?«, brüllte ich.

»Schsch«, machte sie und legte den Finger an die Lippen. »Er schläft!«

Ich zog mir rasch einen Stuhl heran, setzte mich ans Bett und nahm Davids Hand.

»Warum haben Sie uns nicht informiert, Edwina?«, fauchte ich. »Nicht einmal Jack haben Sie Bescheid gesagt! Und hier im Krankenhaus scheint man Sie für Davids Frau zu halten.«

»Ah, das ist etwas verfrüht«, antwortete die Witwe lässig. »Aber ich habe natürlich deshalb nicht gleich Bescheid gesagt, weil ich Sie nicht beunruhigen wollte. Ich hätte mich schon gemeldet, wenn er das Schlimmste überstanden hat.«

»Ich will nicht erst erfahren, dass er was *überstanden* hat –

ich will wissen, wenn ihm was zustößt!« Ich kreischte beinahe, so aufgebracht war ich. »Wenn er jetzt gestorben wäre, hätten wir nicht mal von ihm Abschied nehmen können! Ich liebe ihn, verstehen Sie? Er ist mein Mann!«

»Nun, so würde ich das nicht ausdrücken«, erwiderte die Witwe betroffen. »Er hat mir erzählt, dass Sie ihn abgewiesen …«

»Ich bin seine Frau!«, hörte ich mich selbst sagen. »Ich war seine Frau, bin seine Frau und werde immer seine Frau sein! Haben Sie das jetzt kapiert?«

Die Witwe sah nun völlig schockiert aus.

»Also, wenn Sie sich jetzt so aufführen …«, sagte sie, zerrte sich erbost die Sonnenbrille aus den Haaren und funkelte mich wütend an. »Ich wollte nur das Beste für ihn!« Und damit stolzierte sie hinaus.

Am ganzen Körper zitternd wandte ich mich David zu. Er sah so bleich und elend aus, dass ich ihm unwillkürlich die Wange streichelte. Dann beugte ich mich zu ihm und küsste ihn.

»Du musst wieder gesund werden, Liebling«, flüsterte ich. »Es tut mir leid, es tut mir so leid. Ich liebe dich. Du musst wieder gesund werden, bitte, bitte.«

Es klopfte an der Tür, und die Schwester streckte den Kopf herein. »Die Besuchszeit ist zu Ende«, verkündete sie mit Blick auf ihre Uhr.

»In einer Minute bin ich weg«, sagte ich und schaute zu ihr auf, worauf sie die Tür wieder zumachte.

Doch als ich mich David erneut zuwandte, sah ich zu meinem Erstaunen, dass er die Augen geöffnet hatte.

»Was um alles in der Welt war das?«, fragte er.

»Ach, die will mich rausscheuchen, wegen irgendwelcher blöden Besuchszeiten oder so«, antwortete ich.

»Nein, nein, das meine ich nicht. Ich meine, was du mit Edwina geredet hast, von wegen meine Frau und so.«

»Wovon sprichst du? Hör mal, David, du bist doch schwerkrank.«

»Na ja, ich hab versucht zu schlafen«, meinte er, richtete sich mühsam ein wenig auf und zuckte dabei vor Schmerz zusammen. »Was bei dem Krach hier aber nicht möglich war. Ich liege hier und versuche mich auszuruhen, und plötzlich liefert ihr euch ein Schreiduell, Edwina und du. Was war da los? Und überhaupt«, fügte er verwirrt hinzu, »wieso bist du hier, wenn Edwina dich nicht angerufen hat? Wie hast du erfahren, wo ich bin?«

An diesem Punkt brach ich nun wider Willen in Tränen aus.

»Ich bin hergefahren, um dir zu sagen, dass es mir leidtut … Und wenn du willst … Ich habe einen Fehler gemacht. Vergiss einfach, was ich übers Heiraten gesagt habe, das ist gar keine so schlechte Idee … ich meine, wirklich keine schlechte Idee, eine ziemlich gute Idee sogar, genau genommen eine tolle Idee … und ach, du hast mir so sehr gefehlt, und ich war so dumm …«

David beugte sich Richtung Nachttisch und schaute auf seine Uhr, die dort lag.

Dann lehnte er sich wieder an die Kissen, und ein ausgedehntes Schweigen entstand.

Schließlich sagte er: »Bringst du mir bitte mal ein Glas Wasser, Liebling?«

Als er »Liebling« sagte, begann ich wieder Hoffnung zu schöpfen. Ich stand auf, holte das Wasser und stellte es auf den Nachttisch. Dann wurde ich von meinen Gefühlen überwältigt, beugte mich vor und legte den Kopf an Davids Schulter.

»Au!«, sagte er.

»Entschuldige!« Ich schreckte hoch.

»Nein, so schlimm ist es nicht. Ich werde bereitwillig leiden. Komm her, altes Mädchen.«

Und so lagen wir lange zusammen, und David streichelte

mir übers Haar, bis schließlich die Schwester wieder auftauchte, diesmal in Begleitung einer zweiten Krankenschwester, um mich endgültig vor die Tür zu setzen.

Widerstrebend erhob ich mich.

»Ich komme gleich morgen früh wieder«, sagte ich.

David lächelte matt. »Starkes Mädchen«, sagte er. »Du kannst natürlich auf der Farm schlafen. Du weißt ja, wo der Schlüssel ist. Ich liebe dich.«

»Ich dich auch. Riesig.«

Als ich zur Tür tappte, scharf beäugt von den beiden Frauen, sagte David noch etwas.

»Ich war auch dumm, weißt du. Nicht nur du.«

Später

Es stimmte: Ich wusste tatsächlich, wo der Schlüssel war. Nachdem ich ihn unter einem Blumentopf entdeckt hatte, schloss ich auf und sah mich drinnen um.

Ohne Sandra und Gangi – von dem allerdings ein Buggy im Flur stand – sah es hier verdächtig ordentlich, beinahe steril aus. Kein Wunder, dass sich der arme Mann einsam fühlt, dachte ich. Mir kam der Verdacht, dass die Witwe Bossom sich vielleicht hier zu schaffen gemacht hatte und deshalb alles so blitzsauber war. Im Kühlschrank standen einige Plastikdosen mit Etiketten – zweifellos von der Bossom angeschleppte Mahlzeiten –, und auf einem Bord an der Spüle leuchteten scheußlich grellorange Margeriten in einer Vase. Auf dem Couchtisch im Wohnzimmer waren Ausgaben von »Country Life« fächerförmig ausgelegt wie im Wartezimmer einer Arztpraxis.

Zumindest Davids Schreibtisch strahlte eine gewisse Lebendigkeit aus; überall lagen Papierstapel, und sein Computer lief noch, was praktisch war, denn so konnte ich das hier schreiben und an mich selbst mailen.

Zu meinem Erstaunen entdeckte ich auf dem Kaminsims neben dem Schreibtisch ein Foto von uns zweien bei der Hochzeit. Wir hatten damals nur standesamtlich geheiratet und sahen beide ein bisschen schäbig, aber sehr glücklich aus. Trotz meines Verhaltens hatte David dieses Foto nicht weggeräumt. Daneben stand ein Bild von Jack, Chrissie und Gene sowie ein Bild von Sandra und Gangi, aber zum Glück keines von der Witwe.

Ich rief Jack, Penny und James an, um von Davids Lage zu berichten, erzählte aber vorerst nichts von der Szene mit der Witwe. Wer weiß – womöglich gräbt sie sich einen Tunnel unter dem Krankenhaus durch und lehnt dann morgen triumphierend auf ihrem Spaten, wenn ich hereinkomme.

12. November

Als ich am nächsten Morgen im Krankenhaus erschien, machte die Schwester bei meinem Anblick einen erfreuteren Eindruck als am Vortag.

»Also, ich muss sagen: Mr Sharp hatte eine sehr gute Nacht. Der Arzt war heute Morgen bei ihm und ist sehr zufrieden mit dem Verlauf. Mr Sharp hat sich natürlich ein paar Rippen gebrochen, aber die Ergebnisse vom Hirnscan sind einwandfrei. Es scheint, als könne Mr Sharp in ein paar Tagen entlassen werden.«

»Vielen Dank!«, sagte ich. »Tut mir leid, wenn ich mich gestern etwas seltsam benommen habe. Ich war einfach sehr durcheinander.«

»Das verstehen wir schon«, erwiderte die Schwester mit wissendem Lächeln. »Jetzt können Sie in Ruhe reingehen, es ist niemand bei ihm.«

David saß im Bett und wirkte um ein Vielfaches erholter. Er

hatte wieder ein bisschen Farbe im Gesicht und las eine Zeitung.

»Doch wohl nicht den ›Hetzkurier‹?«, fragte ich.

David drehte die Zeitung so, dass ich die Schlagzeile lesen konnte. *Leihmutter sagt: Werde Burger-King-Baby nicht seinen schwulen Vätern überlassen!*

David grinste und ließ die Zeitung sinken.

»Ich würde ja lachen, aber das tut noch zu sehr weh«, sagte er.

»Na, dann übernehme ich das Lachen für dich«, erwiderte ich, setzte mich zu ihm und nahm seine Hand.

»Marie, wir müssen uns jetzt mal vernünftig unterhalten«, begann David. »Ich meine dieses Heiratsthema. Alles schön und gut, aber lass uns jetzt nichts überstürzen. Ich weiß, das hat jetzt eine etwas dramatische Dimension wegen dieses Unfalls, aber wir sollten nun dennoch nicht vorschnell handeln.«

»Ich habe nicht das Gefühl, irgendwas zu überstürzen«, erwiderte ich. »Du hast mich schließlich schon vor Monaten gefragt, ob ich dich heiraten möchte. Ich hatte wahrlich genug Zeit, darüber nachzudenken.«

»Aber ich nicht«, sagte David. »Vergiss bitte nicht, dass ich mich jetzt gerade an den Gedanken gewöhnt hatte, für den Rest meines Lebens Single zu bleiben.«

»Du wärst nicht lange Single geblieben, weil die Bossom schon die Krallen nach dir ausstreckte«, wandte ich ein.

»Die ist überhaupt nicht mein Fall, und das weißt du auch. Und als ich gehört habe, dass sie nicht mal Jack über meinen Unfall informiert hat – das hat mich vielleicht auf die Palme gebracht!«

»Ich habe ihm natürlich sofort Bescheid gesagt«, erklärte ich und kam mir dabei vor wie die einzige Schülerin, die ihre Hausaufgaben gemacht hat. »Er kommt dich morgen besuchen.«

»Als du also gesagt hast, du wolltest, dass wir heiraten – wie genau hast du das gemeint?«, erkundigte sich David.

»Genau so«, antwortete ich. »Ich möchte dich heiraten. Ich wünsche mir das. Die Vorstellung, dich zu verlieren, finde ich vollkommen unerträglich.«

»Wir könnten unsere Beziehung aber auch so weiterführen wie vorher, wenn dir das lieber ist«, gab David zu bedenken. »Wir müssen ja nicht unentwegt zusammenglucken. Aber ich finde eben die Idee schön, mit jemandem verheiratet zu sein.«

»Tja, da kann ich nur hoffen, dass ich als ›jemand‹ akzeptabel bin«, sagte ich gespielt pikiert.

David verengte die Augen und musterte mich eingehend.

»Jawohl«, sagte er dann und grinste. »Also, was meinst du, Liebling? Könntest du es noch mal durchstehen, zum Altar zu schreiten?«

»Wir sind ja damals zu keinem Altar geschritten«, rief ich ihm in Erinnerung. »Soweit ich mich erinnern kann, haben wir nur im Standesamt geheiratet. Aber vielleicht war das ja auch irgendjemand anders.«

»Wie wär's dann diesmal mit einem Altar? Als Premiere? Vielleicht war es ja das, was wir beim ersten Mal falschgemacht haben«, sagte David und lachte. »Aua. Also, ich meine, vielleicht war das Problem gar nicht, dass ich zu viel getrunken habe oder herrschsüchtig war ... Vielleicht wäre alles gut gegangen, wenn wir kirchlich geheiratet hätten?«

»Wir könnten es ja mal probieren.«

»Ich finde, so sollten wir's machen, was meinst du?«, fragte David. »Ich kann jetzt gerade nicht vor dir auf die Knie fallen, aber stell dir einfach vor, dass ich auf diesem grässlichen antiseptischen Klinikfußboden knie, zu dir aufblicke und frage: ›Willst du mich heiraten, Marie?‹«

»Und du stell dir vor, dass ich von diesem abscheulichen Plastikklinikstuhl zu dir hinunterblicke und sage: ›Ja, Liebling, das will ich.‹«

David zog mich an sich, und wir küssten uns.

16. November

Nachdem Jack eingetroffen war, fuhr ich nach London zurück; er kann ein paar Tage bleiben und sich um David kümmern.

Jack hatte wie üblich recht nüchtern reagiert, als ich ihm von unseren Plänen berichtet hatte.

»Solange du dir sicher bist, Mum«, sagte er. »Ich hab jedenfalls nichts damit zu tun, wenn es schiefläuft. Aber an sich scheint mir das eine prima Idee zu sein. Und es vereinfacht das Prozedere, was das Testament angeht. Für uns ist es natürlich auch eine große Erleichterung, wenn Dad sich um dich kümmern kann, wenn du noch älter und vielleicht krank wirst – und umgekehrt.«

Jack kann manchmal so sachlich und realistisch sein, dass mir regelrecht der Atem stockt. Aber er ist zumindest aufrichtig.

Als ich zu Hause war, rief ich Penny an.

»Ich finde, dass ich viel zu dieser Hochzeit beigetragen habe«, sagte Penny. »Weil ich nämlich nicht glaube, dass du jemals hingefahren wärst, wenn ich dich nicht so gedrängt hätte.«

»Das stimmt«, musste ich zugeben.

»Also heißt es ›Auf Nimmerwiedersehen, Bossom‹? Deren Gesicht möchte ich sehen!«, kicherte Penny. »Wann soll die Hochzeit stattfinden? Kann ich auch eine alte Brautjungfer sein? Das gibt's ja nicht alle Tage …«

Später
Das fand ich auf Melanies Facebook-Seite: *Wissen tötet nicht den Glauben an Wunder und Geheimnis. Das Geheimnis ist allüberall.* Anaïs Nin.

Aparter Name.

In einem Anfall von Boshaftigkeit postete ich daraufhin ein Zitat, das ich unlängst auf einer Karte gelesen hatte: *Gesund essen, viel Bewegung, trotzdem sterben.*

Fand ich realistischer.

DEZEMBER

7. Dezember

Befinde mich im Zustand der Besessenheit. Nicht mal die neueste Schlagzeile des »Hetzkurier« kann mich runterziehen (*Kinderhirnchirurg auf Kokain und Partydroge G – IM DIENST!*)

Bin fast nur noch mit der Hochzeitsplanung beschäftigt. David und ich haben beschlossen, nicht lange herumzutrödeln, sondern so bald wie möglich zu heiraten. Da wir ja nie in die Kirche gehen, deshalb keine Pfarrer kennen und Gott sei Dank auch nicht an Gott glauben – darüber kann man ins Grübeln kommen, oder? –, habe ich vorgeschlagen, Pfarrer Emmanuel zu fragen, ob er in seiner Kirche die Trauungszeremonie abhalten würde.

Bin wieder in Shampton und habe auf dem alten Küchentisch neben dem Aga-Herd meine Planungslisten ausgebreitet. David geht noch mit Krücke, aber nur wegen einer Hüftzerrung, und die Heilung der Rippen dauert eben eine ganze Weile. Er wirkt noch ein bisschen müde und gedämpft, ist aber ansonsten der gute alte David. *Mein* guter alter David.

Er lachte über meinen Vorschlag. »Meinst du wirklich, Pfarrer Emmanuel würde sich darauf einlassen? Glaubst du nicht, er will uns zum Höllenfeuer verdammen, wenn er erfährt, dass wir schon mal verheiratet waren? Auch wenn wir *miteinander* verheiratet waren?«

»Im Grunde ist er ein ganz netter Kerl«, antwortete ich.

»Ich fände es lustig. Und wir könnten einen Gospelchor dabeihaben.«

»Klingt gut. Kirche mit Gospelchor. Was kann da noch schiefgehen?«, sagte David. »Und Gene könnte Ringträger sein. Das wäre doch charmant. Lass uns richtig klotzen! Die Feier könnten wir in deinem Haus machen und vom Nepalesen in deiner Straße Essen bringen lassen.«

»Und damit die Gäste umbringen? Kommt nicht infrage«, erwiderte ich eingedenk des unsäglichen Abends vor einigen Monaten. »Außerdem ist es *unser* Haus, nicht *meines*. Zac hätte ich auch noch gern als Ringträger dabei«, fügte ich hinzu, weil ich an den Sohn meines einstigen Untermieters Graham denken musste. »Erinnerst du dich noch an Zac? Mr Patel könnte für die Getränke sorgen, Melanie für die Blumen. Penny möchte gern Trauzeugin und Brautjungfer sein … Sandra ist dann die jüngere Brautjungfer … und wir könnten natürlich auch Brad, Sharmie und Alice einladen, vielleicht wollen sie ja kommen.«

»Und Jack als Brautführer«, sagte David.

Eine kleine Pause entstand.

»Meinst du, wir könnten Robin als Hochzeitshelfer nehmen?«, fragte ich dann. »Und vielleicht auch Terry? Ich mag den Burschen einfach, trotz allem, was passiert ist.«

»Was meinst du damit?«, fragte David.

Mir fiel ein, dass ich ihm noch gar nicht von Terrys Vorgeschichte erzählt hatte. Da der Junge sich inzwischen bewährt hatte und noch immer für James arbeitete, konnte ich David ruhig von diesem eher düsteren, aber abgeschlossenen Kapitel erzählen.

»Ja, machen wir ihn zum Hochzeitshelfer«, sagte David, als mein Bericht endete. »Und am besten vergess ich das alles gleich wieder, stimmt's?«

»Ich hab nich gesungen, Alter«, antwortete ich, und damit war das erledigt.

Dann kamen wir noch überein, dass Chrissie fürs Make-up der Damen zuständig sein könnte und James sich um die Einladungskarten kümmern sollte.

»Und Gene könnten wir auch noch als DJ anstellen«, schlug ich vor.

»Tanzen? Da hatte ich noch gar nicht dran gedacht«, sagte David. »Wir haben doch immer echt geil abgetanzt, wie man heute so sagt. Stimmt's oder hab ich recht, altes Mädchen?«

13. Dezember

Enttäuschend ist jetzt nur, dass Gene nicht Ringträger sein möchte.

»Hör mal, Mum, er ist zehn Jahre alt und hat einen Ruf zu verlieren«, erklärte Jack. »So was macht man als kleiner Junge, aber ich glaube, Gene ist das jetzt ziemlich peinlich. Er findet es kitschig und weiß, dass alle ihn anstarren und »Wie süß!« sagen werden. Ich kann ihn auch verstehen. Aber er ist gerne der DJ, und als Ringträger hast du ja Zac.«

»Ja, ist verständlich«, sagte ich – und einerseits verstand ich es auch tatsächlich. Doch andererseits wünschte ich mir inständig, dass Gene noch kleiner wäre und man ihm einfach etwas auftragen könnte. Denn ich bin mir ziemlich sicher, dass er es später in seinem Leben toll finden würde, Ringträger bei der zweiten Hochzeit seiner Großeltern gewesen zu sein. Da ich aber nichts weiter tun kann, habe ich mich jetzt von diesem Wunsch verabschiedet.

Was natürlich eigentlich nicht stimmt. Ich weiß genau, dass es mich nachts plagen wird, und auch jetzt spüre ich diese Wehmut, weil Gene als Ringträger für mich die Vollendung der Zeremonie gewesen wäre. Aber ich werde mich weiter bemühen, mir einzureden, dass ich mich davon verabschiedet habe.

14. Dezember

Heute auf Melanies Facebook-Seite: *Wenn du dem folgst, was du liebst, folgt dir das, was du liebst.*

Mir standen natürlich die Haare zu Berge, vor allem deshalb, weil das durchaus auf mich zutrifft. Ich geriet also in einen klassischen Zwiespalt, denn einerseits fand ich das schwachsinnig, während ich mir andererseits mit dem Taschentuch die Augen abtupfte und dachte: Wie wahr!

Die Trauung findet nächste Woche statt, am kürzesten Tag des Jahres, der natürlich zugleich die Wintersonnwende ist – Robin wird bestimmt begeistert sein. Und Tim ist eine großartige Hilfe. Er sagte Dinge zu mir wie: »Du musst dann die Behörden und das Finanzamt über deinen veränderten Familienstand informieren. Und deine Versicherung muss auch gleich Bescheid bekommen ... Obwohl du weniger Aufwand haben wirst, da du ja zum Glück den Namen deines einstigen Exmanns beibehalten hast.«

»Das ist so lieb von dir«, erwiderte ich. »Daran hätte ich selbst denken müssen. Oder David.«

»Nein, ist mir eine Freude, das für euch zu planen. Außerdem finde ich es interessant mitzukriegen, was alles zu bedenken ist, wenn man ein zweites Mal heiratet. Hatte mich schon gefragt, was da alles ansteht.«

»Wieso? Du denkst doch wohl nicht selbst daran, den Schritt zu wagen?«, witzelte ich.

»Man weiß nie«, antwortete Tim. Und obwohl er ein wenig

grinste, klang er ernsthafter, als ich erwartet hätte. Scheint, als sei mein Riecher richtig, was ihn und Penny angeht. Ich hoffe es sehr.

27. Dezember

Nach der Hochzeit verbrachten wir ein ruhiges beschauliches Weihnachten im Familienkreis bei David auf der Farm. Nun sind alle abgereist, und erst jetzt komme ich dazu, über alles zu schreiben. David ist draußen und kümmert sich um Bäume, die gestern Nacht während eines Sturms umgestürzt sind, und ich räume auf und bereite das Abendessen vor, zu dem auch Sandra und Gangi kommen, und – ob man's glaubt oder nicht – die Witwe Bossom. Ja, ich habe beschlossen, ihr zu verzeihen. Nicht nur, weil sie jetzt keine Bedrohung mehr für mich darstellt, sondern auch, weil die Witwe sich – sobald David für sie eindeutig außer Reichweite war – einen sympathischen Manager im Ruhestand namens Gerald zugelegt hat, der sie vergöttert.

Obwohl ich mich auch schon darauf freue, nach Hause zu fahren und ein bisschen Zeit für mich zu haben, genieße ich es doch auch sehr, hier zu sein. Und das erneut als Ehefrau von David Sharp! Wie verrückt!

Die Hochzeit – nun, sie war wunderbar, wie hätte es auch anders sein sollen? Morgens kam Chrissie mit ihrem Make-up-Koffer, um mich »noch schöner zu machen, als ich ohnehin schon sei«, wie sie einfühlsam verkündete. Ich hatte mir ein hinreißendes Vivienne-Westwood-Kleid auf eBay ersteigert, was fantastischerweise auch auf Anhieb saß: schwarz, mit engem Rock und Rüschen am Rücken. In Weiß zu heiraten, hätte ich kitschig gefunden.

Penny und ich ließen uns bei einem unfassbar teuren Friseur an der Bond Street die Haare machen. Sie hatte sich für eine Hochsteckfrisur entschieden, die großartig aussah. Den ganzen Morgen wanderte Penny durchs Haus, sah überall nach dem Rechten und überprüfte die zahllosen Platten mit exotischen Speisen, die von prachtvollen arabischen Männern hereingetragen wurden – wir hatten uns entschieden, das Essen von dem orientalischen Restaurant in der Nähe bringen zu lassen. David hatte am Vorabend mit James und Owen eine Art Junggesellenabschied gefeiert und danach bei Jack übernachtet; das Männertreffen war aber wohl ziemlich zahm ausgefallen, da die beiden ja schwul sind und David sicher nicht mit ihnen bis in die frühen Morgenstunden in einschlägigen Bars herumhängen wollte.

Brad und Sharmie waren tatsächlich mit Alice gekommen und wohnten bei Melanie; Sharmie war natürlich entsetzt über das ganze Hippie-Zeug, Alice dagegen entzückt. Sie sahen sich dann doch nach einem Hotel um, weil ihnen das Ambiente vermutlich deutlich zu indisch war. Ich glaube, sie haben allmählich genug von Delhi.

»Ich möchte irgendwo wohnen, wo es sauber ist«, erklärte Sharmie.

Pfarrer Emmanuel hatte Tim versprochen, während der Trauung nichts übertrieben Gottesfürchtiges zu verkünden – zumindest nichts über die Hölle –, und tatsächlich hielt sich der Geistliche daran. Der Gute umarmte uns sogar überschwänglich und war so begeistert, dass es mir letztlich einerlei gewesen wäre, was er so verzapfte.

Es war ein eigenartiges Gefühl, wieder zu heiraten. Ich war nicht so aufgeregt wie beim ersten Mal; zum einen fürchtete ich nicht, David könne womöglich nicht auftauchen, und natürlich waren auch keine Eltern von uns dabei, die uns nervös machten. Die Stimmung war wunderbar entspannt. Nach der Trauung ließen sich Penny und Melanie nicht abhalten, Rosenblätter über uns zu streuen, und ich achtete darauf, dass Penny meinen Strauß fing. Wir hatten das vorher geübt, und als es auch glückte, sah ich, wie Penny mit vielsagendem Lächeln Tim anschaute.

Und es wurde gefeiert bis – nun, nicht bis in die frühen Morgenstunden, aber jedenfalls bis nach Mitternacht. Und wer alles da war! Jacks alter Freund Ben – der vor zwei Jahren so lieb zu mir gewesen war, als ich befürchtet hatte, Krebs zu haben – mit seiner Frau; Ned, der Baumexperte, und meine frühere Untermieterin Michelle; Graham und seine Frau Julie mit Zac, ihrem Sohn; und sogar die Rektorin von Genes Grundschule und die etwas schläfrige alte Kunstlehrerin. Sylvie und Harry mit Mrs Evans, ihrer Haushälterin – und sie brachten den guten alten Strolch mit, der sich riesig freute, wieder in dem vertrauten Haus zu sein (obwohl er etwas enttäuscht schien, dass kein Pouncer mehr zum Herumjagen da war). James war ein würdiger Trauzeuge, stolz betrachtet von Owen, seinem Liebsten, und wir hatten sogar Sheila die Dealerin eingeladen, die wesentlich präsentabler aussah als gewöhnlich und ordentlich Lippenstift aufgetragen hatte. Und Terry natürlich.

Robin traf gemeinsam mit Sandra ein, irgendwas läuft da; und die Witwe Bossom brachte ein sehr großzügiges Geschenk mit – irgendeinen Dampfgarer oder so für Gemüse, obwohl wir eigentlich offiziell auf Geschenke verzichten wollten.

Doch das Schönste war tatsächlich die Trauungszeremonie selbst. Als ich an Jacks Arm wartete, die Brautjungfern und Zac als Ringträger hinter mir – wer tauchte da plötzlich aus dem Dunklen auf, etwas verlegen blickend, in grauem Anzug und weißem Hemd? – Gene!

Er trat zu mir und umarmte mich.

»Ich hab's mir anders überlegt, Oma«, sagte er. »Werde Zac

ein bisschen assistieren beim Ringtragen. Wird alles klappen, dafür sorg ich schon.«

Und das tat er. Als ich bei einem Blick über die Schulter sah, wie er Zac an der Hand nahm und neben Sandra einherschritt, die Gangi auf dem Arm hielt, traten mir Tränen in die Augen. Gene wirkte so männlich, fast wie ein kleiner Vater, und plötzlich konnte ich genau erkennen, wie er später einmal sein würde.

Der Gospelchor sang voller Inbrunst, und Gene lächelte, zwinkerte mir zu und formte mit den Lippen die Worte: »Hab dich lieb, Oma.«

Dann setzte die Orgel ein, und David und ich traten vor den Altar und gaben uns das Jawort. Und wir wussten beide, dass wir diesmal wirklich glücklich und zufrieden sein würden.

Unsere Leseempfehlung

320 Seiten
Auch als Hörbuch
und E-Book
erhältlich

Es ist großartig, 65 zu sein! Man kann sich langweilen, ohne ein schlechtes Gewissen zu haben, man kann anderen Leuten stundenlang aus seinem (eigentlich nicht sonderlich) bewegten Leben erzählen, ohne dass sie den Mut hätten, einen zu unterbrechen, und man kann sich überglücklich eingestehen, dass es für gewisse Dinge nun wirklich einfach zu spät ist – die Balletttänzerinnenkarriere zum Beispiel. Virginia Ironside beweist auf äußerst witzige Weise, dass es Spaß macht, die ewige Jugend hinter sich zu lassen!

www.goldmann-verlag.de
www.facebook.com/goldmannverlag

GOLDMANN
Lesen erleben